21世纪通识教育规划教材

文学与人生二十讲

胡山林◎著

清華大學出版社

北京

内容简介

本书从人生视角解读文学，借助文学透视人生。作者以深入浅出的哲思式笔法，结合中外经典文学作品，对人生的基本问题进行讲解，为大学生们展示出一条心灵求索之道。

此外，本书还设置了“对话人生实录”板块，精选作者在课堂上与大学生对话的80个人生问题，意在理论联系实际，使课程融入现实生活，沟通学生心灵。

图书在版编目(CIP)数据

文学与人生二十讲 / 胡山林著 . —北京：清华大学出版社，2018(2025.2重印)
(21世纪通识教育规划教材)
ISBN 978-7-302-49551-2

Ⅰ. ①文…　Ⅱ. ①胡…　Ⅲ. ①世界文学—文学欣赏—高等学校—教材　Ⅳ. ①I106

中国版本图书馆CIP数据核字(2018)第029383号

责任编辑：杜春杰
封面设计：刘　超
版式设计：楠竹文化
责任校对：王　颖
责任印制：丛怀宇

出版发行：清华大学出版社
　　网　　址：https://www.tup.com.cn, https://www.wqxuetang.com
　　地　　址：北京清华大学学研大厦A座　　**邮　　编**：100084
　　社 总 机：010-83470000　　**邮　　购**：010-62786544
　　投稿与读者服务：010-62776969，c-service@tup.tsinghua.edu.cn
　　质量反馈：010-62772015，zhiliang@tup.tsinghua.edu.cn
印 装 者：三河市君旺印务有限公司
经　　销：全国新华书店
开　　本：185mm×260mm　　**印　　张**：20.25　　**字　　数**：443千字
版　　次：2018年4月第1版　　**印　　次**：2025年2月第3次印刷
定　　价：55.00元

产品编号：078191-01

前言

为什么开这门课

为什么开这门课？这里有主观原因也有客观原因，或者说既有内因也有外因。

从内因说，我本人有诸多人生困惑，因而喜欢思考与人生有关的玄之又玄的问题，如人为什么而活着，生与死，等等。记得20世纪60年代毛泽东号召学习辩证法的时候，我刚上初中，我就对事物的对立统一产生了浓厚的兴趣。我想通了很多矛盾的对立统一，唯独想不通生与死的“统一”。我认为生就不是死，死了就不是生，怎么统一呢？长大后才明白哲学所理解的“死”与生理上的死不同，哲学认为死不是一瞬间发生的生理事实，而是一个过程。这个过程从什么时候开始？从生开始。也就是说有生就必有死，死与生紧紧相随，死就在生中，生的过程就是走向死亡的过程。生命的真相是，从这头看是加法，从那头看是减法，是同一方向两个过程的统一。想通这些道理的时候，你不知道我心里是多么愉快啊！这种兴趣一直不曾稍减，直到现在。20世纪90年代，我把这种兴趣与所谓的“学术研究”结合起来，于是就有了这门课。

在“研究”过程中，我一边愉快着，一边也曾经怀疑这是不是“学问”。因为现行体制承认为学术而学术的纯学术，那么我这一套算“学术”吗？嗨，别管那么多，只要自己感到有意思就搞下去吧！后来有一天我读到我所尊敬的哲学学者周国平先生的话，感到有了同道和知音，因而更加自信。周国平先生说他在学术之路上也遇到过同样的困惑，但他毅然决然地走了自己的路。他说：“我不愿做一架学术机器，哪怕是一架高效率的机器，消耗大量的知识原料，制造出一批批学术产品。不，我还有灵魂，我要做一个有灵魂的活生生的人。是的，仍然是人生，它是我唯一拥有的东西，我必须时时感受它，这样才能感觉到自己是一个活人。”周国平先生为自己确立的原则是：“我的写作必须同时是我的精神生活，两者必须合一，否则其价值就要受到怀疑。”周国平先生回顾平生，认为自己确实做到了这一点，基本上反映了自己在困惑中寻求觉悟和走向超脱的历程，因此无怨无悔而且相当自豪。回过头来看我自己，我不敢说我也做到了这一步，但聊以自慰的是，我的路子在方向上与周国平先生是一致的。因此我也自信而且愉快着。

开这门课的外因是，同学们也喜欢思考、讨论人生，需要有这样一门课。

每个人都有人生，人人都活在自己的人生中。我们在生活中曾经或正在遇到各种各样令人困惑不安的问题，受其困扰并因其苦恼，但对其往往缺乏清醒自觉的认识。希腊哲人苏格拉底说“未经省察的人生没有价值”(也有人翻译为“未经反思的人生不值得活”)。这话好极了，活在“人生”中而对“人生”毫无意识，没有知觉，岂不是白活？

当然，人们并不甘心白活。稍微观察一下周围的人就会发现，只要有了文化知识，有点自我意识，只要比较注重内在的精神生活，就都不愿意“白活”，都对“白活”状态不能忍受，因而强烈渴望认识人生、反思人生。可以说，了解人生、思考人生，是所有人的愿望，更是青年人的愿望。大量调查材料证明，认识人生和社会是文学爱好者尤其是青少年阅读文学作品的一个极为重要的动机，以绝对优势压倒其他所有动机。为什么呢？

从根本上说，这是由人类生存的基本处境决定的。人类生存于其间的社会作为既定存在，就像一个以千百万年的历史积淀为经，以错综复杂的现实为纬所织成的大网。这张网纵横交错，盘根错节，变化无常，令人眼花缭乱，每一个体在它面前都会感到自身渺小，并因此而困惑和迷茫。为了驱除这种困惑和迷茫，以更好地适应环境进而驾驭、改造它，首先就要认识、掌握它，这自然而然就会激起人们认识人生与社会的迫切愿望。这一愿望证明人类意识到了自身与环境的联系与对立，意识到要使自己有更好的命运，必须首先仔细审视自身所面临的基本问题。这充分体现了人类所独有的宝贵品性：自觉性、主动性、能动性。正是在这个意义上，德国哲学家卡西尔在回答“人是什么”的问题时说：“人被宣称为应当是不断探究他自身的存在物——一个在他生存的每时每刻都必须查问和审视他的生存状况的存在物。”(恩斯特·卡西尔．人论[M]．上海：上海译文出版社，1985：8．)

再从青年人的特殊需要说，青年人的身心正在发育，思维非常活跃，他们在成长过程中会遇到一系列困惑和不安。他们已开始思考人生的一些根本问题，如人为什么而活着，人应该怎样而活着，人生的价值和意义是什么？他们初入社会或即将踏入社会，对已经或即将遇到的问题不知如何处理，如恋爱、婚姻、交友、处世、成功与失败、感情与理智、理想与现实、人为什么活着、怎样对待命运等。总之，人生的一系列问题不期而遇，逼着他们进行选择和处理，而他们又偏偏缺乏经验，缺乏理智上的清醒认识，因而迫切渴求对人生问题进行探究。这就是同学们(不分学科)之所以对文学作品，对与人生问题有关的所有内容都极为关心、极感兴趣的内在原因。

同学们有如此强烈的认识人生的愿望，但在大学里这类课程却不多见，即使有也往往不能满足同学们的要求。这让人感到十分遗憾！作为教师，我在多年的教学生涯中发现，课堂上只要一谈到人生话题，同学们的眼睛立刻发亮，全神贯注；课下交往中同学们问到最多的话题也离不开人生。这些也正是我本人的兴趣点，正是在这方面的共鸣，促使我开了这门课。

这门课的基本宗旨，简单说就两句话——从人生视角解读文学，借助文学透视人生。两句话的侧重点在后一句——透视人生。这门课的重心在讨论人生，应该属于人生哲学的范畴。讨论人生，可以从哲学、宗教、社会等多种角度，而我是从文学角度，所借助的材料主要是文学。因为我是吃文学饭的，多年来一直教授文学理论，相对来说对文学比较熟悉，同时对人生问题又非常感兴趣，所以就有了“文学与人生”这门课。

我个人认为，大学里开设这样的课程十分必要，因为它来自学生成长的迫切需要，符合大学教育的新理念。李嘉诚先生 2003 年秋在汕头大学新生开学典礼讲话中提到了他所理解的大学教育的目标：传播知识，启迪思维，追求智慧，完善人格。应该说这四个目标是大学教育的新理念，既是学校努力的方向，也是学生努力的方向。然而传统的教育体制过分注重第一点（传播知识）而忽视了后三点，忽视了对于人才全面发展更重要的其他三个方面。我的课重心放在后三点上，希望通过我们的共同努力，能对同学们综合素质的提高有所帮助，同时我也希望自己在同学们的帮助下各方面都能有所进步。虽然从岁数上看我已进入中老年，但我仍愿和同学们一起成长！成长不仅仅是年轻人的事，而是所有人的事。

胡山林

2017 年 6 月

欢迎关注作者公众号

目 录

第一讲 文学是关乎灵魂的事业

“文学与人生”这门课的基本宗旨是从人生视角解读文学，借助文学透视人生。那么文学属于什么学科？是干什么的？文学与人生是什么关系？怎样从人生视角解读文学？等等，这些都是需要首先讨论的问题。

一、文学就是人学

本书名为“文学与人生”，主要讲文学与人生的关系。那么文学到底是一种什么样的学问？或者说文学的学科定位、学科性质是什么？这个问题是文学理论的元问题，弄清这一问题对了解文学的性质、特征、责任和使命特别重要。

文学是一种什么样的学问？简言之，文学属于人文学科。要想了解人文学科，不能就人文学科说人文学科，而必须把它放到一个更广阔的背景下加以讨论。

一般认为，人类学问大致有两类：自然科学和社会科学。自然科学是研究自然界各种物质和现象的科学，社会科学是研究各种社会现象的科学。科学的最大特点是实验可以无限重复，结论都一样——反映客观世界规律的原理、公式、数据永远都是共同的、确定的、不变的。例如，美国的科技水平虽然很高，他们的三角形内角和也是180°。

科学最初产生、应用于对自然现象的研究，后来，西方人把这一套又用于对社会现象的研究，于是产生了社会科学。但是在这一过程中人们发现许多社会人生现象无法“科学”。例如哲学，第一大问题是世界的本质是什么？从古到今众说纷纭：水、火、风、土、数、原子、以太、理式、物质等，哪个是最后真理？就人生哲学来说，第一大问题是人生意义，人为什么而活着，又是言人人殊，谁的正确？再如宗教，你说是基督教好，还是佛教或伊斯兰教好，上帝和真主，哪个更厉害？再如文学，李白与杜甫，谁更伟大？莎士比亚与托尔斯泰，哪个成就更高？《红楼梦》与《战争与和平》，哪个更有价值？诸如此类，能“科学”吗？！

于是人们明白，原属于社会科学的诸多门类，因其自身特点无法达到“科学”。这些无法归属于科学门下的门类，人们把它们从社会科学中剥离出来称之为“人文学科”——是“学科”而不是“科学”，主要包括哲学、语言学、文学、艺术、历史学、考古学、文化学、心理学、宗教学、艺术史、艺术批评、艺术理论、艺术实践等。

北京大学教授叶朗先生认为人文学科的研究对象是人文世界，也就是人的精神世界和文化世界。从内容来说，人的精神世界和文化世界就是意义世界和价值世界。人文世界的精神性、意义性、价值性决定了人文学科区别于科学包括社会科学（经济学、法学、社会学、管理学等）的独特性质。

比较起来，科学具有实用性，而人文学科不具有实用性。也就是说，人文学科不是认识和实践的工具，不是使人学到技术，从而赚到大钱，而是引导人们去思考人生的目的、意义、价值，提高文化素养和文化品格，追求人的完美化。如果有人问“读唐诗有什么用处？”“读《红楼梦》有什么用处？”回答只能是没有用处。不过这里的“无用”不是真的无用，而是“无用之用”（王国维），即精神之用、教化之用。我们经常说的寓教于乐、春风化雨、潜移默化、陶冶、净化、升华等，都是对“无用之用”的最好描述。它不能直接拉动GDP增长，但可以悄然改变人的精神和灵魂。所以，无论是个人还是社会，人文学科都必不可少。一个国家，一个民族，没有科学一打就倒，没有人文学科不打自倒。

众所周知，当下我国经济快速发展，人们的物质生活水平迅速提高，然而整个社会道德状况令人担忧。原因何在？就因为价值颠倒，善恶不分，是非混淆。简言之，人心乱了。当此时，国家政权应该坚持依法治国，出台一系列法律法规以治标，而治本的任务将要由人文学科来承担。即人文学科要为社会提供正确的价值观念和意义体系，从而为社会提供正确的价值导向，使人心不乱。从这个意义上说，人文学科工作者是名副其实的社会心理医生、心灵顾问。不仅如此，人文学科还要引导人们的精神向着更为高远的境界飞升，即要向人们提供精神上的终极关怀——寻找灵魂归宿，建构诗意家园。

简言之，人文学科是关乎灵魂的事业。科学创造物质财富，满足人的物质需求；人文学科教人如何做人，满足人的精神需求。

人文学科有诸多门类，文、史、哲被公认为是其中三大支柱。三大支柱中，尤以文学离大众最近，关系最密切（文学的对象直接就是人、人生、人的灵魂），所以有人更简捷地说，文学就是人学。

“文学就是人学”，是文学理论界公认的著名命题。这一命题精辟而准确地揭示出了文学与人生的关系：文学是写人的，文学是人写的，文学是为人而写的。在所有学科中，没有哪一门学科比文学与人生更贴近。

“文学是人学”，这一观念现在有了更进一步的发展。文学不但是人学，更是人的灵魂之学、精神之学，是人（类）的灵魂发展史。人之为人，不在别的，最重要的是人有思想，有精神，有灵魂，而人的思想、精神、灵魂是看不见、摸不着的。怎么办？很简单，到文学中去寻找，去观看。德国人说，文学是让看不见的东西被看见。透过文学去观察、分析、研究人，是再好不过的途径。

二、从人生视角解读文学

对于文学作品，读者熟悉的解读视角是社会、政治、阶级。如大家熟悉的总结文学作品主题的公式：本文通过什么反映（或表现、说明、揭露……）了什么。前一个“什么”是题材，后一个“什么”是主题。主题是什么呢？一般是封建阶级压迫，资本主义剥削，劳动人民反抗，对统治阶级的不满，资产阶级的软弱性，等等。从社会政治阶级角度解读作品，当然有它的合理性和必要性，因此我们可以说社会政治视角是解读文学的重要视角、基本视角，但它是唯一视角吗？当然不是。事实上解读文学的视角多着呢！如道德、文化、女性主义、结构主义、解构主义、心理分析、读者接受等。在这里，我特别向读者推荐一种容易理解、容易掌握也肯定能与大众发生共鸣的独特视角——人生。

把“人生”作为解读文学的独特视角之一，似乎是不值一提的常识性问题，其实不然。因为在我们的传统观念中，人生问题与社会问题是合二为一、混为一体的，于是，“社会”遮蔽了“人生”，“人生”淹没于“社会”的汪洋大海中。

事实上，人生问题与社会问题既相互交叉又相互区别。就其交叉来说，任何人都在特定的社会中生存，其人生也在社会中展开和完成，离开社会，人就失去了生存环境，也就无所谓人生；而社会由众多人组成，社会生活也就是众多人的活动，离开了一个个具体的人和人生，也就无所谓社会生活。

就其区别来说，“社会”具有特定时空性，特定时间特定空间里人的生存活动构成特定社会的生活内容，时空变迁，社会生活内容也随之发生变化。此所谓“此一时，彼一时”“三十年河东，三十年河西”。而“人生”则不受特定时空的限制，具有永恒性、超越性和普遍性，如生老病死、人生意义、人生价值、命运真相、人本困境等；再如感情与理智的矛盾，灵与肉的冲突，出世与入世的两难，人的欲望无限而实现欲望的能力却有限，欲望与能力之间是一个永恒的距离，人与人之间渴望沟通却永远不能彻底沟通，人都不想死却又不得不死，诸如此类，都是人生的基本问题。它不以时代、民族、职业、贫富等的不同而不同。换句话说，只要是人都不得不共同面对的问题即人生问题。所以人生问题具有永恒性、共同性、普遍性、超越性，人生问题与生俱来、与生俱去，只要人存在，人生问题就与之共在。

“人生”与“社会”的关系，打个比方说，人类的生存是一张网，这张网的经线是“人生”，纬线是“社会”；经线永远贯穿始终，而纬线却在不断变换色彩，这就有了每个时代每个社会每个人各不相同的生命内容。

文学以人的生存活动为表现对象，文学生动具体地表现出人的生存之网的复杂，而我们的文学研究却往往只看到了其中的“纬线”而忽视了贯穿其中的经线，这不能不说是一个极大的疏忽、一个极大的遗憾。

随着时代的发展，仅仅要求文艺反映“社会”，文艺学研究仅仅局限于社会政治视角，已经远远不够，已经暴露出了极大的片面性和局限性。现在我们应该拓展视野，把“人生”作为基本视角引入到文学研究和文学作品的解读中。这一视角将更逼近文学的本质，从文学中发掘更深层的精神内涵；同时也更有利于人类对自身生命的认识，从而极大地丰富我们的人生智慧，使我们活得更清醒自觉，更幸福快乐，更有价值和意义。

三、借助文学透视人生

从人生视角解读文学，目的是借助文学透视人生。借助文学对人生的透视是多角度、多方面的，分析起来主要有以下几方面。

首先，是对作品中所描绘的人的生存状态的透视。

生存状态，说白了就是人们是怎样活着的。对于别人是怎样活着的问题，人们并不是“事不关己，高高挂起”，而是表现出极大的热心和兴趣。因为人们可以从对别人生活的广泛了解中，从与别人生活的比较中，了解自身生活是否合理，是否有价值有意义，从别人如何处理人生问题的经验教训中悟出应该怎样生活，怎样做人，怎样安排和处理自己生活中发生的事情。

自身之外的别人的生活，在两个维度上展开：一是沿时间的维度向过去伸展，即过去的人的生存状态；二是沿空间的维度横向展开，即同时代其他领域、其他阶层、其他地域的人的生存状态。对于这些，个体都因自身的局限而无法详尽深入地了解，这不能不说是一个遗憾。但文学作品可以在某种意义上消除这一遗憾。因为古今中外的文学作品就是古今中外人的人生的艺术反映，所以借助于文学作品，我们可以在想象中设身处地地进入各种角色，体验各种各样的生活。每个人只有一生，而且只有一身，所能经历的人生实在有限，但在文学欣赏中我们得到了解放，等于是经历了无数次人生，体验了多种多样的生活。在想象中，我们了解了彼时彼地人的人生、彼时彼地人们的生存方式、生活状态。如通过《水浒传》《红楼梦》等作品，就可以在想象中对封建社会的生活有所了解；通过阅读巴尔扎克、狄更斯等人的作品，就可以在想象中对上升时期的资本主义的生活有所认知；通过阅读反映当前社会生活的优秀作品，就可以在想象中对当前多方面的社会生活有所体验。列宁曾把列夫·托尔斯泰的作品称作"俄国革命的一面镜子"，我们不妨也把古今中外一切优秀作品称为"镜子"，从镜子里照照过去，比比现在，就可以加深我们对生活的理解和认识，增强我们对于生活的信心和勇气。

其次，是对作品中所表现的心灵状态的透视。

丹麦著名文学评论家勃兰兑斯曾说过："文学史，就其最深刻的意义来说，是一种心理学，研究人的灵魂，是灵魂的历史。一个国家的文学作品，不管是小说、戏剧还是历史作品，都是许多人物的描绘，表现了种种感情和思想。感情越高尚，思想越是崇高、清晰、广阔，人物越是杰出而富有代表性，这部作品的历史价值就越大，它也就越清楚地向我们揭示出某一特定国家在某一特定时期人们内心的真实情况。"（勃兰兑斯. 十九世纪文学主流(第一分册)[M]. 张道真，译. 北京：人民文学出版社，1980：2.）勃兰兑斯的见解很精辟、很深刻。的确，文学表现的中心是人，而人是有思想、有感情、有灵魂的，要描写人当然要描写人的思想、感情、灵魂。由此看来，一部文学史，实实在在就是一部打开人的心灵的心理发展史。

既然如此，那么对文学作品的欣赏，当然同时也就是对各种各样"心灵状态"的透视和体验。

对"心灵状态"的透视和体验有两种指向：一是作品中人物的心灵状态，二是作家的心灵状态。对前一种"心灵"的透视和体验要通过叙事性的作品来完成，对后一种"心灵"的透视和体验，情况要复杂一些。作家的心灵状态在叙事性作品中的表现是间接的，而在抒情性作品中则一般是直接的。抒情性作品，无论是直抒胸臆，还是借景(境)抒情、托物言志，思想感情的表达相对比较直接(不等于直露)、明确(不等于简单)。欣赏者对作家心灵的透视和体验，在叙事性作品中是间接进行的(如阅读《祝福》间接体会到鲁迅对祥林嫂的同情，对封建礼教的愤怒控诉)，在抒情性作品中则大体上是直接的(如阅读《离骚》可以直接体验到屈原忧国忧民之心)。

再次，对人生透视的最高层次是哲理层面的悟解。

文学是文学家人生体验的对象化，而文学家对人生的体验是分层次的，因而艺术的底蕴也是分层次的。最高层次是什么呢？是人生哲理，是对于人生真谛的探索和开掘。人生哲理深藏于人生现象的最深层，或者说矗立在人生现象的最高处，俯瞰着、统摄着、支配着每个具体个人的人生。它无形无踪，却始终跟定每一个人；它不声不响，却悄悄安排着每个人的命运。它无处不在，悄然潜化于一切人的人生过程之中。人生哲理的这种涵盖性、普遍性、深刻性、抽象性使其具备了强大的精神魅力，吸引着古往今来的人类苦苦地探索它、追寻它。可以说，探求它是人类与生俱来的形而上冲动。正因为如此，人生哲理成了艺术家和欣赏者注目的共同焦点，成了双方进行对话的最佳话题。每当欣赏者在作品中发现人生哲理时，精神上都会产生一种大彻大悟的感觉，心中涌出抑制不住的兴奋。

人生哲理的品味其实就是对人生真相的窥破。窥破了人生真相当然是愉快的，但往往同时也是痛苦的。这种痛苦不是一般意义上的痛苦，而是清醒的痛苦，哲学的痛苦，智慧的痛苦。它不是单纯的痛，而是痛中有快；也不是单纯的苦，而是苦中有甜。这种复合的味道才更接近于人生的真实，更有深度。这种痛苦并不会引人消极和颓废，而会使人增加几分直面人生的勇气，增加几分承受人生的内在力量，多几分应付人生、驾驭人生的智慧。

借助文学透视人生的上述三层次，既是独立的又是相对的。对于某些作品的体验可以相对明显地归于某一层，但对于相当多的作品却无法划得太绝对。事实上，许多作品给予人的体验具有交融性、穿透性。如读《红楼梦》，既有对于生存状态的体验，又有对于心灵状态、人生哲理的体验。总之，就某一具体作品的欣赏来说，给人的人生体验可能是单方面的，局限于某一境界、某一层次的；但就整个文学欣赏来说，给予人的人生体验却是丰富的、全面的。正如美国小说理论家梅特尔·阿米斯在《小说美学》中所说："美总是这样一种东西：它本身的乐趣就在于它包括了整个生命、爱情和死亡。这里包括了一切：开始和终结、有限和无限、约束和自由、企求和认识、本能和洞察、神秘和显示、凯旋和失败、希望和失望、欢乐和悲哀。我们在艺术品中发现了自己，发现了我们的整个世界。艺术包括了我们在任何地方所寻求的东西。因此，艺术的力量征服了我们。我们无法摆脱它，无法置之不理，无法忘怀，因为它就是生命的花朵，就是全部生命，从复杂到简单的所有生命尽在其中。"这段话，概括了艺术对于人生的价值和意义，简直可以说是一首对于艺术的赞歌。

四、让文学走向大众，走进人生

本书作者的职业愿景是，让文学从大学中文系的课堂上解放出来，走向大众，走进人生。文学当然是一门专业性很强的学科，但同时又是一门可以走向大众的学科。因为，人人都有自己的人生，是人都要面对共同的人生问题，而文学就是人学，在文学中，人人都可以找到自己所面临的人生问题。可以说，人生，是文学走向大众的桥梁；人生经验和人生智慧，是文学和大众沟通的最佳渠道。如果说其他学科走向大众尚有局限，但文学却可以超越这些局限。本书从人生视角解读文学，因而可以帮助文学走向大众，为全民阅读推波助澜。

从人生视角解读文学，借助文学透视人生，可以帮助读者从文学作品中汲取人生经验和人生智慧，从而活得更幸福更快乐。

人生在世，短短几十年，转瞬即逝，显得十分乃至万分珍贵，因而才要求活得更好些，活得更有价值更有意义些。怎样活得更好、更有价值和意义？这就需要对人生有比较透彻的反省和认识。把人生看清楚看明白看透彻了，也就具有了人生智慧，知道怎样活了。智慧与金钱多少、地位高低没有关系，金钱、物质、地位不能保障你的幸福和快乐，而人生智慧可以保障你的幸福和快乐，保障你活得更好，活得有价值有意义。

把人生看清楚看明白，是一种很高的精神境界。达到这一境界，途径之一是直接在生活中摸爬滚打，历经失败挫折，遍尝酸甜苦辣，而后开悟。但人生短暂，生命给你的时间和空间都很有限，穷尽一生，你又能经历多少事？况且，你就是亲身经历了，你敢保证就一定能从中悟出人生道理？途径之二是读书，从前人留下的精神遗产中汲取人生智慧。“书”的范围很广，而文学是其中最好的选择之一。因为文学中蕴含着极为丰富的人生经验和人生智慧，是古今中外各种人的生活史、灵魂演变史、情感密码史。这是一个广阔神秘的宇宙，借助想象，读者“变成了”各种各样的人，体验了不同时代各种人的人生，不知不觉中多活了多少辈子，从中学到了无限多的人生经验、人生智慧，潜移默化中觉醒了，开悟了，人生境界提升了；从此知道了人生应该怎么活，从此活得幸福快乐，活得有价值有意义了。

对话人生实录

1. 面临选择不敢抉择怎么办?

问:当我面临一个选择,尤其是比较重要的选择时,往往犹豫不决,不知选择哪个好,因而不敢选择,甚至想逃避选择,请帮我分析一下,我该怎么办?

答:你的问题有两个特点:一,普遍;二,抽象。普遍,是说它不仅是你个人的问题,而且也是其他同学,甚至差不多也可以说是所有人的问题,所以讨论一下很有必要,也很有意思。但这问题本身很抽象,让人不知从何说起,因而无法进行具体讨论,只能进行原则性的回答。我这是以抽象回应抽象,我没有办法啊,请你理解和谅解。

首先我理解你的犹豫,因为当你面临一个选择的时候你不知其中的利害,你不知你的选择对你来说意味着什么,你不知是福是祸是深是浅,你眼前一片迷雾,因而你犹豫彷徨,惴惴不安。当前面什么都看不清时硬要你做出可能是对你的命运举足轻重的抉择时,谁都会和你一样,所以我们说这是一个普遍的人生问题。

这时候我们该怎么办呢?不用我说你也知道,首先是尽可能冷静地坐下来,收集可能搜集到的各种信息,从多方面分析其中的利弊得失,也就是我们常说的进行论证。如果还决定不了,你可以找老师、家长、同学、朋友认真地讨论讨论,集思广益,或许能对你的抉择有益。如果还拿不定主意,那么我提两种意见供你考虑。

一是,你暂且放一放,不急于选择。在关乎人的前途命运的大事面前,不要轻易做出决定,即不要轻易冒险,宁可稍稍保守一点,稳重一点,否则,一步走错,百步难回。但这样做会有弊病,因为说不定在你"放一放"的时候机会就悄悄溜走了。为了避免这种弊病,我的另一个建议是,只要你感到是个机会,对你意义重大,你就不要犹豫,最好赶紧抓住它。不过这样做还是有弊病,因为看不清时匆忙决定,容易失误。

犹豫之中只有这两种做法可供选择,但这两种做法又各有利弊,而且是利弊相关,利在弊中,无法分开,这就是平常我们所说的"有一利必有一弊"。这真令人无奈!但这是事物的辩证法,必须接受。

那么说来说去不等于没说么?不是的,看清事情的真相有助于我们的抉择。这里我想起一个小故事讲给大家听:据说有位知名哲学家,某一天一个女子来敲他的门,女子说:"让我做你的妻子吧!错过我,你将再也找不到比我更爱你的女人了!"哲学家感到眼前女子确实不错,挺喜欢她的。但他明白结婚是件人生大事,他弄不清和她结婚到底会给他带来什么，因而他犹豫不决。他以学究的方式将和她结婚的利弊得失分别列出来，结果发现各方均等。他陷入了长期的苦恼之中，无论找出什么新的理由，都只是徒增选择的困难。若干年过去了，他终于得出了一个结论——应该答应和她结婚。哲学家来到女子家中求婚，女子的父亲告诉他来晚了，他的女儿早已出嫁了。哲学家听了如雷轰顶，万分后悔自己当初的犹豫。从此哲学家抑郁成疾，临终前把自己的教训总结成一句话告诉世人——如果将人生一分为二，前半段的人生信条应该是“不犹豫”，后半段的人生信条应该是“不后悔”。

各位觉得怎么样？如果你觉得还有些道理，我今天就把哲学家的话送给你们，也算是我对这个问题的回答。

2. 我怎样知道我的选择是不是最好的？

问：当我面临一个选择的时候，我弄不清它是不是最好的，我害怕在我选择之后会有更好的选择出现，但那时我没有机会了，因而我想放弃眼下的选择；可是放弃之后，要是将来的选择还不如现在的，我将怎么办呢？

答：我也不知道呀！我和你一样困惑呀！而且我敢肯定，几乎每个人都有这样的困惑。说到底这是人本困惑，是很难解决的。这种困惑表现在人生所有时段的一切事情上，小至日常琐事，大至爱情、婚姻和事业等。

你的困惑让我想起一则寓言性质的小故事：一个人被获准在一块麦田里选一支麦穗。他刚走进地里就发现一支麦穗颗粒饱满，而且也挺大，他非常高兴，一下子掐了下来。但再往前走他发现了更大更好的，但他已经没有机会了，他后悔极了。后来的人汲取了他的教训，看见大的不轻易去掐，一心想着前面还有更大的。但走着走着发现坏了，前面的越来越小了，再不选就没有机会了，于是无奈之中胡乱掐了一支出来了。

听了这个故事怎么想？你还认为人能够知道哪个最好吗？故事告诉我们，你无法知道哪个最好。人生之路如此漫长，谁也料不定前面将会出现什么，正如《红楼梦》中鸳鸯说的，天下事，料不定。在这种情况下，你不知道怎样选择，不但是你，任是谁也不知道哪个最好。既然无法从将来的角度判断最好，那么就只能从当前现实条件出发判断最好，眼下你认为最好它可能就是最好。如果眼下非选择不可的话，那你就选择它。至于将来，那就没有办法把握了。当然，如果眼下不是非选择不可，那么你也可以从容地放过去，把希望寄托于将来。将来有了更好的当然更好，如果没有，也无妨，大不了和现在一样罢了。

总之，将来如何，谁也不知道，你可以把希望寄托于未来，但也不敢确认未来一定会更好。“将来”是一种你无法把握的东西，你所能把握的只有现在。因此你必须立足现在心向未来，在现在和将来之间建立一个张力场，在这一张力场中，慎重把握你的选择。既然选择了，就要为之负责，就要承担随选择而来的一切责任，一切后果。既包括幸福，也包括不幸。

当然，为了追寻最好，你可以不断地放弃不断地选择。但这种选择的自由是有限的，是因事因具体情境而异的，有的可以有的不可以，有的还有机会有的就没有机会了。此事越说越复杂,一言难尽,就此打住。

3. 我爱的人不爱我,爱我的人我不爱,请问我该怎么办?

问:老师,我遇上了一个难题,我爱的人,人家并不爱我,而爱我的人我又不爱。放弃我的所爱吧,我不甘心,坚持下去吧又怕落空;对爱我的人,接受吧,不大情愿,拒绝吧,既不忍心又觉得可惜。想来想去不知怎么办,想听听老师您的意见。

答:你的问题是一个普遍而永恒的人生难题,你遇上了,相当多的人也遇上过,而且相当多的人以后还会遇上。但如此普遍而重大的问题却没有统一答案,必须做一些必要的分析。

爱和被爱,都是珍贵的,都是人所喜欢人所需要的,如果能够兼得,真是再好不过,那是完美的幸福,我真诚祝福你们有这样的好命运。但天下事,往往是"不如意事常八九",得到完美幸福的人往往是少数,多数人都处于阴错阳差不完美的现实中,或者换句话说即现实往往是不完美的。你就是多数人中的一员,你绝对不孤立,所以你可能感到遗憾但也不必太遗憾。

说你的问题,我想了解一下,你所谓的"不爱我"或"我不爱"的程度——当然公众场合你不必回答,我按我的思路讲下去。我的意思是,如果你所爱的人一点都不爱你,你们之间完全是你的一厢情愿;或者是相反,你对爱你的人一点都不爱,一看见就烦,那么这两种情况都好办,终止拉倒。因为感情的事,勉强不得,俗话说强扭的瓜不甜,勉强的结果必然不妙,所以果断终止是一种比较明智的选择。也可能你会有短暂的痛苦,但长痛不如短痛,果断点一了百了。

但我猜想你遇到的不是这种情况,你所谓的"不爱我"或"我不爱"不是一点也不爱,而是不太爱,是他没有你热烈或你没有他热烈。这种情况比较复杂,需要做具体分析。我记得我和大家共同熟悉并喜欢的周国平先生谈过这问题。如果我记得不错的话,他的大意是这样的。他说双方中只有一方深爱而另一方仅是喜欢,但在婚姻的稳固性方面条件有利,例如双方性格能够协调或者互补,那么这种结合仍可能有良好前景,结婚之后继续努力,长期生活中生长起来的亲情会弥补爱情上的先天不足。当然,双方爱情的不平衡本身是一个不利因素,而其不利的程度取决于不平衡的程度和当事人的禀性。感情差距悬殊,当然不宜结合。在差距并不悬殊的情况下,如果爱得热烈的一方嫉妒心强,非常在乎被爱,或者不太投入的一方生性浪漫,渴望轰轰烈烈爱一场,则都不宜结合,因为明摆着迟早会发生不可调和的冲突。所以,在选择一个你很爱但不太爱你的人时,你当自问,你是否足够大度,或对方是否足够安分。在选择一个很爱你但你不太爱的人时,你当自问,你是否足够安分,或对方是否足够大度。如果答案是否定的,你当慎重考虑。如果答案是肯定的,你就不妨一试。你这样做仍然是冒着风险的,可是,在任何情况下,包括在彼此因热烈相爱而结合的情况下,婚姻都不可能除去它所固有的冒险成分。明白了这个道理,你就不会太苛求婚姻,那样反而更有希望使它获得成功了。周国平先生还说到一个意思,在你所遇到的不尴不尬的境遇中,你如果能做到有爱心而不求回报,对被爱知珍惜却不计较,人就爱得有尊严、活得有气度了。但有多少人能做到呢,那有点与人性相悖,不容易做到呀!

总之，爱情、婚姻问题极为复杂，就这两人，但遇到的具体情况各不一样，绝对没有公式可套，具体情况你自己看着办吧！祝你们幸福！

4. 谈玄不对吗？

问：生活中人与人之间的交流不少，但是高层次的交流太少。比如，我喜欢谈一些与实际生活关系不大的东西，如哲学、人生、命运、宇宙之类，但一旦涉及这类话题，刚刚谈得很好的朋友，不是敬而远之，便是说我是玩深沉，讥讽我又谈玄。我想不通，难道我们不该谈些稍稍高深一点的问题吗？这就是谈玄吗？谈玄不对吗？

答：首先我为你的"遭遇"鸣不平，并为此感到遗憾！原来我以为只有文化水平不高的人不喜欢哲学之类"稍稍高深一点的问题"，没想到那么多大学生也对此不感兴趣。让我把话说得直一点，我理解你，支持你，我如果是你的同学，我愿做你的谈话伙伴，因为你的兴趣也是我的兴趣。而且我认为，似乎这也应该是所有大学生的兴趣。这话可能稍微有些夸张了，但我确实是这么想的。我觉得别人可以不喜欢谈这个，但大学生不应该不喜欢谈这个。我甚至把愿谈玄而且能谈玄作为大学生的一个标准。

我是这样想的：作为一个人，除了外在的物质生活、现实生活之外，还应该有内在的精神生活；精神生活有浅层的，有深层的，深层的就是人生意义、人生价值、人为什么而活着等诸如此类的哲学问题。这些问题与现实的生存、现实的利益看起来似乎没有直接联系，但其实正是这些东西在深层面关联着人的生存，关联着人活着的意义，关联着人活着的状态和生存的质量。早在两千多年前的古希腊，苏格拉底就说过"未经省察的人生没有价值"，也有人翻译为"未经思考的人生不值得过"。他的意思是，人活着，就其本身而言是一种生物活动，与一般动物无异；但人之所以为人，就因为人有思想，人不但要活，而且要活出意义。他是把生命的意义看得比生命本身更重要的人，用他自己的话说就是，必须追求好的生活远过于生活。苏格拉底的思想对后世影响深远，被后世的人所接受，成为人类，最起码是自我意识觉醒了的人类的共识。两千多年前的人的认识，现在反而受到文化层次较高的某些大学生的鄙视，难道不令人感到遗憾吗?!

出现这种现象有其原因，这就是一个时期以来社会过于商品化、物质化、世俗化。原因明确，不必细说。我想说的是，目前社会上颇为流行的虚无主义、实用主义、消费主义、享乐主义等不良社会风气的深层原因，正是人们缺乏精神信仰，缺乏内在的精神支撑的结果。所以，我认为，无论从个体的人的生活而言，还是从社会群体、民族而言，都需要从粗俗的物质主义中走出来，向更深层的精神领域挺进。我们需要谈一些看起来似乎与实际生活关系不大而与内在的灵魂生活关系极大的话题。所以在这里我向同学们呼吁，大学生应该学着谈点玄。能谈玄会谈玄是你比较深刻的表现，如果你永远关心的只是喝酒、麻将、跳舞、女人（或男人），你不觉得自己精神上有点可怜吗?!

当然，谈玄不等于言不及义、不着边际的夸夸其谈，我想这是不用特别说明的。

第二讲 生命为什么是宝贵的

深谙人类思维活动规律的大哲学家黑格尔提出过一个著名的哲学命题——熟知非真知。他说，一般说来熟知的东西所以不是真正知道了的东西，正因为它是熟知的。黑格尔所说的这种现象太普遍了，例如『生命是宝贵的』就是这样一个命题。只要粗通文墨，差不多每个人都会说『生命是宝贵的』这句话。但是生命为什么是宝贵的，却未必有多少人仔细想过。当我们静下心来深入思考的时候，我们感到这句话中包含着诸多深刻的人生道理。

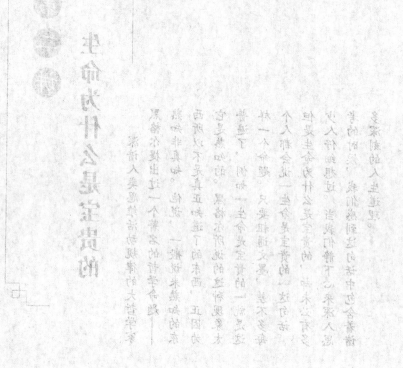

一、生命的神奇性

一个人获有生命，得以来到这个世界上，从自然生育过程看，自有其必然性，这是不言而喻的。但如果换个视角，即可发现个体生命的产生，是一种绝对偶然的现象。

一个人（为论述方便我们假定为张三）的生命来自父母的结合，而父母在哪一年哪一月哪一天结合是很偶然的事，换一个时刻结合则可能是另一个生命而不是这一个生命。进一步，即使注定在某一日结合，是不是生张三，也不一定。因为，男性精子多至上亿，而女性的卵子则只有一个，哪一个精子捷足先登与卵子结合谁也说不好。换一个精子与卵子结合将会是另一个孩子而不是现在的张三。

往前说，父母结婚这件事本身也是一件很偶然的事。假定张三的父母是大学同班同学，他们走到一起就是无数偶然因素的组合。假定张三的母亲（或父亲）在考大学时遇到某一科的某个选择题不会做，老师告诉他们必须胡乱地选一个，如果选 A，她（他）蒙对了，结果就上了学，如果选 B、C、D 的任何一个，就可能因 1 分之差而上不了大学；或者在填报志愿时犹豫之中，随随便便地填报了别的学校或别的专业；或评卷老师一念之间在某个主观题（例如作文）上多了或少了一分；或者被录取后电脑随机地将其父母没有编在一个班；或虽在一个班但因为各种偶然原因（如一次舞会，一次郊游，一次聚餐等），其父亲或母亲与别的同学好了……总之，无数谁也说不清的因素鬼使神差地让张三父母恋爱了，结婚了，生了张三了。假如这中间任何一个小小的链条一旦中断，就没有张三父母的结合，也就没有了张三的生命。

再往上说，其父母的生命是由其爷爷奶奶姥爷姥姥四个人极偶然结合的结晶，其爷爷奶奶姥爷姥姥的生命是怎样来的呢？这样往上看去，是一张密密麻麻的按“2”的 X 次方张开的人际关系网。按25年一代计算，从张三往上推到第十代，张三的出生与 512 人有关，推至 20 代呢？与 524 288 人有关。21 代呢？那就是一百多万人啦！也就是说，250 年前有 512 人，525 年前有一百多万人在冥冥之中偶然地结合，才有了今天的张三。这 525 年间，远不止一百多万人中间随便哪一代的哪一对男女因为偶然因素没有成为夫妻，那么，导致张三出生的人际链条就中断了，也就没有张三了。而能够导致这一链条中断的因素无限多。换句话说，张三的出生实在是非常非常惊险，以至于惊险到简直可以说近乎不可能。从概率论上由 525 年前往下看，张三出生的概率是无限小，几乎等于零。然而这个近乎等于零的事情竟然成了事实，零变成了壹。这一事实的实现，交给任何一个最精明最有权势最有组织能力的人都不可能完成，能完成这一任务的只有“上帝”，即造化本身。造化是多么的智慧而神秘啊！

写到这里，我陷入了深深的沉思，一种肃穆而神圣的心理体验油然而生。我们平时说到造化、造物主、神、上帝……总感到空洞抽象，不可思议，把握不住。如今，造化、造物主、神、上帝……借张三的出生现身了，显形了，我们窥到它的真面目了，我们在与它直接对话了。我们看到它是怎样工作，怎样在一切事物、现象背后操作的了。我们惊叹于它的奇妙，确切明白了什么叫神秘，真正理解了佛教的“因缘”。

爱因斯坦曾借助于对宇宙奥秘的思考，借助于相对论发现了什么是神或上帝。他说这不是基督教堂里的上帝，而是神秘的大自然本身、宇宙规律本身，因而崇拜得五体投地。如今，我借助于张三的出生，和爱因斯坦一样，同样发现了神或上帝的存在，即发现了大自然或宇宙的奥秘。这是一种极为难得的精神享受，一种妙不可言的高峰体验。这种精神体验，十万黄金也不换，给个王位不稀罕。记得西方谁说过，从艺术女神所居住的奥林匹斯山峰上所看到的风光，比坐在王位上看到的宏伟壮阔得多。如今，我们不用登上奥林匹斯山，只需借助于普通小民张三的出生，就窥得了造化之美，就看见了上帝。由此可以看出，任何生命都有深意，上帝藏在不起眼的万事万物里，诚所谓一花一世界，一沙一菩提。

由无数人无数年无数偶然因素的神秘组合才出生的张三，本身就是上帝的一个杰作、大自然的一个奇迹。张三是天地间的唯一，由此看，谁还敢说个体生命的存在不是极为宝贵的呢?!

二、生命的有限性

人生存的大背景是宇宙，是大化，是自然本身。宇宙的存在，从时间维度看无始无终，从空间维度看无边无际，总之都是无限的。而宇宙间任何一个个体生命的存在都是有限的。这个有限也包括两维：从时间维度看每个人只有一生，大不了一百年左右；从空间维度看每个人只有一身，是男身就不是女身，是这种形象就不再是另一种形象，在河南就不能在北京，是工人就不能是农民。个体生命存在的有限性与存在本身的无限性在客观上形成了一种尖锐的对立，于是让有思想有灵魂的人类生发出无穷无尽的无奈感叹！

人类对个体生命的有限性感受最深因而也感叹最多的是生命的短暂。文学史上为此留下了许多不朽名句：“人生天地间，若白驹之过隙，忽然而已。”(庄子)“人生寄一世，奄忽若飙尘。”“人生不满百，常怀千岁忧。”(《古诗十九首》)“人生百年，犹如一瞬。”(王勃)“前不见古人，后不见来者。念天地之悠悠，独怆然而涕下。”(陈子昂)“君不见高堂明镜悲白发，朝如青丝暮成雪。”(李白)“江边一树垂垂发，朝夕催人自白头。”(杜甫)“寄蜉蝣于天地，渺沧海之一粟；哀吾生之须臾，羡长江之无穷。”(苏轼)……每当人们吟诵这些诗句，无限悲感油然而生。它能打动每个人，因为它道出了每个人对个体生命存在有限性的共同遗憾。

三、生命的不可逆性

从终极角度看，时间本身是永恒的，寂然不动的，一瞬与一万年没有什么区别，因而也无所谓流逝不流逝。但我们每个人所生活的世界是有限的，在这个世界里，因为有春夏秋冬的演变和白天黑夜的交替做参照，所以，在我们的主观感觉中时间是在匀速地直线前进，而且是不可逆转的。一天从早晨、中午到晚上，一生从幼年、童年、青年、中年到老年，一个阶段一个阶段地推进直至死亡。一个人临死前觉得一生没活够，还想再活一遍或者想再返回已走过的某一段哪怕是某一天，那是绝不可能的了。空间中人们去过的地方可以再去，时间中已经过去的却无论如何也返不回去了。

以上道理可以具象化为一个有意思的画面：假定一个人能活一百岁，相应地在桌子上摆放一百本日历。这个人每活一天，日历撕去一页，一天天地活，一天天地撕。每撕去一页，从“生”这头看，意味着这个人的生命增长了一天；从“死”这头看，意味着离死近一天。换句话说，人的生命历程，从这头看是加法，从那头看是减法。这一过程绝对地直线前进不可逆转。每一天每一小时每一分钟每一秒钟，对于每个人来说，绝对的只有一次，过去就永远过去了，没办法追回了。想一想真的让人惊心动魄，感叹不已。这既是造化之“冷酷”，也是造化之公平——时间面前人人平等，谁也回不到过去。即使是亿万富翁倾其所有家产也买不回刚刚过去的一分钟。想到此又让人感到欣慰和平静。既然造化如此之公平，你还有什么可感叹的？

总之，个体生命在时间中的存在是不可逆转的，因而当然也就是无比宝贵的，你就安心乘坐在时间之宇宙飞船上愉快地航行吧，它保证直线将你安全地由此一世界送达彼一世界。不用操心提前去订票，也不用心疼会耗去你的巨资，你一出生就乘上了时间之飞船，这是何等的惬意和享受啊！

四、生命的不可重复性

个体生命存在的不可重复性的基本意思有两个。

其一，从静态角度看，指的是世界上没有两个完全相同的人，每个人都是独特的，即独一无二、不可代替的。这里的独特性既包括人的生理结构也包括心理——精神结构。人的生理构成，例如面孔，大不过 100 平方厘米左右的面积，上面统一安排着眉毛、眼睛、鼻子、嘴巴这些器官，而且安排的位置也一模一样，但世界上几十亿人的面孔竟然没有两张是完全相同的。即使是孪生子，其面孔也有差别，否则其父母就不可能一眼看出谁是大虎谁是二虎，哪个是大芬哪个是小芬。还有，任何一个人的声音、指纹、字迹、DNA 等都不会与别人完全一样。心理——精神世界呢？同样千差万别。有道是“人心不同，犹如其面”“一娘生九子，连娘十个性”。

其二，从动态角度看，每个人的人生历程、人生际遇都是由无限多的因缘组合而成的，而这无限多的因缘因人、因时、因地而异，而且会转瞬即变即逝的，因而只可能出现一次，绝对不可能重复再现。这就是说，每个人的人生历程、人生际遇都是独特的，独一无二、不可重复的。不信你深入人群看一看，看哪两个人的人生历程、人生际遇是完全相同的？生活中人们的生存境遇、生活经历可能相对接近，但不会完全相同。古希腊哲人说，“人不能两次踏进同一条河流”。我年轻时不大理解，现在理解了。河还是那条河，但你第二次踏进的时候，河水已不是上次的河水了。让我们举个生活中最简单不过的例子：今天上午 10 点钟你在大街上某处遇上的这批人不完全是或完全不是昨天同一时间同一地点遇上的那批人；昨天晚上与你在影院共同看电影的观众不完全是或完全不是前天晚上在此与你同看电影的观众。每个人的际遇既不重复别人也不重复自己。

总之,你就是你,你是天地间的唯一,因而从哲学上看,你的人生是独一无二的,因而也就是宝贵的。

五、生命的匆匆流动性

个体生命存在的匆匆流动、不可逆转性与不可重复性相联系,但又不一样。不可逆转性强调的是人生行进的方向性,不可重复性强调的是组成人和人生的机缘的复杂性,而匆匆流动性强调的是人生的运动性,即指出人生不是静止的、固定的,而是时时刻刻在流动、在变化的。

我曾静思什么是"现在"。当"现在"指的是年、月、日的时候,"现在"是一个相对稳定、可以把握的存在;但当它指的是时、分,尤其是秒的时候,"现在"就变得模糊而不可把握起来。因为当你说"现在"是某时某分某秒的时候,这一秒钟已经过去了。也就是说,"现在"不是一个固定的"点",而是一个永远在匆匆流动着的存在,用哲学语言表述,即它既在某一点上又不在某一点上。

孔夫子对生命的流逝非常敏感,他曾面对滚滚而去的河水感慨地说:"人生啊,就像这河水在永不停歇地流逝啊!"现代人对人生匆匆更敏感到日常生活的每一情景里。如朱自清在其散文名篇《匆匆》里说:"洗手的时候,日子从水盆里过去;吃饭的时候,日子从饭碗里过去;默默时,便从凝然的双眼前过去。我觉察他去的匆匆了,伸出手遮挽时,他又从遮挽着的手边过去。天黑时,我躺在床上,他便伶伶俐俐地从我身上跨过,从我脚边飞去了。等我睁开眼和太阳再见,这算又溜走了一日。我掩着面叹息。但是新来的日子的影儿又开始在叹息里闪过了。"

和朱自清先生的感慨类似,漫画家丰子恺先生写过著名的散文《渐》:

> 人生圆滑进行的微妙的要素,莫如"渐";造物主骗人的手段,也莫如"渐"。在不知不觉之中,天真烂漫的孩子"渐渐"变成野心勃勃的青年;慷慨豪侠的青年"渐渐"变成冷酷的成人;血气旺盛的成人"渐渐"变成顽固的老头子。因为其变更是渐进的,一年一年地、一月一月地、一日一日地、一时一时地、一分一分地、一秒一秒地渐进,犹如从斜度极缓的长远的山坡上走下来,使人不察其递降的痕迹,不见其各阶段的境界,而似乎觉得常在同样的地位,恒久不变,又无时不有生的意趣与价值,于是人生就被确实肯定,而圆滑进行了。假使人生的进行不像山陂而像风琴的键板,由do忽然移到re,即如昨夜的孩子今朝忽然变成青年;或者像旋律的"接离进行"地由do忽然跳到mi,即如朝为青年而夕暮忽成老人,人一定要惊讶、感慨、悲伤,或痛感人生的无常,而不乐为人了。故可知人生是由"渐"维持的。这在女人恐怕尤为必要:歌剧中,舞台上的如花的少女,就是将来火炉旁边的老婆子,这句话,骤听使人不能相信,少女也不肯承认,实则现在的老婆子都是由如花的少女"渐渐"变成的。

总之,匆匆流动,永不停息,挽留不住。这,就是时间的本性,也是人的生命存在的真相。

六、"生命宝贵"命题对人生的启示

从对"生命是宝贵的"这一被人说得俗滥的熟语静静沉思中,我们悟出了上述如许道理,从而对人生有了更加真切的理性认识。也许可以说,只有在悟出了这些人生真相之后,我们才算真正理解了"生命是宝贵的"这句话。那么,理解了这句话对我们的人生实践有什么意义呢?

首先,由生命的一次性和不可逆转性,我们真切感受到了人生选择的严肃性。关于这一点,英国诗人罗·弗劳斯特在他的诗《没有走的路》中,"说"得很透彻。诗中写到,抒情主人公到树林散步,面前出现两条路,他既想走这条又想走那条。这当然不可能,于是留下一条走了另一条。本想回来再走另一条,但一路走下去,处处歧路,再也回不来,另一条路永远也不能走了。于是,"我将带着内心沉痛/向几代后来行人倾诉/我遇到两条道路在林中/却选择来往稀少的一股/结果导致了遭遇不同"。

这首诗运用象征的手法在谈人生,林中歧路的选择其实是人生中各种选择的象征。人生路上时时都可能遇上歧路,大至职业、爱情,小至星期六晚上看电视还是看电影,今天中午吃馒头或是吃大米。每次面临歧路都必须做出或痛苦或愉快的抉择。《没有走的路》首先揭示的就是这一点,人生多歧路,歧路必选择,人生是严峻的。诗的另一层意思是,人生经验的可能性是受到极大限制的。一个人只能选择一个学校一个专业,将来从事一种职业,住在一个地方……诗中讲话人试图选择两条路,却命中注定只能走一条。而选择了这一条就意味着丧失了那一条(或数条),因此,选择意味着占有同时又意味着失去;占有意味着满足又意味着失落和遗憾。诗的第三层意思是,人生的每一选择对未来都有决定性的影响,都可能导致与另一种选择完全不同的遭遇。我们每前进一步,生活就确定一步。人生选择当然是自由的,但这种自由本身又是限制,自由中包含着限制,这是人生的一种悖论。这里隐隐透露了人的自由意志与宿命论的矛盾。总之,无论哪一层意思,都说明了人生选择的严肃性。人的一生时时刻刻都面临选择,而每一次选择都决定着自己的人生方向,最后,一次次的选择完成了自己的人生。因此,选择必须慎之又慎,否则,"一步走错,百步难回""一失足成千古恨"。

其次,由生命的神奇性和不可重复性,我们知道了每个人都是独特的,是别人不可替代的,因而明白了做人当然不可妄自尊大,但也不必妄自菲薄,把自己看得太渺小太不值一谈。"天生我材必有用",我是天底下的唯一,我有别人不能取代的独特之处,只要善于发现自己,开掘自己,培养自己,完善自己,就一定可以成就一个独特的自我,为社会为人类做出自己应有的贡献。同时,由人生际遇的不可重复性我们还明白了别人的人生经验是只可参考而不可照搬的。你的人生由你的复杂机缘所构成,因而你必须根据具体的现实情况做出符合自身特点的决断。总之,你必须自我做主,自我负责,而不必亦步亦趋模仿别人。

再次，由生命的有限性与匆匆流动性，唤起了我们的生命紧迫感，激发我们赶快行动，赶快做事，切不可拖拖拉拉，白白浪费时间。平时，生活中的多数人往往意识不到生命的紧迫感，总认为日子长着呢，因而从不着急，办事总是一拖再拖，终于一事无成。倒是古代某些敏感的人意识到了这一层，因而提出“急事宜缓办，忙中有错；缓事宜急办，敏则有功”。古人的经验值得今人借鉴。我们每个人的生命都相当有限，因此，必须充分利用它，用不停地做事来充实它，用“做事”来作为生命流走的标记。否则，你走完了生命，了无痕迹，一片虚无，等于白白浪费了生命，岂不可惜？

最后，正因为生命有限，才无比宝贵啊！假如生命是无限的，可以无限制地永远活下去，细想却是一件非常可怕的事。那时候生命不但不再宝贵，而且很可能成为你甩不掉的包袱了。你没想过这问题吗？那么我建议你去看看法国女作家波伏娃的小说《人无不死》。小说写一个可以长生不老永远活下去的人，一位女演员想沾他的仙气和他结合，他痛心地说，姑娘你好糊涂啊，我为我的不能死痛苦不堪，你们会死，多么让人羡慕啊！

总之，由于生命只有一次，只有一个人生，人生才显得如此美好，如此宝贵。我们应当好好地珍惜生命、善待生命，利用有限的生命去创造无限的可能性，让有限的生命充实、快乐，焕发无限的光彩。

对话人生实录

1. 我找不出活在世上的理由怎么办?

问:我总是找不出一个活在世上的理由,心里空落落的,总觉得人活着就像一个躯壳没有了灵魂,到最后的归宿不就是一个小匣子吗,何必还这么辛苦地活着?

答:小小年纪怎么问出如此悲观的问题!不过从你的问题可以看出你是一个思想比较深沉,喜欢思考人生,颇有一点哲学气质的人。问题有点悲观,但悲观不一定是消极和消沉。悲观是看到了人生的某种真相,未必是一件坏事。问题是怎样从你的问题中引出并不悲观的活法。

关于这个问题,我课堂上专设了一讲(《人生意义》)已经讲过,我的基本观点在那里已经做过表述,你可以再回忆一下。或许那里的表述过于理论化,现在我换一个更通俗的角度来继续讨论这一问题。

假定你今年二十岁,那么请问二十一或二十二年前你在哪儿?那时你父母还没有结婚呢!甚至,还不认识呢!我们只能说,那时你在虚无中。我再问,一百年或一百二十年总之你死之后你在哪儿?你不知我不知我们都不知,只能说你还是在虚无中。这样看来,人生其实就是一个从虚无中来,又回到虚无中去的过程。你来时空着两手,死时两手空空,你在尘世上所获得的一切又都交回去了。你一无所有,你所拥有的只是一个"过程"。

从虚无中来又到虚无中去,人生实在只是一个过程,这是人生的真相。面对这一结论,下一步你将怎么办呢?换句话说,从这里出发将会引出什么样的活法呢?我们设想可能有这样几种思路。

第一种思路是,尽情地吃喝玩乐,让这个肉体生命得到最大可能最大程度的享受。这是古今中外纵欲论者的思路。这一思路自然有其自身的道理,但这样活下来结果怎样呢?灯红酒绿,纸醉金迷,大腹便便,脑满肠肥,我想同学们肯定不认为这是一种好的活法吧!

第二种思路是,既然将来是个死,死后一切归虚无,那么现在的一切努力一切奋斗就全没意义,不如及时看透,啥也别争啥也别干,就像你说的活着"何必还这么辛苦"!这种想法就是常常被中国人视为"看透"的这一种。这种想法也挺有道理,但这样的结果又如何呢?这样的结果是心灰意懒,百无聊赖,浑身没劲,丧失了生命活力,活得沉重压抑,毫无光彩。更有甚者,由悲观走向厌世,总想放弃自己的生命。请问这样一种活法怎么样?难道这就是所谓的"看透"吗?"看透"难道竟是这样的吗?如果是这样,我看还不如不看透。因为这太沉重太痛苦太压抑了，活着已没有了任何趣味！我想同学们也不会认为这是一种高明的活法吧！

第三种思路是，既然将来是个死，坐着等是死，跑着跳着唱着也是死，那么我何不一路欢歌跳着唱着走向死呢？换句话说，我何不利用这短暂的生命好好干一场呢？既然上天给了我一个生命，我何不尽情地利用它呢？不用白不用啊！不用太可惜呀！不用是生命的大浪费，对不起上天也对不起自己呀！

大家可以看出来了，第三种活法肯定比前两种好。原因不言自明。这种活法既有利于他人有利于群体有利于人类（当然前提是方向正确），也有利于个体即有利于自己。这里我不是从现实利害角度，而只从心理角度、哲学角度看问题。我要说的是，上帝创造人时同时给了每个人生命能量，这一能量需要发挥需要释放需要燃烧，否则就得憋死，就等于自杀。什么都不干肯定不利于生命的发挥，肯定算不上真的看透。真正的看透是什么样子？我告诉大家一句话，史铁生说，看透了人生而后爱它，这才是明智之举。我以为史铁生这句话深刻极了，这是他以自己悲苦的人生为底衬，以睿智的头脑多年参悟人生得出的结论。这里所说的"爱它"的"它"是指人生的全部，包括生命本身所固有的痛苦和悲剧。

生命本身的痛苦和悲剧也要"爱"么？是的，也要爱。因为第一，它是生活本身的固有组成部分，你不可能把它单独剥离出来像扔臭袜子一样把它扔掉；第二，生活本身的痛苦和悲剧不单单是"痛苦"和"悲剧"，而是蕴含着快乐和美感，正是它在激发你的生命力，激发你的创造力，让你的生命焕发光彩。否则，一路顺风，万事如意，何以现出你内在精神的魅力，何以让人知道你是一个"人"？

现代人所信奉的人生哲学不是退隐自闭的人生哲学，而是积极奋斗的人生哲学，教人经得起痛苦和磨炼的人生哲学。从空虚落寞的心境中走出来吧，对人生的最高"看透"不是看到死后的空无——这差不多是小孩子都知道的事，而应该是怎样利用你所拥有的唯一而有限的生命尽可能做好更多的事。这个过程其乐无穷！这就是活着的理由！

2. 追求完美而不得，怎么办？

问：我是个完美主义者，无论什么事，包括我所做的事和我遇到的事，我总是希望十全十美，尽善尽美，但却永远达不到这一步，因此我总是苦恼，永远对自己甚至对别人不满意，自讨苦吃，请问我该怎么办？

答：我理解并赞赏你的追求，但却不太同意你的心态。因为，按我的理解，完美是一种境界，是一种可望而不可即的境界，它永远在人们前行的地平线上，你眼看着快到了但仍然到不了。正像歌词所唱的"月亮走我也走"。但正因为它可望而不可即，才永远吸引人向着它前进，这是人类进化的一个秘密。从某种意义上说，"完美"的存在是让你追求的，而不是让你实现的——不是不让你实现，而是它无比高远，没有标准，你永远实现不了。虽然实现不了，但却自有它的价值，其价值即"虽不能至，心向往之"——吸引你向往。

既然到不了，你也就不要太苛责自己。只要你尽可能地努力了，心也就可以安了。从辩证法的观点看，完美是相对的而不完美是绝对的，不完美是事物的常态而完美是事物的非常态。在这个问题上，我对你的基本建议大体可以概括为这样两句话。一句是，追求完美，但必须容忍不完美。这句话的重心给人的印象似乎是落在后一句上，这就可能产生一点负面作用。因此我再补充一句，容忍不完美，又永远不忘追求完美。两句话相辅相成，就比较全面了。

3. 爱上一个人不敢向他表白怎么办？表白了遭到拒绝怎么办？

问：如上。

答：看来你是个自尊而又矜持的人，性格不太前卫开放，但这种可以理解的保守又能赢得普遍理解和尊重。有这种心态的同学大概不少吧！

我感到爱情问题似乎每个人都是无师自通的，不必学习不必讨论的。不过你既然作为一个问题提出来了，我就有责任在这里和你们一起认真讨论一下，否则对不起你对我的信任。对你的问题我完全没有把握，我只谈一些自己临时想到的意思，仅供参考。

首先，我认为你要认真仔细地凝视你自己的内心，看看你是否真的爱上了他，是一时的喜欢、欣赏，还是真正的爱；再认真仔细地审视对方，看他是否真的值得你爱，你对他真的有足够的了解吗？这是前提。否则不必进入下一步。

如果你确定真的是爱上了他，那么你就要考虑怎样表白了。当面？直说？不好意思，况且，还不了解人家啥意思呢！当面直说不好，那就采取迂回曲折的战略，用较为含蓄变通的办法去试探。如有意接触，多找说话的机会，发个短信问候，再不然更进一步地写信加以暗示。一般情况下，只要双方有缘，在有意多接触的过程中就可能自然吸引了，青年时期，在男女感情问题上都很敏感，每人心中都有一个感情发射器和接收器，谁也不是傻子。如对方根本无意，比较冷淡，那就需要考虑有没有必要发展了。

总之，你如果确确实实真的对某个人产生感情了，不向他表白实在很遗憾，说不定会终生后悔，因此你一定要做出相应的努力。你要突破不好意思、难为情的心理障碍。你要这样想，一边是你的难为情，这只是一种可以调整可以克服的心理因素，一边可能是（仅仅是可能是）你的终身大事，哪个更重大，不言自明。你不要因小失大，留下遗憾。试了，不行，说明缘分不到，不后悔了。

接下来就说到另一个问题了，那就是示爱遭到拒绝怎么办。我感到这问题不复杂、不难办，你硬着头皮接受就是。也可能我是站在干岸上说话，正所谓站着说话不腰疼。不过就算当事人又能怎样呢？你有爱的权利，人家也有不爱的权利，或者说是拒绝的权利。不一定你爱上人家了人家就一定会爱上你啊！爱情是双方的事，一定要双方互有情意才行。当然，因为你是当事人，因此你感情上一定非常痛苦，爱情上的痛苦又非一般事情上的痛苦，所以我对你的痛苦十分理解十分同情，但除了劝你接受现实之外别无好办法。你硬着头皮稍微挺一挺，用理智去调整一下，不久就可以想通，就可以缓过来，然后心态平静，精神放松地再去寻找自己的所爱。这次失败了，眼下看是坏事，但在上帝眼里到底是坏事还是好事，还不好说呢！在命运的棋局上，谁也说不清你眼前所遇到的到底意味着什么！古人明白这道理，他们说，“塞翁失马，安知非福”“失之东隅，收之桑榆”。以这种眼光看问题，你在这里失去了眼下你自认为的所爱，但说不定上帝在另一个地方给你安排了一桩好姻缘呢！

还想补充一句，爱遭拒绝，虽然痛苦，但也不要恨人家，那是人家的权利，还要尊重人家。爱不成还可以是朋友，是友谊。总之，现代人做人要大气，务必不可小家子气。我想你们肯定能做到。

4. 在爱情问题上，拒绝一个人后这人一蹶不振怎么办？

问：在爱情问题上，拒绝一个人后这人一蹶不振怎么办？

答：因为我不了解具体情况，所以只好从“一般”原则笼统作答，不着边际之处请你谅解，说错的地方请你批评。

先说他。他的爱意遭到拒绝，也就是失恋，他很痛苦，很可以理解。只要是真正投入了感情，无论谁失败后都可能有一段时间过不来。你不要着急，更不必惊慌失措。你让他慢慢休养、调整，相信他会慢慢走出来的。他目前的消沉可能是暂时的。如果他从此真的一蹶不振，再也恢复不过来，甚至于走向颓废，那说明这人也太脆弱了，一个挫折就可以打倒的人，不堪一击的人，心理上、精神上太不成熟了。他还需要历练。目前的挫折正是对他的考验。

再说你。首先，你的拒绝要慎重，一定得经过深思熟虑，不可草率、意气用事。要知道这种事是最容易让人受伤的，不少人可以经受其他挫折但经受不了这类挫折。其次，你真的决定拒绝了，要讲究方式，切不可生硬刺激。你要友好、心平气和、耐心细致地向对方表明你的态度，说明你的理由，让他感受到你的诚恳、你的善意。只要你做了这些，一般有一定修养的人都可以接受，哪怕是痛苦地接受。最后，爱情关系中断了，只要对方同意，其实还可以保持朋友关系，互相关心互相鼓励，他暂时的苦恼你帮他排遣，帮他渡过这一关。

在这种事上需要注意的是，有的人一见对方痛苦了、一蹶不振了，立马心软了，改变决定了。当然这种情况未必就一定不对，例如通过这一回合，你发现他对你的痴情，你好感动，而这人本来又是不错的，只是你过去对他认识不够深，你当然可以改变决定。但怕就怕另一种情况，即你经过深思熟虑已经发现和他不合适了，已经清醒地认识到及早分手是明智的决定，但他一痛苦你心软了，改变自己的决定了。你一声叹息，就这样凑合吧！这就坏了。你要记住古人的一句话，“强顺人情，勉就世故，误却我一生大事”。古人的经验教训值得汲取。

第三讲 我是谁

据说，两千四百多年前，有一个人大白天打着灯笼在雅典大街上熙熙攘攘的人群中认认真真地四处寻找。人们问他找什么，答曰：『找人。』众皆愕然。这个在人群中找人的人便是古希腊著名哲学家第欧根尼。听完这个故事同学们大概会问，这是真的吗？且不要问故事的真假，请姑且把它当作一个寓言来看。作为寓言，其象征意义是，聪明的人类已经认识到，人其实未必真正认识他自己，未必真正知道『我是谁』，未必找到了真正的自我。于是，从那时起，『认识你自己』的箴言就刻在了太阳神阿波罗神庙上。从此，『认识你自己』就成为人类觉醒以来文学和哲学的一个永恒主题。迄至近代，『我是谁，我从哪儿来，我要到哪儿去』的自我质疑更加迫切，成为灵魂生活中挥之不去的心疾。那么在这方面人类到底都有哪些思考成果呢？

一、我在哪儿

1. 空间定位

我——无论谁，都以我自称，因而无论谁，也都是我，我是每个人，每个人都是我。那么我在哪儿呢？

我作为一个生命，活在一个特定的空间里，那么这个空间在哪儿呢？从远到近，首先，我生存于宇宙，生存于银河系，生存于太阳系。太阳系里有若干星体，我，生存于其中的地球上。地球上有许多国家，我，生存于其中的某个国家中，如，中国，某省，以此推下去，直到某个具体人所生存的那个特定的空间。这就是“我”的空间定位，我就活在这样的特定空间里。

这样对我进行空间定位，暗含了从近到远、从远到近的双向视线。这样把“一”融入无限，从无限看“一”，清醒明白地看到“一”与无限的关系：“一”是无限中的“一”，无限由无限的“一”组成。从这面看，“一”与无限是分离的；换一面看，“一”与无限又是一体的。这，才是“一”存在的真相，才是“一”的准确定位。

2. 精神定位

(1)“我”在生命的整体里

“我”首先是一个生理的、肉体的“我”，是一个活生生的生命，但是当人们问“我是谁”的时候，“我”并不指肉体，而是指精神。正如作家史铁生所说，“我”主要指一个人的精神、一个人的灵魂。那么“我在哪儿”呢？

众所周知，“我”寄植在我的身体里，没有了身体也就没有了“我”，那么“我”在身体的哪一部位呢？在胳膊里？不，因为没有了胳膊，“我”依然故“我”。那么“我”在心脏或大脑里了？也不是。因为把心脏和大脑解剖开来找遍每一个沟回和细胞，还是找不到“我”。看来，“我”并不在身体的哪个具体部位里，而在身体即生命的整体里。

由此，史铁生得出结论说：“‘我’，看来是一个结构，心灵是一个结构，死亡即是结构的消散或者改组。”“灵魂在哪儿也找不到，但灵魂又是无处不在，因为灵魂是一种结构。就像音乐，它并不在哪一个音符里，但它在每一个音符里，它是所有的音符构成的一种消息。”

(2) 我在整个世界所有的消息里

“我”是一种结构，“我”在生命的整体里，这一结论包含着丰富的内涵。史铁生的意思是说，“我”或者灵魂，不只在身体的系统构造里，还在身体之外的整个世界里。因为“我”不能离开别人而存在，不能离开大地、天空和日月星辰而存在，不能离开远古的消息和未来的呼唤而存在，所以，“我不光在我的身体之中，我还在这个世界所有的消息里，在所有已知和所有的未知里，在所有的人所有的欲望里”。

“我不光在自己的身体里，还在世界所有的消息里”，意思是“我”不只是一个生物性的生命存在，更是一个精神存在。作为一个精神存在，它的形成或者说构成绝不是孤立的、封闭的、自我完成的，而是与整个世界有关。个人只是世界之网上的一个网结，是世界整体的一个细胞。这个细胞是整个世界进化的结果，正像一个生理细胞蕴含着一个人所有的生命信息一样，一个人的精神构成也无可置疑地蕴含着世界的所有信息。换句话说即世界的全息缩影。

“心灵与这个世界同构”“我在整个世界所有的消息里”，这一结论所寓含的视角极为宏阔。很明显，史铁生走进了世界的终极，走进了“无底深渊”。想一想吧，茫茫无限的宇宙、社会、历史、现实、人群……都是“世界”的内涵，都是大大小小、里里外外相互联系相互制约的系统，系统与系统之间，系统内部各元素之间，都是密密麻麻的联系网，每个人都生存于这重重叠叠相互联结的网上，其肉体生命与无限之网相连接，其精神生命（灵魂）也与无限之网相沟通。由于每个人的主客观条件各不相同，因而每个人与世界之网的连接也不相同，每个人的“我”也不相同。

如此说来，要想了解“我在哪儿”，就要了解与“我”（有限）相联系的“所有消息”（无限），了解与“我”的心灵（有限）同构的“整个世界”（无限），而“所有消息”和“整个世界”是无穷无尽的，因而要彻底穷究“我在哪儿”（以与他人相区别），就必须同时穷究“所有消息”和“整个世界”，然而这是绝不可能的。它永远以“无限”的身份，以“神秘”的面目出现在人们面前，永远诱惑人们去探索。

（3）我是世界之网上的一个结

“心灵与这个世界同构”“我在整个世界所有的消息里”，直言之，我在世界之网上，我是世界之网上的一个结。所有这些命题都很深刻，都很精辟，然而对普遍大众来说又似乎过于抽象，不好理解，下面我以一个例子加以说明，力求使它由“抽象”转化为“具体”，更容易理解。

例如，在“生命为什么是宝贵的”一讲中讲张三的出生，背后是一个巨大无比的人际关系网络，与整个世界、整个宇宙相连；那么张三的思想、精神、灵魂呢？也一样！张三的思想、精神、灵魂无疑与他的父母、家庭有关，与他就学的所有学校有关，与他所有的人际关系、整个社会有关。而张三父母、家庭、学校乃至于整个社会的思想、精神，从历时性角度看，是全部历史的延续，流淌着历史的血脉；从共时性角度看，又和同时共存的各种思想，包括世界各地乃至于全人类的思想相关联。也就是说，张三的思想、精神和灵魂，孤立地看是他自己的，辩证地看与古今中外全人类思想相连。张三的思想、精神、灵魂连着全世界，连着全人类，连着整个人类史。从张三望去，从他辐射出去的是一张巨大乃至于至大无边的人际关系网、思想意识网、精神灵魂网。

张三是整个世界之网的一个结，是整个世界、整个宇宙的全息缩影，在他这里蕴藏着整个世界、整个宇宙的秘密，因此，解剖了张三这只“麻雀”，我们得到的就是整个世界，反过来，要想真正彻底地了解、理解张三，就必须把他放到整个世界的背景下。

3. 多维定位

对于“我在哪儿”的问题，除了上述定位之外，还可以从不同角度不同侧面进行定位。如，自然—社会—历史—国家—民族—宗教—社团等角度定位。即，从自然角度看，“我”是自然界的一生命，一生灵。用古人的话说，我们每个人都是钟天地之灵秀，夺日月之造化，是阴阳二气化育的结晶。从这个角度看，用得上佛家的一句话：众生平等。因而你要学会敬畏万物，敬畏自然，回归自然，不要违反自然，最好能达到天人合一。从社会角度看，“我”是社会群体中的一员。马克思说，人是社会关系的总和。换句话说，每个人都是纵横交错、盘根错节、密密麻麻、层层叠叠社会网络上的一个结，打开这个“结”，看到的是整个复杂无比的社会真相。从历史角度看，“我”一出生，作为人类一分子就汇入了历史的洪流，融入了历史的进程。“我”的人生从某年某月某日起，到某年某月某日终，从历史中消失。在“我”存续期间，历史会在“我”身上烙上它的印记，在“我”身上留下民族、国家，乃至于人类历史的所有信息。以此类推，“我”的每一重身份都是“我”的某种定位。

二、“我”的不同层面

接下来讨论“我是谁”。这一讨论离不开的关键词是肉体、生命、精神、灵魂等，那么这些概念的关系是什么呢？

1.“我”有生命但不等于生命

“我”存在就证明“我”有生命，但“我”与生命并不是一码事。

史铁生说，生命只是一种生理现象，一个物体只要活着，就有生命，比如植物人和草履虫。所以，生命二字，可以仅指肉身，而“我”却不仅仅是肉身。“我”可以提出问题：“生命到底有没有意义？”而“生命”本身不会提出这样的问题，说明“生命”不等于“我”，“我”不等于“生命”。“我”，正是人们通常所说的：精神，或灵魂。

2. 精神与灵魂的区别

那么，精神和灵魂就肯定是一码事吗？未必。请听下面这段话：“我看我这个人也并不怎么样。”——这话什么意思？谁看谁不怎么样？还是精神的我看肉身的我吗？那就不对了。“不怎么样”绝不是指身体不好，而“我这个人”则明显是就精神而言，简单说就是：我对我的精神不满意。那么，又是哪一个我不满意这个精神的我呢？就是说，是什么样的我，不仅高于（大于）肉身的我并且也高于（大于）精神的我，从而可以对我施以全面的督察呢？是灵魂。

但是什么又是灵魂呢？精神不同于肉身，这好理解。但是灵魂不同于精神，这又怎么说呢？史铁生解释说：“精神只是一种能力。而灵魂，是指这能力或有或没有的一种方向，一种辽阔无边的牵挂，一种并不限于一己的由衷的祈祷。”

比如希特勒，你不能说他没有精神，由仇恨鼓舞起来的那股干劲儿也是一种精神力量，但你可以说他丧失了灵魂。灵魂，必当牵系着博大的爱愿。

再比如希特勒，你可以说他的精神已经错乱——言下之意，精神仍属一种生理机能。你又可以说他的灵魂肮脏——但显然，这已经不是生理问题，而必是牵系着更为辽阔的存在和以终极意义为背景的观照。

这就是精神与灵魂的不同。

总之，在史铁生看来，精神，当其仅限于个体生命之时，便更像是生理的一种机能，甚至累赘(比如它有时让你食不甘味，睡不安寝)。但当它联通了那无限之在，追随了那绝对价值之时，精神就不再是肉身的附属，而成了命运的引领——那时它已经升华为灵魂，进入了不拘于一己的关怀与祈祷。所以那些只是随着肉身的欲望而活的人，你会说他没有灵魂。这就是说，灵魂与无限之在相连，与绝对价值同在。

3. 走向大我

那么“无限之在”“绝对价值”又是什么呢？史铁生说，“那无限与绝对，其名何谓？随便你怎么叫它吧，叫什么其实都是人的赋予，但在信仰的历史中它就叫作：神。它以其无限，而真。它以其绝对的善与美，而在。它是人之梦想的初始之据，是人之眺望的终极之点。它的在先于它的名，而它的名，碰巧就是这个‘神’字。”“神，乃有限此岸向着无限彼岸的眺望，乃相对价值向着绝对之善的投奔，乃孤苦的个人对广博之爱的渴盼与祈祷。”简言之，灵魂即“神”，即无限之在，即绝对价值，即博大的爱愿……

从以上的推理和玄思可以看出，史铁生对“我是谁”的思考层层推进，一层深一层。他从生命(肉身)之我走向精神之我，又从精神之我走向灵魂之我，从灵魂之我又走向“神”，即走向无限之在，走向绝对价值，走向博大的爱愿，换句话说也就是走向了终极，走向了“无底深渊”。很明显，这时候的“我”已不是作为个体存在的“小我”，而是走向了宇宙(或叫绝对、终极、无限、神等)的“大我”了。走向宇宙的大我，就是与宇宙与无限与终极合为一体了，化为永恒化入神秘化入无底深渊——天人合一了。

4. 小结

让我们对史铁生的上述思想做一个大致的总结：我是谁？“我”首先是肉体之我。这是生命的载体，思想、灵魂的寄植处。其次是精神之我。精神之我的存在与整个世界所有的信息有关，是主观与客观相互作用的结果，它与整个世界同构。再次是灵魂之我。灵魂是精神的一种方向，一种牵挂，一种引导，它体现着一种博大的爱愿，它与无限之在相连，与绝对价值相通，灵魂的别名可称之为“神”。

这三种“我”是完整的人的三个层面：生物性—意识性—形上性。前两个我是个体之我，是有我，是小我，后一个我是整体之我，是无我，是大我；前两个我是有限之我、相对之我，后一个我是无限之我、绝对之我。这是人类自我寻找自我确认的过程，也是精神步步登高的攀升过程。人类寻找自我的过程，其实也就是寻找人生意义、灵魂寄托、精神家园的过程。经过寻找，史铁生的精神走向澄明之境。

我在哪儿？我是谁？是自古以来人类永远在思考在追问的终极问题，它反映了人类自我认识自我解剖的迫切需要。史铁生，一个命运不幸的人，一个对精神对灵魂对生命的意义永远感兴趣的作家，以其敏感而睿智的心灵，参与了对上述终极之问的执着思考。他的思考成果有着相当的思想深度。那么,史铁生对“我是谁”的思考就是终极答案了么?当然不是。正如史铁生所说,有终极之问却没有终极答案,终极之问的意义只在于引导人类永恒的思考、永恒的精神追求。史铁生对此问题的思考激发了、促进了我们的思考,把我们的心引领到一个至高至深至美至玄的境界,让我们在某种意义上从中找到了灵魂的安慰和寄托。——这,也就够了。

三、“我”的不同侧面

让我们从思想家和艺术家杳渺幽深的玄思中回到现实中来,站在普通大众的角度反思“我是谁”。我们提出这一问题,不是从深奥的哲学角度,而是从日常的现实角度——从日常现实角度看,我们感到每个人包括我们自己,怎么总是那么复杂呢?怎么那么富于变化,有那么多副面孔呢?我们禁不住追问,到底哪一副面孔是人的真相,或者说哪一个我是我呢?

1. 真我与假我

首先介绍一篇微型小说——林华玉的《神秘的密码》。故事梗概是:一个叫张涛的贪官在强大的政治和心理攻势下终于交代了犯罪事实,还交代说所有赃款都放在他家的一个大保险柜里了。但还没来得及说出保险柜的密码就突犯脑溢血失去知觉变成植物人了。警察不知道密码,请来了开锁高手,但开锁高手也没有办法,因为这是一个进口的声控保险柜。要想打开,必须知道主人预设的暗号,根据经验一般是八个字。于是警察轮番上阵做实验,有的说“人不为己,天诛地灭”;有的说“人为财死,鸟为食亡”;有的说“何水无鱼,何官不贪”……但无论说什么那锁就是打不开。最后开锁高手说或许这把锁更高级一点,只能识别主人的语气,就是说只有主人亲自说话才能打开。没有办法只好把保险柜锁在公安局保密室封存起来。一晃十几年过去,贪官张涛终于醒了过来,很快恢复了记忆,出院后警察把他带到保密室要他破解保险柜的神秘密码。张涛很配合,他蹲下身对着保险柜说出那句暗号,保险柜门一下子打开了。在场的所有人听了这句话差点晕倒,因为他说的这句话竟然是“一身正气,两袖清风”。

这是一篇非常绝妙的小说,妙就妙在巨大的反讽效果:一个贪官竟然把“一身正气,两袖清风”作为储藏赃款保险柜的密码,让人啼笑皆非,笑掉大牙。但笑着笑着就笑不起来了,因为这不是玩笑,而正是生活中贪官的真实面貌。他们太善于伪装了,他们不但要装给别人看,更有甚者还要装给自己看。善于伪装简直成了贪官的共性。

如江西贪官胡长清,一边把“淡泊明志”和“为人民服务”挂在墙上,一边做着罪恶勾当。原山东泰安市委书记胡建学一边优雅地说“钱”是什么?“钱”就是两个持“戈”的士兵守着金库,伸手就要被捉。一边把长长的手伸向金库,全然顾不得是不是有持戈的士兵把守,其后果是因巨贪被判死缓。原郴州市委书记李大伦以作家、诗人自许,曾作诗抒怀言志:“从政为官三十年,回首往事心怡然。休言怀才谋大略,但愿清廉归平淡。平生只念苍生苦,富民强国求发展。历尽艰辛终不悔,一腔热血荐轩辕。”其实际也是个巨贪。深圳原市长许宗衡口口声声表示:“我要做一个清廉的市长,不飘浮,不作秀,不忽悠,不留败笔,不留遗憾与骂名!”其行为与宣言完全相反。

这类人有多少啊!一边在台上高喊我们一定要把反腐败斗争进行到底,一边大肆贪污受贿,在背后做尽不见天日的罪恶勾当。这些贪官的最大特点就是装假,善于表演。他们表演给人看的当然是假我,而假我背后干坏事的是真我。

2. 本我与超我

《化身博士》是19世纪英国作家史蒂文生的名作。作品在1866年发表之后曾引起当时社会的广泛关注,成为畅销书。小说的主人公叫亨利·杰基尔,他拥有多个博士和皇家学会会员等头衔,勤奋踏实,热心科学研究,为人真诚善良,深受朋友与周围人的尊敬和爱戴。总之他是个地位崇高道德高尚的人。然而他反思自我,却感到自己有一个最坏的缺点,即“一种急不可耐的寻欢作乐的性格”,甚至有作恶的冲动。也就是说,他性格中同时具有“善”和“恶”两面。社会的道德规范,他所接受的文明教育,决定他以“善”的面目出现在人们面前;但与此同时,他必须严厉地压抑心中之“恶”。这种心灵分裂的双重生活让他痛苦不堪。后来他发明了一种药,喝下去后变形为另一个人。他把心中之“恶”放到这个人身上,这就是爱德华·海德。海德年轻,丑陋,充满活力,受原始本能支配生活,从不考虑什么道德,作恶不计后果,做了很多恶事。作恶后的海德通过喝药,还能重新变回为杰基尔,继续过他体面有尊严的社会生活。他就这样小心谨慎地维持着心理的平衡。但时间一长,这一平衡发生了倾斜,他常常不服药也能轻易地变成海德,但由海德变回杰基尔则需要加倍的药量。这种药因缺少原料而难以配制,最后他在实验室穿着杰基尔的衣服以海德的面目死去。

从生活真实角度看,故事情节当然是荒诞的,既没有任何“事实根据”,也没有任何“科学根据”,完全是作家想象和虚构的。作家之所以“编”出如此荒诞不经的情节,是有一定寓意的。他要用这样的情节表达他对人性、人的心理的理解:“人事实上并非是单一的,而是双重的”;“在每个人身上,善与恶互相分离,又同时合成一个人的双重特征。”

史蒂文生以艺术形象揭示出的人的双重特征,与20世纪伟大心理学家弗洛伊德“人格结构”理论中的“本我”与“超我”相吻合。弗洛伊德1923年在《自我与本我》一书中,认为人的人格由本我、自我、超我三部分构成。所谓本我,是心理结构中最原始的部分,完全处于无意识之中,其中充满着被压抑的本能、欲望和冲动,它是来自生命本源的心理需求,遵循的是快乐原则。超我是一种文化无意识,它是社会规范、伦理道德、价值观念等在人的心理结构中内化的结果,属于后天的精神积淀。超我是属于伦理化的自我,它代表一种约束力量,遵循的是理想原则。本我与超我处于对立的两极上,本我凭本能力量按快乐原则顽强地要求发泄,超我凭道德力量按理性原则加以控制和压抑。二者互不相让,冲突的结果双方达成谅解即是自我。自我让本我和超我各自妥协,都做一点让步,既让人的生命之欲得到一些满足,又不要超过了社会规范的樊篱。自我遵循现实的原则,按社会理性要求行事。

《化身博士》中的杰基尔和海德,就是一个人的超我和本我的外化。杰基尔的行为处处符合社会规范,是社会公认的道德高尚的人;但即使这样的人的内心世界,也有“一种急不可耐的寻欢作乐的性格”，甚至有作恶的冲动，这就是一个人的本我，海德就是这种心理倾向的外化。需要读者注意的是，日常生活中人的“本我”一般隐藏在内心深处，自己在自我反省时可能有感觉，但外人是决然看不到的。《化身博士》作为艺术作品，把内心深处看不见的这一面用艺术形象外化出来了。

3. 内我与外我

本我与超我，是从心理层面对人的自我的剖析。而如果从行为角度分析，超我和本我表现为内我与外我。

内我，即主体自我感觉、自我认识中的自己，是隐藏于内心深处的我；外我是通过行为表现于外的别人眼中的我。这二者可能一致，也可能不一致，更多情况是不一致。德国新教牧师朋霍费尔的诗《我是谁》就揭示了这一点。

朋霍费尔(1906—1945)是第二次世界大战期间因反抗纳粹而惨遭极刑的德国新教牧师。他温文尔雅、彬彬有礼，对人友善，热爱和平，热爱自己的国家和文化，有强烈的正义感。他坚决反对希特勒政权的侵略扩张政策，因而被捕入狱。面临生死考验，他选择了反抗，因而也就选择了死亡，最终在盟军解放柏林前夕被残忍地杀害了。

朋霍费尔在敌人面前表现得镇定、愉快、坚毅、勇敢，以生命证明自己是一位真正的勇士、一位倔强不屈的英雄。关于这一点，所有人都看到了。然而作者在诗中却坦诚地承认，在自己的内心深处也充满着焦虑、恐惧、紧张、不安，也有畏惧和胆怯的一面。由此看来，朋霍费尔身上有两个“我”：一个是表现于外的众人眼中的“我”(外我)，一个是自我审视自我了解中的“我”(内我)。这两个“我”有明显的反差与矛盾，哪一个“我”是真的呢？我认为都是真的，是一个真实的人的两个层面。朋霍费尔有后一面，说明他是一个和一般人一样的真实的人；有前一面证明他是一个勇敢的人。一个内心胆怯的人竟主动选择了死，由此可见他的选择是理性的，可见他的意志和信念的一面更强大，因此他赢得了人们的尊敬。

不仅如此，更可贵的是，朋霍费尔不像有的人那样有意识地隐瞒心中胆怯这一面，而是敢于正视它，并大胆坦露它，所以他的勇敢是双重的。人们不因为他心中曾有的胆怯而鄙视他，相反，因为他敢于正视它并战胜了它而格外尊敬他。

面对别人告诉我的，即表现于外的那个“我”(外我)和自我体认自我感觉中的我(内我)的不一致，朋霍费尔十分困惑，发出“我是谁”的疑问。这疑问难道只是朋霍费尔的吗？当然不是。事实上这是一个天问，一个哲学之问，一个生命之问，一个人人都可能有的疑问。对人的心灵世界洞察甚深的哲人们早就发现了人身上的两个“我”——外我与内我，而且常常不一致。正如一位学者所说：“社会生活中的个体与个人独处(独自面对自己的良心、自己的上帝、自己的宇宙)时的个体，反应、表现何其悬殊！一个人可以是一个良好的公民、模范的丈夫、优秀的父亲和贤妻良母，但独处时刻的扪心自问却不免发现自己是个罪人。每个人在不同程度上都是一尊神秘莫测的两面之神！”(谢选骏．荒漠·甘泉[M]．山东：山东文艺出版社，1987：235-236.)

一个人身上既有“外我”又有“内我”，而且常常不一致，是否说明人人都是伪君子呢？当然不是。判断一个人是否伪君子有两条标准：一是内心阴暗却“说”得漂亮（而不是“做”得漂亮）；二是不敢承认自己内心的阴暗，而是千方百计掩饰它，美化它。朋霍费尔正是在以上两点上与伪君子区别开来了，他不但敢于承认自己的阴暗面，还在精神上战胜了它，而且通过行为表现出了自己的伟大。也就是说，“外我”不等于上文所说的“假我”，区别就在于“假我”是有意识地伪装，而“外我”不是。

4. 主我与客我

在日常生活中，我们常常会说“不由自主”“身不由己”“情不自禁”，意思就是自己管不住自己，自己当不了自己的家，自己对自己无可奈何、无能为力。这说明每个人都感觉到了自己身上有两个“我”，其中想要管理、管制、主宰、监督的那个“我”，我们称之为主我，那个被管而又管不住的“我”，是客我。不由自主云云，其实就是主我与客我的矛盾与冲突。主我与客我并生共存，是人类心灵的又一秘密。

在人的精神结构中，主我代表理智、理性，客我代表感情、欲望；主我代表理想、追求，客我代表现实、存在；主我是一种有意识的自控力量、主宰力量，它常常给客我以提醒、规劝和引导。

主我与客我的矛盾早就被人们意识到并写在了文学作品中。美国第三任总统杰菲逊在其散文中曾经解剖过自己“心与脑的矛盾”。大意是：脑对心说，你为什么不听我的话呢？我明明告诉你有些事不能做，你为什么还要做呢？心对脑说，其实我也知道你说得对，但我就是不想按照你说的做。如果按照你说的做了，那我的生活就毫无趣味了。为了已经获得的快乐，我宁愿接受你的指责。这段话中的“脑”代表主我，“心”代表客我。脑与心的冲突就是感情与理智的冲突，主我与客我的冲突，正所谓眼里看得破，心里忍不过，身不由己，不由自主，情不自禁。

类似的例子举不胜举，英国作家毛姆的长篇小说《人生的枷锁》中的主人公菲利普，就是一例。菲利普是医学院大学生，在一家点心店认识了女招待。姑娘其貌不扬，瘦长的个子，狭窄的臀部，胸部平坦，像个男孩，嘴唇苍白，皮肤发青，患有严重的贫血症，对待顾客冷若冰霜，傲慢无礼。按理说，她没有一点优势吸引男人的注意，然而菲利普却喜欢上了她。他主动和她接近，想尽办法讨好她，但她冷冷淡淡，心不在焉，拒人于千里之外。菲利普的自尊心一次次蒙受屈辱，一次次决心不再去见她，但他的决心往往坚持不了一天。到了第二天吃茶点的时候，他又会觉得站也不是坐也不是。他尽量去想别的事情，可就是控制不了自己的思绪。他恨死她了，他知道自己为她神魂颠倒实在傻透了，他知道自己最好的对策就是以后不再去找她。他下狠心决定再也不去那家点心店了，可到时候他还是身不由已地去了。他只好一再痛恨自己。

这还仅仅是开始，后来诸如此类的情节反反复复。菲利普为恋爱该付出的都付出了，倾其所有，尽其所能，包括物质和精神。这是一场极其不平衡、不和谐、不可思议的爱情。菲利普对此十分清楚，但他就是不能自拔。在理智上，他清醒地意识到绝不该爱这样的人，然而感情上却控制不了自己。他的主我管不住客我，主我在客我面前无能为力，二者的矛盾到了可怕的病态程度。

当然，我们可以说非利普年轻幼稚，理智不健全，所以管不住自己，等将来长大了，就不会再有主我与客我的矛盾了。这样说或许有可能，但也不一定。因为我们发现，在“长大”了的成年人那里，甚至在高度理智、理性的作家、思想家、精神伟人那里，也免不了主我与客我的矛盾。请看以下两首诗词：

《临江仙》(苏轼)：夜饮东坡醒复醉，归来仿佛三更。家童鼻息已雷鸣。敲门都不应，倚杖听江声。长恨此身非我有，何时忘却营营？夜阑风静縠纹平。小舟从此逝，江海寄余生。

《浣溪沙》(王国维)：山寺微茫背夕曛，鸟飞不到半山昏。上方孤磬定行云。试上高峰窥浩月，偶开天眼觑红尘。可怜身是眼中人。

以上两首词中，苏轼感慨“长恨此身(客我)非我(主我)有”，王国维感慨“可怜身(客我)是眼(主我之眼)中人”，都是在悲悯自己的身不由己，感叹主我管不了客我。本来，两人在主观意识中都想凌空高蹈，远离红尘，在没有现实人际纷扰中寻求心灵的宁静、人格的独立。但是，客我身处现实的社会关系网之中，不得不为现实的切身利益而营营于世，与世沉浮。主我想控制客我而不能，这实在是人生的无奈，人人都躲不开的沉痛而悲哀的无奈。

5. 个我与他我

这里的“个我”指的是具有独立人格和与众不同的独特个性的“我”，“他我”则与之相反，指缺乏独立人格和独特个性，以“他者”的思想为自己的思想，随波逐流，消解于社会、公众、舆论中的“我”。

下面我以一则我们身边的真实资料来继续印证上述观点。

在我国“文化大革命”前产生过广泛影响的长篇小说《青春之歌》的作者杨沫，晚年出版了《自白——我的日记》，这里选其一段：

“我心里常常矛盾，又想做点合适的衣服，又觉得应当俭朴。”“我隐约感到，自己思想中已经有腐蚀的小虫在蠕动。有些地方追求享受，讲究穿戴。革命者的气概在减少。这很可怕。帝国主义、修正主义正在身旁，虎视眈眈，随时可能袭击我们，世界上还有无数劳动人民在受苦受难；一个共产主义者，不能把全部心力放在党的事业上，以人民的苦乐为苦乐，而过多地去想自己的生活等等，这是该引起警惕的；前些天想买个地毯，后来终于克制住没有买。”

读着以上日记，现代青年恐怕不大相信，认为这太虚伪太矫情，而只有从那个时代过来的人才会真的相信，杨沫说的全是实话，她的自我解剖是真诚的，一点不假。用现代思想观念去阅读以上日记，谁都会感觉到杨沫内心的严重冲突甚至分裂，感觉到她内心深处有两个“我”：个我与他我。在杨沫这里，他我的内涵表现为政治思潮，社会时尚，极“左”思想。它可以让一个想做点合适衣服(这要求是多么合理而可怜啊！)的女性硬是感到自己正在蜕化变质，正在变成修正主义者；另一则日记中把养病这种个人私事上纲到“党性不强，自由主义”上，甚至将热心为别人做事说成是“小资产阶级的任性与自我欣赏”。

当然，杨沫的例子与当时特定的时代思潮有关，是特定时空范围内的特例。不错，事实确实是这样。不过，即使时代和社会变了，政治思潮社会时尚对人的影响不那么大了，但是只要人生活于社会中，他就永远摆脱不了时代、社会、时尚对自身的影响，所以，人们心灵中他我这一面将永远存在。

事实上人们受他我影响应该说也是正常的，有益的，没有人可以拒绝来自他人的影响，问题是千万不可让他我遮蔽了自我，不可让他我挤掉了个我。如今，改革开放了，社会环境宽松了，思想自由了，个我可以充分发展了。但是，从各种媒体传来的信息铺天盖地一样地包围过来，使你目不暇接，你不得不接受各种思想各种信息的影响。在这种情况下需十分警惕被他我所俘虏，成为丧失自我的人。

6. 今日之我与昨日之我

以上我们从几个方面把“我”作为一个静止的对象进行了结构分析（这仅仅是有限的几方面），由此可看到“我”的构成的复杂性。不过，这只是从静态看出的复杂性。“我”的更复杂的表现在于，每个人的具体的“我”都生存于活生生的现实关系中，这些关系每时每刻都在发生着永无休止的变化，那么受制于环境的“我”也在随时发生着永无休止的变化。今日之我非昨日之我，此时之我非彼时之我，有道是“此一时也，彼一时也”。当然这些不断变化的我完全可能保持相对的完整与统一，但也可能发生“革命性”的质的变化，变得让人认不出是谁来。

例如，当年恋爱时，他或她好得如胶似漆，甜甜蜜蜜，心肝“宝贝”小鸽子小白兔不离口，对天发誓今生今世不分离，海枯石烂不变心，不真诚吗？绝对真诚！然而曾几何时，两人劳燕分飞，甚至变为仇敌，恨不得你吃了我我吃了你，更有甚者，动了刀子，以人命案为结局。早知今日何必当初？不，今日是今日，当初是当初，谁在“当初”也料不到“今日”，当初和今日之间是一个或长或短的时间距离，谁也料不到这中间人会有怎样的变化。

德国大文豪歌德曾在《智慧日记》中说人的一生要经历多次蜕变：“少年时期，闭门造车，叛逆性；青年期，自大、目中无人；中年期，老成持重；到了老年，心浮气躁，反复无常！如果像这样念你的碑文，那绝对是人！”歌德本人就是不断变化的典型。我国老一辈美学家宗白华先生曾在《艺境》中揭示过“歌德之谜”的真相。他说，首先有少年歌德与老年歌德之分。细看起来，可以说有一个莱布齐希大学学生的歌德，有一个少年维特的歌德，有一个魏玛朝廷的歌德，有一个意大利旅行中的歌德，与席勒交友时的歌德，艾克曼谈话中的哲人歌德。这就是说歌德的人生是永恒变化的……

与歌德相类，孔夫子早于歌德多少年就看到了人一生中的不断变化。他以自己为例，说自己的一生是“三十而立，四十而不惑，五十而知天命，六十而耳顺，七十而从心所欲不逾矩”（《论语》）。歌德与孔夫子的精神变迁说明人一生是在不断变化的，世界上没有永远不变的人。

一路走来，我们罗列了那么多的我、我、我，似乎要把人弄迷糊了。其实你不用迷糊，这些不同的“我”只是从不同角度、不同侧面对人的观察或剖析，是人的不同侧面。换句话说，“我”是一个由多侧面多层次人格因素组成的、有机完整的，而且又是在不断发展变化着的活的精神体。这就相当于把多面镜子安放在一个人的前后左右上下四面八方，从镜子里反射出来的正是一个人形象的多个层面、多个侧面。不同的是，我们的镜子是内窥镜，窥见的是人的内在人格、内在心灵。

列出了这么多的“我”，那么到底哪一个我是我呢？我劝你最好别再这样问——这样问的思维太简单，有点像小学生。事实上，罗列出的哪一个我都是我，只不过不是“我”的全部，而是“我”的一部分、一个侧面，“我”是上述所有那些(不止这些)我的集合。“我”不但多面(静态)，而且多变(动态)，所以才让人一时有点看不清，所以才让历代人不断发出“我是谁”的追问。试想，如果人们眼中的“我”只有单面，那还有疑问和迷惑么？

四、追问“我是谁”的意义

“我是谁”的问题被追问了几千年，至今仍然在追问，这样的追问有什么意义呢？

1. 渴望回归本真自我

“我是谁”的问题之所以被追问了几千年而且至今仍然在追问，是因为人活得太累、太迷，乃至于太浑太昏，找不到活着的意义，不知道自己到底要什么，总之是找不到本真自我了。现代社会科技发达了，物质丰富了，但是人们的幸福指数不是提高了而是降低了。生存问题解决之后人们的欲望更多更高了，功名利禄、权钱色一个都不能少，为此与人争啊，斗啊，抢啊，夺啊，以至于不惜违法乱纪，铤而走险，直至神魂错乱，烦恼不堪。精神的极度疲惫迫使人们反思，我这是为什么啊？这些都是我需要的吗？这样追问、反思的结果是想摆脱被世俗功利缠绕得痛苦不堪的那个我，从而返回本真的我，这才有了“我是谁”的哲学之问。

追问的结果是发问者自我意识的清醒。这类问题，当你处于混沌自发状态的时候你意识不到它是问题，而一旦脑子里萌生出这一问题，说明你已经开始从混沌中觉醒——即使没有答案你也开始清醒了。

清醒了又能怎么样？清醒了你就知道现在的活法有问题，你就会有意识地调整它，纠正它，改变它，你就会寻找、呼唤、返回那个自然的、原初的、本真的自我。

然而那个自然的、原初的、本真的自我即使能够找到，但是能够返回本真状态吗？我想，大概不能！正如你已经是成人了再返回小孩子的状态是不可能的一样。常言说，人在江湖，身不由己；换句话说，身在世俗而又试图超越世俗摆脱世俗，确实有点难。既然不能返回本真的自我，那么我们一直在呼唤寻找和返回还有意义吗？有意义！意义就是，本真自我作为一个坐标、一个参照物，为你的返回确立了方向和目标，你向着它前进，虽不能至，心向往之。就在这个“心向往之”的过程中，你的心理，或者说你的精神生活中已经有了一个张力场，本真的那一端会对你的昏昧起到一种叫醒、警示、抑制、纠偏的作用。我们完全可以相信，心里有一个“本真”存在，你就不会迷失太远，昏昧太过。所以，本真自我永远是人类精神生活中一个宝贵元素，现代人少不了它，人类永远少不了它，人类永远走在本真自我失落与寻找的路途上。

2. 从我在哪儿的定位中，悟得生存智慧

从宇宙终极角度对个人进行定位，发现自己原不过是无限时空中的一个小点，是巨大社会历史网络中的一个小结，是时刻变动不安的一个存在。这本来是个常识，却最容易忘记。但是，如果对这个常识有清醒的意识，哪个人还敢骄傲狂妄啊！一个人，无论你做出了多么惊天动地的事业，有多么了不起的成就，在这样的定位中，还算什么呀！这样的视角下，所有的骄傲、自负、狂妄，都显得浅薄、可笑、无聊。我们常说做人要低调，为什么？人们常常从“术”的层面理解问题，认为低调是为了避风头，免是非，博得更多人的好感。这样理解不能说错，事实上多数人都是这样想这样做的。然而，我认为还是没有说到根本上。之所以要低调，根本原因在“道”的层面，即从终极视角看，人，无论到哪一步，在终极面前都没有什么了不起，因而都应该是谦卑的、低调的。所以，宇宙视角让你具有无比高远的视野，无比阔大的胸怀，让你具有水波不惊的淡定，具有泰山崩于前而不变色的沉稳，你因此活得很深刻，很智慧。

还有，有了宇宙眼光，你就会从终极视角看自己，就会看轻功名利禄的诱惑，就会自我减轻种种人生压力。例如，多少年来，每当我遇到人世间的是是非非，心里烦躁无法排解时，就会在晚上上床之后入睡之前灵魂出窍，跳到宇宙看自己。这时候看到茫茫宇宙中有个银河系，银河系中有个太阳系……如此推下去，直到发现某张床上的以“胡山林”三个汉字作为符号的那个人。这样一看，就知道自己有多么的“小”，以至于小到几乎看不见自己，小到几乎等于不存在。不但是小的存在，而且还是暂时性的存在，若干年前没有他，若干年后他又没有了，他的存在只是宇宙中无限偶然的因缘和合的结果。这样一想，那些是是非非、恩恩怨怨、功名利禄就变得微不足道，不值一提了，还有什么值得你烦心苦恼的啊！宇宙眼光，或者说人的时空定位让人精神解放，给人心灵自由。因为，没有宇宙背景，你的眼里心里只有那些“琐碎”，无形中它自然被放大，大到让你绕不开越不过了，你就被它死死地纠缠住了。然而宏远的目光让你身边的那些“琐碎”变小了，变轻了，变得几乎看不见了。这不是人生智慧又是什么？

这种人生智慧其实并不是什么新发现，而是“古已有之”。中国古人常挂在嘴上的一句话是：人生天地间。这里的“天”其实就相当于我们现在所说的宇宙。人生天地间就是古人对人的生存定位，能从“天”“天地间”看人，这视野多么宏远、多么开阔！遗憾的是，现代人从科学上明白宇宙是怎么回事了，但从人文视野上却退化到眼前和脚下了。现代人知识扩容了，精神却萎缩了。

3. 重建精神家园，寻找灵魂归宿

通过对于“我在哪儿”的追问和对于“我”的不同层面的分析，我们知道了“我”寄植于肉体但不等于肉体，“我”本质上指的是精神，尤其是灵魂。精神、灵魂属于每个人自己但却不是每个人自己独立自主创造的，而是——心灵与世界同构，我在世界所有的消息里；灵魂虽然脱离不了肉身，但却不只是随着肉身的欲望而活，而是与无限内在相连，与绝对价值同在。换句话说，“我”从生命（肉身）之我走向精神之我，又从精神之我走向灵魂之我，从灵魂之我又走向“神”，即走向无限，走向绝对价值，走向博大的爱愿。很明显，这时候的“我”已不是作为个体存在的“小我”，而是走向了宇宙（或叫绝对、终极、无限、神等）的“大我”了。走向宇宙的大我，就是与宇宙与无限与终极合为一体了，化为永恒化入神秘化入无底深渊——天人合一了。

“我是谁”的追问拾级而上（或层层深入），让我们看到了人类精神生活的全景图。人的肉身、人的客我生活于现实的世俗之中，生活于当下或此处，因而不得不与世俗相周旋，不得不对不理想的现实有所让步乃至妥协，但人们的精神生活，尤其是心灵向往却可能在别处，在远处。人们渴望回归精神的家园，渴望找到灵魂的归宿。“我是谁”的追问与剖析让我们对人类精神生活的真相与困境有了全方位的了解，对于人类“重建精神家园”“寻找灵魂归宿”的呼唤有了更深入的理解。

人类生活离不开物质条件的支撑，这无须说。但是人的物质生存条件满足或基本满足之后，接下来就是对于精神、灵魂生活的追求。没有后者的支撑与保障，物质生活无论多么富裕，占有财富无论多少，都不可能是幸福的。这已经为人类历史，尤其是中国近些年的现实所证实。中国当下的现实迫切需要人们多一些“我是谁”的追问，迫切需要人们从肉身的物欲之中跳出来，看一看肉身之外原来还有广阔无边、无限丰富、无比精彩的精神——灵魂生活。这本来是人类文化、文明的常识，但从中国当下的国情出发，却是一种需要普及的必要的启蒙。

对话人生实录

1. 爱情应把什么放在第一位?(兼答:爱情是理性的还是非理性的?)

问:在下列诸多因素中,爱情究竟应把什么放在第一位,如外貌、才华、感情、性格、人品、职业、家庭背景等?

答:好多好多人包括圣哲贤人都说爱情是一种不循常规的近乎神秘的感情,它突然而来,一见钟情,没有原因,没有理由,不知道为什么就爱上了。它不是经过理性分析、反复掂量的结果,而是跟着感觉走的非理性的结果。既然这么多人都这么说,我想肯定是有道理的吧!如果从这个角度来说,爱情就无所谓究竟应把什么放在第一位的问题,跟着感觉走就是。

但下面的观点似乎也是有道理的:爱情是非理性的,又是理性的。或者换句话说是,爱情的发生是非理性的,爱情的发展是理性的;爱情仅凭理性是不行的,但没有理性也是不行的。

如果理性介入了爱情,那么上面所列出的因素就值得分析一下。

上述各种因素如果都好,那是再好不过。不过这样的好事是很少的,或者几乎是不存在的,上天总要想法子给你一点不如意,把你推到不得不有所选择的境地上。怎样选择呢?怎样排列它们的次序呢?这又因人而异。所谓“因人而异”包括两方面,一是选择主体这一面特别看重什么,就可能把什么放在第一位;二是指被选择的人哪一方面特别突出,所谓一白遮百丑,也可能吸引人,成为选择的主导因素。

不过就一般情况而言,爱情的选择往往是多种因素的综合平衡,是全面衡量。在多种因素中你强调哪个因素就必须对别的因素相对忽略,即不太计较。在强调的因素中,年轻人可能更偏重于外貌,尤其是男孩子;而如果想听听上了年纪的过来人的话,他们可能会提醒你在感情的基础上要特别看重人品,看重性格这些最基本的东西。因为,爱情之后是结婚,是长年累月在一起过日子,是要相伴终生——这观点不陈旧吧,我想这一点大多数同学会同意的。既如此,人品就显得特别重要。有了人品、性格这些最基本的东西,其他弱一点都能过得去,没有这些基本东西,其他再好也是白搭。如你选的人外貌好、有才华而人品差,那么你就是和一个漂亮的流氓,或有才的无赖在一起生活,你能过得下去吗?或者,人品差而家庭背景好(所谓好即有权有钱吧),这样你能幸福吗?你从现实生活或文艺作品中看看,有多少在人品差、人际关系复杂的达官贵人家里生活的女性(或男性)是幸福的呢?

20 世纪 80 年代有一部话剧，名叫《年轻时我们不懂爱情》。是啊，因为年轻，阅历太浅，所以不懂爱情，所以不会选择，可是等上了年纪，阅历丰富了，又丧失了选择的权利。人生怎么如此颠倒呢！难道不能让青年人具有中老年人的人生智慧吗？上帝怎么如此不怀善意？可是他是上帝，你又能把他怎样呢？他就这脾气，你就接受吧！——说到这儿我忽然想，如果真让青年人具有了中老年人的智慧，人人都聪明了，世界会是什么样的呢，那不人人都成人精了吗？那时人不就都不会犯错误了吗？想想挺好玩的，我总感到这里蕴藏着上帝的什么秘密！好像史铁生在哪篇作品中说过，唯有自然本身是完美的。说来话长，就此打住吧。

2. 恋爱时，自己同意父母不同意怎么办？

问：恋爱时，自己同意父母不同意怎么办？

答：同学们的问题，看起来很具体，实际很抽象。因为你和他的具体情况如何，你父母具体情况如何，他们为什么不同意，这都要具体问题具体分析才好，否则笼笼统统，不着边际，听起来就可能空洞而无意义。但这种场合又无法具体，只能是原则性的讨论，希望你谅解啊！

儿子或女儿到了该交朋友的年龄，有人爱了或爱上别人了（是真正意义上的爱而不是其他），按道理，父母应当理解、支持、高兴才是，事实上生活中也确实是这样。但也有不少父母表示反对。原因可能很不一样，或者考虑你年龄小，不成熟，怕你上当受骗；或者对你学业上期望值高，怕你耽误学习；或者对你的恋爱对象期望值高，你的“朋友”达不到他们的标准，因而不满意；总之不是这方面就是那方面的不满意……

父母不同意怎么办？首先，你务必要先冷静听一听父母不同意的理由，让他们充分阐述，然后你仔细分析哪些有道理哪些没有道理。有道理的你认真听取，按父母的意见办；没道理的你要耐心细致地解释。有时他们的不同意，很可能只是不了解情况，你把情况解释透了，矛盾自然化解了。你要记住，父母是爱你的，他们所做的一切都是为了让你好，只要是对你的幸福有利的，他们一定会接受。没有哪个父母是想让自己子女过不好的。

最大耐心的解释工作做过了，父母仍不同意，矛盾尖锐地对立起来了。这时候你要看矛盾的根本症结何在，矛盾的性质是什么。如果是你错，你不要逞强，坚决改正；如果是父母错，是他们利用父母身份压制你，不尊重你的幸福，或是他们自私，一切以他们的利益为核心，那你就可以坚持自己的原则，顶住压力。闹僵一阵子，过后父母想想自己错了，就会和你和好。如果他们总也不和解，那也只好由他们去，时间长了他们会反省的。不过这种情况是很少见的，我相信只要出于爱心，把工作做到位，矛盾是完全可以化解的。

总之我主张父母与子女平等，我不主张不管父母对不对，必须无条件地服从。作为子女，务必要充分尊重父母的意见，他们阅历丰富而且绝对爱你，他们的意见你要充分听取，认真分析。但父母的意见也未必是绝对正确的，所以也不应该“理解的要执行，不理解的也要执行”。21世纪了，父母与子女应当互相尊重互相理解了。

3. 什么是“缘分”？“缘分”是否存在？

问：我们经常说“缘分”，请问“缘分”是什么？世界上到底有没有“缘分”这种东西？

答：据我所知，缘分一词来源于佛教，体现了佛教的一种世界观。佛教的世界观相当复杂，极简单的概括有以下四句话：人生是苦，诸法无我，因缘和合，涅槃寂静。其中因缘和合的意思是，宇宙间的一切事物，大至宏观世界，小至微观世界，其成、住、异、灭，皆由于因缘二字无限复杂的组合变化。因与缘，佛法上没有严格界说，大体是指事物发生发展的条件及其复杂的因果关系。《四阿含经》中说：“此有故彼有，此生故彼生。此无故彼无，此灭故彼灭。”意思是宇宙间一切事物都没有绝对存在，都是以相对的依存关系而存在。这种依存关系有同时的、异时的两种。异时的依存关系，即“此生故彼生，此灭故彼灭”。此是因而彼是果。同时的依存关系即“此有故彼有，此无故彼无”。此是主而彼是从。前者指纵的时间，后者指横的空间。因此，所谓宇宙，从时间上说，是因果相续，因前复有因，因因无始；果后复有果，果果无终。从空间上说，是主从相连，主旁复有主，没有绝对的中心；从旁复有从，没有绝对的边际。以这种连续不断的因果，和重重牵引的主从关系，而构成这个互相依存、繁杂万端的世界。

对不起，以上回答太学究气了，不过联系实际一说其实很简单。例如你和你们班的同学是怎样走到一个班的，或你们宿舍的几位同学是怎样住到一个宿舍的？这类事，不能从现实角度说，从现实角度看没什么深意——是学校把你们分到一个班一个宿舍的。不，我们要从人生角度、哲学角度看。这样看就很玄甚至于很神。怎么说呢？你们中的每个人都有自己的出身、经历，即都有自己的人生轨道。你和你的同学从生命的起点一路走来，期间经历了无限的环节才走到一个班一个宿舍。这中间，你或他的人生路上的随便哪个环节一旦脱落，就走不到一起。请问，高三时你能想到和他们走到一起吗？宇宙空间无限广阔，你的人生轨道和他们的人生轨道完全可能不相交，一个极偶然的小因素就会让你们失之交臂。但是，鬼使神差，阴差阳错，完全不可思议，你们竟然走到一起了，这正是无限多偶然因素的聚散组合的结果。这就是因缘和合，就是缘分。

仔细想一想，缘分无处不在，触目即是。今天晚上为什么不多不少恰恰是这些人在这里而不是另一些人；你身边坐着的为什么是张三而不是李四；你怎么恰恰是这一家的孩子而不是另一家的孩子；将来你和谁组成一个家庭；你怎样一路走来和他相遇？这一切的一切，都是因缘和合的结果，都是缘分。

这位同学问有没有缘分这东西，我们说无处不在，怎么能没有呢？但你问的很可能是某种特定的缘分是不是先验的、前定的，我们就打住吧！这样的缘分肯定是没有的。缘分是无限因素的随机组合变化，神秘莫测，但这里没有（人格）神的位置。缘分由自然神而不是由人格神支配，因此它是可遇而不可求的东西。

佛教关于因缘和合流变的认识论，相当深刻，因为它确实勘破了宇宙（自然、社会、人生、思维）的某种真相。仔细想想非常有意思。

4. 究竟什么是幸福？

问：乡村人可能会把“在外有麻将打，在家有老婆睡”视为幸福；城里人可能把“在外有爱情，在家有饭香”视为幸福……可是，即使在相同的境遇下，也会有人感到痛苦和迷茫，那么，究竟什么是幸福呢？罗兰说，幸福不在你是谁，你有什么，而是看你怎么去想。可我们真能达到这种境界吗？

答：为什么不能呢？道理你已经明白了，问题在于你怎样在你的具体生活实践中去体会去落实了。关于幸福问题，我们前面设专题讲过，主要意思是，在基本的生存条件得到满足的前提下，你过得幸福与否，不取决于金钱、物质等外在条件，而取决于每个人的幸福观，即对于幸福的理解；幸福主要是一种内心体验，所以我们说幸福就在心中，幸福需要提醒，等等。

关于幸福在于主观体验这一观点，许多报纸杂志，许多圣哲贤人也包括普通百姓都在反反复复地讲。我手边刚好有一篇小文章，其中讲两个年龄、经历相仿的老同学相见，甲一脸憔悴一副老相，乙精神焕发生气勃勃。甲对乙诉苦：我的命真苦啊！小时候眼看人家吃大米而自己只能整天喝稀粥；长大我吃上大米了，可人家却天天吃饺子；后来我吃上饺子了，人家顿顿吃大鱼大肉了；现在我也有鱼有肉吃了，可人家已经住上别墅坐上私家车了。我这是一步跟不上，步步跟不上，我怎么老这么倒霉啊！乙说，你啊！不会想啊！其实咱俩各方面条件差不多，甚至你比我还好一点，可是我感觉我自己很幸福，我比你想得开。当年能喝稀粥时我想，不必老吃野菜了，这多好啊！等吃上大米时我就觉得比总喝粥又强多了；等吃上饺子时我想这不是天天过年嘛！如今天天有鱼有肉吃，我想的是换个口味，弄点窝窝头吃，回忆回忆过去过的苦日子。我这一辈子的生活是一步一个台阶，步步登高，所以我越想越开心。这里甲乙两人的生活感受，正应了法国哲学家、教育家阿兰的话：“一个聪明人，如果他是忧郁的，总会找出足够的使自己忧郁的原因；如果他是快乐的，也会找出足够的使自己快乐的原因。因为往往是同一个原因，既能使人忧郁，也能使人快乐。”甲乙两人的故事告诉我们，幸福是一种感受，快乐是一种能力，有没有幸福感，关键看你怎么看待、怎么对待自己的人生。

幸福就在我们身边，就在我们心中，这些平易而又高深的道理其实就是禅意、禅理，有道是“高僧只说平常话”。不过，这些道理非要有些人生阅历，经历过一些人生苦难的人才能悟出，才能接受。现在说给同学们或许稍微早了一点。但我相信同学们的悟性，相信同学们能够理解并接受这些道理，并把它融化于自己的人生体验中。你真的明白了这些道理，可以肯定，你的一生就可以生活于幸福中，这个幸福不是外界给你的，而是来自你内心深处的，因此可以说是永远靠得住的幸福。

当然，以上我们反复提到的是日常的平凡的世俗的幸福，但也有另外的幸福——幸福有好多种类，而不是只有一种。除了上述日常世俗幸福之外，还有超世俗的、崇高的幸福。例如为了社会的进步，为了大众的利益而艰苦奋斗，最后直至献出自己宝贵的生命。这样的幸福一般人不大能够理解，但正因为一般人不大理解才显出它的伟大和崇高。正是这种超世俗的精神幸福，才提高了人类的精神层次，才将人与一般动物区别开来。

第四讲 人生意义

人生意义，换句话说就是人为什么而活着？实际上是在追问人活着的理由，人生存的根据。这是人类自我意识觉醒以来，精神生活中最为重大、最为迫切的形而上问题，因此人们又称其为人生哲学的『元问题』。用周国平先生的话说即『一切人生思考的总题目和潜台词』。这一问题无一例外地摆在每个人面前，迫使人们思考它、解决它，从圣哲贤人到芸芸众生。即使是不识字或识字很少的人，当生活中遇到烦恼感到活得很累之时，也会冷不丁冒出一句沉痛的感慨：活着有啥意思呢？这一问，问的就是人生的意义。那么人生到底有无意义，人生意义的含义到底是什么，怎样创造人生的意义，本讲试做如下分析。

一、人生有无意义

人生有无意义，古往今来众说纷纭，莫衷一是，概括起来主要有以下观点。

1. 人生无意义论

德国哲学家叔本华(1788—1860)认为，人类彻头彻尾是欲望和需求的化身，生命是一团欲望，欲望是人痛苦的根源，因为欲望永不能满足，所以人就永远在痛苦中不能自拔，而满足了便又觉得无聊，人生就在痛苦和无聊之间摇摆。所以他的结论是，人生没有任何真正价值，只是由“需求”和“迷幻”所支使的活动，这种活动一旦停止，生存的绝对荒芜和空虚便表现出来。

俄国作家列夫·托尔斯泰是对人生意义思考最为执着的人。从他不满 19 岁时的日记以至去世前 6 天口述发出的最后一封信中，都在讨论人生的意义。他思考得很苦，以至于痛苦得在人生最幸福完美时期试图自杀，因为遍读圣贤之书，翻来覆去思考，发现人生毫无意义。在《托尔斯泰忏悔录》中，他这样写道：“问：‘我的生命意义何在？’答：‘毫无意义。’或者，问：‘我的生命会有什么结果？’答：‘毫无结果。’或者，问：‘为什么存在着的一切要存在，我又为什么存在？’答：‘就是为了存在。’”托尔斯泰得出如此绝望的结论是因为他看到，“交替着的白天和黑夜在引我走向死亡。我只看到这一点，因为只有这一点是真实，其余一切都是谎言。”也就是说，托尔斯泰看到人活着时的一切美好，随着死亡将不复存在，死亡会带走一切。

托尔斯泰关于人生无意义的观点，也许过于简单，人们可以反驳：人死了，但其创造的业绩可以长留世上泽被后人，怎么能说没有意义呢？问得有道理，于是，在托尔斯泰止步的地方，英国作家毛姆继续探讨下去。代表他早期思考成果的是一部带有自传色彩的小说《人生的枷锁》。在这部小说里作者把自己青少年时期的生活经历，尤其是对人生的思考，放在小说主人公菲利普身上，使人物成为作家的影子和代言人。

皇皇一部六十多万字(中文译本)的巨著，作者通过人物的经历探索人生，结论竟然是：生活没有意义，人生没有目的，看起来五彩缤纷热热闹闹，其实一切都和地毯的图案一样，是随意编织的罢了。这既是主人公菲利普的结论，也是作者的结论。为了更明确清楚地表达自己的“发现”，后来毛姆又写了一篇散文，题目就是《人生的意义》，中心思想很明确：人生没有道理，也没有意义。

得出这一结论，毛姆用的是终极视角。他说人类是在一颗小行星上做短暂的留居，这颗小行星只是宇宙中无数星系中的一颗，有一天是会消亡的。而人类，在这情况到来的亿万年以前早已不复存在了。《毛姆随想录》中写道：“到那个时候，他是否曾经存在过，可设想有什么意思吗？他将成为宇宙史上的一章，有如记述原始时代地球上生存过的奇形巨兽的生活故事的一章，同样地毫无意义。”

现代智者钱钟书说过：“目光放远，万事皆悲。”新时期以来我国广大青年喜欢的哲学学者周国平在他的语录体著作《人与永恒》中有一则关于“人生意义”的专论：“人生的内容：

a＋b＋c＋d＋…/人生的结局：0/人生的意义：(a＋b＋c＋d＋…)×0＝0。”

上述观点，视角不同，理由不同，但结论相同：人生无意义。

2. 人生有意义论

从终极、从科学等角度看人生是无意义的，这一结论逻辑严谨，论证彻底，确有说服力。但是，天下事，并不只有一面，换个角度观察，结论就不一样。诚然，从终极角度看人类极其渺小，而且必然灭亡。但是，人类并不只是生活于宇宙中，而是还生活于具体、现实的社会环境中，生活在错综复杂的人际网络中。所以要考察人生的意义，就不能仅仅采用终极视角，而必须同时采用社会视角、文化视角。

社会视角、文化视角也可以说是现实视角、世俗视角、日常视角。把眼光从遥远的宇宙、终极收回来投向现实的人的生存世界，会发现人生是有意义的，而且时时、处处、事事都是有意义的。

有什么意义？因人、因时、因立场和观念而异。

荷马史诗中的英雄们，纵横驰骋，捐躯沙场，为的是个人荣誉、国家荣誉，为的是美人。《三国演义》中的英雄豪杰们为的是建功立业，匡扶社稷，保国安民；《水浒传》中的英雄们为的是杀富济贫，“替天行道”。侠义小说中的侠客们为的是打抱不平，除暴安良。《红与黑》的主人公于连认为，人生来就应该为个人的荣誉、地位、财富、女人等一切现世幸福而奋斗。巴尔扎克笔下的“英雄”一个个欲火中烧，贪得无厌，为了金钱、地位、虚荣，为了最大程度的物质享受不顾一切，金钱成了他们活着的唯一意义，成了他们一切行为的最大动力。我国几代人所熟知的《钢铁是怎样炼成的》主人公保尔对人生意义的理解是：“把自己的整个生命和全部精力都献给了世界上最壮丽的事业——为全人类的解放而斗争”。爱因斯坦的理解是：“在力所能及的范围内尽量满足所有人的欲望和需要，建立人与人之间和谐美好的关系。”

诸如此类，还可以无休止地罗列下去，但在常识面前没有必要。凡活着的人都有某种目标，目标多种多样：或为国家、为民族、为集体、为大众；或为理想、为事业、为责任、为义务；或为爱情、为家庭、为父母、为儿女；或为名、为利、为权、为金钱、为地位……对这些目标，这里不做道德判断，留给读者去评价。从本讲题旨出发，这里要说的是，不同目标体现了不同的人生观和价值观，体现了不同的人生意义。不管哪种意义，都是一种意义。总之，从社会、现实、世俗、文化层面看，人生是有意义的。

3. 人生意义的悖论

这里矛盾出现了：从终极视角看，人生是无意义的；从社会视角看，人生是有意义的。那么人生到底有意义还是无意义？

应该说，这里没有“到底”，只有矛盾；没有唯一，只有悖论：即人生是有意义的无意义，无意义的有意义。

有人不习惯于接受悖论，对悖论之“悖”难以理解，光想把问题简单化，找一个单纯的、唯一的结论，这是一种过于天真和肤浅的思维习惯。事实上，对人生世事乃至万事万物有过精细观察和分析的人，都会在最深层处发现悖论。悖论不是文字游戏，而是存在的真相。悖论体现了人生的复杂和矛盾，体现了存在的奥秘和深度。正是悖论，才让人感到人生的困惑和迷惘。如果答案只是“有”或“没有”，非此即彼，结论如此简单，那还有什么困惑和迷惘？推一个公认的智者，让他为我们做一个明确的判断岂不省心！何苦让人永远困惑呢？

但是，悖论就是悖论，悖论不是谁故意加进去的，而是本有的，先验的，谁也无法像做减法一样把它消解掉，你只要活着就必须与之打交道，想避避不开，想逃逃不掉。由此我们明白了，人生意义的悖论是导致人生困惑和迷惘的总根源，悖论无法消除，一代又一代人的困惑和迷惘也就无法消除。

4. 意义悖论与人生智慧

人生是有意义的无意义，无意义的有意义，这一悖论又有什么意义呢？换句话说，对我们的人生有什么启示呢？

简单说，对我们的启示是：人生既不可悲观颓废，亦不可过分执着，在悲观颓废与过分执着之间，要寻找一个恰当的平衡点，人生智慧就蕴藏于这一平衡点之中。还有一点就是，以无意义为背景，做有意义的事；以出世之心，做入世的事业。

人生无意义论容易导致对人生的悲观态度，容易使人堕入颓废的深渊，容易让人破罐子破摔，放弃人生的热情和追求；认为人生有意义，顺理成章就是追求意义的实现，为意义的实现而拼搏，而奋斗。追求、奋斗当然是好事，但需要清醒的是，一味强调拼搏容易导致对目标的过分执着，过分执着即痴迷，痴迷的结果导致人生异化、丧失自我。这样看来，悲观颓废和过分执着二者各有所偏，都导致了自身的片面性。

怎么办？周国平先生在《守望的距离》中对此做过深入分析。他认为一味地执着和一味地悲观一样，同智慧相去甚远。悲观的危险是对人生持厌弃的态度，执着的危险则是对人生持占有的态度。对人生的占有倒未必专指唯利是图、贪得无厌，而是指凡是过于看重人生的成败、荣辱、祸福、得失，视成功和幸福为人生第一要义和至高目标者，即可归入此列。因为这样做实质上就是把人生看成了一种占有物，必欲向之获取最大效益而后快。但人生是占有不了的，所以我们宁愿怀着从容闲适的心情玩味它，而不要让过分急切的追求和得失之患占有了我们。在人生中还有比成功和幸福更重要的东西，那就是凌驾于一切成败福祸之上的豁达胸怀。在终极的意义上，人世间的成功和失败，幸福和灾难，都只是过眼烟云，彼此并无实质的区别。也就是说，我们不妨眷恋生命，执着人生，但同时也要像蒙田说的那样，收拾行装，随时准备和人生告别。入世再深，也不忘它的限度。这样一种执着有悲观垫底，就不会走向贪婪。有悲观垫底的执着，实际上是一种超脱。

关于悲观、执着、超脱三者之间的关系，周国平认为超脱是悲观和执着两者激烈冲突的结果，又是两者的和解。由于只有一个人生，颓废者因此把它看作零，堕入悲观的深渊；执迷者又因为把它看作全，激起占有的热望。两者均未得智慧的真髓。智慧是在两者之间，确切地说，是包容了两者又超乎两者之上。人生既是零，又是全，是零和全的统一。用全否定零，以反抗虚无，又用零否定全，以约束贪欲，智慧仿佛走着这螺旋形的路。不过，这只是一种简化的描述。事实上，在一个热爱人生而又洞察人生真相的人心中，悲观、执着、超脱三种因素始终都存在着，没有一种会完全消失，智慧就存在于它们此消彼长的动态平衡之中。

这样的分析全面而辩证，窥得了人生的深度，提取了人生智慧，对我们确立和调整自己的人生态度，有明确的指导意义。

二、人生意义的含义

本讲中心概念是“人生意义”，那么人生意义的含义究竟是什么呢？

1. 从假想实验中领悟人生意义的含义

在人生意义讨论中，怎样的人生才算有意义是一个最为核心的问题，也是一个历史上意见纷纭，现实中争鸣最烈的问题。为了避开迷宫般的理论陷阱，我换个最为简单的角度加以讨论。这就是，做一个虚拟的假想实验。

假定张三出生在达官贵人家里，富可敌国，权倾一代。张三一生下来，一生所需要的一切都应有尽有，而且最高档、最豪华、最时尚；因此，张三还可以不上学、不工作，不必做任何事，不必操任何心，不必奋斗和拼搏，只管尽情地吃、喝、玩，和女人一起生孩子。由于有强大靠山做后盾，可以保障他这样的生活一直持续到老，直至死去。总之，作为一个人能想到的物质的、肉体的、本能的享受，他都几尽其极了，无以复加了。现在我们要问的是，这样的人生有意义吗？

再如，一个亿万富翁（咱且不追究他的财富是怎么得来的），富了之后什么事也不做，一心谋划着自己和家人怎么消费，于是能想到的人世间的享受享遍了，享尽了；甚至连死后超高价墓地也买好造好了，连冥界用的钱币、别墅、轿车（这类人的想象力之丰富，令人叹为观止）也绰绰有余地早早准备下了。但是对于社会慈善之类却一毛不拔，让他出点小钱比要他的命都难，他持守的理念是事不关己，哪怕它洪水滔天。现在请问，这样的人，这样的人生，有意义吗？

我估计绝大多数人都会说：没意义！为什么？因为这样的生活，第一，只是物质、肉体生活，只是生理、生物本能的满足，这样的人连牛、马都算不上，因为牛、马还会作工。但我们现在讨论的是人的意义、人生的意义，而不是家畜的意义。第二，这样的满足只是个体一己之满足，他的一生只是占有，只是消费，只是索取，而没有任何付出，没有任何创造，没有任何贡献。

由假想的实验可以看出，在人们的观念或常识里，所谓人生意义，第一，不是指物质的、肉体的、本能的感官享受，“意义”具有精神的属性，属于精神范畴；第二，人生意义不是个人的占有、消费、享受、索取，而是对他人、对社会的付出、创造和贡献，意义具有价值属性和社会属性，属于价值和社会的范畴。这是我们从假想实验中顺理成章引出的基本道理。

2. 从语义辨析中归纳人生意义的含义

这一基本道理，也可以从“人生意义”概念本身引申出来。

先说“意义”。何为意义？现代汉语解释为价值和作用，本身暗含对象，涉及人(群)我关系，是在人我关系中得到评价的。一个人生命的意义要看他对他人、对群体、对社会的价值和作用。也就是说，因为你个体的生存而让他人、群体、社会的人生活得更好些，让世界因你的存在更美好，这样的人生才是有意义的。因价值的大小有别，一个人的人生意义的大小也有所区别。

再说“人生”。人生，重音在第一个字——人，即“人”的生命、生活、生存，而不是一般动物的生命、生活和生存。众所周知，人是动物，但不是一般动物，而是特殊的，即有思想有情感的文化动物。作为文化动物，其基本属性有两方面，一是自然性(也可以说是动物性)、本能性；二是社会性、精神性。自然性、本能性是人与一般动物的共同点，而人与动物的质的区别在于社会性和精神性。正如马克思所说，人是各种社会关系的总和。人生活在一个错综复杂的社会关系网络中，是这个网络上的一个结。因而，要评价一个人的人生是否有意义，不能就个体说个体，不能从他的物质消费、肉体享受说起，而应该把他放到整个社会网络中，从社会整体出发，从他对社会的价值、作用角度去衡量。也就是说，所谓“人生意义”，是一种社会评价、价值评价、精神评价、文化评价，而非其他。由此看来，人生意义至少具有三重属性：精神性、价值性、社会性。

3. 从活得有意义的人的人生中提炼人生意义的含义

再者，从古今中外历史和现实生活中千千万万被公认为活得有意义的人的人生中也可以看出，要评价一个人的人生是否有意义，不是看他个人对物质的占有、享受和索取，而是看他对他人、对社会的付出、创造和贡献。例子多多，不举也罢。

4. 结语：为他人、为社会释放正能量，他人受益，自己快乐

总结归纳以上讨论，关于人生意义的含义可以初步做出以下概括：为他人、为社会提供正能量，世界因为他的存在而变得更美好。

这里的“他人”或“世界”的范围由小到大，由近至远：家人——身边的人(亲戚、邻居、同学、同事、朋友等)——单位(团体、组织)——国家、民族、社会——人类。根据正能量释放、影响、波及的范围、强度、深度、广度，一个人的人生意义也由小到大，由弱到强，由浅入深，由近及远(时空两个维度上的“近”和“远”)。

那么一个人的人生意义纯粹是为他人、为社会，难道就一点也没有“自己”的位置吗？当然不是。人生意义当中当然应该包含有“为自己”，但问题是“为自己”的内涵是什么。常听人说他们工作或奉献(如慈善活动)是为了从中获得快乐——他们说的是个人从自己所从事的事业中获得了快乐，自己的幸福就在自己的事业中，他们的事业和快乐融为一体了。换句话说，他们所谓的“为自己”指的是自己的兴趣，自己所愿意从事的事业，而不是物质消费和肉体享受。换言之，他们个人所从事的事业其实就是为他人、为社会的事业。在这里，为他人、为社会与为自己达到了高度统一。只有这样，社会才承认他的人生是有价值、有意义的，他们自己也感到自己的人生是有价值、有意义的。

在进行了上述多方面讨论之后，该从正面提出本书的观点了。本书认为，人生意义的含义是：为他人、为社会释放正能量，他人受益，自己快乐。

相应地，一个人活着，如果没有为他人释放正能量，那就是活得无意义；如果释放的是负能量，那就是负意义、逆意义、反(面、动)意义、消极意义，他活着就是在危害别人的利益，因为他的存在而让别人活得更难受，那他就是不好的人、不受欢迎的人、让人讨厌的人，乃至于令人唾弃的坏人、罪人。

行文至此，一个问题凸现出来：为他人、为社会释放正能量，他人固然受益，但自己就一定幸福和快乐吗？

要回答这一问题，就要看这里所说的幸福和快乐的含义是什么。如果是世俗意义上的物质享受和名誉地位，那么答案是：不一定！因为革命战士、革命先驱为祖国、为人民的利益上战场、坐监牢、受酷刑，乃至于牺牲生命，你很难说这样的生活是幸福和快乐的；司马迁、曹雪芹、鲁迅在那么艰难的条件下写作，你也很难说这种生活就是幸福和快乐的。但如果从超越世俗的精神需求层面看，也可以说他们是幸福的。因为，他们完全可以放弃目前的选择过另外一种生活，但他们没有，他们宁愿过目前这样的生活，让他们放弃目前的选择对他们来说是一种痛苦。所以从超世俗的层面看，革命者和司马迁等人的生活仍然是一种幸福——精神的、灵魂的幸福，只有这样他们才能心安，否则心不安。也就是说，从世俗的意义上讲，有意义的生活不一定幸福快乐，幸福快乐的生活不一定有意义。有意义、有价值和幸福快乐不是一回事，意义具有精神性、价值性、社会性，意义与灵魂和信仰相关。当然，如果能将“有意义”和“幸福快乐”融为一体，那再好不过。到底做什么样的选择，是每个人的自由，就看每个人自己的主观意愿了。

三、人生意义是自己创造的

若干年前，有青年写信向胡适请教“人生有何意义”。胡适认为这是一个本不成问题的问题。在《人生大策略》中，他说：“人生的意义全是各人自己寻出来、造出来的：高尚、卑劣、清贵、污浊、有用、无用……全靠自己的作为。生命本身不过是一件生物学的事实，有什么意义可说？一个人与一只猫、一只狗，有什么分别？人生的意义不在于何以有生，而在于自己怎样生活。你若情愿把这六尺之躯葬送在白昼做梦之上，那就是你这一生的意义。你若发奋振作起来，决心去寻求生命的意义，去创造自己生命的意义，那么，你活一日便有一日的意义，做一事便添一事的意义，生命无穷，生命的意义也无穷了。”“总之，生命本没有意义，你要能给它什么意义，它就有什么意义。与其终日冥想人生有何意义，不如试用此生做点有意义的事。”

说得好！人生意义不是与生俱来先天就有的，而是后天创造出来的；不是每个人想出来说出来的，而是做出来干出来的。讨论人生意义的意义，说到底是为了怎样在“无意义”中创造出意义来，为了更好地活出意义来。那么，怎样才能创造人生的意义呢？

四、怎样创造人生意义

创造人生意义的途径很多，择其要者，略述如下。

1. 做善事

做善事，谁都能理解，用不着解释。我手里有一本书——《100位新中国成立以来感动中国人物》，其中有读者熟悉的（如雷锋、焦裕禄、钱学森等），也有读者不十分熟悉的。他们之所以“感动中国”，是因为他们在各自的岗位上为他人、为社会做出了应有的乃至于超人的贡献。“感动中国”这些年已经成为一个相当流行的特有名词，评选“感动中国”人物已经成为每年例行的大众关注度相当高的社会活动。除此之外，近年来还有“最美乡村医生”“最美基层干部”“最美教师”等荣誉称号。获“最美”称号的人，都是在平凡的岗位上做出了不平凡的业绩，或者在道德方面有令人敬佩的表现，他们的共同点是为他人、为社会增加了正能量，做出了自己应有的乃至于超人的贡献。

也许，“感动中国”等人物的行为太“高大”了，普通人要像他们那样生活，还是有点太难了。那好，如果我们做不到像他们那样，但我们总可以“见贤思齐”，向他们学习吧！我们做不到像他们那样“彻底”，那样“忘我”，那我们能做多少做多少、能做到哪一步是哪一步总可以吧！古人说过，对那些伟大、崇高的人和行为，“虽不能至，心向往之”。只要“心向往之”，就说明内心有“善念”，有做善事、做好人的心理基础，接下来就会有做善事的行为。我们不妨从小处做起，从身边做起，“勿以恶小而为之，勿以善小而不为”，小善的累积就是大善，小善做久了就是大善。

人类社会、人类文明提倡和鼓励人们做善事，但并不逼你去做善事，做善事完全凭自觉和自愿。事实上，久远的人类文明的积累，已经形成了文化无意识，即人生在世，要做个好人，做好人就要做善事，只有做好人做善事心灵才安，否则该做的、能做的没做，别人不知道，自己的心灵就会不安。这时候，做好人做善事已经成为人内在的灵魂需求，那么整个社会的文明程度就大大提高了。

开封铁塔公园灵感院佛堂门外有一副对联：做个好人，身泰心安魂梦稳；行些善事，天知地鉴鬼神钦。对联刻在佛堂上，既是说给佛教徒听，更是说给善男信女、普通大众听的。我相信，每位读者看到这副对联都会感到灵魂的慰藉和温暖，都会衷心服膺其中的理念，都会接受教诲自觉地“做个好人”“行些善事”。这样做，既是为别人好，亦是为自己好，这时候做好人做善事和个人的灵魂生活合而为一了，成为个人的内在需要了。

2. 施爱心

施爱心和做善事是相互统一的，做善事是外在表现，施爱心是内在动机、内在根源。对他人、对社会有了爱心，才会有善举。

中国文化讲“仁爱”（仁者爱人），西方文化讲“博爱”，从文化源头和内涵上讲，二者不尽一致，但“爱”字是二者的共同点，可见爱心具有普世价值——超越时代、超越社会、超越民族、超越阶级、超越贫富、超越一切。

爱心的普世价值不仅表现于道德上，从人生视角看，它还与人生意义相联系。上文我们在讲人生有无意义时，曾提到托尔斯泰和毛姆两位大家在追问人生意义时曾坚定地认为“人生无意义”，但是当他们的思想深入再深入时，最后又不约而同地发现“人生有意义”，这个意义就是：爱。正如托尔斯泰所说，“人为了自身的福利不应当只为自己活着，而应当是一人为大家，互相服务。”托尔斯泰的这一认识和要求其实并不虚空，也不玄远，而是大家都能理解也能接受的。中国有一首歌叫《爱的奉献》，歌词中反反复复呼唤“只要人人都献出一点爱，世界将变成美好的人间”。当人们听到这句“爱的呼唤”时感到心是温暖的，与自己的心灵是相通的，感到“人人都献出一点爱”的要求是可以化为人们的现实行为的，感到世界确实会因此而变得更美好。爱“是人间的春风”，爱“是生命的源泉”，这首歌宣扬的思想其实与托尔斯泰的思想（也是他的理想）是相通的。

从托尔斯泰、毛姆的思考，到中国歌曲的呼唤，都在证明着一个真理：谁向这个世界献出了爱，谁的人生就有意义、有价值，就是受人尊敬的人，因为他为世界提供了正能量，惠及了他人，快乐了自己。

3. 担责任

人生在世，需要承担各种各样的责任，这应该是文明社会每个人都懂得的基本道理。人生在世有多重身份，而人有多少种身份就应该承担多少种责任。如，你有父亲的身份，就应该承担父亲的责任；你是儿子，就应该承担做儿子的责任，以此类推。

道理很简单，因为每个人都不是也不能独立生存，而必须生存于多个错综复杂、层层叠叠、各种各样的网络之中。在各种网络之中，你与网络上的所有人都有或直接或间接、或显或隐、或远或近、若即若离的关系。这些网络是你生存的背景，你的一切都需要从中获取，离开了这些网络你就无法生存。换句话说，在错综复杂、层层叠叠、各种各样的网络之中，我们每个人都是受惠者，都享受了应有的权利，反过来，我们每个人对这错综复杂、层层叠叠、各种各样的网络都应做出自己应有的贡献，承担应有的责任。人人为我，我为人人，人人为我的生存尽了责任，我也应为人人尽到自己的责任。所以说，承担责任是人生主题中应有之义，是别无选择的事。而承担责任也就成了人生在世的意义。

那么如果你尽不到自己的责任呢？那你就是这个网络上的寄生虫，你只索取不付出，只消费没贡献，你就是社会的废物、垃圾、渣滓，你活着就没有价值，没有意义。

4. 尽所能

尽所能就是在创造价值、服务社会的过程中，每个人都应尽最大可能、最大限度地把自己的能量发挥出来。个人能量最大程度的发挥，既有益于社会也有益于自己，既是社会的需要也是个人的需要。道理简单，此处不赘。

五、在创造意义过程中体验幸福和快乐

传统的人生意义观看重的是结果，而现代的人生意义观更看重的是过程。

过程论着眼于生命过程本身，其基本思路大致是这样的：作为个体生命，总有一天是要死的；作为人类，终有一天也是要灭亡的，这是铁定的事实，是人生命存在的背景。面对这一背景，选择回避，沉醉于过一天"享受"一天是精神上的怯懦，是浮浅的享乐主义。而承认这一背景却被吓倒了，因而心灰意冷，不愿再有任何作为。这是精神上的侏儒，是浮浅的悲观主义。这两种人的共同点是被"虚无"的背景压垮了，因而活得沉重、萎靡，毫无意义。事实上，"虚无"作为背景是人的"宿命"，是生命的前提，谁也避不开逃不掉，逃避的结果只能是更痛苦更沉重更悲惨，所以与其消极逃避不如勇敢抗争，不如不断地做事。不断做事当然仍然免不了最后的虚无，但在不断做事的过程中张扬了生命的意志，展现了生命的潜能，用欢乐充实的人生过程，赢得了生命的骄傲和尊严，让生命焕发出了悲壮而热烈的光辉。人类的精神由此超越了悖论，超越了"尴尬"，在壮美的生命历程中获得了大解放、大自由、大愉悦。

这不是个别人的偶然发现，而是近现代西方许多思想家、艺术家的共识。如歌德笔下的浮士德便是上述思想的一个文学典型。

浮士德本是一位在书斋皓首穷经做学问的书生，但成年累月的书斋生涯，让他感到苦闷无聊，生命毫无意义。魔鬼梅非斯特的出现把他引出书斋，从此开始了后半生尽情释放生命活力、永无休止的追求历程：世俗生活（爱情）、官场生活（从政）、追求艺术（美）、建立人间理想国（事业）。歌德以以上表意性的经历，象征性地传达了他对人生意义的理解——人生是一个过程，人生的意义不在于任何一个具体的、现实的目标的实现，而在于每时每刻都必须重新开始的永无穷尽的追求中。每一个具体的现实的目标都是有限的，如果执着于其中就会导致生命的停滞，就等于生命的死亡，因而必须自强不息，永远追求。而这，也就是人生的真相，浮士德将这一真相传达得淋漓尽致。浮士德自强不息、永远追求的性格内涵被提炼抽象为"浮士德精神"。浮士德形象对后世影响甚远，浮士德精神早已深入人心。人生的意义在于永无穷尽的追求已基本成为当今世界人们的共识。浮士德精神作为一种象征符号已经载入人类文学史、精神史和文明史，激励人们永远拼搏、永远奋斗、永远追求向上。

这是一种与传统人生观完全不同的新的人生观。这种人生观把人生的欢乐、人生的意义不寄托于目的而寄托于过程，不寄托于外物而寄托于人——人的不屈的精神。精神是人的自由选择，是人可以自主的因素，因此，这绝对是一种"靠得住的欢乐"，是谁也剥夺不了的人生意义。过程论以主观意志的张扬走向了心灵的审美，超越了人生的无意义，超越了人生的悖论。

还有，把人生视为一个过程的人生观让我们更深刻地理解了中国古人的人生智慧——尽人事以听天命。"尽人事"强调的是个人的主观努力，是积极的拼搏与奋斗；"以听天命"即结果如何不必计较。我们希望有好的结果，但结果的好坏往往不是个人所能决定的，而是由

无限多的复杂机缘所决定的，个人所能决定的只是自己的努力。只要在过程中努力了，拼搏了，而且是最大限度地努力了拼搏了，即使失败也问心无愧，精神上也充满了崇高感和自豪感，虽败犹荣。这里强调的是过程的欢乐与精彩，而非目的的坚执与痴迷。

总之，对于每个人来说，人生意义不是先验的固定的，而全是自己创造并体验出来的，你创造并体验出什么意义它便有什么意义。你想让自己的人生具有什么意义，就看你有怎样的作为和心灵能力啦！

小结：行动才是硬道理

世界上的事情，包括人生意义，其实既玄又不玄，既复杂又不复杂。走出神秘和玄奥，别想那么多，回归社会，回归现实，尽好你的多种人生责任，踏踏实实做好你手中的事吧！能做多少做多少（量），能做多好是多好（质）。做，就是意义；做好了，为他人为社会释放了正能量，让他人因为你的存在生活得更美好，那就是你人生的意义。别再为此一味地苦恼啊、困惑啊、追问啊、探寻啊，结果是永远在玄思而一事无成，浪费了生命，空耗了能量，太可惜了。在人生意义问题上，重要的不是想，也不是说，而是行动，是如何做。一句话，行动才是硬道理。

当然，我们这样说，也是因为我们穷尽脑汁地想过了。想过了，作为过来人，才有上面的劝告。人生问题不能包办，不能复制粘贴，而必须亲自思考过。你要是没认真想过，已经有的现成道理并不真正属于你。从这个意义上说，我绝不反对人们对人生意义的思考和探寻，而是说不要永远停留于空喊层面，最好积极借鉴前人的思考成果，快快地走出玄思，进入创造。正如胡适先生所说，与其终日冥想人生有何意义，不如试用此生做点有意义的事，这样一来，你活一日便有一日的意义，做一事便添一事的意义，生命无穷，生命的意义也无穷了。

对话人生实录

1. 我老是感到学习没有动力怎么办?

问:我老是感到学习没有动力,总是坐不下来,坐下也不想学,光想出去玩。也知道这样不好,但就是学不进去,怎么办?

答:看来你缺少一个强有力的外界刺激,如果你的女(或男)朋友说你不好好学习就和你分手,你可能就学进去了。对不起,我这是开个玩笑,现在咱们说正经的。我想这大约还是一个认识问题,许多道理你没有细想过,细想想其实应该成为你学习动力的东西是很多的。

首先,让我先从大的方面说,希望你不要认为我这是说空话。我要说的是,国家的富强,民族的振兴,你有一份责任。我肯定你是爱国的,你一定希望我们民族强大,但这是要靠每一个国民、每一个青年当下的努力的。我们身边有些国家近代以来屡屡欺负我们,用战争把我们伤害得好苦,直至现在仍不认错,为什么?因为我们国力还不是足够的强大。同学们激愤地游行、签名,这只能表达一种情绪,于事无补,要让中国真正强大,还是要靠我们每个人闷着头顽强奋发的努力。身为国民,不尽这份责任于心不安。你能说这是大话空话吗?

再从你个人角度说。现在的人这么多,相对来说你所理想的职位又那么少,生存竞争如此激烈,竞争就要靠本事,如果现在不好好学习,不久的将来怎么办呢?这道理太浅了你早已明白,那么还是从你个人出发,我再换个角度问,你现在的学习仅仅是你自己的事吗?浅层看,是;深层看,不仅仅是。你是你复杂的家庭之网上的一个网结,你的命运和他们的命运息息相关,你好了他们都好,你不好他们跟着都不好。也就是说,你现在的学习不仅影响一大片,而且影响一长串。怎么说呢?你学得好了,将来有个好的命运了,你父母跟着有福了,兄弟姐妹有福了,周围相关的人都有福了;而且它可能影响你选朋友(恋爱),也就是说会影响到你未来的小家庭,妻子或丈夫,儿子或女儿,孙子重孙子“子子孙孙无穷匮也”。这就是命运的多米诺骨牌效应。从这个角度看,你是代表许许多多与你命运紧密相关的人在学习,你的每一点进步都意义重大影响深远。如果是我,可能就紧张得战战兢兢,汗都不敢出了。你想想我说得有没有道理?你从这个角度想过吗?

还有,学习真的仅仅是苦吗?我看不是。学习既有苦又有乐。你想,通过学习,你不知道的知道了,不会做的会做了,你长了本事了,这是多么愉快的事啊!你再想想就更有意思了,你学的这些东西,是前人经过千辛万苦的探索才得来的,早生几百年你就不可能知道这些东西,前人付出那么大努力得到的东西不让你付知识产权费,这是多大的便宜事啊!

总之，你年龄也不小了，我想已是足以管住自己的时候了。坐下静心想一想，赶紧努力吧！

2. 怕学英语怎么办？

问：我总是害怕英语，越怕越学不好，越学不好越怕，形成恶性循环了，您能给我出点主意吗？

答：这问题应该问教育心理学的专家，我说不好。不过，既然你问我了，我想把我这会儿临时想到的一些意思谈出来，和你交流，我姑妄言之，你姑妄听之。

首先，大学里外语这种学法是否合理，目前已经引起大学生和相当多的专家学者的质疑。同学们说平常课余时间几乎全用来学外语，专业书几乎没怎么看过，就这尚不能保证四、六级就一定过。考研也一样，有人说考研其实就是考外语，专业课很少有不过的。同学们说，外语把人给"烤焦"了，"烤煳"了，把人的生命活力全"烤干"了。这话可能有些夸张，但那么多人都有这种感受，恐怕外语学习真的存在问题。这问题你我都解决不了，这是教育行政部门的事，我们只能期待有所革新了。

改革可能是一个复杂的渐进的过程，在改革之前你还必须按当前游戏规则按部就班地考。关于你的怕，你可以找外语老师和外语学得好的同学帮你分析一下具体原因，从学习技巧层面做些努力。我想给你说的是笼统的"原则性"建议。我要说的是，对于你躲不过去的东西，你就不要试图再去躲，唯一的办法是硬着头皮顶上去。你不是难吗？我看你到底有多难，我要像鲁迅说的那样，"纠缠如毒蛇，执着如怨鬼"，不把你缠败绝不罢休。你要是有这种精神，用你的精神意志压倒你的困难，困难就变得不那么可怕了。这听起来有点虚，有点唯意志主义。但事实上一点也不虚，是很管用的。因为，这就是我在外语学习上所走过的路。我没有别的好办法，就凭这点意志走过来的。而且我相信，作为一条生存原则，它在许多地方都是管用的。有时候就是"一口气"的事。有这口气和没这口气是不一样的。不知你以为然否？

3. 怎样树立自信心？

问：我的自信心老是不足，干什么都感到自己不行，与身边踌躇满志的同学相比，我总是自惭形秽，请问怎样才能树立我的自信心？

答：我感到自信心不是想有就有的，也不是每个自称有自信心的人都有的。自信心是以实力为基础的，没有实力为基础的自信心是盲目，是空谈。所以我想，要树立自信心，首先还是要扎扎实实地学习，着眼于提高自己的能力。等你有了能力的时候，你对你能力范围之内的事就肯定会有自信心。还有，你不但要"学"，还要想办法"做"，即你要不断寻找、不断创造机会让你的能力得到施展，得以释放，也就是说要不断地创造一点一点的业绩，这些小小的业绩会一点一点地给你带来成就感，让你觉得自己原来也是可以的。我自己就是这样走过来的。我是一个性格比较拘谨、胆小，凡在大庭广众面前出现都会羞怯脸红的人，所以一开始当教师让我感到很为难。但命运既然安排我当了教师，我别无选择，只好接受命运的安排。我认真备课，每讲一次都受到学生的欢迎，于是我一点一点地提高了自信心，就这样一直走到现在。我能做到的你肯定也能做到，而且会比我做得好。

还有，你不要动不动就和周围人比，更不要拿你的弱项和别人比。每人有每人的资质，各有各的长处。你要发现并充分发掘自己的潜能，让你的强项得到尽可能地发挥。李白说天生我材必有用，他这话就充满了自信。他的话不只对他这种天才适用，而是对所有人都适用。因为社会需要多方面的人才，他在这方面行，你在那方面行，车有车路，马有马道，各逞其能，才有社会机器的和谐。

4. 害怕竞争（害怕失败）怎么办？

问：如今到处都在提倡竞争，竞争，口号不绝于耳，让我烦死了！我不想参与竞争，我害怕竞争，但又知道如今是竞争的社会，不参与竞争就会被淘汰，我该怎么办呢？

答：从本心上讲，很可能人都不想竞争，都想和平共处，和和睦睦，其乐融融，你好我好大家都好。可现实是，无论什么地方都充满竞争，不是显性的竞争，就是隐性的竞争，可以说竞争无处不在，你想躲也躲不开。你不主动参与竞争，但竞争会把你搅进去，使你被迫参与竞争。与其被动，倒不如变被动为主动。

我不了解你的具体情况，只能按常情常理推测。我猜想你讨厌竞争，除了天性的因素之外，从现实角度看可能有两个原因。

第一种情况是，你准备不足，实力不强。真正意义上的竞争（而非不公平的所谓竞争）其实是实力的较量，实力强者胜，反之则败。你如果实力足够强大，我想你大约不会害怕竞争。如让数学系的学生与一个小学生比赛微积分，肯定不会怯场。如果是这种原因，没有别的办法，你认真准备去！你好好学习去，努力充实自己，增强自己的实力。等你有了足够的实力，你就再也不怕竞争了。

第二种情况是，你有相应的实力，但你依然害怕竞争，那么我想是不是“约拿情结”支配了你？“约拿情结”是美国著名人本主义心理学家马斯洛创造的概念，是借用圣经故事所概括的一种常见的心理现象。圣经上说，有一次上帝派约拿到尼微城去传话，这本来是一项光荣伟大的使命，但约拿最初却逃避这一使命，企图乘船远去。马斯洛认为，约拿这种心理状态具有很大的普遍性。例如，人们常常“惧怕自身的伟大之处”“躲开自己最好的天赋”，既惧怕自己最低的可能性，又惧怕自己最高的可能性，如此等等。简单说，约拿情结就是惧怕最好的倾向。竞争肯定会给人带来压力，但同时也可以激发人的内在潜能，把人的最好的东西开发出来，使人走向更好更高的境界。相反，如果没有竞争，一个人的潜力就可能永远被埋没，一个本来很优秀的人结果变成一个很平庸的人。所以，要想激发自己的“最好”，还是参与竞争为好。

其实竞争不像我们想象得那么可怕。竞争的形式有多种，有的激烈，有的平和，有的有形，有的无形，有的就渗透于日常生活中。你如果不习惯外在激烈的竞争，那么就在平常的生活、学习中尽最大努力完善自己，以便有机会时能凭自己的实力不战而胜。

你怕竞争可能还有一种原因是怕失败。这一点你要有所锻炼，不能过分脆弱，心理上要有一定的承受力。有竞争就有失败，谁也不可能是常胜将军。况且，从另一方面看，失败就一定是坏事吗？我看不一定。你胜利了，当然是好事，但同时你失去了并列存在的其他机会；你失败了当然是一件坏事，因为谁也不想失败，但你失去了这个机会，还有无数其他机会在等着你。人生的辩证法就是如此，得到同时就意味着失去，失去中蕴含着得到。总之谁也不能把天下便宜事占尽。在命运的棋局上，谁也说不清哪个最好。如此说来，失败对你来说就未必是坏事，因此你何怕之有?!

第五讲 人生态度

态度是心理学概念，指个体对特定对象所持有的稳定的心理倾向，这种倾向蕴含着个体的主观评价以及由此产生的行为倾向性。把这一概念引入人生问题，重在讨论人们对待人生有哪些态度。俗语说『一个人有一个人的活法』，说得太复杂了。化复杂为简单，高度抽象后，大致可以把世人的人生态度归纳为比较典型的三种类型。

一、执迷派

执迷派也可叫沉溺派，其所执迷所沉溺者，人生之欲也。欲望——无穷无尽的欲望，尤其是物质的与肉体的、名与利的欲望——乃执迷派一切活动的总目标、总枢纽、总开关，追求欲望的满足，乃执迷派一切人生活动的动力源泉。

执迷派阵营庞大，在人群中占绝对多数。作为例子，我脑子里首先蹦出来的是巴尔扎克笔下的葛朗台老头（《欧也妮·葛朗台》中的主人公）。这人是个心理近乎变态的大财迷。葛朗台本是个箍桶匠，靠着极为精明的算计，在社会大变动的浑水里很快淘到了第一桶金，成了远近闻名的暴发户。腰缠万贯的他，有两个极为突出的特点：贪婪和吝啬。他家的生活极为寒酸：从来不买肉和蔬菜，全由佃农送来，面包也由女仆去做。为了节俭，每年十一月才准生火取暖，三月就得熄掉。葛朗台太太和女儿也像女工一样劳作。女儿想替母亲绣一方桃花领，也只能用睡眠的时间，还得找借口骗取父亲的蜡烛。葛朗台太太尽管给丈夫带来三十万法郎的遗产，而丈夫给她的零用钱，每次从不超过六法郎。女仆在葛朗台家当牛做马三十五年了，每年也只有六十法郎的工资。在葛朗台眼里，什么也没有，只有金钱。他的弟弟破了产，请求他做儿子查理的监护人，希望他资助一笔钱让查理外出闯荡，葛朗台老头左思右想舍不得。查理为父亲的自杀哭得死去活来，全家人都跟着哭，而老头却说“这孩子没出息，把人看得比钱还重”。女儿欧也妮出于同情，将自己的私房钱偷偷给了查理，老头知道后像被割了心头肉一样难受，一怒之下把女儿关进屋里，只准给凉水和面包。他的暴怒吓得妻子大病不起。有人告诉他妻子一死财产要重新登记，女儿将继承母亲的遗产。老头这才害怕起来，决定向女儿屈服，巴结她，诱哄她，以便牢牢抓住几百万家私。太太死后，老头马上要求女儿放弃继承母亲的遗产，只让她保留财产的虚有权；女儿对此一点也不懂，就在文件上签了字，老头这才放了心，紧紧拥抱女儿说：“你给了我生路，我有了命了；不过这是你把欠我的还了我：咱们两讫了。这才叫作公平交易。人生就是一件交易。”临死前的葛朗台哪儿也不去，一天到晚守在密室里，两眼紧盯着他的金路易。此时的他最恋恋不舍的不是唯一的亲人——女儿，而是他终生积攒的财富。他嘱咐女儿要好好代他管理这笔遗产，等到她也灵魂升天后到天国向他交账。

类似葛朗台老头这种为金钱而疯狂的人，在巴尔扎克所创造的艺术世界（《人间喜剧》）里比比皆是。在小说《夏倍上校》(1832年)里，巴尔扎克借助于律师但尔维之口，揭示了拜金主义者的普遍性：“我亲眼看到一个父亲给了两个女儿每年四万法郎进款，结果自己死在一个阁楼上，不名一文，那些女儿理都没理他！我也看到烧毁遗嘱；看到做母亲的剥削儿女，做丈夫的偷盗妻子，做老婆的利用丈夫对她的爱情来杀死丈夫，使他们发疯或者变成白痴，为的是要跟情人消消停停过一辈子；我也看到一些女人有心教儿子吃喝嫖赌，促短寿命，好让她的私生子多得一份家私。我看到的简直说不尽，因为我看到很多为法律治不了的万恶的事情。总而言之，凡是小说家自以为凭空造出来的丑史，和事实相比之下真是差得太远了。”

巴尔扎克笔下的这批人，大多是疯狂的拜金族。他们一心想的是金钱，除了金钱之外，看不到任何东西；除了发财的快乐，体验不到任何幸福。这批人"执迷"的是金钱，与此相类，其他人执迷的，除了金钱之外，可能还有权势、地位、名誉、美色等。总之，人之所欲者皆可以成为"执迷"对象，都可以让人失去自我，乃至于发疯。

如当下我们社会里某些以从政为业的野心家，胆大妄为，坏事、恶事干尽；为了升迁，以"厚黑学"开路，"我是流氓我怕谁"，把他所在圈子的政治生态搞得乌烟瘴气，昏天黑地。有些人官做得极高极大，已经到了那么高的官位上，但他们依然疯狂地占有。我们想不通葛朗台老头占有那么多金钱干啥，想来想去终于有一点明白，"执迷"二字使他们眼瞎心乱，人格已经异化，已经丧失正常人的理智，完全成了权力和财富的奴隶。换句话说，他们已经不是正常的人了——无限膨胀的权力摧毁了他们的智商，使他们成为和葛朗台老头一样可怜可笑的人。他们贪占的金银财宝已经没有任何意义，除了作为罪证。

葛朗台老头的形象之所以典型，就因为其具有极广泛的代表性和普遍性。读者稍加思索就不难发现，19 世纪欧洲文学作品，不，在全人类各个时期的所有作品中，像这样执迷于个人欲望满足的人不是比比皆是吗？滚滚红尘，芸芸众生，大多如此。有所区别的不过是执迷的程度深些或浅些，意志的力量强些或弱些，行动的力度大些或小些罢了。

平心而论，既然人生而有欲，那么人为满足欲望而努力而奋斗而追求，应当说合情合理，可以理解。但问题是对欲望可"执"不可"迷"，尤其不可过于执迷个人一己之私欲、物欲。过于执迷就会失去自由，失去自我，就会被异化为欲望的奴隶。

二、解脱派

执迷于世俗的各种欲望，为欲望而争，为欲望而斗，为欲望而生，甚至为欲望而死，欲望给人以无穷的动力，也给人以无穷的烦恼。欲望像一团熊熊烈火，把人烧烤得焦渴难耐，浮躁不安。因为人的欲望是无穷的，满足一个再生一个或十个，满足一次还想十次百次乃至无穷次，于是人们永远处在欲望不能满足的烦恼和痛苦中。时间长了，终于有一部分人醒悟：欲望是痛苦之源，是人生的沉重枷锁，要想摆脱烦恼和痛苦就必须熄灭欲望之火，必须看破欲望之虚妄，看破人生所拼命追求的那些东西的无意义。以上思想，上升为哲学是叔本华的虚无主义，上升为宗教是佛教，表现于文学作品则是古今中外普遍存在的劝世之作。这里，我想说一说不大为人所知的契诃夫的短篇小说《打赌》。

《打赌》的故事梗概大致如下：十五年前的一个晚会上，俊彦名流们在高谈阔论死刑和无期徒刑的利弊。年轻气盛、财大气粗的银行家认为死刑比无期徒刑更道德，因为可以速死。年轻的律师认为二者都不道德，相比之下还是无期徒刑好一些，因为可以不死。银行家逞强好胜，一心想压倒律师，说："我敢打赌，你要是甘愿单独囚禁五年，我就付给你两百万卢布。"律师也不服输，回应说："如果你说话算数，我同意打赌，非但如此，我甘愿不光是监禁五年，而是十五年。"在激情冲动之下，这场打赌居然付诸实施了。

律师被关在银行家花园的一个小屋中。监禁期间不能与任何人有任何形式的交往，但可以读书、弹琴、饮酒、抽烟。十五年间，他读完了包括《福音书》在内的各种书。十五年监禁终于期满，律师即将获得自由，银行家正打算谋杀他时，他却于结束监禁的前夜放弃了他即将得到的赌资，留下一封信走了。信中写到，经过十五年的囚禁生活，他已彻底看破人生所追求的一切的虚妄——“神明在上，我可以问心无愧地告诉你，我轻视自由、生命和健康，以及你的书本里所赞美的世界上一切所谓美好的事物”；“为了以行动向你们证明，我是多么鄙视你们赖以生存的一切，我自动放弃两百万卢布，我曾经对这笔钱梦寐以求，视为天堂，现在我却弃如敝屣。我将于规定时间的五小时前出去，从而违背契约，剥夺自己得到这笔钱的权利……”

为获取两百万赌资甘愿被囚十五年从而失去一切人生乐趣，包括青春和健康，但在赌资即将到手之时又自动放弃，这行为实在太离谱了，让人感到匪夷所思。但正因为如此，读者才明白契诃夫无意于“写实”，而意在“表意”，明白他想借助于精心编制的故事劝世的苦心（他故意把人物的行为夸张到反常以引起思考）：痴迷于世俗追求的人们，醒一醒吧！你们所追求的所谓“人世间的幸福”都毫无价值；你们“已经失去理智，误入歧途”，你们是在“抛却天堂，换取浊世”。为什么？因为这些东西都“如过眼烟云一样飘浮，如海市蜃楼一样虚幻”。

律师的这些思想置换为中国文化的表述即佛家的色空观念。银行家只见“色”（当下、现象、物欲）而不见“空”，殊不知“色”即是“空”，“空”即是“色”；只见“色”而不见“空”即为“迷”，为“痴”，为“愚”。

在中国文学史上，把上述思想体现得比较精彩比较集中的，当属《红楼梦》中的“好了歌”和“好了歌注”。“好了歌”列出了四种欲望所追逐的大目标：功名、金银、娇妻、子孙。人们强烈贪恋这四种人间好东西，连梦寐以求的做神仙的美事也愿意放弃。但这些东西有什么意义呢？没有任何意义，人们所追求的一切美好到头来终不过一片虚无——“白茫茫一片大地真干净”。穷困潦倒的读书人甄士隐一听便悟，借题发挥为“好了歌”作注，一口气罗列了十多种常见的由盛转衰、由色入空的人生世相，更是道破了人生的无常：一切都转瞬即逝，一切全靠不住。——对人生既然“悟”到这一步，也就彻底解脱，没有任何留恋了，所以甄士隐“注”罢便将道人肩上的褡裢抢过来背上，竟不回家，同着疯道人飘飘而去——离世出家了。

由执迷到解脱之路，在王国维看来有两条：一是觉自己之苦痛而悟，即亲身经历失望之境遇，遂悟宇宙人生之“真相”，用王国维原话说即以生活为炉，苦痛为炭，铸成解脱之鼎；二是观他人之苦难而悟，如通过艺术作品中描写之苦痛而走向解脱。王国维把第二种解脱之路视为艺术（王氏名之为美术——引者注）之要务、艺术之目的。他认为《红楼梦》在这方面最有价值，所以他给《红楼梦》以极高的评价。这里我们还可以加上一条，即前述《打赌》中律师的解脱之路：由哲学而宗教。律师在宗教的“天堂”中找到了灵魂的寄托，超脱了他所厌恶的浊世。

解脱派否定了执迷派的欲望追求，自认为看破了人生，自以为精神获得了解脱，于是表现到日常行为上，或消极厌世，看一切全无聊，全没劲，从此隐入内心生活的玩味；或玩世不恭，把一切全不当真，一切全为了玩儿玩儿；或放弃一切努力，得过且过，顺水漂流，过一天少两晌；或沉湎于“物”与“肉”的享受，今日有酒今日醉，明日无酒喝凉水。总之，既然解脱了“执迷”，放弃了欲望的追求，一切也就全无所谓。

三、智者派

看破人生难道是这样的吗？当然不是。事实上，解脱派对人生的所谓看破其实是浅薄幼稚的“破”，或者说它的看破其实并没有真看破。那么，真正的看破应是一种什么样的态度呢？我们认为，真正的看破应是智者派的态度。

智者派的态度，用法国作家罗曼·罗兰的话说，即看破了人生而后爱它，这才是明智之举。换句话说，智者派看破了人生的虚妄但仍追求，仍奋斗。只不过这个追求已不是简单的对欲望对象的直接追求，而是在“自我实现”意义上的追求，是天人合一、宇宙规律（“天行健，君子以自强不息”）意义上的追求。智者派已超越了狭隘的功利目的，超越了一己之私利，超越了沉重的物欲、肉欲，而把兴趣转向了过程，面对虚无仍然进行绝望的抗战，用顽强不屈的奋斗去完成一个壮丽充实的人生过程。

智者派的这种人生态度，哲学学者周国平有过很好的说明。他在《守望的距离》一书中说：“由于只有一个人生，颓废者因此把它看作零，堕入悲观的深渊。执迷者又因此把它看作全，激起占有的热望。两者均未得智慧的真髓。智慧是在两者之间，确切地说，是包容了两者又超乎两者之上。人生既是零，又是全，是零和全的统一。用全否定零，以反抗虚无，又用零否定全，以约束贪欲，智慧仿佛走着这螺旋形的路。不过，这只是一种简化的描述。事实上，在一个热爱人生而又洞察人生真相的人心中，悲观、执着、超脱三种因素始终存在着，没有一种会完全消失，智慧就存在于它们此消彼长的动态平衡之中。”

智者的人生态度包含悲观、执着、超脱三种因素，是三种因素此消彼长的动态平衡，这只是一种理论上的分析，说起来好懂，但落实到生活中该是怎样的呢？这里我想举一个人的生命事迹作为实证加以说明，读者可从中进一步体会智者派的人生态度。

北京大学教授冯友兰先生（1895—1990），著名的中国哲学史学者，成名于20世纪三四十年代，二卷本《中国哲学史》和《贞元六书》使他名满天下，遂为一个时代的代表。新中国成立后屡经政治运动的打击批判，饱经磨难，至“文化大革命”结束时早已年迈力衰，精力不济，以常人而论，应该安享晚年了。然而，年过80的他却雄心未泯，还牵挂着一件大事，那就是“祖国的旧邦新命的命运，中华民族的前途”。于是他“重理旧业”，决心再写一部中国哲学通史。当时他制订了一个写作七册本《中国哲学史新编》的计划，立志把中国哲学从传统到未来的来龙去脉讲清楚，把古典哲学中有永久价值的东西阐发出来，推动中国哲学的进一步发展，为振兴中华做出新的贡献。

接下来是旷日持久的艰苦劳作。在这期间，他经历了连遭亲人伤逝的悲痛，又常常为各种疾病所缠扰，但他仍坚持了下来。由于视力逐渐全失，他只能听人念材料。他的听力又很差，可他却总是不厌其烦地一遍一遍地听。由于年高体弱，他只能每天上午工作，他力争不浪费这半天的每一分钟，甚至为了不因上厕所而中断工作，他上午几乎不喝水。多少年他没有休息过一个寒暑假。如果他有休息一段时间的时候，那一定是因劳累过度躺在医院的病床上了。冯先生的最后几年身体状况日渐不佳，住医院的次数日渐增多。这时他想的仍然不是延年益寿，而是如何加紧完成《中国哲学史新编》的最后一册。他对女儿说，因为事情没有做完，所以还要治病，等书写完了，再生病就不必治了。因为心有所系，所以每次住医院总能渐渐好起来，接着再做事。1990年4～7月间，冯先生写完第七册，并修改定了稿，一桩大业终于完成，一件心事终于放下，他没有遗憾了。秋天，再次生病住院，他再也没有起来，他含笑告别了他所挚爱的人世间。

冯先生晚年的事迹正可以用两句中国古诗来形容："春蚕到死丝方尽，蜡炬成灰泪始干。"他为哲学呕尽了心血，鞠躬尽瘁，死而后已。他如此努力，如此拼搏，为名吗？可笑！他早在青年时期就已名扬天下，成为哲学界大师级人物了，老年时一个字不写，哲学史上仍有他的地位。那么是为利吗？荒唐！他需用的钱十分有限，仅他的工资就用不完。他不知道生命的虚无吗？怎么可能！他是哲学家，他有什么东西看不透?！那么他到底为什么呢？这就非"执迷"和"解脱"两派之人所能理解的了。冯先生论人生，曾有著名的"四境界说"：自然境界、功利境界、道德境界、天地境界。冯先生认为天地境界是人生的最高境界，进入这种境界的人不仅了解人在社会中的使命，而且了解人生在宇宙中的地位和作用，对宇宙人生有完全的了解，这种了解是对宇宙人生的最终觉解，可以使人的生活获得最大的意义，使人生具有最高价值。冯先生以自己的人生经历进入了自己所说的"天地境界"，完成了一代哲人、智者的完美形象。天地境界的核心是"天人合一"，那么"天"的特点是什么？是"行健"，因此，"人"就应该与之"合一"，合其规律——"君子以自强不息"——活到老，努力到老，直至生命最后一息。

由执迷派的追求到解脱派的放弃追求，再到智者派的追求，看起来好像完成了一个循环的圆圈，其实不然，这里的轨迹不是圆的相接，而是螺旋式的上升。智者派和执迷派，从外表看，都在追求，甚至是执着的追求，但两种追求却完全不可同日而语。原因是二者对人生的"觉解"（冯友兰语）有天渊之别。

行文至此，我想起一段著名的禅宗语录：

> 老僧三十年前来参禅时，见山是山，见水是水；乃至后来亲见知识，有个入处，见山不是山，见水不是水；而今得个休歇处，依然见山是山，见水是水。

佛家总结的参禅悟道三阶段也可视为三境界，曾被许多地方所借用。如今，我们借来说明人生态度三境界、人的三种活法，大概也未尝不可吧！

对话人生实录

1. 您信命吗？您对算命先生怎么看？

问：您信命吗？您对算命先生怎么看？

答：如果我没理解错的话，你问题中的“命”是指命运，而这个命运如果和算命先生联系在一起的话，又是先验的，天定的。其前提预设是，天堂里坐着一位“上帝”，中国人叫“老天爷”，旁边就是档案库，里面存放着成千上万人的命运方案，某某什么时候出生，生在谁家，生成男孩或女孩，什么时候上学、就业、结婚、生子、升官、发财，总之你人生中的每一步，人生中一切大小事情，早已安排就绪，你出生之后的人生轨迹就是按部就班落实这一方案罢了。我们所熟悉的“命中注定”“死生有命，富贵在天”“命里只有三斗（容器）米，跑遍天下不满合（容器，十斗为一合）”，等等，就是上述命运观的反映。这种命运观在中国古代占主导地位，至今在市井民间仍有广泛市场。个别大学生不也信这个吗？

算命先生宣称他们能测算人们的命运，能预卜人的吉凶祸福，能帮人消灾解难，他们测算的依据，是人出生的具体时间，即所谓生辰八字。

如果对“命”做这种理解，我肯定是不信的。原因很简单，这个世界上同一时辰出生的人多着呢，他们的命运一样吗？当然不一样，这就一下子摧毁了算命的可能性和合理性。有同学说，有时候他们算得也挺准呢！是，有可能，但他们对世故人心的谙熟，察言观色、随机应变的技巧，模棱两可的语言，蒙住几个单纯可爱的小姑娘或帅小伙还是不难的。有机会你听听他们自述的技巧你就明白了。

不少同学对算命先生这一套的态度比较复杂，又信又不信，想信又不敢信，说你命好你心里美滋滋的但却不踏实，说你命不好你心存疑窦和恐惧，总之无论他说什么都让你心神不安。你嘴里说不信，可心里总是驱不去它留下的阴影。所以我劝你对算命还是压根儿不予理睬为好。

面对变化万千的社会和神秘莫测的命运，谁心里都没底，都想有所预知、预测，这心情可以理解。但由于生活本身的无穷变化性，准确预测是不可能的。既然如此，倒不如压根儿不去“测”，而是以积极乐观的态度，以艰苦不懈的努力，以百折不挠的意志去应对你所面临的一切，把命运的方向盘掌握在你自己手里。我这里还有一张条子，问题和现在讲得类似，内容是“您相信命吗？有时候我会感觉冥冥之中我的命已定”，刚才的解说也适用于回答这位同学的问题，不要相信什么“冥冥之中命已定”，你的命是个无限开放的网络，在这个网络中将碰到什么，一半看“上帝”（无法掌控的超人力量），一半看你自己。上帝的事我们管不了，我们能管的只有我们自己。我课堂上常说一句话——尽人事以听天命！这句话非常全面、深刻，主客观两方面都考虑到了，而且把主观因素放在前面，主观因素里又特别强调一个“尽”，“尽”即极限，把主观努力发挥到极限，你就可以无怨无悔了！

2. 自己管不住自己怎么办？

问：我常常遇到这种情况：有些事明明知道不能这样想这样做，但却总是控制不住自己，如何才能加强自制能力呢？

答：你的问题让我想起美国第三任总统杰斐逊的一段话（大意）——脑与心的对话：脑对心说，你为什么不听我的话呢？我明明告诉你某某事不应该这样想和这样做，而你却偏偏还要这样想这样做！心对脑说，我也知道你说得对，但就是不想按照你说的做，因为那样一来，我的生活就变得毫无趣味了。为了我已经获得的快乐，我还是想这样做。

杰斐逊的话道尽了心与脑的矛盾。心，一般指的是感情和欲望；脑，一般指的是理智或理性。这是人的内心世界一个非常普遍的矛盾，差不多可以说它无处不在，无时不有。感情、欲望与理智、理性都蕴含于一个人的内心世界中，二者之间的矛盾表明人的自我可以分为两个我：主我与客我。主我与客我有时一致有时不一致，不一致时就表现为自我的分裂。平常我们所说的“身不由己”“心不由己”“不由自主”“情不自禁”，等等，指的就是这种情况。

心与脑的矛盾标示了人类生存的一种困境。心的要求来自本源，本能，天性，自然；脑的要求来自社会，道德，伦理，规范。一个是本我，一个是超我，二位一体，都为人之所需，而二者又是矛盾的，这就是人的两难选择。人处二者夹缝之中，深受其苦。正如弗洛伊德所说，人的自我要侍候两个主子，所以常常感到活得很累。

心与脑的矛盾下面是本我与超我的矛盾，客我与主我的矛盾，再下面，根源是个体与社会的矛盾。人在社会中，为了社会生活的和谐有序，社会不得不建立一系列必要的法规、制度和道德规范，而这一切内化到人的精神结构中就是“脑”，就是理智、理性。因此，为了能与他人、与群体、与社会和谐相处，个体必须对自己的行为有所约束，表现在内在的精神生活中就是以理制（约束）欲，发乎情止乎礼。

回到你的问题上来，加强自制能力即提高自律意识，自律意识的提高建立在集体意识、社会意识、道德意识的提高之上。为了你与他人、与群体、与社会的和谐，请有意识地加强自我约束吧，它是一个人成熟的标志。

3. 有时人真的是宿命吗？

问：有时人真的是宿命吗？就像一句话说的：是你的就是你的，不是你的别太苛求自己。难道就要放弃一切努力吗？

答：你这句话不是十分的通顺，但我理解你的意思。

我所理解的“宿命”，是指命运所加给你（我这里的“你”，都是泛化的而非专指的）的，你无法改变、必须接受的东西。它属于你的主观努力达不到的领域，它是一种客观存在，既包括先天因素也包括一些后天因素。如你的出生（先天因素），这是你的命运的起始点，这个起始点上所赋予你的东西就是所谓宿命的东西。你本来想生成个男（或女）孩，想生在北京，想生在达官贵人或其他你所理解的幸福的家庭里，100 年之后的世界将比现在更美好，你想在100 年之后再出生，如此等等，但你已经生成女（或男）孩，生在山沟，生在你所出生的那一年那一天，生在你所认为的不幸福的家庭里了！这一切都已经是既成事实，无法改变了！正所谓“生你没商量”！西方人注重人权，认为“出生”是人生第一大事，父母竟然不与自己商量，就强加给你，把你“抛”到这个世界上来了，不管你愿意接受与否，你都必须接受了，这事十分荒诞，这是不尊重人权！可是，这是上天的事，怨不得父母，你有意见也没办法，你只好接受。高兴，是接受；不高兴，也得接受。这就叫宿命。

根据上述对宿命的理解，我们说人的命运中肯定有宿命的因素参与了，即肯定有宿命的一面。因此，下一句话“是你的就是你的，不是你的别太苛求自己”就有一定道理。

不过请你注意，我的话是有分寸的，我只说有“一定道理”，而非绝对道理。问题还是出在对“宿命”的理解上——“是你的就是你的”，那么哪些东西属于你，哪些东西又不属于你，即哪些属于宿命因素，哪些不属于宿命因素，常常是说不清的。这里的危险在于，人们常常把不属于宿命的因素当成宿命因素了，因而主动放弃争取的努力而心安理得了。“宿命”成了他们放弃努力的理由，成了他们掩饰自己不思进取的哲学挡箭牌了。

我们的人性中潜伏着惰性的因子，潜伏着“约拿情结”，在漫漫人生旅途中我们常常觉得很累，我们想休息，我们想退缩，但我们必须要求一个理由，于是“宿命”就成了我们需要的理论工具。正想瞌睡呢，你送来一个枕头，真是太好了！但你一躺下就不想起来了，那么你本来可能得到的东西也就得不到了，你就可能丧失很多本属于你的机会、属于你的幸福，你把本属于你的当作不属于你的放弃了，这实在是很可惜的。

总之，我的意思是，人的命运中不否定有宿命因素的存在，但务必要分清哪些是宿命因素，哪些不是，务必不能把后者当成前者放弃了自己的努力，任何时候也不要为自己的惰性找借口。我想说的就是这些，不知你以为然否？

4. 进入热恋的人都是傻子吗？

问：进入热恋的人都是傻子吗？

答：听到这话感到味道颇为复杂，有点调侃，有点戏谑，有点夸张，但也确有几分真实。这可以是热恋中人的自嘲，也可以是旁观者对热恋中人的嘲讽。这是热恋中人的感受，同时也得到了现代科学实验的证明。《报刊文摘》上有资料说，英国科学家研究发现爱情真的令人盲目，脑部扫描可显示当情侣沉溺爱河时，会失去判断能力，出现“情人眼里出西施”的情况。这一结论是伦敦大学教授泽基发现的，他说，扫描显示爱情加速脑部“奖赏系统”特定区域的反应，并减缓否定判断系统的活动。而且，不但热恋中的人如此，亲子之间亦如此。核磁共振发现，当母亲在众多照片中发现自己的孩子时，大脑中负责“批评”的区域思维活动明显减弱，但负责“表扬”的区域思维活动则明显增强，最终导致母亲的评判标准出现波动，评判结果具有明显的主观性。

的确，爱情是人类所有感情中最强烈的一种，它可以导致人的心理乃至生理的剧烈变化，导致热恋中的人一定程度的“盲目”。从一方面看，这是一桩非常美好的事，富有浪漫色彩，爱情的美好和诗意差不多都在这里了。试想，哪个人没有缺点和弱点呢，哪个人是十全十美的呢？你如果“明察秋毫”，而且又“爱憎分明”，不大能宽容，那你就永远难以进入热恋的境界，从而体验热恋的美妙。所以恋人相互之间的“盲目”其实是一个“美丽的错误”，犯这种错误，上帝都会原谅你。

但从另一方面看，错误虽然美丽，但毕竟是一种错误。“盲目”肯定会掩盖一些东西，会误导你的感受、你的判断，危险就可能发生在这里。当然不是说，每个进入热恋的人都肯定会有这种危险，这种判断太绝对，但却可以说，这种危险比较普遍，概率比较高。因此，热恋中的人要小心谨慎，不要太急于做出一些重大决定。热恋毕竟是短暂的，爱情是婚姻的前奏，而婚姻则是漫长的，因此必须审慎。对于你一生有重大影响的决定最好等冷静时反复思考之后做出，换句话说，必须靠理性做出。

第六讲 命运之谜

命运，是人人关心的大题目，挂在嘴边的口头禅，心中永恒的谜。每个人都有自己的命运，命运与每个人息息相关，人们迫切渴望勘破它的真相，于是有了古今中外圣人贤哲关于它的诸多思考和论述。然而众说纷纭，莫衷一是。那么什么是命运？命运到底怎么回事？我们应该怎样对待命运？本讲试做讨论。

一、什么是命运

关于命运的定义，人类思考了那么多年，截至目前还没有公认的结论。这里不打算旁征博引，只想化复杂为简单，返璞归真。我对“命运”下的定义是这样的：命运是生命的运动轨迹、运动方向、运动形式，是生命在特定时空里的渐次展开。

首先，我把命运理解为生命的运动。命运，命运，我就拆开这两个字，理解为生命的运动，这难道不可以吗？一个人的命运不就是指他从生到死所走过的路吗？哪一年出生，出生在谁家，然后几岁几岁怎么样，一生各个阶段怎么样。命运就是一个人的人生遭际、人生际遇、所走过的路，所以我把它定义为生命的运动轨迹、运动方向、运动形式。

第二句，“是生命在特定时空里的渐次展开”。命运发生、运行于特定的时空，受时间空间的制约。例如毛泽东的命运，发生的时间段是1893年12月26日到1976年9月9日。空间呢？生于韶山冲，病逝于中南海。时空重合，画出一道曲线就是一个人的命运。

我感觉命运就像一幅山水画，挂在墙上一点一点展开，最后完全展开我们才看到画的全貌。命运也是这样，一天天、一月月、一年年地展开，最后到死的时候，这个人的命运全图我们才能看清楚。一天不死，命运的全图就没有完成，就还有神秘性。因为什么时候死，什么原因死，死在哪儿，都说不了。

这是我对“命运”概念的简单理解。

二、命运是由什么力量支配的

接下来的问题是，命运是由什么力量支配的？既然是一种运动，必有一种力量在推动。这种力量是什么呢？大致有四种观点。

1. 命运是由天威难测的人格神支配的

这个“神”先知先觉，全知全能，稳坐天堂掌管着世间凡人的一切。人的命运在出生之前就已被神安排妥帖，神为人的一生制定了详细规划，从生到死的一切细节都已规定，出生后的一生就是按部就班落实这种规划罢了。神的意旨无法改变，只有服从。典型例子是古希腊神话。在希腊神话里，无论谁的“命运”都是被高一级的神的意志决定的，而且只有接受，没有商量的余地。例如，为全世界读者熟悉的俄狄浦斯的命运。他生下来就被判定为要犯“杀父娶母”的罪行，他为了逃避这一命运做了最大努力，结果仍然没有逃脱。

类似的决定人命运的人格神存在于世界各文化中。在犹太教中是耶和华上帝；在伊斯兰教中是真主安拉；在中国老百姓那里是老天爷或老佛爷。所以初一、十五，老太太去烧香磕头，一炷香刚点上就开始祷告：让我先生做生意发大财吧！让儿子升官吧！让媳妇生儿子吧！让孙子考上清华吧——北大也行！结果如何呢？还用说嘛!！你拿五毛钱香五毛钱纸就想收买老佛爷啊，老佛爷是那么好收买的呀，你也太看轻老佛爷了。所以老佛爷对你的要求不予理睬。呵呵，玩笑啦！这说明了什么呢？说明所谓的善男信女们并没有真正的信仰，而是想象中实用主义的权钱交换，是公然对"神"的贿赂或者说是对"神"的直接利用。这类活动属于迷信，而且是低级迷信，同学们利用目前掌握的科学知识就可以识破它的实质，不用废话。

2. 命运是由客观存在的不依人的意志为转移的"超人力量"所支配的

所谓超人力量，顾名思义即超越人的力量，人没法掌握，没法控制，独立运行。例如，2008年5月12日四川大地震，1976年7月唐山大地震，原因是什么？谁造成的？说不清，总之不是人造成的，而是大自然的运行本身造成的，是地球、太阳，以及地球、太阳在宇宙当中运行……说来话长，总之是无限因素造成的，因为说不清楚，所以把它叫作超人力量。

春暖花开，谁让花开了呢？冬天怎么不开，为什么春天开了呢？谁在支配呢？宇宙间的一种神秘力量——大自然的力量，超人力量。

超人力量无处不在。如你穿的衣服，假定是棉布做的，你知道是哪家农民种的棉花吗？你今天中午吃的大米，你知道是哪里农民种的吗？棉花和大米一路走来走到你的身上和嘴里，中间有无数环节，让无数环节环环相扣的力量就是我们所说的"超人力量"。一件事情发生了，我们只看见、只知道它发生了，但它是怎么发生的，为什么发生，人们却说不清。即使能说清，但这些原因又是怎么发生的呢？也就是说原因之中还有原因，如此追索起来这个因果链条没个完，最后我们只能说这些原因是无限的，是无限原因纠结组合造成了目前的结果。这些无限的谁也说不清的原因就是我们所说的客观的不依人的意志为转移的超人力量。

因为是无限，谁也说不清，神秘不可知，所以人们又常常把它叫作"上帝"或"神"，也叫作宇宙、终极、存在、道，或造化、造物主（都不是人格神），叫什么都行，总之是说不清的那个东西。

3. 命运是由你自己所支配的

中小学老师，尤其是班主任常说一句话：同学们努力吧！命运掌握在你自己的手里。这句话对于激发学生的学习激情特别有效，很多同学也就是在这句话的鼓舞下考上了理想的学校。然而，有人考上了，更多的人却没考上。没考上的同学想：我也尽了最大努力啊！我怎么没有考上呢？你不是说命运掌握在我手里吗？你不是说我的未来我主宰吗？我怎么主宰不了呢？学生问老师，老师一脸尴尬没话说。是老师说错了吗？没有错！那么船在哪儿弯着呢？应该说，老师的话是有道理的，但又是片面的。因为，支配人的命运的，不只是你自己，而是还有其他力量。这就是接下来的第四种观点。

4. 命运是由你和"上帝"（指超人力量）共同支配的

这个"你"是主观因素，"上帝"是客观因素，超人力量；也就是主客观两种因素的结合。这种观点很全面，道理不需讲，本讲结束的时候，我还要再提到这个意思。

三、命运的秘密

命运的秘密让古今中外哲学家、思想家、作家和艺术家着迷，为此做过长期深入而执着的思考。这里我给你介绍一些当代作家史铁生的思考成果吧！他因为残疾，更因为诚实和善思，在长期以上帝为对手和伙伴的猜谜游戏中，终于破译了命运的诸多秘密，当然也可以说发现了命运的诸多特性。

1. 不公平性（不合理性）

对于命运，人们的天然要求（或理念）是公平。因为，用基督教的话说，每个人都是上帝的子民；用中国哲学的观点说，每个人都是钟天地之灵秀，夺日月之造化，是阴阳二气化育的结果；用老百姓的话，即我们都是爹娘生的。因此应该有同样的命运。然而，事实恰恰相反，上帝并不按“理”行事——“理”只是人类自身设定的理想和理念。正如史铁生所说，命运从一开始就不公平，人一生下来就有走运的和不走运的。譬如医院产房里一溜排着十几二十几个孩子，他们同一时间同一地点来到这个世界上，本应有相同的命运，然而其实已经不同了：他们在家庭出身、长相、智商、健康程度等方面已经有了明显的差异，这些差异将会导致他们不同的命运。假定一个人生来就丑，或傻，或残疾，或家庭贫穷，这不是他的罪过，但却要因此遭受永无止境的歧视、耻笑和怜悯。一个聪明而倔强的小姑娘刚刚懂事，正待享受人生的美好，但因为一生下来就患了先天软骨发育不全（特殊型侏儒症），因此她就注定要倒一辈子霉，痛苦要跟定她一辈子。为什么竟是这样呢？不为什么，上帝喜欢这样，于是就这样了。《命若琴弦》中的小瞎子与小山村里的一个姑娘恋爱了，但因为他是瞎子，所以注定了他必然失败的命运。小瞎子对命运的不公平发出质问：“干吗咱们是瞎子！”师父回答：“就因为咱们是瞎子！”这就是说，上帝要干什么是没有道理可讲的。人们呼唤命运公平合理，那只是人的善良愿望，而上帝对这一套不予理睬，他像个任性的老顽童，率性而为，冷酷无情，全不管什么“理”不“理”。正所谓“天地不仁，以万物为刍狗”（《老子》）。

在世俗和情感层面人们愤慨无比的所谓命运的不公平与不合理，换个角度看其实就是哲学上所谓的差异。人们希望没有差异，并为消除差异而奋斗，然而可以想象没有差异的世界吗？没有差异还有世界吗？

如果说先天的差异与生俱来，人的作用在这里无法体现。那么受人的主观能力制约的社会人事方面就有真正的绝对的公平吗？未必！即使在社会生活领域里，公平、合理也是相对的，而不公平、不合理则是普遍的、绝对的。关于这方面的情形，看一看身边的现实就知道了，无须举例。当然，人类永远在为消除不公平、不合理而进行不懈的乃至是艰苦卓绝的努力，人类社会越进步，不公平、不合理会越来越少，但却永远不会彻底消除。因为“差异”乃存在的内在秘密，没有了“差异”就没有了世界。

悟透了“差异”乃存在的真相，本来如此，永远如此，具有本原性质，从终极角度看原无所谓的公平与不公平、合理与不合理。想通了这一点，史铁生既沉痛又豁达地说：“就命运而

言，休论公道。”（《我与地坛》）

2. 偶然性

人的命运到底是必然因素在起作用还是偶然因素在起作用？很难说。有时候偶然性居于支配地位，偶然性起了决定作用；有时候必然性居于支配地位，必然性起了决定作用。过去我们的哲学常常特别强调必然性的作用，但事实上我们看到的更多的是偶然性在起作用。

一个人获有生命，得以来到这个世界上，从自然生育过程看，自有其必然性，这是不言而喻的。但如果换个视角，即可发现个体生命的产生，是一种绝对偶然的现象。关于这一点，本书在“生命为什么是宝贵的”一讲中已经借助于张三的出生讲得非常明白了——是无限偶然因素因缘和合的结果，此处不赘。

换一个角度，一个人出生了，来到这个世界后还要继续面临偶然，我们的人生遭际处处都是偶然。《大河濮阳网·文学频道》(2007 年 2 月 15 日)上有一篇文章，题目是“人生有什么好算计的”，里面讲道：所有人的命运，原来都不确定，之所以成为现在这个样子，实际上都是一个个说不准的意外和偶然成就的。

文章举了一个例子。登山运动员桑巴，登山时，离正确路线只差了半只脚，但就是这半只脚让他跌入了冰川，跌落到死亡之谷。要是一般人就死了，多数人都死了，但是他非常幸运，被救过来了。救过来之后，人们问他：“桑巴，这十来天，你在死亡之谷里都想了啥呀？”桑巴说：“我把自己的人生仔细地想了一遍，我发现人的命运原来都是不确定、不可靠的，之所以成为现在这个样子，实际上都是一个个说不准的意外和偶然，一切都是只差了那么一点点。”

首先说他的结婚。他和一个姑娘订婚好几年了，马上要结婚了，女方临时提出多要一张牛皮。因为这一张牛皮他烦了，拿不起，而且原来说得好好的，现在又要东西，因为这个吹了。和这个姑娘吹了，肯定和另外一个姑娘结婚，一张牛皮改变了他的命运，改变了他的人生轨迹，因为和谁结婚是大不一样的。他和另外一个姑娘结婚之后，两个人因为性格不合，经常吵吵闹闹，后来一气之下决定离婚。就在要出门的时候，忽然下起了暴雪，暴雪下了六七天，之后，他们两个不气了，也就不离婚了——一场暴雪影响了他的命运。

七岁时去游泳，因为水平不高，一入水感觉不行了，离岸边越来越远，快要沉下去淹死了。恰恰在这个时候，岸上有一个人跑下去把他救上来了。他问：“这个地方平常都没有人，你怎么在这儿呢？”那个人说：“我跟老婆生气了，心烦，不想在家，所以就到这儿转转。”如果不是那个人跟老婆生气，他就没命了，别人的偶然决定了他的命运。

还有一次，他出差，在火车上他急着去解手，敲了敲门里面有人，他不得已到了另外一节车厢。出去没几分钟出车祸了，他原来坐的那节车厢里死了十几个人，其中就有厕所里那个人。他想，要是早几分钟我进去了，那死的是我而不是他。

诸如此类，最后的结论就是“人生没有什么好算计的”。我们平常说“人算不如天算”，就是这个意思。

偶然性在我们的生活中无处不在，例如，打扑克，打麻将，买彩票，玩股票，抓阄，打赌，无一不具有偶然性。

史铁生对此深有体会,在小说中举了好多例子。例如,如果一颗流星正好落在了一个走夜路的人身上把他的脊椎骨砸断了,从此他的生活就天翻地覆了,一连串倒霉的事在等着他。而这个人之所以恰恰在这个时候走到了那个地方,是因为他刚才在路上耽搁了几秒钟,为了躲开一只飞过来的足球。而那个孩子之所以这么晚还在街上踢足球,是因为父母还没有回来,没人管得了他。父母没有回来,是在医院里抢救一个急病号。急病号是煤气中毒。怎么煤气中毒了呢?因为……好了,这样追问下去,大约可以追问到原始人那儿去,不过就算追问到总鳍鱼那儿去也仍然是没有追到头。你还得追问那颗流星,为什么偏偏在那个时候落在了那个地方。总之,偶然——你说不清它,但是得接受……

我们如此强调偶然性的作用,那么必然性在哪儿呢?无数偶然的组合就是必然啊!张三出生了,就是无限偶然组合的必然结果,必然性就在这无限偶然之中了。

3. 荒诞性

命运,对每个人来说,是何等庄严神圣的字眼啊!每当听到这一字眼时,人们心理上往往不由自主会产生一种敬畏感、肃穆感,感受到其中沉甸甸的分量。然而,最为庄严神圣的事情在上帝那里却常常做了最不严肃最荒唐无稽的处理,让你感到他似乎是在开玩笑,是在恶作剧,是有意让你体会命运的荒诞性。史铁生的小说《宿命》将这层意思推向了极致。

小说设计了一个正被命运宠爱正在幸运巅峰上的青年,忽然被汽车撞断了腰椎,从此跌入命运的低谷。导致如此大的命运逆转的原因是什么呢?他开始一步步追索,追到底原来是一声发闷的"狗屁"——"狗屁"引出了一连串的偶然,导致了躲不过的灾难。最荒唐无稽最不值一谈的狗屁竟然颠覆了最严肃神圣的命运,一个极其微小的原因竟然导致了一个极其重大的结果。原因和结果的不平衡不对称,让人啼笑皆非无话可说。这是什么?这就是荒诞!典型的荒诞!!上帝决定借你演一出荒诞剧,你别无选择,只有接受而已。永远别埋怨他,他永远对,他就这脾气。上帝是"黑色幽默"的大师。

通过这种苦心孤诣的巧妙设计,作者和读者在一种戏谑的心情中释放了荒诞命运在人的心理上所造成的沉重压抑,化解了,至少是减轻了对不幸命运刻骨铭心的悲愤感、遗憾感。想一想,古今中外文学作品以及现实生活中,类似这种一声狗屁就置人于灾难(或幸运)的事,不是俯拾即是的么?!

4. 连锁性(多米诺骨牌效应)

导致一个人某种命运的原因,微观地看起来往往是偶然的随机的,原因和结果之间没有必然的因果逻辑关系,但是,宏观地考察起来,即使是偶然的随机的因素,也是事物无限相关链条中的一环。它是无限缘因相互发生作用的必然结果,既经发生就又参与到无限缘因之中,成为事物发生延展的链条。正所谓"前因之前有前因,后果之后有后果",如此绵延不绝,以至无穷——从"无底深渊"来,又到"无底深渊"去。

史铁生用一篇微型小说《草帽》,极为精辟地演绎了上述意思。

一个老人的草帽被风吹落在湖边，两个偶然走到此处的青年男女帮助捡拾，因而相识了，相爱了，相互庆幸在茫茫人海中找到了对方。他们感谢命运之神的安排，去感谢那位老人。老人闭目沉思片刻，问道："你们总是要有孩子的吧？你们的孩子也是要有孩子的，你们的孩子的孩子总归也是要有孩子的吧？"他们说："是。"老人说："可我不能担保他们一代一代总都是幸福的人，我想是不是就把这顶草帽埋在这湖边，让他们之中随便哪一个不幸的人，也能到这儿来寻找他们不幸的最初缘因？"——老人恰似智慧之神，勘破了命运的玄机，看到了眼前这一"偶然"所必然引带出来的无穷尽的偶然，看到这一"缘因"生发出来的无穷尽的缘因。这就像"多米诺骨牌"，第一张骨牌倒下去，后面的就会一块块地倒下去。而这一连串"缘因"背后的牵引者不是哪个人，只能说是命运，是上帝。上帝编织了一张铺天盖地而又密密实实的网，任何"缘因"，不管多么偶然，都是这张网上的一个结；不管多么不可思议，在这张网上都可以查出它的连锁线；任何一个人、任何一件事，都直通这张网，都可以查到与这张网的联系。

再讲一非虚构例。众所周知两千多年前有过一次决定中国命运的军事、政治、外交会议，那就是鸿门宴。当时刘弱而项强，项羽谋士范增深知刘邦的为人，料定将来必为后患，因此建议设宴借故杀了他。项羽对此理解不深，或者说他政治上不敏感，或者说他"总是心太软，心太软"，总之，项羽没杀刘邦而是把他放了。这一放不要紧，几年后项羽惨败自刎身亡，刘邦建立西汉王朝。有西汉就有东汉，有魏晋南北朝，唐宋元明清，有中华民国，中华人民共和国，有"文化大革命"之后的改革开放，也就有你我他，有我们今天的生活。假设当时项羽听了范增的话，一不做二不休，一念之间把刘邦杀了，也就没有后来这一连串的历史延续，也就没有你我他，没有我们现在的生活了。当然，可以肯定的是，中华民族还在，中国历史还会延续；但在这块土地上生存的将是另一批人，而不是已经生存过和现在正生存着的人；历史将会是另一种排序而不是现在的排序。历史只实现了"存在"的一种可能，而将无限的可能投入到黑暗的无底深渊里。思之令人无限感慨！

而且，整个变动的将不仅仅是中国，还将是全世界。因为在世界格局中中国太大，中华民族人多，中国的任何变化都会影响世界的变化。看吧，两千多年前项羽的"一念之间"，造成的影响该是多大啊，无形之中影响了多少人的命运，影响历史的变迁啊！世界，人生，就是这样在冥冥之中运行。谁也说不清哪一个微小的因素会带来哪些无穷无尽的变化！有人说，一只蝴蝶在大洋彼岸扇动翅膀，大洋此岸就会刮起飓风，谁还能不信呢?!

5. 神秘性

关于命运的神秘性，史铁生说过一句话很有意思：不知道命运是什么，才知道什么是命运。这句话很幽默俏皮，很别致好玩，意思不用解释，反复读几遍就明白了。

神秘性也可以叫不可捉摸性、不可预测性。这个我就不打算论述了。前面的所有论述都可以拿到这儿来。为什么我们对命运感到神秘呢？为什么命运不可捉摸，不可预测？就因为背后有无限因素。那个无限因素我们把握不住，我们无法预知，无法掌控，因此它才神秘。这个神秘不是因为有一个人格神在掌握，而是超人力量无限因素在那儿起作用。我们平常说叫缘分,什么叫缘分呢?像我们走在一起就是缘分。缘分就是无限偶然因素的"因缘和合",最后走到一起。你怎么能够把握和预测呢?谁都不知道,根本不知道。你不知道明天这个时候你在哪儿?你不知道某某明年还在不在?总之是神秘。

6. 辩证性

命运的辩证性即辩证法在命运问题上的体现。具体说来大致包含三层意思。

一是,好运与坏运是相对的而不是绝对的。这会儿你我都坐在教室里学习,谁也不会感到幸运或不幸,我们没有感觉。但是,如果和医院里的人一比,就会感到我们很幸运,因为我们没有病啊!昨天晚上还牙疼而这会儿不牙疼,这就是幸运。中国古人早就懂得这一道理。《格言联璧》:"无病之身,不知其乐也,病生始知无病之乐。无事之家,不知其福也,事至始知无事之福。"正如史铁生说,发烧了才知道不发烧的日子多么清爽,咳嗽了才体会不咳嗽的嗓子多么安详,刚坐上轮椅时觉得简直没法活下去,等生了褥疮才看见端坐的日子其实多么晴朗,后来又患尿毒症,经常昏昏然不能思想,就更加怀恋起往日时光。"终于醒悟:其实每时每刻我们都是幸运的,因为任何灾难的前面都可能再加一个'更'字。"也就是说,幸福是要提醒的。靠什么提醒?靠不幸!!有不幸作底衬才能感觉出来自己的幸运。但遗憾的是,人们往往记得自己的不幸而感受不到自己的幸运。

二是,好运与坏运是相互依存相互渗透的。即世界上没有绝对的好运,也没有绝对的坏运,而是好运中蕴含着坏运,坏运中蕴含着好运,正所谓"福兮祸所伏,祸兮福所倚"。一个人年纪轻轻升官了,身居要津了,风光无限,众人仰视,真正体会到权力的美妙了。然而,这一定是好事么?这好运是绝对的么?未必!弄不好这位置下面就是陷阱啊!古代人都想入朝做官,而且想做大官,一人之下万人之上的大官,但正是这些朝中大官有一句沉痛无比的感慨:伴君如伴虎!他们必须时刻提心吊胆,战战兢兢如履薄冰,你能说他们的好运是绝对的单纯的吗?还有,无论谁都想发大财,而且最好是不劳而获的大财,那好,上帝关照让你买彩票获了大奖,五百万,天上掉下个大馅饼,你乐坏了吧!且不要高兴得太早,你所预料不到的麻烦事在后头呢!就因为一夜暴富而家无宁日甚至最后倾家荡产、家破人亡的事多着呢!不信你观察一下现实、研究一下历史,看是不是这样?总之,塞翁失马,焉知非福?塞翁得马,焉知非祸?事情都有两面性,看事不能一只眼、一根筋。

三是,好运与坏运不是静止的、僵化的,而是在运动中相互转化的。如同学们最熟悉的司马迁的不幸逼出了他的《史记》,曹雪芹的不幸逼出了他的《红楼梦》之类,例子多多,历史的、现实的、文艺作品中的。这道理简单,不拟多说。

四、命运机制与命运困境

1. 命运机制

首先,命运的发生是一种合力。

由上面对命运特性的分析可知,支配命运的力量绝不是单纯的、单一的,而是综合的、复杂的，是一种合力。也就是说，支配命运的力量是多种因素的纠结组合：既有客观原因，也有主观原因；既有主要原因，也有次要原因；既有直接原因，也有间接原因；既有内在原因，也有外在原因；既有物质原因，也有精神原因；既有生理原因，也有心理原因；既有社会原因，也有个人原因——换个角度，就必然和偶然的关系来说，人生命运既有偶然性的一面，又有必然性的一面；有时候偶然性居于支配地位，偶然性起了决定作用，有时候必然性居于支配地位，必然性起了支配作用；命运常常是神秘莫测不可把握的，但有时候也不是完全不可把握的。到底是哪些因素在起作用不可一概而论。

其次，命运发生在主客体相互制约相互作用的平衡中。

现在我们化复杂为简单，从主观与客观这一对最主要的矛盾角度，讨论一下命运发生的机制。结果我们发现，命运发生的机制在于，既要有个人的主观努力，又要有适当的客观条件，人的命运就产生于主客体相互制约相互作用的平衡(关节)点上。人的命运就游移徘徊在主观与客观两种力量之间，是两种力量的相互作用的结果。这就是上面我们说过的，命运是由你和“上帝”(指超人力量、宇宙神)共同支配的。

2. 命运困境

根据以上对命运发生机制的分析，可以提炼出一个命运困境：人人都想掌握自己的命运，但又不得不受宿命因素的束缚。或者说，人人都想当命运的船长，但又只能是命运的乘客。

原因何在？就因为影响、支配命运的因素，既有主观、内在、精神、个人方面的，又有客观、外在、物质、社会方面的。如果说，前者个人尚可以主宰的话，那么后者个人就无能为力了，它超出了你能掌控的范围。后者是一种客观的、不依人的意志为转移的超人力量，你身在其中无可奈何，只能顺其自然。正如英国科学家赫胥黎所说：“我不是命运的船长，只是它的乘客，我无法驾驭它，只能与它合作，从而在某种程度上使它朝我引导的方向发展。”

总之，命运，有你可以主宰的一面，也有你无法主宰的一面，所以你只能主宰你能够主宰的那一部分，而无法主宰你无法主宰的那一部分；你只能改变你能够改变的那一部分，而无法改变你无法改变的那一部分。对于你无法主宰、无法改变的部分，你只能与其合作，用中国哲学的话说即顺其自然，当然最好的是再加上因势利导。

五、现代迷信的误区

由命运的神秘性和命运发生的机制，联想到当下普遍流行的“现代迷信”现象。

在“百度”搜索上输入“现代迷信”一词，系统立马“为您找到4 120 000个相关结果”。点击查看，可以看到五花八门的现代迷信现象，如电脑算命、手机求签、网络测名、“笔仙”游戏、命相分析、抽签、算卦、占卜等。一份以北京初高中学生为对象的调查报告显示，沉迷于网络算命的学生占4%；重庆青少年教育办的一份调查报告显示，中学生超过一半人信“命运”；中国社会科学院宗教所和中国无神论学会的一项调查报告显示，有点相信网上算命的占41%，很相信的占5%。

普通老百姓迷信，人们常以文化程度、思想觉悟不高加以解释，但令人不可思议的是，被普遍认为文化程度和思想觉悟高的官员群体也存在迷信现象。早在2006年，国家行政学院程萍博士主持过一个“中国县处级公务员科学素养调查”，17个省级单位和副省级城市的900名县处级官员参与调查，一定比例的官员表示“很相信”和“有些相信”“相信”风水，超过半数(52.4%)的人不同程度地相信“迷信”。

据媒体披露，我国一些地方政府机关大楼爱摆“转运石”、石狮和麒麟等镇宅之物，据称可以“增阳气、树官威、开财源”，这些石头动辄数十万元乃至上百万元。如湖南省双峰县国土局花费重金购买了一个直径达3米多的硕大圆球“顶”在办公楼上，寓意“转运风水球”；后院还有一块价值10万余元的巨石用来“辟邪”，这引起舆论一片哗然。而这个“转运风水球”竟然是由双峰县国土局党组开会通过。

更让人不可思议的是，某些级别相当高的官员也迷信，而且更迷信。

据报道，原铁道部长刘志军为求“平安”，长期在家烧香拜佛，还在办公室里布置了“靠山石”。一些项目的开工竣工，刘志军都会请“大师”选择黄道吉日。

山东省泰安市原市委书记胡建学，有“大师”预测其可当副总理，但命里缺桥，因此他下令将已按计划施工的国道改道，使其穿越一座水库，并顺理成章地在水库上修起一座大桥，帮助其“飞黄腾达”。可惜没有多久胡建学就东窗事发，这座桥也因此被人们戏称为“逮胡桥”。

河北省原国税局党组书记，被称为“河北第一秘”的李真，2000年3月1日被双规前夕，已是惊弓之鸟的他电话咨询“大师”，问自己此次去省委开会是否会有事，“大师”曾向其保证没事，而当天李真就被“双规”。

河北省原省委常委、常务副省长丛福奎是人尽皆知的“信佛”。为求仕途升迁，他也找“大师”算命，还将贪污受贿来的大笔钱财捐给寺庙。此后，他遍访名山名刹，在住宅内设佛堂、供佛像，还设供道台、供神台。

类似的例子不胜枚举。现在我们要问，这些人为什么迷信？

原因很简单，因为感到命运神秘，不可捉摸，不可预测，自己把握不了，总感到自己的命运好像被一种神秘的力量所主宰。他们解释不了这种神秘，只好归之于神——人格神，把命运寄托于人格神身上，于是抽签、算卦、占卜、相面、烧香、磕头、供佛、傍“大师”。

可是，通过以上我们对命运问题多角度的考察可知，影响人的命运的既有自己努力的主观因素，又有“超人力量”的客观因素。神秘莫测的是“超人力量”，而绝对不是人格神——人格神是压根儿不存在的。“超人力量”是由无限复杂的因素在无穷尽的变动中形成的，用佛家语言来说是无限因素的“因缘和合”，而这些“无限因素”“无限复杂”“无穷变动”是任何人都无法把握无法掌控的。迷信的人，要么真的是文化素养不够，要么是利欲官欲冲昏头脑，或者是作恶心乱有病乱投医，总之是对“超人力量”不理解、不知情，所以只能极为简单地迷信“人格神”。

由此可知，迷信，不管是哪种形式的迷信，是多么无知，多么愚昧！尤其是那些级别很高的官员，其迷信行为是多么荒唐，多么可笑，多么为人所不齿！

六、怎样对待命运

根据命运发生的机制我们知道，命运的发生有时候是纯客观力量的支配，有时候是主客观力量相互作用的结果。根据命运发生的不同情况，我们大致可以提出以下几种对待命运的不同态度。

1. 对于不得不接受的坏运，最理智的办法是坦然接受

如生来的各种不公平，又如地震等突发性灾难等。英国作家毛姆说过，对于已经无法改变的事实发牢骚，等于是徒然浪费感情。既然如此，笔者认为，最明智的做法是：老子认了。

2. 顺其自然，因势利导

客观世界、客观存在自有规律，不可改变，不可阻挡，顺我者昌，逆我者亡。明乎此，就要认真研究、尊重、利用事物的规律，顺其自然，因势利导。万不可蛮干，不可逞强好胜，一意孤行，最后以失败而告终。

3. 你管不了的就算了，你管得了的要尽力

西方人有一句著名的话：让上帝的归上帝，恺撒的归恺撒。意思是把宗教和世俗分开，政治事务和精神生活分开。我们借用这句话说命运：把"上帝的归上帝（超人力量），把自己的归自己"，换句话说，即你管不了的就算了，你管得了的要尽力。

4. 关键时刻，主动选择，自己造就自己

西方存在主义的理论认为：人是自我选择出来的，或者说人是自我造就的。关于这层意思，下一讲"选择造就人生"，专门讲这一道理。

杨绛先生在《走到人生边上》这本书里说，我们如果反思一生的经历，都是当时处境使然，不由自主。但是关键时刻，做主的还是自己。烈士杀身成仁，忠臣为国捐躯，能说不是他们的选择而是命中注定的吗？他们是倾听灵性良心的呼唤，宁死不屈。如果贪生怕死，就不由自主了。宁死不屈，是坚决的选择，绝非不由自主。**做主的是人，不是命。**

5. 面临诱惑不动心

金圣叹：人无正也，诱不足尔。俗语：眼里看得破，肚里忍不过。不由自主，身不由己，情不自禁。想沉沦怕沉沦。罗素：人之所以有道德，是因为受到的诱惑还不够大。这一切都告诉我们，容易受诱惑是人性的弱点，能不能把握自己的命运，关键在于诱惑面前不动心。

6. 面对命运的不可知，尽人事以听天命

这里有两句中国古人的话很值得玩味。一句是：谋事在人，成事在天；一句是：尽人事以听天命。两句话的共同点是都看到了命运发生的机制包括主客观（主客体）两方面。谋事在人——主观，成事在天——客观；尽人事——主观，听天命——客观。但两句话的区别也很

明显：前一句是纯粹的客观叙述，给你冷静地讲一个人生道理，说话人的主观态度是中性的，冷静的，客观的。后一句则不一样，其主观态度强烈而鲜明，主客两方面中，它首先强调的是主观即“人事”，而且要求一个“尽”字，“尽”即把主观努力发挥到极限，然后才是“听天命”。也就是说你在做主观努力的时候，不能不努力，不能三天打鱼，两天晒网。你努力到80%，努力到90%，这都不行，因为你努力到80%、90%，你会后悔的。后悔自己当时为什么不再尽一把力呢？我为什么不再努力一点呢？我再努力一点就成功了。现在就是尽最大限度，把你的主观能力发挥到100%，最后是“以听天命”——成也英雄，败也英雄，成与不成我都认了。

这句话既不说你拼命努力吧，命运全在你自己手里，把一切全寄托在个人身上；也不说“听天由命”吧，个人努力是没有用的；而是在兼顾主客观两方面的前提下又突出主观、强调主观。在如何对待命运的问题上，我实在想不出还有比这更积极更理性更全面更智慧的态度啦！

史铁生也认识到了“尽人事，听天命”的道理。史铁生21岁瘫痪，46岁又得尿毒症，一生苦难重重，受尽折磨，年轻时曾多次想自杀。但他终于战胜苦难走过来了，成为一名受人尊敬、令人景仰的作家。支撑他走出苦难、战胜苦难的力量只有一个字——神。不过这个神不是人格神，也不是宇宙神，而是人自己——自己的精神。他不止一次说：“什么是神？其实，就是人自己的精神。”“每一个人都有的神名曰精神。”“有一天我认识了一个神，他有一个更为具体的名字——精神。在科学的迷茫之处，在命运的混沌之点，人唯有乞灵于自己的精神。”

我教学几十年了，每年学生毕业时都说：“老师，该毕业了，你给我题写一句临别赠言吧。”我想了一想，说什么话呢？最后我说：“我在上课时候给你们讲过‘尽人事以听天命’，我欣赏这句话，这句话是我的座右铭，现在你们该毕业了，我把这句话也赠给你们吧！”

命运专题就讲到这里。在结束本讲的时候，我把“尽人事以听天命”这个话也赠给读者，希望你尽人事，听天命，把你的主观努力发挥到极限，让你的生命焕发应有的光彩！

对话人生实录

1. 爱情应当听从理智还是感情?

问:有人说,爱情,爱情,就是“情”,应当听从感情的呼唤,跟着感情走;有人说爱情是件再严肃不过的事,与终生幸福有关,应当听从理性。我听着都有道理,请问您怎么看?

答:这问题你算问到点子上了,所谓“点子”是指有人恰恰讨论过它,省得我再费心啦!谁讨论过?作家史铁生。

他在一篇文章中说,有两件似乎很大的事,让他百思而终未得到哪怕稍稍可以满意的回答,其中一个就是,人应该更尊崇理性呢,还是更尊崇激情?当然最好是鱼与熊掌兼得——但这不是回答。理性之为理性,就因为它要限制激情,继而得寸进尺还会损害激情、磨灭激情。激情之为激情,就因为它要冲破理性,随之贪得无厌还要轻蔑理性甚至失去理性。史铁生举例说,假定山楂树下统共有两位可爱的青年,你到底要哪一个?看来你似乎抛弃哪一个都不可能。首先,姑娘你忧郁地想念他们,这就是激情;其次,你犹豫不决地选择,这就是理性。是呀,没有激情,人原地不动成了泥胎连理性也无从发展;丧失理性,人满山遍野地跑成兽类,连激情的美妙也不能发现、不能享受。这便如何是好?史铁生说,我想:姑娘她这么苦着,真是理性的罪行,否则她闭上眼睛去山楂树下摸一个回来,岂不省事?我又想:姑娘她这么苦着,实乃激情的作恶,否则她颈上套一串念佛的珠子远远地避开山楂树,不就了结?或者我还想:这完全是那两个青年的责任,他们为什么不能有一个坚决理性慨然告退,而另一个饱富激情冲过来把姑娘抱回家去!——但这无论是对姑娘,对两个青年,还是对我自己,都好像什么也没有回答。

史铁生尖锐地提出了爱情(也包括其他事情)问题上的两难选择:激情和理性两相冲突,但各有存在的理由。理论上是困境,但现实中的人不能“旱”在困境中不行动啊!那么,现实中的人根据各人的性格不同可能各有不同的选择:有人享尽了激情的欢乐,但由于缺乏理性的约束,激情泛滥,同时受尽激情冲击之苦;有人特别理性,冷静分析,爱情成了利害的权衡,甚至成了一笔人生交易,这还叫爱情?较好的当然是二者的协调与平衡,即感情先行,理性随后跟踪。就像你要组织一场决定命运的大战役,总不能没有智囊的参谋吧!总之,我们过去在课堂上讲过,爱情作为一种特殊感情,属于非理性但又不能远离理性,少了哪一个都不可能是幸福的。这些作为原则似乎谁都明白,关键在于实践中的把握。“运用之妙,存乎一心”,这是一门生存的艺术,这里没有死界线,没有百分比,你自己度情度理看着办吧!

2. 什么都想学，什么都没学好，怎么办？

问：在大学里，我对什么都感兴趣，什么都想学，什么社团都想参加，忙得不亦乐乎，结果疲惫不堪，收获好像并不大，我该怎么办呢？

答：你的情况可能具有相当大的普遍性，尤其是不少一年级新生更是如此，但从道理上看比较简单，我估计你不问我自己想想也该知道怎么办。人生苦短，生命有限，时间有限，你不可能什么都学、什么都做，你必须有所选择，选择你最想学最想做的，选择最有价值最有意义的。古人早就说过，有所为必有所不为，有所不为才能有所为，什么都想为等于什么都不能为。我这里不讲道理了，结合你的问题，向你推荐一段话吧！

这段话是当代智者王蒙说的。他在叙述自己人生哲学的书中，曾讨论过什么是"天才"的问题。他说，人们对天才有许多定义，有的说天才即勤奋，有的说天才是三分运气七分汗水，都言之有理。但王蒙自己认为，**天才即集中时间、集中精力**。具有正常智商的人，如能集中自己的时间与精力，全力做好一两件事，而且是长期坚持不懈，一般都能做出不俗的成绩，都能表现出相当的才具来。其实人与人的先天的差别很可能并不像我们想象得那么大，人的能力其实是一个常数，大区别大变数在于你把时间、精力集中到了什么地方，看你的精神走了哪一"经"。王蒙认为，任何正常的人只要肯集中时间、精力做好一两件事，都能显现出过人的才智，都可能叩响天才的大门。建议你仔细体会王蒙的话吧！他的话对我有意义，对每个正在求学的青年学子应该说都有意义，即使叩不响"天才"的大门，也绝对有助于你的成才！

3. 没有金钱的爱情能坚持多久？

问：没有金钱的爱情能坚持多久？

答：这要问你自己，问你的那个他，问你们俩。如果——我说的是如果，爱情建立在金钱的基础上，那么钱多时可能维持的时间长一点，没有钱了爱情也就终结了。我怀疑这叫爱情吗？当然，我不否认恋爱过程中需要一些钱，如吃个饭，喝个茶，看个电影之类，都少不了钱的支撑。但以我的眼光看，没有这些就没有"爱"了吗？也可能我上年纪了，与你们不是一代人，观念与你们有些隔膜了，但我坚信没有这些爱情仍可进行；而且我还认为，没有这些说不定还更能考验出是否是真的爱情来。我认为爱情主要是精神的交流，人格的吸引。积极向上的精神，纯洁高尚的人品具有绝对的魅力。路遥的长篇小说《平凡的世界》中的孙少平，出身农家，一贫如洗，但他的精神和人品吸引了高干出身的田晓霞，两人的爱情为众多青年树立了榜样。也可能有人说，这是艺术作品，生活中的人不是这样。我要说的是，我知道这是艺术，生活中这样高尚的爱情可能不太多，但绝对不是没有的，在有一定精神追求的人群中应该是为数不少的。做到这一点似乎也不是什么难事，我认为这是现代有点文明修养的人的共识。史铁生有一篇著名散文《好运设计》，其中谈到出生在什么家庭最好，一般人认为出生在有权有钱的达官贵人家里好，从小倍受宠爱恭维，享尽人间富贵，史铁生不以为然。他说一般说来这样的境遇也是一种残疾，也是一种牢笼。这样的境遇经常造就着蠢材，不蠢的概率很小，有所作为的比例很低，大凡有眼力有志气的姑娘绝不会想嫁到这种家庭里。

总之，我的想法是，如果是以金钱为基础谈爱情，破裂也罢，维持时间长短都没意思。也可能我偏激，但这是我的观点，聊备一说，供你参考吧！

4. 怎样理解“以悲观的体验过乐观的生活”？

问：记不清从哪里看到一句名人的话，只觉得深刻，但不能确切了解含义，请给以解释。这句话是“以悲观的体验过乐观的生活”。

答：如果我记得不错的话，这句话是以词学研究著称于我国学术界的叶嘉莹先生说的。她的原话是：“以无声的觉悟做有声的事业，以悲观的体验过乐观的生活。”如你所说，真的是相当深刻，如果对人生世事没有极为透彻的领悟，不会说出这样经典的话来。

我是从中央电视台《百家讲坛》节目叶先生的讲演中听到这句话的，我没有时间查阅相关资料，现在我仅依据自己的肤浅理解，说一说它的含义。

我认为这句话中包含着看待人生的双重视角。一重是社会视角，另一重是终极视角。终极视角即从终极角度看，人生是短暂的、有限的，每个人只有一个人生，这个人生从时间上具有一过性特征，逝去就永远逝去了，永远不可挽回了。人生在世，每人的人生道路都是不一样的，但最终归宿却是一样的，那就是死。人一死，什么都没有了，活着时候的千般辉煌万般荣耀皆化为乌有，所以从终极角度看人生是无意义的。此所谓“悲观”。

“悲观”——同学们可能认为不是一个好词，从来我们的课堂对“悲观”都无一例外持批判态度。这种不分青红皂白望文生义的思想方法实在是太浅薄了。实际上，这里的“悲观”是哲学意义上的，是敢于承认、敢于面对人生的真相。“悲观”不等于“消极”，更不等于“消沉”或“颓废”。从悲观既可引出消极颓废，也可引出积极奋斗，努力向上。叶嘉莹的话中包含的就是后一种思路。这种思路的基本想法是，既然只有一个人生，既然将来都是一个死，那么何不利用这个有限的人生好好干一番事业呢？反正消极颓废是个死，积极乐观也是死，那么何不积极乐观地活着呢？悲观主义是一条绝路，与其苦思冥想人生的虚无，不如活动起来，从虚无中创造意义。这就从悲观转向了乐观，从终极视角转向了社会视角、现实视角。

更值得注意的是，叶先生所谓的“悲观”“乐观”不是孤立的、分裂的，而是相辅相成、相互补充的，即悲观以乐观为出路，乐观以悲观为垫底。悲观若不以乐观为出路，则极易走向颓废，极端者走向自杀；乐观若不以悲观为垫底，则属于浮浅的乐观主义，史铁生称之为傻子乐观主义，极易沉陷于虚名浮利的追逐和享受之中，一提死吓得脸色苍白，浑身冰凉，全无一点精神的气度。叶先生把二者放在一起，相互支撑，相互超越，这才是健全、理性的现代人生观。

在这里我再给你补充几个材料。哲学学者周国平先生有一篇文章《悲观·执着·超脱》讲的也是上述意思：面对死产生悲观，一味悲观无益，转向执着，一味执着容易陷溺走向占有，以悲观征服占有走向超脱。周国平先生说，在一个热爱人生而又洞察人生的真相的人心中，悲观、执着、超脱三种因素始终都存在着，没有一种会完全消失，智慧就存在于它们此消彼长的动态平衡之中。另外，美学家朱光潜先生说过，以出世的精神做入世的事业；史铁生先生说过，看破了人生而后爱它，这才是明智之举。所有这些话的内在精神是相通的，基本思路是一致的。这就是常说的"英雄所见略同"吧！

第七讲 选择造就人生

人们，尤其是年轻人，都想知道十年、二十年后自己将会怎样呢？我这一生能做什么，能达到哪一步呢？谁能告诉你？没有人！连神也没法告诉你，因为连神也不知道。但我可以告诉你一个预测的总原则，你的未来不是上帝预先规划好的，而是你自己造就的，是你一步步选择出来的；你能达到哪一步，靠你自己的努力来回答。

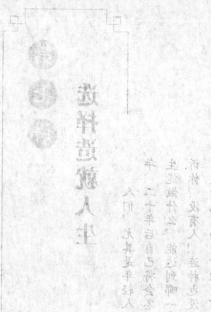

一、从《平凡的世界》的创作说起

再一次阅读路遥文集，重点阅读关于《平凡的世界》的创作随笔《早晨从中午开始》，再一次受到精神震撼，心中充满激动和感叹。

路遥是黄土高原那片苍凉贫瘠的土地上成长起来的硬汉子，一个精神上无比强悍的人。我们常常手持望远镜遥望美国，以欣羡的心态赞叹海明威笔下的硬汉，却没有看到自己眼前的硬汉——中国当代文坛上的硬汉；而且，这一硬汉不是虚拟的艺术形象，而是实实在在的现实生活中真实的人，即作家路遥本人。

感谢路遥以回忆的形式真实记录下创作多卷本长篇小说《平凡的世界》时自己的生活、思想和情感经历，让我们看到了一个强者完成一项艰难事业的全过程。这是一份极为珍贵的精神遗产，每个阅读它的人都可以从中受到不同的启发与感悟。

这一次阅读，促使笔者对“我能干什么?”这一普遍性的人生话题有了更为全面而深入的思考，并有了初步的基本答案。

“我能干什么?”“我这一辈子到底能走到哪一步?”——这是每个人，尤其是站在一个个人生起点，迫切渴望发展的青年人心中时时回响的问题。这一问题的解答与否，影响或者可以说决定着一个人的人生方向、人生道路。答案明确，人们就心明眼亮、信心百倍地开始行动，反之则迷惘困惑，焦灼不安，不知何往。那么，谁能回答这一问题呢?父母未必能，老师未必能，同学朋友未必能，能回答这一问题的恐怕只有你自己。而你自己也回答不了，又怎么办呢?

面对这一严肃的人生话题，让我们借鉴一下路遥的人生经验吧!

作为作家，路遥成名于小说《人生》及同名电影的上映。那时候，无数的信件从全国四面八方铺天盖地而来，登门拜访者络绎不绝，要求采访和约稿的电话铃声接连不断。路遥眼见是鲜花，耳听是掌声，迎面是微笑，脚下是红地毯。成功把他推向荣誉的顶峰，又把他抛向精神的深渊，他急切地希望从成功所编织的罗网中解脱出来，结束这红火热闹的广场式生活，重新投入一种沉重。他认为只有在无比沉重的劳作中人才活得充实。他要求超越成功，超越现在，超越自我。他站在一个新的起点上，面临一次新的选择。

“但是，我又能干些什么呢?”当时，已经有一种论断，认为《人生》是路遥不能再逾越的一个高度，但路遥本人难以承认这一点，他不相信自己的人生已达到巅峰，他还要树立更高远的目标。“在无数个焦虑而失眠的夜晚，我为此而痛苦不已。”经过激烈的思考和论证，一个大胆的决断在心中形成：在40岁之前要写一部规模很大的书。“在我的想象中，未来的这部书如果不是此生我最满意的作品，也起码应该是规模最大的作品。”

但路遥立刻又意识到，幻想容易，决断也容易，然而真正要把幻想和决断变为现实却是无比困难：“我所面临的困难是多种多样的。首先，我缺乏或者说根本没有写长卷作品的经验。迄今为止，我最长的作品就是《人生》，也不过十三万字，充其量是部篇幅较大的中型作品。即使这样一部作品的写作，我也感到如同陷入茫茫沼泽地而长时间不能自拔。如果是一部真正的长篇作品，甚至是长卷作品，我很难想象自己能否胜任这本属巨人完成的工作。是的，我已经有一些所谓的'写作经验'，但体会最深的倒不是欢乐，而是巨大的艰难和痛苦，每一次走向写字台，就好像被绑赴刑场，每一部作品的完成都像害了一场大病。人是有惰性属性的动物，一旦过多地沉溺于温柔之乡，就会削弱重新投入风暴的勇气和力量。要从眼前《人生》所造成的暖融融的气氛中，再一次踏进冰天雪地去进行一次看不见前途的远征，耳边就不时响起退堂的鼓声。"

前进，还是后退，又一次严峻考验摆在路遥面前。路遥毕竟是路遥，在"人生"十字路口上，他又一次战胜自我，又一次做出决断：对自己残酷一点，哪怕付出惨重的代价也要继续前进。"如果不能重新投入严峻的牛马般的劳动，无论作为作家还是作为一个人，你真正的生命也就将终结。"

第二次决断之后，并不意味着内心深处已经坚如钢铁，义无反顾。事实上还有新的精神考验摆在面前：要进行一场如此浩大的工程，无异于一次命运的"赌博"，而赌注则是自己的青春或生命。将来如果成功了当然很好，可是如果失败了怎么办呢？这是一个人一生中最好的年华，失败了就意味着整个青春乃至生命的失败，那就太惨了。可是，当你决定从事一项前途渺茫的艰难事业时，上帝并不给你打保票一定成功，成功与失败都有可能，你看着办吧！——在又一次严峻的两难选择面前，还是那句话，路遥毕竟是路遥，他又一次战胜了犹疑，做出了第三次决断：即使失败也要去干，只管耕耘不问收获。他说："你别无选择——这就是命运的题旨所在。正如一个农民春种夏耘，到头一场灾难颗粒无收，他也不会为此而将劳动永远束之高阁；他第二年仍然会心平气静去春种夏耘而不管秋天的收成如何。"

至此，经过几次思想上的犹豫与搏斗，进行一项艰难事业前的精神准备已经完成，他决心以初恋般的热情和宗教般的意志，义无反顾地投入《平凡的世界》的创作过程。

接下来的工作是浩繁而巨大，非常人所能想象的。

首先是写作前的具体准备工作。

准备工作之一是读书。路遥决心要创作出具有独立文学品格的书，因此要求自己必须具有"无榜样意识"，不能亦步亦趋地模仿任何人。然而独创的前提是借鉴，于是路遥制订了一个近百部的长篇小说阅读计划，贪婪地研究和分析其中的经验和教训；同时也读其他杂书，理论、政治、哲学、经济、历史和宗教著作等。另外，还有一些专门著作，如工业、农业、商业、科技以及大量搜罗许多知识性小册子。房间里到处都是书和资料，随便什么地方随手都可拿到读物。"无论是汗流浃背的夏天，还是瑟瑟发抖的寒冬，白天黑夜泡在书中，精神状态完全变成一个准备高考的高中生，或者成了一个纯粹的'书呆子'。"

准备工作之二是搜集作品的背景资料。根据初步设计，《平凡的世界》的内容将涉及1975—1985年十年间中国城乡广泛的社会生活。这十年是中国社会的大转型期，其间充满了密集的重大历史性事件，路遥企图用小说真实地反映这段历史，就必须详细真切地了解、理解这段历史。虽然他本人经历了这段历史，尤其对农村生活相当熟悉，但他仍不满足，他要掌握全局，他不想停留于宏观的了解，还要做到微观的了解，于是他找到了这十年间的《人民日报》《光明日报》，一种省报，一种地区报和《参考消息》的全部合订本，在房间里堆起一座又一座“山”，开始一页页地翻，一本本地记。路遥说由于工作量太巨大，这项工作变成了一种奴隶般的机械性劳动，他没明没黑地干，眼角糊着眼屎，指头被纸张磨得露出了毛细血管，搁在纸上如同搁在刀刃上，后来不得不改用手的后掌继续翻。

准备工作之三是深入生活，汇集各方面的生活素材。这是另一项规模更大的基础工程。路遥认为他要写的十年是社会巨变的十年，各种社会形态、生活形态、思想形态交叉渗透，错综复杂，要全景式地反映当代生活，“蹲”在一个地方是不行的，必须纵横交织地全面体察生活。于是他提着一个装满书籍资料的大箱子开始奔波：乡村城镇、工矿企业、学校机关、集贸市场；国营、集体、个体；上至省委书记，下至普通百姓；只要能触及的，就竭力去触及。包括一些生活常识，民风民俗，植物生长等不熟悉的东西全都要掌握。路遥成年累月地四处奔波，疲劳辛苦全然不觉，乐在其中。

准备工作之四是全书的总体构思。这是一项极为艰巨极为复杂的思维活动过程。路遥说：“苦思冥想。为无能而痛不欲生。”光是为如何“开头”就苦恼了整整一个冬天。

准备工作不知不觉已经将近三年，路遥说真正的小说还没写一个字，就已经把人折腾得半死不活，想想即将开始的正式写作，叫人不寒而栗。但是，他仍然按捺不住激动，仍然“有一种急不可待投入灾难的冲动”。

接下来是进入正式写作过程，这一过程又进行了三年。关于这一过程这里不打算详细叙述，而只想指出以下几点。

一是尽管在写作前进行了那么详尽而周密的准备，但真正开始写作也并不是一帆风顺的，相反，仍然会时时陷入困境。例如，开头第一章第一自然段第一句话第一个字写什么，怎么写，他整整苦恼了三天而一无所获。他的情绪几近绝望，“晚上躺在孤寂的黑暗中，大睁着眼睛，开始真正怀疑自己是不是能胜任如此浩繁的工作。”可以说，“无法形容的艰难”贯穿了他写作的全过程，他的自我怀疑又自我战胜也贯穿了写作的全过程。用他自己的话说即：“伟大感与渺小感，一筹莫展与欣喜若狂，颓丧与振奋，这种种的矛盾心情贯穿整个写作过程。”

二是作者的吃苦牺牲精神。写作开始，路遥把写作地点选在远离闹市的一个小煤矿上。一间小会议室改成工作间，一张桌子一张床一个小柜，他把自己封闭起来开始了无休止的玩命。他的物质生活条件极为艰苦。没有蔬菜，没有鸡蛋，没有肉，连点豆腐都搞不到。他的工作习惯是夜里工作到凌晨两三点或者四五点，有时直到天亮才睡觉，所以从来没早饭，中午一般只有馒头、米汤、咸菜，晚饭有时吃面条或和中午一模一样。这样的伙食对于一天通常工作十几个小时的人来说绝对是入不敷出的。后来工作地点移到了城市，但他的生活条件也好不到哪儿去，日常还是没吃的——不是没有，是他吃饭没正点，有时一天只吃一顿饭。所以书越写越多，身体越来越差，直至大病不起，濒临死亡的边缘。

三是作者对工作疯狂的热情和宗教般的虔敬态度。这里不用笔者再叙述，只摘出随笔中随便可见的一些话就够了——

"写作整个地进入狂热状态。身体几乎不存在,生命似乎就是一种纯粹的精神形式。日常生活变为机器人性质。但是,没有比这一切更美好的了。"

"紧张的思维和书写所造成的焦虑或欢乐已经使精神进入某种谵妄状态,上厕所是一路小跑,到厕所后,发现一只手拿着笔记本,一只手拿着笔,赶快又一路小跑回到工作间放下'武器',再一路小跑重返厕所。"

"我的难言的凄苦在于基本放弃了常人的生活。没有星期天,没有节假日,不能陪孩子去公园,连听一段音乐的时间都被剥夺了,更不要说上剧院或电影院。每逢星期天或节假日,机关院子里空无一人,在这昏暗的房间里像被抛弃了似地龟缩在桌前。"

"回想起来,从一开始投入这部书到现在,基本上是一往如故地保持着真诚而纯净的心灵,就像在初恋一样。尤其是经历身体危机后重新开始工作,根本不再考虑这部书将会给我带来什么,只是全心全意全力去完成它。完成!这就是一切。在很大意义上,这已经不是在完成一部书,而是在完成自己的人生。"

二、路遥给我们的启示

关于路遥创作《平凡的世界》的"事迹"似乎叙述得有点多了,但这是成就一项庄严事业的典型"个案",这里包含着一个严肃认真的人在完成一项神圣事业时典型的心路历程,所以笔者虽然想尽量压缩文字但终于害怕遗漏了"过程"中的要点而不得不用了这么大篇幅。在叙述的过程中,笔者对路遥充满了敬佩之情。他的"事迹"让每个想有所作为的人不得不进入严肃的思考。

回到本文的主题——"我能干什么?"写完《人生》之后的路遥面临的就是这一问题。当时的路遥也不知道自己到底"能干什么",经过思考和论证他树立了新的奋斗目标,用实际的人生行动证明了自己"能干什么",最后干出了他最初也想不到的业绩。路遥的成功向我们表明,"我能干什么"不是一个理论问题,因而不能通过思辨或争论去回答,而是一个现实的实践问题,必须用具体的现实的人生实践去回答。

"我能干什么?"这里的"能"指的是可能、潜能。"可能"不等于现实,"潜能"意味着尚未开发。为了让"可能"转化为现实,"潜能"得到最大限度的开发,作为主体必须进行最大程度的努力,必须具备一些必要的精神品格。

结合路遥的人生实践,笔者认为,这些精神品格主要包括以下几方面。

一是要有远大的抱负水平。远大的抱负水平是开发潜能的最有效的精神动力。俗语说得好:一个从来不想登上山顶的人永远也不可能登上山顶。路遥如果不是下决心写一部大作品,而是满足于已有的成绩不再进取,像某些徒有虚名的文人那样混一辈子,那么他无论如何不会有今日之成就。

二是不断地自我怀疑又不断地超越自我怀疑。任何一个想从事一桩严肃事业的人都不可能不对自己的能力有所怀疑——这是可以理解的,也是必要的,没有这一点就可能是盲目的蛮干。“怀疑”迫使自己对要从事的工作进行深入的思考和论证，分析可能遇到的挫折和困难，分析成功的条件及可能。一定要把目标定到高于自己的能力而又不脱离自己的能力，而绝不可把目标定到低于自己的能力。也就是说，你可以对自己的能力表示怀疑，但又要超越这种怀疑，你要相信只要顽强奋斗了，你一定可以做出连你自己也不敢相信的事情。路遥在遇到困难时曾许多次地怀疑自己的能力，甚至想打退堂鼓，但他一次又一次超越了自我怀疑，走向了新的高峰。

三是要像路遥那样对所从事的工作有宗教般的虔敬态度，有近乎疯狂的热情，钢铁般的意志，以及吃苦牺牲精神。路遥说他的工作“是对人的精神意志和综合素养的最严酷的考验，这迫使人必须把能力发挥到极点。”其实，不单是写作，哪一种认真严肃的工作不是这样的呢？每个人若想有所作为有所创造都可能遇上这种“严酷的考验”。能否经得起这种考验，是成功与失败的关键。

“能”（可能、潜能）包含着一个范围，一个限度，能否让自己的“能”发挥充分，达到极限，当然取决于主客观方面所提供的条件。客观条件此处不予讨论，这里笔者要强调的是主观条件，即个人最大程度的主观努力，像路遥那样让努力程度达到极限。否则你就不可能真正知道自己到底“能”干什么，你的“能”有多大、多深、多高、多远。

总之，你要记着，面对“我能干什么”这一问题，谁的面前都可能一片迷雾。只要你初步具备了一定的条件和实力，你就应该像路遥那样面对“看不见前途的远征”勇敢地向前挺进。你一路顽强走下去，就可能登上人生的某个顶峰。你只有在一路摸索一路奋斗中才会最终知道“我能干什么”。“我能干什么”的答案不在顽强奋斗的开头，而在顽强奋斗的终点。

三、你的选择造就你自己

兴之所至，一路写来，压根没想到套用什么“理论”。写完了，忽然觉得上述思想其实暗合了法国哲学家萨特的存在主义理论——存在先于本质。“存在先于本质”的意思是，一个人先有选择自己的可能性，最后才使自己得到所选择的内容。每个人都是在生命过程中不断抉择，抉择之后拼命为之努力，然后才会得到想要的结果。由此可知，一个人的本质是在选择之后所得到的结果，如果没有先做的选择，永远不会有后来的那个结果。可见，人不是“已定型”“已做成”之物，而是不断在“造就”自己，换句话说，人生不是先验的，前定的，而是一步一步选择出来的。简单说，你选择什么你就是什么。人在死之前，永远处于未完成状态，因此永远有造就自己的可能性。由于人生只有一次，每个人只有一个人生，所以怎样度过这个人生，是件极其严肃、极其认真的事。萨特的这一思想，启发每个人对自己的人生负责，鼓励每个人在人生路上要勇于选择，勇于承担自己的责任。

行文至此，忽然又想起另外一个伟大人物即歌德，《歌德的格言和感想集》说过的一段与本讲主题相关的话，引用在此作为本讲的结束：“一个人怎样才能认识自己呢？绝不是通过思考，而是通过实践。尽力去履行你的职责，那你就会立刻知道你的价值。”

对话人生实录

1. 我诚信别人不诚信，怎么办？

问：诚信是全社会关注的问题，请问：当一个人的诚信遭遇许多人的不诚信时，应该何去何从？

（另有人问：坦诚待人别人总觉得你傻乎乎的，可是我又不想做一个"精明人"，我该怎么办？）

答：诚信应该是社会公德，是文明人的基本修养。但是，目前我们的社会生活各个领域中普遍存在着不诚信的现象，这着实令人扼腕叹息！社会怎么到了这一步！只要是有道德感、有爱国心的人，无不对此感到忧心如焚，希望尽快改变这种状况。

但改变这种状况是一个系统的综合工程，而且非一朝一夕所能奏效，在这种情况下作为个人的"你"该怎么办？答案其实是不言自明的，那就是，虽然我不能一下子改变环境，但我坚持从我做起。

不过问题又来了。在一个普遍诚信的环境里，我坚持诚信这绝对是没有问题的；可问题是，我诚信别人不诚信，那我不是要吃亏了吗？有这种可能！但问题是，虽然如此，你总不能也不诚信吧！别人的不诚信能成为你也不诚信的理由吗？如果不能，那么你就应该坚守自己的诚信而不动摇。你一个坚持诚信不动摇，就会有两个、三个、无数个，整个社会的改变就有希望了。大学生应该是社会文明层次较高的群体，理应首先做到这一步。我们没有理由一边谴责别人，一边自己也不诚信。在坚持的过程中，也可能有时会吃亏，但你加强警惕性，增强一点识别能力，就可能少吃亏。退一步说，即使为此而吃了亏，也无怨无悔，不应该转而也不诚信。

话说到这里，我想起一篇精彩的散文，内容刚好与我们现在谈的问题相关，文章的题目是《不管怎样，还是应该》，作者是美国人霍尔姆斯。内容是说，如果你为坚持某件正确的事情吃了亏，但是不管怎样，还是应该坚持。例如，如果你勤勉向上，有人会指责你别有用心，谋取私利；但是不管怎样，还是应该勤勉向上。如果你已功成名就，难免会招来虚假的朋友和真正的敌人；但是不管怎样，还是应该去力争成功。诚实和坦率会使你易遭伤害；但是不管怎样，还是应该诚实坦率。你今朝的善行，世人会在明晨淡忘；但是不管怎样，还是应该多做好事。胸怀大志的伟人往往失势于目光短浅的庸夫；但是不管怎样，还是应该胸怀大志。献出你的全部精华去造福于人类，可能会使你身陷困境；但是不管怎样，还是应该向人类献出你的精华……

这位美国人说得实在太好了，让我们听从他的劝告，落实为行动吧！

2. 我不想长大怎么办？

问：我为什么本能地抗拒长大，也抗拒着随之而来的改变，我不想长大，我害怕社会的复杂，我害怕那许多的责任，我怎么办？

答：你这种心态可能好多同学都有吧！我小时候也有过这种心理，盼长大又怕长大，那时的社会生活相对而言还比较单纯些呢，我就隐隐感到长大后事特多，成人世界太复杂。可是，人必须长大，一定会长大，生命推着你往前走。情愿了，你跟着走；不情愿，被拖着走。与其被动地被拖着走，倒不如顺其自然跟着走。

从年龄段上看，人的一生要经历两个世界：儿童世界与成人世界。儿童世界单纯、透明，成人世界复杂、混沌，因此一些青少年留恋儿童世界，厌恶成人世界，不想进入成人世界。美国作家塞林格的著名小说《麦田里的守望者》讲的就是这个意思。主人公霍尔顿对成人世界厌恶和不信任，执着地迷恋于儿童世界，他希望自己不要长大，所有儿童都不要长大，为此，他的人生理想就是要做一个儿童世界的保护神，做一个“麦田里的守望者”——阻止儿童从“麦田”（儿童世界）里跑出去坠入悬崖里（成人世界）。但他又知道这是不可能的，孩子们无论如何是要长大成人的，虽然在他看来成人世界是一个污浊、腐败的世界，但这是唯一现实的世界，是人人必须进入并在其中生存的世界，所以无论谁都必须学会与之相处。霍尔顿对此也有所认识，所以尽管他对环境充满强烈的厌恶，尽管他渴望逃避现实，但他终究还是在这个世界上待了下来，最后还同它达成了一定程度的妥协。他必须如此，也只能如此。

霍尔顿的苦恼是青少年成长过程中的苦恼，既有他那个时代的特殊性，也有某种超越具体时代具体社会的广泛性和普遍性。说到底，它不仅是社会问题，更是人生问题。青少年必然进入社会，必须学会与之打交道。所谓成熟，是指在社会生活中既能经受住诱惑的考验而又能保持心灵的纯洁，是指能在浑浊中不受污染。真正的圣洁不是一尘不染，而是出淤泥而不染。真正的圣徒不是与世隔绝的隐士，而是历经地狱、炼狱的磨炼而依然保持心灵高尚的勇士。现代哲学所主张的人生态度，不是远离世俗，逃避社会矛盾和斗争，而是鼓励人积极投身社会，投身社会的矛盾和斗争，在社会的风浪中成就自己，实现自我。所以新哲学是一种教人以经得起痛苦和磨炼的人生态度之学。

同学们有时候把社会想得可能太可怕了，社会复杂但不可怕。你的人生是要在那里度过，在那里完成的，请你做好精神准备，勇敢地投入进去吧，它不只让你痛苦，也给你快乐。

3. 哪种职业最好？

问：现在的大学生，入学前报考学校和专业时就已考虑到就业，入学后又一心一意盼望将来能找一个好工作。我知道我们选择的空间有限，但毕竟还是有的吧。我想问的是，你认为最好的或者说理想的职业是什么？我们选择职业时应该注意什么？

答：谁都想找到一份好工作，有一个满意的职业，可是什么是最好的或理想的职业，真的很难说，因为实在是没有客观标准。如果真有所谓大家公认的绝对的好职业，我估计既轮不到你，也轮不到我，因为早被强势人群抢占，早已人满为患了。

一般来说人们选择职业，有多方面的考虑或者说多方面的标准。如工资待遇、工作条件、人文环境等，这些都属于客观的、外在的条件，当然不得不考虑；但还有主观方面的内在的条件也不应该忽视，甚至应该放到更重要的位置去优先考虑。如是否适合你，亦即是否符合你的志趣，能否发挥你的潜能，能否为你一展才华提供一个有利的平台，是否能让你从中获得快乐。最近看到一篇小文章，里面说一个富翁和一个穷人，临终前都对自己的一生感到很满意，原因是两个人都认为自己一生所做的事正是自己喜欢做的事。文章总结说，找一个自己喜欢的工作，并且能从中谋生，那么这一生就算过得最有意义，就算值了。如果主客观（内在和外在）两方面都能如愿，那再好不过。如只能满足一方面，你就要权衡利弊，有取有舍有、得有失做出你艰难的选择了。

在选择职业时，史铁生有一个原则，我觉得挺好，介绍给你。这原则是：知己知彼。所谓知己，就是要知道自己的兴趣何在，自己的禀赋何在。如果你喜欢文学，可你偏偏不肯舍弃一个学化学的机会，且不说没有兴趣你的化学很难学好，即使你小有成就也是你的悲剧。所谓知彼，就是得知道客观条件允许你干什么。如果你热爱起足球的时候已经 40 多岁，你最好安心做一个球迷，千万别学马拉多纳了。如果你羡慕三毛，你也有文学才能，但是你的双腿一动都不能动，你就不要向往撒哈拉，你不如写一写自己心中的沙漠。史铁生说，我一贯相信，每个人都有自己的所长，倘能扬长避短谁都能有所作为；相反，如果弃长取短，天才也能成为蠢材，不信让陈景润与托尔斯泰调换一下工作试试看。对事业的选择，要根据“知己知彼”的原则，可别为“热门”或时髦所左右。

关于哪种职业（或事业）最好的问题，以上的讨论是在现实层面，说到的观点相信大家基本上都可以同意。关于上述问题，史铁生还有更新的视角，更深的思考，即终极视角。社会上各种各样的职业（俗称三百六十行），从世俗眼光看来，是有尊卑贵贱之分的；但从终极角度看，一切职业的价值或意义是一样的。史铁生说，请想一想你平时出差或旅游吧！火车从北京到乌鲁木齐要几天几夜，这几天几夜你总不能吃了睡睡了吃，闲的时候你怎么办呢？你总会找些事来打发时光。如看书，打牌，下棋，与人闲聊，等等，这样不知不觉几天就过去了。人生就如一趟漫长的旅行，在人生的行程上，地球是一趟大车，生命是一趟大车，在更为广阔和漫长的时空中行走。为了不使人类在旅途中感到无聊，上帝设置了各种各样的职业，预备了无穷无尽的矛盾和困阻。这些职业如同上帝给人类的玩具，各种意义如同上帝给人类的游戏，有了这些，人类就可以“玩”得愉快，活得充实。史铁生还比喻说，人生好比一条河，职业或事业好比一条船，不管什么职业，都是人生由此岸（生存）过渡到彼岸（死亡）的工具或手段。社会现实层面上的职业无论酬劳或声誉当然是不平等的，但从人类生存的终极意义上看则是平等的。只要你在你的位置上做得最好，感到愉快，感到满意，对你来说就是最好的职业！这是一种多么深刻的人生观，职业观，同学们仔细体会吧！

4. 我怎么老是感到生活很无聊？

问：我怎么老是感到生活很无聊，干什么都提不起劲，都觉得没意思，不知道干什么好，又觉得必须干点什么。比如说，学习没意思，不学（玩）也没意思；不参加什么活动没意思，参加了也觉得没意思，请分析一下我的心理状态，我该怎么办？

答：这种状态可真的是典型的“百无聊赖”，真的如古人所说：“试问闲愁知几许？一川烟草，满城风絮，梅子黄时雨。”各位不要笑！你仔细反思一下自己的生活经历，看有没有过这样的精神状态。这种状态可不是仅仅属于极个别人的，而可能具有较大的普遍性。因为从高处和大处说，它不仅仅是一种普通的日常生活心境，而是一种典型的人生状态，一种典型的人生体验，在它背后，是丰富的人生意味。

周国平在他的散文集《守望的距离》中有一组文章专门讨论“无聊”，有机会你们可以找来看一看。他对“无聊”的定义是，有了自由支配的时间，却找不到兴趣所在，或者做不成感兴趣的事，剩余精力茫茫然无所寄托，这种滋味就叫无聊。他还说，人生中有些时候，我们会感觉到一种无可排遣的无聊。我们心不在焉，百事无心，觉得做什么都没意思，并不是疲倦了，因为我们有精力，只是茫无出路。并不是看透了，因为我们有欲望，只是空无对象。这种心境无端而来，无端而去，昙花一现，却是一种直接暴露人生根底的深邃的无聊。——大家听听，周国平所描绘的无聊不是和我们同学所描绘的无聊是一样的吗？

关于无聊的原因，周国平的分析是，缺乏明确实际的目标，也找不到目标的意义。他说有两种人不会无聊，一种是孩子，一种是商人。孩子的生活不管什么目的，没有目的，或者说目的与过程浑然不分，只管玩得快乐，没有无聊；商人做事目的明确，目的与过程丝丝相扣，聚精会神，分秒必争，也不易感到无聊。怕就怕第三种人，他们失去了孩子的单纯，又不肯学商人的精明，目的意识强烈却并无明确实际的目的，有所追求但所求不是太缥缈就是太模糊。“我只是想要，但不知道究竟想要什么。”这种心境是滋生无聊的温床。心中弥漫着一团空虚，无物可以填充。凡到手的一切都不是想要的，于是难免无聊了。

描绘无聊和分析无聊的目的是想看看有没有办法医治无聊，关于这，周国平开不出药方。因为他认为无聊源于人根本的生存困境，是一种人生真相。医治无聊需要“目的”，需要“意义”，而人生在世，从终极看本无目的和意义。“天地者万物之逆旅”，人活一世，不过是到天地间走一趟罢了。人生的终点是死，死总不该是人生的目的和意义。人生原本就是一趟没有目的的旅行，因此从根本上说，“人生终究还是免不了无聊”。

周国平是哲学家，而且是专门以人生为研究对象的哲学家，所谈自然很哲学，很深，很玄。同学们可能听得晕晕乎乎，感觉其深有道理可治不了自己的病。我的意思是，把“无聊”问题分为哲学和现实两个层面。在哲学层面，你听周国平的，仔细体会，其中自有道理；在现实层面，我建议你听胡适的。胡适曾说过一段非常朴实而又有现实指导意义的话。他说，生命本身不过是一件生物学的事实，本无所谓意义，一个人生命的意义全是各人自己寻出来、造出来的，你给它什么意义它就有什么意义，与其空想有无意义，不如赶快投入现实之中做事。这样，你活一日便有一日的意义，做一事便添一事的意义，生命无穷，生命的意义也无穷了。

胡适的话可以用史铁生的一句话概括，即“从虚无中创造意义”。把它作为座右铭吧，趁你现在还年轻，赶快确立于己于人都有益处的奋斗目标，行动起来，为之努力。不要老是陷于“虚无”的玄思之中。看透了生活的本来面目然后爱它是一种明智之举。唯此可以使生命获得欢乐和价值，永远能够这样便永远能够欢乐，生生能够这样便生生能够获得价值。

第八讲 幸福是灵魂的愉悦

幸福，多么美妙诱人的字眼，看到它，说到它，想到它，就让人心动，涌起一种亲切感、温馨感、满足感、愉悦感。古往今来，人们永远在追求它，谈论它，为它努力，为它奋斗，甚至为它献身。在被世人所认定的美好东西中，人们可以拒绝其中许多东西，如名、利、物等，但唯独没有人拒绝幸福，可见幸福是人人所要追求的东西。正如17世纪法国思想家帕斯卡尔所说，人人都寻求幸福，这一点没有例外；无论他们所采用的手段是怎样的不同，但他们全都趋向这个目标。

一、对幸福的不同理解

人人都在追求幸福，谈论幸福，但人们对它的理解却又从来都是不同的。作家毕淑敏的散文《拍卖你的生涯》反映了这种不同。

这是一场游戏。一位外籍教师组织了一场别开生面的讲座：拍卖你的生涯。具体玩法是，把被世人公认为与幸福相关的十五种美事和优秀品质开列出来供人选择，选择一项就代表选定了一种生涯，然后象征性地发给每人 1 000 元钱，谁想选什么即可在拍卖中竞价购买。这十五种幸福目标是：1. 豪宅；2. 巨富；3. 一张取之不尽、用之不竭的信用卡；4. 美貌贤惠的妻子或英俊博学的丈夫；5. 一门精湛的技艺；6. 一个小岛；7. 一个宏大的图书馆；8. 和你的情人浪迹天涯；9. 一个勤劳忠诚的仆人；10. 三五个知心朋友；11. 一份价值 50 万美元并每年可获得 25% 纯利收入的股票；12. 名垂青史；13. 一张免费旅游世界的机票；14. 和家人共度周末；15. 直言不讳的勇敢和百折不挠的真诚。

这场游戏的分量举轻若重，它把平时人们所认定的代表幸福的美事细分并形象化了。游戏的目的是让人思考：拼此一生，你到底想要什么？换句话说即，你所追求的幸福是什么？结果，除了 12、14、15，其余 12 项分别被不同人买走（限于题旨，本文对此不加评论）。从这里，我们大体上看到了当代青年人不同的价值观和幸福观。

关于幸福，不但人们对它的理解不一样，而且对它的感受或判断也不一样。同一种状态或境遇，有人感到幸福有人感到不幸福。下岗工人为能顺利找到工作养家糊口感到幸福，而报载某位百万富婆因几年前一笔失误的股票交易少赚了钱痛悔莫及，哭成泪人。贫嘴张大民在平凡琐碎甚至窘困的生活处境中仍然乐观向上，活得有滋有味，而多少百万、千万、亿万富翁肯定没有张大民生存的艰难，却可能活得痛苦不堪，甚至痛不欲生。白发苍苍的老教授骑一辆残破的自行车在人群中穿行感到自由自在的快乐，而年轻的达官贵人却为乘坐不上更高档的进口轿车痛苦烦心……这说明，“幸福不是一种纯粹客观的状态。我们不能仅仅根据一个人的外在遭遇来断定他是否幸福。他有很多钱，有别墅、汽车和漂亮的妻子，也许令别人羡慕，可是，如果他自己不感到幸福，你就不能硬说他幸福。既然他不感到幸福，事实上他也就的确不幸福。外在的财富和遭遇仅是条件，如果不转化为内在的体验和心情，便不成其为幸福。”（周国平）

那么，幸福到底是什么呢？这是一个很难下定论的问题。这里我想避开人类思想史上关于幸福定义的烦琐介绍，向读者推荐一种我认为比较全面、深刻因而颇有说服力的见解，即哲学家周国平对幸福的理解。他认为，幸福是关乎灵魂的事，是灵魂的愉悦。

二、幸福的多样性与层次性

周国平认为，可以把人的生活分为三个部分：肉体生活，不外乎饮食男女；社会生活，包括在社会上做事以及与他人的交往;灵魂生活,即心灵对生命意义的沉思和体验。与此三部分生活相联系,人有三种对生活的体验:快感与痛感,快乐与痛苦,幸福与苦难。快感和痛感是肉体感觉,快乐和痛苦是心理感觉,而幸福和苦难则属于灵魂体验。幸福是生命意义得到实现的鲜明感觉。必须承认,前两种人生体验对于幸福也是相当重要的。例如,在肉体生活方面,如果贫病交加,饥寒交迫,谁也不认为是幸福的;在社会生活方面,如果受迫害、受压制、受打击或者蒙冤受屈、怀才不遇,当然也不能认为是幸福的。但问题是,即使以上两种困境消除了,并不等于就获得幸福了。也就是说,物质生活和社会生活方面的丰裕和顺遂,是获得幸福的条件而非唯一条件。一切被世俗视为美好的东西是否让人感到幸福,关键还要看是否能够转化为内心体验,只有在内心体验中感到幸福,才能称其为幸福。如此看来,幸福主要是一种内心快乐的状态。不过,它不是一般的快乐,而是非常强烈和深刻的快乐,以至于我们此时此刻由衷地觉得活着是多么有意思,人生是多么美好。正是这样,幸福的体验最直接地包含着我们对生命意义的肯定评价。感到幸福,也就是感到自己的生命意义得到了实现。不管拥有这种体验的时间多么短暂,这种体验却总是指向整个一生的,所包含的是对生命意义的总体评价。当人感受到幸福时,心中仿佛响着一个声音:"为了这个时刻,我这一生值了!"——这种深刻的人生体验,其实质是精神深处感到满足与慰藉,换句话说即幸福是生命意义得到实现的鲜明感觉,它不是零碎和表面的情绪,而是灵魂的愉悦。

人的生活内涵

生活类型	生活内容	生活体验	体验内涵
肉体生活	饮食男女	快感与痛感	肉体感觉
社会生活	工作交往	快乐与痛苦	心理感觉
灵魂生活	生命意义体验	幸福与苦难	灵魂体验

总结:幸福是灵魂的愉悦。

这是一种最具深度的精神体验,往往为一般追求物质享受或名利地位等世俗快乐的人所不能理解,同时也正因为如此,才为看重精神生活的人所执着追求。

三、怎样获得并保持幸福

由于幸福主要是一种内心快乐的状态,尤其是一种感到自己的生命意义得到了实现的灵魂愉悦感,所以,为了获得更多的幸福体验,或者说更经常地保持一种幸福状态,我们还必须有意识地进行一些精神修炼,以便拥有一个领悟人生意义的高贵而健康的灵魂。

首先,要明白一个基本道理——幸福不在天涯,而在自己心中。

我们都承认欢乐和痛苦是人的一种感觉,换句话说,幸福和痛苦只是主体的一种心理体验,压根儿没有绝对的客观的外在标准。例如,秦始皇连自行车都没有骑过,乘上马车就很满足,而现代社会里的平民百姓谁也不会因为有自行车骑感到幸福,而且很可能为没有轿车而遗憾;百万富翁羡慕千万富翁、亿万富翁,而得道的和尚却说,袋里有米,灶下有柴,还要什么?! 史铁生举的例子是,"现代人得到一座别墅的幸福,不见得比原始人得到一块兽皮的幸福大;现代人失去一次晋升机会的痛苦,也不见得比原始人失去一根兽骨的痛苦小。"

既然"欢乐和痛苦都不过是一种感觉",那么,任何人如果想得到幸福和欢乐,就不必向外寻找绝对的客观标准。幸福的标准不是外在的,而是内在的,所以应该像史铁生那样,从自觉的精神体验中感受幸福。只要你有一个清醒而智慧的灵魂,无论在什么处境下,你都可以体验到欢乐,意识到自己是幸福的。于是无论谁都可以说"感谢命运",因为"任何灾难的前面都可以加上一个'更'字",而你躲过了这个"更"字,因此就是幸运的。但遗憾的是,"人有一种坏习惯,记得住倒霉,记不住走运,这实在有失厚道,是对神明的不公。"

总之,欢乐和痛苦是人的一种感觉,因而史铁生说"幸福不在天涯,而在自己的心中"。

其次,幸福必须从痛苦中提炼,必须靠痛苦来提醒。

幸福不在天涯,而在自己心中,但每个人的"心"是各不相同的(有道是"人心不同,犹如其面"),所以同一种状态和境遇,在不同人的心中,反应是不一样的。为什么会有如此差异呢? 其内在心理机制是什么呢? 很简单,感到幸福与感觉不到幸福的根源是同样的,即是否有痛苦为衬照。有,则感到幸福;无,则感觉不到幸福。这就是说,幸福与痛苦既是对立的,又是相互依存、相辅相成的,二者谁也离不开谁,各以对方的存在为自己存在的前提。你要想感受到幸福,必须先感到痛苦的存在。以痛苦为背景,有痛苦作衬照,你才能感到"幸福"之为幸福,否则,就会淹没在"幸福"之中,为"幸福"所麻痹而感觉不到幸福。

然而遗憾的是我们常常容易死盯着自己的痛苦而忘了我们所享有的幸福。有一篇小文章《被忽略的快乐》(《新华日报》,2000 年 9 月 17 日)机智地讲述了以上道理。文章说在一位画家的屋里,"我"见到了一幅特别的画。那是一张被装裱起来的白纸,在中间偏左上的位置,有一块黑渍。"我"不明白其意,向画家请教。画家说:"我这幅画叫《快乐》。中间这块黑渍是痛苦,每个人看到这幅画时,都只看到这块痛苦的黑渍,却看不到背景里的快乐。我们的生活不是这样吗? 多少快乐我们都视而不见,却被微小的痛苦遮住双眼。"事实正是这样,生活中的每个人差不多眼里总是盯着痛苦,而作为广大背景的快乐却常常被忽略了。

再次,立足于自身,不追求完全超越自身条件、超越现实可能的幸福。

这句话的意思是说,生活中每个人都有自身的局限,都要受到各种主客观条件的限制,作为一个人要清醒地认清这种限制,根据自身条件,从自身出发去争取幸福,而不去追求完全超越可能的幸福。例如,如果你身体条件不怎么好,你就不要考虑去当什么世界拳王了;如果你年过 30 还没摸过乒乓球,就不要考虑当什么世界冠军了;如果你五音不全,就不要考虑去当什么歌星从而赢得歌迷的崇拜了。总之,幸福不是你想要什么就有什么,想怎么样就怎么样,随心所欲,随心所得,而应该承认局限,接受局限,从自身条件出发追求幸福。英国思想家休谟在《智慧日记》中说得好:"完美无缺的境界是达不到的,不过每个有智慧的人总该把他的幸福立足于他自身。对于全靠其他条件才能获致的幸福,他不去追求。"

承认局限,立足于自身,不等于要求人安于现状,满足于已有的幸福而不再进取,而是说不追求那些超越自身条件、根本不属于自己的东西。承认局限,立足自身,绝对不排除去追求从自身条件出发经过努力可以得到的东西。事实上，在自身条件许可范围内的幸福是很多很多的，它照样需要去努力去奋斗，而不会自动从天上掉下来。幸福从来都不是坐着等来的，而是积极奋斗得来的。

四、体验日常生活中的幸福

台湾著名作家龙应台有一篇文章讲到了以上的意思，题目是《幸福就是……》(《读者》2005 年 10 月)，我念其中的一两段你们听听：

> 幸福就是，生活中不必时时恐惧。开店铺的人天亮时打开大门，不会想到是否有政府军或叛军或饥饿的难民来抢劫。走在街上的人不必把背包护在前胸，时时戒备。睡在屋里的人可以酣睡，不担心自己一觉醒来发现屋子已经被拆，家具像破烂一样被丢在街上。到杂货店里买婴儿奶粉的妇人不必想奶粉会不会是假的，婴儿吃了会不会死。买廉价的烈酒喝的老头不必担心买到假酒，假酒里的化学品会不会让他瞎眼。小学生一个人走路上学，不必顾前顾后提防自己被骗子拐走。……

同样的句式同样琐碎的日常生活，反反复复的罗列，如果是别的文章，早令人厌烦了，但这篇文章就是让人读不厌，起码我读不厌，越读越想读，我拿到时一连读了好几遍，我是把它当诗读，当哲学读。文字那么平易，讲到的东西那么平常，司空见惯，熟视无睹，但我们就是没有发现如此平常平凡的生活中蕴含着幸福，我们竟然没有想到这些平常平凡的生活本身就是幸福。可见幸福就在我们身边，就在我们身上。这些平易而又高深的道理其实就是禅意、禅理，有道是“高僧只说平常话”“平常心是道”。不过，这些道理非要有些人生阅历，经历过一些人生苦难的人才能悟出，才能接受。现在说给同学们或许稍微早了一点。但我相信同学们的悟性，相信同学们能够理解并接受这些道理，并把它融化于自己的人生体验中。你真的明白了这些道理，可以肯定，你的一生就可以生活于幸福中，这个幸福不是外界给你的，而是来自于你的内心深处，因此可以说是永远靠得住的幸福。

对话人生实录

1. 家庭困难,是就业还是继续考研?

问:作为一名农村学生,家里无固定收入,父母年迈力衰,生活比较困难,按说我该为家做贡献了,但看着同学们一个个在准备考研,我心有不甘,也想一试身手,您说我是该考研还是该就业?

答:像你这种情况,如果是我的话,我会考虑先就业。因为上了研究生,势必会继续增加家里的负担。既然父母已经年迈力衰,生活困难,我们就应该像你所说的,该对家里有所贡献了,起码是不再给家里增加负担了。父母供养我们到这一步,已经尽到了最大责任,已经付出了差不多可以说是毕生精力,我们没理由再让他们继续付出,是我们该有所回报的时候了。当然,父母可能不要求你现在就有所回报,也可能会表示支持你继续读,但我们可能于心不忍了。

如今,考研究生似乎成了本科毕业生的唯一出路,许多人都做了这样的选择,但是,客观地说,考研是本科生的路,但并非唯一的路。各人有各人的情况,大可不必都做了一样的选择。例如,家庭经济困难,就可以先就业。如果想在学业上继续发展,工作几年之后再考也未尝不可。事实上我们每年考上的研究生中,有不少是毕业几年经济上有好转之后再考回来的。

总之,人生路上,不能什么都得到,该放弃时就放弃,有时候敢放弃也不失为一种果断明智的行为。况且,没考研究生看起来眼下是失去了一个机会,但你在另一个地方获得了另一个机会,哪个选择更好,有时候真的是很不好说的呀!一个人的发展和未来的成就与学历有关系,但没有必然关系,这道理很浅显,不用再絮叨了。个人意见,仅供参考!

2. 怎样才算成功?

问:现代人整天把"成功"挂在嘴上,把成功作为人生的唯一目标,但到底什么才叫成功呢?

答:我也不知道,我和你一样说不清。不过就一般世俗眼光看来,所谓成功,似乎就是出人头地,风光无限,就是有名有利有权有势,世人所追求的东西该得到的都得到了,起码是在某一方面显赫,让人刮目相看了。世俗具有强大的裹挟力量,裹挟着人们不得不接受它的影响。于是，名利地位成了成功的标志，成了衡量一个人人生价值的评价标准。于是我看到，毕业十年或多少年再回来聚会的同学，好多本想回来而不敢回来，为什么，因为“没混出个人样来”，什么“人样”，也无非是声名地位罢了。当然同学们内心里未必如此之“俗”，但世风如此，你心里不以为然也不得不随俗。

这观念非常害人，非常粗鄙，非常没意思。事实上现代人的“成功”观念更着眼于精神层面，着眼于内在的心路历程，着眼于心灵体验。只要你在你的位置上尽其所能地做好了你应该做的工作，让他人和社会从你的努力中受益，你自己在这个过程中感到活得充实，活得愉快，活得心安，就算成功。一个小学教师，一辈子和小孩子们打交道，但他尽其所能把学教得很好，赢得历届学生的尊敬，他自己爱岗敬业，从工作中获得了极大愉快，谁能说他不成功?!这标准虽是主观的，不具有客观性，但似乎舍此标准别无标准。试想，声名显赫，权高位重，亿万家产，而内心痛苦不安，这能算成功？这能算幸福？当然，我这里说名利地位金钱绝对不是成功的标准，有了这些的人就一定不幸福，而是说绝不能把这些当作唯一标准。什么时候人们把内心体验作为成功的重要标准了，什么时候社会的精神文明就进了一步，社会生活中那些矫情浮华、乌烟瘴气就会少一些。我想人们会慢慢接受现代观念的。

3. 面对困难（苦难）、挫折和压力，怎样做到真正的达观？

问：你有烦恼和想不开的时候吗？如果有，你怎么办？我们处在这个时候该怎么办？面对困难（苦难）、挫折和压力，怎样做到真正的达观？

答：真正的达观是一种人生态度、人生境界，这一境界不是说达到就能达到的，而是以对人生世事比较透彻的理解为前提，为基础。当你对问题的认识达到了一定高度（或深度），你自然就进入了达观的境界。

我对这问题没有细想过，也没有进入真正达观的境界，我只是和你一样尽力地做。我想你是否从这样一些方面去多想想。

首先，从现实角度，困难、挫折和压力已经来了，已经成为既成事实，你想避也避不开了，既然如此你就不必心烦，不必苦恼，而最好的态度是心平气和地坦然接受。困难、挫折、压力的来临，是有各种各样原因的，是千万种因素纵横交错、盘根错节构成的，它有它必然的原因，绝不是你想躲就躲得掉的。与其这样，坦然接受是最明智的选择。坦然就是一种达观。你千万不要激动地问，为什么，为什么，为什么呢？为什么偏偏让我倒霉呢？你激动万分但没人理你。知道原因的只有上帝，可你算老几，上帝能负责为你解释吗？所以你最好赶快熄火，坦然接受。英国作家毛姆说过，对于无法改变的事情发牢骚，等于是徒然浪费感情！

其次，你再从终极角度想想，困难、挫折和压力并不是由于你命运的不幸才偶然碰到的，而是人生世事构成的固有因素，是世界、宇宙的本来面目。因为，世界总是由两极（矛盾双方）构成的，取消了这一极，另一极也就无法存在。从终极角度理解苦难，让我们知道苦难的存在的必然性、本原性，换句话说苦难具有空间上的普遍性和时间上的永恒性，苦难无处不在无时不有,它与生俱来与生共存。如果把苦难称为炼狱的话,那么,人生的过程就是不断地经历炼狱,炼狱不在一个点上而在人生整个过程之中。德国有句名言,理解了也就宽恕了。对世界认识到这一步,还有什么话说?!上帝选定谁承担苦难,谁就别无选择,只有接受它。你不仅是从现实理解,而是从事物本原角度理解了从而也就是接受了苦难,还不达观吗?!

我再给你说一个思想方法你不妨也试一试。你把自我有意识地分成两个:主我与客我。客我即现实生活中这个有着七情六欲处于复杂社会关系之网中的我,主我即自我意识,是自己的思想、理智、理性。后者掌控前者,调适前者,指导或说服前者。你把困难、苦恼留给现实中的客我,你的主我以第三者的身份在一边分析,体验,你就有了足够的超脱即达观了。多少年来我就是这样做的,每当遇到苦恼烦闷的事情时,我就灵魂出窍,夜深人静时来到宇宙太空,俯瞰下界人间某张小床上躺着一个小小的可怜的胡某人,他以为他的苦恼大得不得了,其实从高空(终极)看来,啥也不是,完全是小题大做,庸人自扰了。再说了,凭什么苦难只能让别人碰上而不该你碰上,你有苦难的豁免权吗?上帝是你大舅或二大爷吗?这样一想,立马释然,事情也真的不那么可怕了,也就轻松多了,这是否也就算是达观了?!

容我絮叨,我再向你介绍一法:当苦难、挫折到来时,你可能猝不及防,感到黑云压顶,天昏地暗,一时心情极为沮丧。我建议你这时候不要紧张,要咬着牙,硬着头皮顶下去,相信天塌不下来,没什么了不起,就这样顶下去,可能不久形势就会有所好转,黑云过去还是明朗的天。黑云罩头,你紧张、沮丧是这样,不紧张、不沮丧还是这样,与其这样,你何必紧张?对待困难、挫折之类,有时候就是一念之间,你看它大它就大,你看它小它就小,到底怎么看,就看你自己的修养了。

4. 懂了不会做,做了不一定做好怎么办?

问:你讲了那么多人生道理,我们实在无话可说,可为什么我们懂了不一定会做,做了不一定能做好?

答:这里牵涉到的是知与行的老问题,正所谓"纸上得来终觉浅,绝知此事要躬行"。世界上的许多道理,尤其是人生道理,不能仅仅停留于"知"上,而必须落实到"行"上,能够用于指导人生实践才有意义;否则,你的那个"知"就未必是真知,就外在于你的精神世界。

史铁生在中篇小说《一种谜语的几种简单的猜法》中设计了一个谜语,不知道内容是什么,只知道该谜语有三个特点:一,谜面一出,谜底即现;二,已猜不破,无人可为其破;三,一俟猜破,必恍然知其未破。这里的谜语我们可以理解成人生、人生意义、人的命运等一系列重大人生问题,这些问题都是只有问题而没有结论,因此人类将永远猜下去永远谈论下去的。别人谈论过了你再谈论还有什么意思?当然有意思!别人谈那是别人的,我不谈我就不能理解别人的意思。同样的问题,只有我也问了,也谈了,关于那个问题的道理我才能明白,否则它只能是外化于我,与我不相干的。不仅谈,而且要"行",要结合自己的亲身实践,才能参透悟透那个道理。这就是所谓“已猜不破，无人可为其破”。

为什么懂了不会做，做了不一定能做好呢？因为人生道理总是抽象的，而你所处的情况却是具体的，这个具体千类万殊，千变万化，你不好直接拿那个道理套，所以你必须结合具体情况加以变通。怎样变通，那就不好说了，“运用之妙，存乎一心”，这就是人生的奥秘，人生的技巧了。

目前你年龄还小，人生阅历还少，因此你对无论什么问题都可能感到困惑，感到神秘，甚至有些微的不安和恐惧，这不是你的错。谁都从这阶段走过。你不要着急，慢慢来，只要你勇于实践，在生活中边做边想边体验，就能做好。你们小小年纪就已经懂了这么多，我像你们这年龄的时候还混沌不开窍呢！

第九讲 人性真相

本课程名为『文学与人生』，重心是借助文学讨论人生。讨论人生就要讨论人，没有人何来人生。而要讨论人，就要讨论人性。所以，讨论人性真相、人性奥秘是本课程的一个中心课题。

一、人性的基本元素

什么是人性呢？这里不打算旁征博引地罗列名人名言，只想从具体的“案例”切入，从具体例子的分析中引出必要的结论。

让我们先来看两篇(部)文学作品的“故事”。

作品一：清代作家沈起凤的《谐铎》卷九“节母死时箴”一文，记述一位80多岁的节妇临终前把“孙曾辈媳妇”叫到床前，告诉她们将来如果万一丈夫年轻早亡，一定要慎重考虑，能守则守，不能守则趁早改嫁。这话大出众媳妇之意外，一时间不知怎样回答，屋子里空气相当紧张。这时老人说，你们别以为我发昏了，其实我清楚着呢！我之所以这样说是为你们着想，不想让你们再受我这样的罪。你们知道我的故事吗？——

曰：我居寡时，年甫十八。因生在名门，嫁于宦族，而又一块内累腹中，不敢复萌他想。然晨风夜雨，冷壁孤灯，颇难禁受。翁有表甥某，自姑苏来访，下榻外馆。于屏后觑其貌美，不觉心动。夜伺翁姑熟睡，欲往奔之，移灯出户，俯首自惭，回身复入；而心猿难制，又移灯而出；终以此事可耻，长叹而回。如是者数次，后决然竟去。闻灶下婢喃喃私语，屏气回房，置灯桌上，倦而假寐，梦入外馆，某正读书灯下，相见各道衷曲。已而携手入帏，一人趺坐帐中，首蓬面血，拍枕大哭。视之，亡夫也，大喊而醒。时桌上灯荧荧作青碧色，谯楼正交三鼓，儿索乳絮被中。始而骇，中而悲，继而大悔。一种儿女子情，不知销归何处。自此洗心涤虑，始为良家节妇。向使灶下不遇人省，帐中绝无噩梦，能保一生洁白，不贻地下人羞哉？因此知守寡之难，勿勉强而行之也。

这篇小说的故事不是真枪实弹的战场而是心灵深处的战场，虽不见枪林弹雨、刀光剑影，但心灵深处两种力量的厮杀同样惊心动魄。作品让我们窥见了人物心灵深处的秘密，亦即人性的秘密。

作品二：托尔斯泰的名著《复活》。

读过《复活》的人，大约都忘不了男主角聂赫留朵夫年轻时在姑姑家，临离别的前一天晚上发生的事。

聂赫留朵夫到乡下看望姑姑，见到了年轻貌美、单纯可爱的女仆喀秋莎·玛丝洛娃。一开始，他对她的感情是纯洁美好的，但临离开的前一天晚上，他内心里起了“风暴”。什么“风暴”？——他想占有她。他知道这是罪恶的念头，但又控制不住。托尔斯泰说这时候聂赫留朵夫内心里两个“我”在进行激烈搏斗，一个是“兽性”的我，一个是“神性”的我，斗争的结果是前者战胜了后者，“可怕的和无法抑制的兽性感情已经把他抓住了”。于是不顾一切，野蛮地把玛丝洛娃占有了。

以上，把中国古代节妇的故事和19世纪俄国青年贵族聂赫留朵夫的故事放在一起，似乎有点不伦不类，因为他们之间有着诸多不同。但这里无意进行全面分析，只想借他们的故事说明一个道理,即人性的基本构成元素有两种:兽性与神性。或,一半是天使,一半是魔鬼。用两个字表述即灵与肉。

兽性、神性的概念源出西方文化,源出基督教,中国读者可能感到有些陌生,尤其对于"兽性"一词,感觉言重啦!如果这样的话,为了与中国读者心理接轨,也可以把它置换为其他含义相近的词,如自然性、本能性、原始性、生物性等;与此相应,"神性"也可以置换为精神性、意识性、理性、灵性等。

进行过以上简单的归纳之后,从理论上还有几个意思需要补充说明。

首先,上述两个例子都与"性本能"有关,容易让人产生误解,似乎兽性指的就是性本能,其实不然。人的欲望多多,但性质不一样。以社会道德、文明规范为标准,与之相合的叫人性,反之即为兽性。如婚姻内男女双方怎么说怎么做都合理合法,但如果在婚姻之外对别的男女另有想法,即为兽性。

其次,兽性也不单指不合道德规范的男女欲望,而是泛指一切不合道德规范的欲望,如贪官贪财、杀人放火、强奸抢劫等,都叫兽性。类似于荣格所说的,每个人内心深处都有一个"黑暗的自我"。由此可见兽性、神性之类的说法,显然已带上了社会的有色眼镜,是社会文明、社会道德视角下的概念。

二、两种元素形成的原因

人既有兽性的一面,又有神性的一面,为什么竟是这样呢?

首先,从人的自然生成史来看,人有兽性。

人的自然生成史即达尔文的生物进化史。由生物进化史我们知道,人类是从单细胞、双细胞、腔肠动物、脊椎动物、灵长类动物直至到人一步步演变过来的。从这一进化过程可以看出,人是自然界的一部分,是原始生命经过亿万年的历史进化的结果。在这一进化过程中,为了调整机体、个体与外界环境的关系,生命先是由最低级的感觉,发展为情绪、情感,最后发展出中枢神经系统的高级机能,有了思想、意识即精神。所以,不仅人的肉体生命是自然进化的产物,人的思维、意识也是自然界的产物,是自然进化的最高成果,所以恩格斯称"思维着的精神"是地球上"最美的花朵"。这朵最美的花开放在肉体之上,以肉体为土壤、为载体,受肉体的影响和制约。精神可以像风筝一样高高飘扬于云端,却若有若无总有一根看不见的线系于肉体之上。

总之,人是从动物进化过来的,人原本就是动物的一个类别。人对于自己原本是动物总不甘心,总想把自己与动物区别开来,于是有思想动物、情感动物、意识动物、政治动物、文化动物、高级动物之说法。但不管你有多少高贵的称谓,中心词仍然是动物。是动物就难免有兽性的一面。正如恩格斯在《反杜林论》中所说:"人来源于动物界这一事实已经决定人永远不能完全摆脱兽性,所以问题永远只能在于摆脱得多些或少些,在于兽性或人性的程度上的差异。"

其次，从人的社会生成史来看，人有神性。

人类的前身是类人猿，然后进化为类猿人，此时的生存法则当然仍然是动物界的丛林法则——弱肉强食。人，作为个体，其生存技能未必胜过其他动物，如论飞不如鸟，论游不如鱼，论跑不如狮虎不如狼甚至不如兔子，论视力不如猫不如老鼠，论嗅觉不如狗，论体力不如大象等。所以人类为了生存必须结成群体，即原始部落，最早的社会形态。群体生活必然产生矛盾，有矛盾必须进行协调，于是人类社会就出现了一系列社会契约、社会规范，出现了各种各样的思想、意识、观念，用于调整人际关系，制约人的行为使社会由无序变为有序。规矩、规范、思想、意识、观念经由一代又一代的潜移默化，内化为人的精神结构，就是神性。换句话说，人类的群体生活必须有神性来约束兽性，是社会的需要才出现了神性。时代、社会、国家、民族不同，其创造和信仰的神性内涵也不尽相同，但其基本功能相同，即对兽性的约束。

再从个体成长史来看，人受教育的过程即接受神性、融入社会的过程。

人脱离母体来到这个世界上时，其身份是自然人，一个活的生命，和小猫小狗没什么区别。但是他一出生就来到了“社会”上，就进入了社会的襁褓，于是从一开始就进入了“被社会化”的过程。首先你学说的话就是社会的语言，开始接受的规矩就是社会的规矩；然后是幼儿园、小学、中学、大学——一整套的受教育的过程。家庭教育、学校教育、社会教育，为的什么呢？一是让你具有生存技能，二是教你学会社会的“游戏规则”，接受社会规范，从而融入社会，成为一个社会的人、文明的人。人整个受教育的过程，从人性角度说，即约束、压抑、规范兽性而逐步接受神性的过程。这个过程永远没完，直至生命的终结。

三、兽性与神性的关系

其一，相互渗透，浑融统一。

完整的人性既不是单纯的这一面，也不是单纯的另一面，而是既有这一面又有另一面，是你中有我我中有你，即两种元素的浑融统一。正如17世纪法国思想家帕斯卡尔所说，人是一个灵魂与肉体的不可思议的结合体。帕斯卡尔对人进行执着思考后在《思想录》中说：“人对于自己，就是自然界中最奇妙的对象；因为他不能思议什么是肉体，更不能思议什么是精神，而最为不能思议的则莫过于一个肉体居然能和一个精神结合在一起。这就是他那困难的极峰，然而这正是他自身的生存。”

生活中我们常常说人很复杂，社会很复杂，生活很复杂，那么人、社会、生活为什么复杂？复杂的根源是什么？现在我们可以笼统作答，人、社会、生活，千复杂万复杂，总根源就在人性的秘密上。人，既有这一面，又有另一面——此时是一面，彼时是另一面；在这问题上是一面，在另一问题上是另一面；白天是一面，晚上是另一面；大庭广众中是一面，私下里是另一面；没有遇到诱惑时是一面，遇到诱惑时是另一面；如此等等，变幻莫测，犹如川剧中的变脸，于是才让人生出“复杂”的感叹。事实上，化复杂为简单就可以看出，复杂的是表象，简单的是本质——所有的复杂背后都是人性，都与人性的构成有关，都是人性的显现。

其二，人性的两面之中，“兽”的一面是基础，“神”的一面是主导，是灵魂，“神性”是人之为人的质的规定性。换句话说即，只有具有“神性”，才配称为“人”；只有“兽性”而无“神性”就只是“动物”——一般动物，与猫狗无异。

四、人，都一样吗

从人性角度看，是一样的；从现实角度看，是不一样的。现实生活中有好人有坏人，有君子有小人，有善良有丑恶，有崇高有卑鄙，正所谓人上一百，形形色色。

内在的人性结构一样，外在的现实表现（行为、实践）不一样，不一样在哪儿？

第一，看人的“兽性”外化与否。

我们说的“兽性”，是人性的深层内涵，是一种很内在很隐蔽的因素，它可以外化为行为，也可以在理性的调控下不外化为行为。如果外化了，把兽性转化为行为了，人就有了善恶美丑高下的区别了。

评价一个人的标准是现实的“行为”，而不是深不可见，因而也无法做出判断的“内心”。中国古人对此早有认识。例如，有这么一副对联，上联是：百善孝为先，论心不论事，论事贫家无孝子；下联是：万恶淫为首，论事不论心，论心天下无完人。这里“淫为首”的观念我们姑且不予评论，我想说的是，它提出的评价善恶是非的标准（“事”即行为）从实际出发，温馨而亲切，明智而合理，表现了中国古人对人性的通达理解和理性的评判，体现了中国人，尤其是下层人的人生智慧。他们的人性观绝对区别于某些上层官员及道学家的人性理论（“男女授受不亲”“饿死事小，失节事大”）。某些官员及上层知识分子身居高位，为了在政治斗争中抢占道德高地，从而抬高自己，打压别人，特别擅唱道德高调——你高我更高，把自己打扮成道德圣人，这是典型的“极左”做派。

总之，虽然人性的基本构成元素是相同的，但内在的人性元素（如“兽性”）具有外化的可能性而非现实性，更非必然性。因而评价人的善恶是非的标准只能是行为而非内心。

举个例子：《花花公子》杂志记者曾经问美国前总统卡特：“当你看见漂亮女人时，你心里怎么想？”卡特坦然回答：“我承认，当我看见漂亮女人时，总是暗地里怀着情欲的冲动；上帝知道我会这样，同样，上帝也会因此而原谅我。”坦率的卡特承认内心对漂亮女人怀着“情欲的冲动”，但卡特并没有把这一“冲动”外化为行为，所以人们并不指责他反而说他真诚，所以卡特至今九十多岁了仍然活跃在美国人的政治事务中。而同样是美国总统，克林顿比卡特年轻、帅气、有才、充满活力，因而更吸引女性的眼球。但他一不小心把“内心冲动”外化为行为，和在白宫实习的某女有了暧昧关系，因而遭到了世人的指责，陷入人生困境，差一点把总统位子弄丢了。克林顿与卡特的区别就在于，不符合社会道德的内心欲念（“情欲的冲动”）一个外化了，一个没外化。

第二,人鬼一念间。

我们已经知道人性深处有兽性与神性两种元素,这两种元素相互对立相互冲突,在人的心灵深处形成一个看不见的张力场。根据两头小中间大的原理可知,生活中极恶极善之人都是极少数,而绝大多数人则在兽性与神性的张力场之中游移徘徊。一念之间兽性战胜神性,就犯了错误,就成了"坏人""罪人",如聂赫留朵夫、克林顿;一念之间神性战胜兽性,就还是"好人",如卡特。因此,一个人犯不犯错误,到底是好人还是坏人,是人还是鬼,就在一念之间。这方面的例子无论是艺术作品还是现实生活中,数不胜数,不说也罢。

五、人性弱点举例

标题的意思是,人性弱点很多,这里不打算也不可能全面列数,而只打算抽样性质地讨论其中的几个,名之曰"举例"。

说起人性的弱点,最大最明显最顽固最普遍的,莫过于好色和贪财。这与"食、色,性也"的判断相吻合。也就是说,人之大欲处,正是人性最大弱点所在处。看看当下贪官,几乎所有人都栽在这两大弱点上。原来认为只有男性贪官两条都占,越来越多披露出来的事实证明,女贪官亦然。这不由得让人喟然慨叹,绝对的权力导致腐败确实是绝对的真理。当权力不受监督可以肆意妄为而不必付出任何代价的时候,大权在握的人释放出来的一定不是神性而是兽性,这是万古不变的铁律。

由于好色和贪财作为人性弱点太明显太典型,例子太多太普遍了,因此不讨论也罢。这里择要列举其他普遍而常见的人性弱点。

1. 容易受诱惑

"容易受诱惑"作为人性弱点似乎是不用论证、不证自明的命题。我们熟知的几个成语就恰好说明了这一点:不由自主,身不由己,情不自禁。作为对人性观察、理解甚为深入细致的作家艺术家,当然也早就发现了这一点。这里我向大家介绍一篇专门以此为主题的作品,这就是美国作家马克·吐温的短篇小说《败坏了赫德莱堡的人》。

小说精心设计了一袋金币,应该得到的人死去了,也没有后人,按说应该交给教堂搞慈善了。但是,远近闻名的道德模范村镇赫德莱堡的其他居民动了心。他们谁都知道自己不该得这笔钱,但是因为该得的人死了,于是都动了心。结果弄得互相攻击互相咒骂,闹得沸反盈天,一个个丢尽了脸面。一个不可败坏的市镇,实际上早就败坏了。对于全村人的这种心态,作者不惜笔墨,用大量篇幅做了穷形尽相的描绘,精彩绝伦,妙不可言。篇幅所限,略而不述了。

那么,马克·吐温通过这篇小说想要告诉我们什么呢?从人生角度看,它剖析了一个普遍的人性弱点:容易受诱惑。或者说在诱惑面前,往往经不住考验。人并不一定是自己所认为的那样的人,未经诱惑考验的道德优越感是脆弱的、靠不住的。

时间向后推一百多年,地点转移至当下的中国,情况如何?情况是,时空变了,但人性依然未变。记得史铁生《病隙碎笔》中记载过这样一个场面：五六淑女闲聊，偶尔说起某一女大学生做了"三陪小姐"，不免嗤之以鼻。"一晚上挣好几百哪！"——嗤之以鼻。"一晚上挣好几千的也有！"——还是嗤之以鼻。有一位说："要是一晚上给你几十万呢？"这一回大家都沉默了一会儿，然后相视大笑。史铁生评论说，淑女们刹那间的沉默颇具深意——潜意识总是诚实的；淑女们沉默之后的大笑令人钦佩，她们承认了几十万元的诱惑，承认自己有过哪怕是几秒钟的动摇，然后以大笑驱逐了诱惑，轻松坦然地确认了以往的信念。若非如此，沉默就可能隐隐地延长，延长至魔魔道道，酸甜苦辣就都要来了。

淑女们的沉默让人想起明末清初文学评论家金圣叹的一句话：人无正者，皆因诱不足尔！忘了是哪一位也说过：某某某之所以还算是正人君子，那是因为他还没有遇到足够大的诱惑。你再到网上查一下，关于"容易受诱惑"的酷词妙语一串又一串的，可见"容易受诱惑"是人们都已发现而且普遍承认的一个人性弱点。

把这一弱点发挥、体现到极致的当属当今的贪官。生活中，许多贪官并不是一开始就是品质恶劣的贪婪之徒，但是因为他们手握重权，又缺乏监督和约束，可以相应支配手中的社会资源，这就自然形成巨大的寻租空间，这是一个巨大的诱惑。许多人经不住这种诱惑，于是变成贪官。社会上那些居心不良的人为了攫取巨大利益，看准了官员"容易受诱惑"的人性弱点得以成功。厦门远华走私大案首犯赖昌星有一句名言："不怕领导讲原则，就怕领导没爱好。"他的意思是，领导的爱好就是他的软肋。你喜欢钱，他就送钱；喜欢女人，他就送女人；你喜欢权，他想办法帮你升官。赖昌星"成功"的秘诀就是充分利用人性的弱点，对他所需要的干部发动进攻，几乎是攻无不克，战无不胜，直至拿下公安部副部长李纪周。赖昌星是无师自通的心理学家，其贿赂干部的手段何等露骨、低下、粗鄙、无耻，但他却"成功"了，实在是荒诞可笑，真令人无语。

2. 想沉沦怕沉沦

这一"弱点"是从郁达夫短篇小说《沉沦》提炼出来的。

《沉沦》是郁达夫的成名作与代表作。作品主人公"他"是一个留学日本的学生，性格忧郁，感情细腻，多愁善感，敏感多疑。他想与周围世界沟通，但作为弱国子民，在异国他邦却受尽歧视。这使他精神上异常痛苦，无奈他只有沉湎于内心生活之中，尤其是性苦闷中。他渴望异性的爱情而不得，于是靠变态的自慰性性行为来发泄自己的性苦闷。"他本来是一个非常爱高尚爱洁净的人，然而一到了这一邪念发生的时候，他的智力也无用了，他的良心也麻痹了。他犯了罪之后，每深自痛悔，切齿地说，下次总不再犯了，然而到了第二天的那个时候，种种幻想，又活泼泼地到他眼前来。……他苦闷一场，恶斗一场，终究不得不做她们的俘虏。"他对自己的行为感到可耻，认为是在犯罪，时时自我谴责，自我忏悔，每每发誓改过自新，"然而一到了紧迫的时候，他的誓言又忘了。"

每礼拜四五，或每月的二十六七的时候，他索性尽意地贪起欢来。他的心里想，自下礼拜一或下月初一起，我总不犯罪了。有时候正合到礼拜六或月底的晚上，去剃头洗澡，以为这就是改过自新的记号，然而到了时候他又忍不住继续犯罪了。他向往各种诱惑，经受不住各种诱惑，被诱惑之时、之后又惶恐不安。就这样，他想沉沦又怕沉沦，在灵与肉的激烈冲突中煎熬，最后终于决定投海自杀。

关于《沉沦》的意蕴，过去主要着眼于社会政治层面，把它定位于"反封建的个性主义"和"反帝的爱国主义"上。这样说总让人感到空洞无物，不着边际，没有抓住作品的核心内容，没有触及更深的人性层面。从人性层面看，作品揭示了想"沉沦"而又怕"沉沦"，其实是普遍的人性弱点，是人类自从有了"文明"之后所有人面临诱惑时的共有心态。这一弱点，简单说就是，人，想好好不了，想坏又不敢坏。

想沉沦怕沉沦，只是一个句式。按照这一句式造句，以下句子照样成立：想犯规怕犯规，想犯罪怕犯罪，想犯错怕犯错，想堕落怕堕落，想学坏怕学坏……

由"容易受诱惑"和"想沉沦怕沉沦"，我们可以归纳出一个具有普遍意义的人性困境：人人都想做天使，却又容易受魔鬼的诱惑，常常在天使与魔鬼之间徘徊与游移；更有甚者，经受不住诱惑成为魔鬼的俘虏。

这一"人性困境"来源于人的基本悖论——兽性与神性的矛盾，自然性、本能性与社会性、精神性的矛盾。来自自然性、本能性的欲求促使人倾向于沉沦，而来自后天的社会教养即文化无意识又让它害怕沉沦，两种心理力量在内心深处激烈地搏斗，形成一个张力场，人就徘徊游移于这一张力场中，也就处于想沉沦又怕沉沦的矛盾状态中。这一矛盾状态不仅经常出现于那些精神品位比较低、道德意志比较薄弱者身上，而且，也往往出现于那些精神品位比较高、道德意志比较坚定的人身上。这一点，已经为大量的生活现实所证实，也为文艺作品中大量人物形象所证实。

由于人性有容易受诱惑的弱点，所以不要轻易考验人性。体现在国家管理方面，一定要扎紧制度的笼子，让权力在阳光下运行，让权力受到监督和约束，杜绝一切诱惑，防止干部犯错误。从这一意义上说，严格的法制约束，其实是对干部的最大爱护和保护。

3. 侥幸心理

侥幸心理，作为人性弱点，古今皆然。

冯梦龙编《醒世恒言》二十六卷载《薛录事鱼服证仙》中，记薛录事大病高烧昏昏沉沉中梦见自己变成了一条鲤鱼，自由自在地尽情享受水中的清凉。时间长了肚子饿了，正在这时，他看到本县渔民赵干摇着渔船来钓鱼。赵干钓钩上钩着香喷喷一块大油面，薛录事心里明白那是钓鱼用的诱饵，切不可上当。于是保持高度警惕，自觉游到一边去。但无奈那诱饵"香得酷烈"，他怎么也忍不住想吃的欲望，于是又向诱饵游去。他想："我是个人身，好不多重，这些钓钩怎么便钓得我起？便被他钓了去，我是县里三衙，他是渔户赵干，岂不认得？自然送我归县。却不是落得吃了他的？"想到这儿，他上前去吞那鱼饵，还不曾吞下肚去，被赵干一杆钓了上去，任凭他再三声嘶力竭地声明自己是县里官员，赵干也听不见，他悔之晚矣。

知道是诱饵又忍不住去吞，这叫"眼里识得破，肚里忍不过"，即我们上文所说的"容易受诱惑"；而他的"我是人身，他钓不起"以及"即使钓到了我，我是县里官员，他是县里小民，也会放了我"的心理，就是侥幸之心了。两种弱点交织，让薛录事敢冒生命危险。

薛录事的这种侥幸心理,也是典型的人性弱点,古人如此,今人依然。笔者手边有一本中国纪检监察报社编的《忏悔录》(中国方正出版社),其中收有79位贪官被判刑入狱后的“忏悔书”,其中相当一批人都讲到自己受侥幸之心的蛊惑而犯罪。

例如,上海市国有资产监督管理委员会原副主任吴鸿玫忏悔录的标题就是《私欲+贪婪+侥幸=万丈深渊》。她说,社保案发生后她丈夫鼓动她去纪委坦白,但她却“总认为这件事处理得比较稳妥,应该不会出事。在这种侥幸心理的驱使下,我始终下不了决心,几次开会途经市纪委大门却没有勇气走进去”。再如广西壮族自治区防城港市政协原副主席刘德新说:“开始收受别人礼金时自己的思想是有压力的,有时总觉得领导在监视自己,好像这个秘密被发现了。为了稳定自己的思绪,自己也不停地寻找理由,反正是别人主动送的。我既没有用权索取,也没有开口向他要,他不会主动跟别人讲的,只有他知我知,抱着侥幸心理;同时又想,现在社会上哪里不一样?比我收得多的人有的是,撑死胆大的,饿死胆小的,没事。所以,胆子越来越大。”湖南省机械工业局原局长、党组书记林国悌说得更直接:“侥幸心理,是我疯狂敛财、不计后果的‘催化剂’。过去,我也曾拒绝过别人的贿赂,第一次收受别人贿赂时,思想上也有收与不收的矛盾冲突。但随着受贿次数的增多,侥幸心理就成为主导思想,结果是胆子越来越大,受贿索贿,肆无忌惮。”

当然,贪官之贪,原因多多,但就当事人来说,侥幸之心无疑是一个很普遍很害人的一种主观原因。由于侥幸之心深深植根于人性深处,所以任何人都不得不防,尤其是面临诱惑的时候。

4. 以自我为中心

以自我为中心,眼里只有自己没有他人,遇事只顾自己不顾他人,俗称自私,这是又一种相当普遍而又为人所不自觉的人性弱点。这一弱点不仅表现在芸芸众生、普通百姓身上,也表现在赫赫有名、光焰四射的大人物身上。

这里我向大家介绍一本书——英国学者保罗·约翰逊的《知识分子》。这是一本相当奇特的书,它奇就奇在毫不留情地揭发了一批西方著名思想家和文学家人格中的缺陷。书中剖析的多数都是中国读者十分熟悉的名人,如卢梭、雪莱、托尔斯泰、易卜生、布莱希特、罗素、萨特、海明威等。这些人在人们的眼里从来都是光芒四射,无比辉煌的,以至于一听到他们的大名就自然而然地敬而仰之,从来没有想过他们还有什么“阴暗面”。《知识分子》一书颠覆或者说是消解了人们一向的看法。作者用充满怀疑的眼光审视这些大人物的生平史料,特别是他们现实的私人生活,结果发现了这些人个性中的弱点和所犯过的错误,发现了他们生活中种种可恶、可耻、可笑、可悲的一面,他把这些人们一向忽视或淡忘的事实组合在一起毫不客气地抖搂出来,让读者颇为惊讶和感叹。

约翰逊所揭发的大人物的人格缺陷有许多方面,其中比较普遍的一点是:以自我为中心,或者说是自我中心主义。书中所披露的每个人“自我中心”的表现,都让人意外和震惊。限于篇幅,略而不述了,读者有兴趣时自己找来看看吧!

5. 傲慢与偏见

傲慢与偏见，也可以视为一个具有普遍性的人性的弱点。

“傲慢与偏见”现在差不多已经成为人们口头上的流行语。它的出现，应该源于 1980 年上海译文出版社出版的英国作家奥斯丁的著名长篇小说——《傲慢与偏见》(王科一译)。这部小说以细腻人微的笔墨，生动再现了 18 世纪末英国乡村小贵族们的日常生活，尤其是青年人的恋爱婚姻生活。书中男女主角分别为达西和伊丽莎白，他们是作者最欣赏的两个人，作者的婚姻观(爱情是婚姻的基础)就通过他们的结合来体现。然而就在他们二人身上，却分别具有傲慢与偏见的性格弱点。(限于篇幅，故事梗概略而不述了，有兴趣的读者可以读原著)

仅仅是两个主人公有“傲慢与偏见”的毛病吗？当然不是。书中犯傲慢与偏见毛病的人物多着呢！如彬格莱姐妹们，伊丽莎白观察到的是：“她们一味骄傲自大。她们都长得漂亮，曾经在一个上流的专科学校里受过教育，有两万镑的财产，花起钱来总是挥霍无度，爱结交有身价地位的人，因此才造成了她们在各方面都自视甚高，不把别人放在眼里。”再如乡村阔太太咖苔琳夫人，自我感觉超好，在有人的场合，差不多一直都是她在说话，不是指出这个人的错处，就是讲些自己的趣闻轶事。随便谈到哪一桩事，她总是那么斩钉截铁、不容许别人反对的样子。她毫不客气地教导别人怎样料理家务，怎样照料母牛和家禽，只要有机会支配别人，随便怎么小的事情也绝不肯放过。

有傲慢习性的人如此之普遍，可见傲慢是人性的一个普遍性弱点。正如书中喜欢读书的曼丽所说：“我以为骄傲是一般人的通病，从我所读过的许多书看来，我相信那的确是非常普遍的一种通病，人性特别容易趋向于这方面，简直谁都不免因为自己具有了某种品质，或是自以为具有了某种品质而自命不凡。”(第 22 页)

普通百姓、芸芸众生文化程度低，眼界有限，因而容易骄傲和自负，那么文化程度高的如文人——文化人——知识分子，又如何呢？一样！一样的容易骄傲和自负。要不然怎么自古以来就流传“文人相轻”的说法呢?！这类人因为知道得多，所以更容易膨胀，更容易忘乎所以不知天高地厚。他们评价起人来，要么“狗屁不是”，要么“不是狗屁”，最后结论是：天下老子第一。

由人的傲慢与偏见，还可以泛化为国家、民族，乃至于都市、地域的傲慢与偏见。如予不信，请读者上网查一查，诸如“某某国人的傲慢与偏见”“某某地的傲慢与偏见”“某城市的傲慢与偏见”这类标题的文章，比比皆是。如此看来，我们把“傲慢与偏见”作为一个普遍性的人性弱点，还能说没根据吗?！

六、讨论人性的意义

1. 有利于全面认识人、理解人、把握人

正确认识人性，把握人性内涵中的两种元素，对于全面认识人、理解人、把握人十分重要。也就是说，看人要看到人性中的兽性和神性两面。否则，只看到人的“神性”的一面，抽空了人的自然属性，把人等同于抽象的观念，要求人成为不食人间烟火的“神”，这是对人性的扭曲和异化。相反，看不到人的“神性”的一面的只看到人的“兽性”的一面，认为人也无非就是动物，这样就为人的纵欲享乐，为人的堕落和沉沦找到了借口，同时也为否定人的信仰、人的理性、人的精神追求找到了理论根据。这样一方面走向虚无主义，一方面又走向悲观主义，二者的共同点是对真实的人的形象的歪曲，对“人”的幻灭。事实上，人就是人，既不是“兽”也不是“神”，而是“兽”与“神”的结合体。南非前总统纳尔逊·曼德拉说，我们无论怎样尊崇一个人，也不要把他神化，因为我们毕竟都是血肉之躯！法国当代作家莫洛亚说得更有诗意：“人是落在地上的上帝，但他无时不在怀念天堂。”“人类的一大错误是拒绝承认人的动物本性，另一更大的错误则是拒绝承认人的天使本性。”他们的话说得都非常准确到位，对于我们全面认识人、理解人、把握人，具有指导意义。

2. 有利于每个人提高道德自律意识

根据人性张力场“理论”，我们可以知道，一个人到底是好人还是坏人，似乎很难下绝对的判断。因为人是在不断发展变化的，人的生活中充满了变数。一个人此时是好人，彼时就不一定；在这个问题上的表现是好人，换个问题就不一定；没有面临诱惑时是好人，面临诱惑时就不一定。总之不可把问题说“死”了，不可把人看“死”了，一切都在变化，一切都以具体条件的变化而变化。“好人”与“坏人”之间的界限，有时候仅仅在“一念之间”。因此，人未必就是自己所认为的那样的人。今天我们远离权势，一无所有，我们可以激昂慷慨骂贪官。当然这很好，这表明了我们的道德立场，是非观念。但是骂后我们须静心想一想，假如有一天你坐在那样的位置上，你能保证自己不犯错(罪)吗？在诱惑面前，人都有软弱的可能，你能经得住考验吗？要知道，未经诱惑考验的道德优越感是靠不住的。这些尖锐的问题谁也躲不过，经常拿这些问题问一问自己就可以多一份自我警醒，多一点道德的自律。

3. 有利于学会与有缺点、弱点的人相处

这一点道理也很简单，既然大家都可能是有缺点、有弱点的人，那我们就要学会与这样的人相处。因为你所接触的人就是这样的人而不是高尚纯粹没有缺点错误的人，你不学会与这样的人相处你还怎么生存？“本小姐不与有缺点的人为伍”，像林黛玉一样眼里见不得一丝灰尘，孤高自许，那你还不变成孤家寡人啊！古人就知道一个道理：水至清则无鱼，人至察则无徒。即你明察秋毫，把别人的所有弱点看得清清楚楚，而且不予宽容，那你就没有朋友了，就孤立了，成了众人的“另类”了。当然这样说绝对不意味着放弃原则和稀泥，我们说的人性的弱点，仅仅是弱点，而不是原则性错误，这一分寸要把握好。

4. 有利于更深刻地理解依法治国的重要性

提出这一点并不是从政治角度而是从学术角度、人性角度。对于人性的理解(人性观)不同，引申出的治国理念也就不同。中国儒家尤其是孟子认为人性本善，所以治理国家只要大力挖掘并弘扬人性中的善的一面就可以了。体现这一思想的典型的口号是“内圣外王”和

“修身齐家治国平天下”。前一句说的是要想当领导，当统治者治理国家，内在品质必须达到圣人的水平；后一句说的是要想治国平天下，首先你必须修身，即自我修养，把自己修炼成君子、圣人。两句话不同但内在思路完全一样，即把治国放在人的道德修养上。这样想不能说没有道理，但结果如何呢？自古以来有目共睹——效果不怎么理想。因为人的道德并不总是靠得住的，他道德高尚，当然皆大欢喜，但要是不好了呢？你怎么办？要知道，“一念之间”的那“一念”是由他掌控而不是你掌控的啊！把如此重大的治国理政之事寄托于人的内心一闪念上，实在是太危险了。如果是小人物坏了，影响不大；如果是大人物坏了呢？影响面就太大了。所以把治国理政单单放在道德上的思路是有问题的。

西方人的人性观是人性恶，即今天我们讲的人有兽性与神性，一半是天使一半是魔鬼。既然这样，引申下去就是每个人都会犯错误，因而每个人都靠不住，每个人都不可信任。怎么办？既然人的道德操守靠不住，那就只有建立法律和制度，用刚性的法律和制度约束每个人。法律和制度告诉你红线在哪儿，不能越过，谁越线谁就要付出代价。这样一来，想犯错的人可能就要掂量一下，犯错值不值。这样一想，就不敢了，就老实了。换句话说，这些人之所以没有犯错误不是不想犯，而是不敢犯。不敢犯就好啊，不敢就避免了错误。再进一步，法律和制度严密了，你想犯错误都没有机会。正如邓小平同志所说：“我们过去发生的各种错误，固然与某些领导人的思想、作风有关，但是组织制度、工作制度方面的问题更重要。这些方面的制度好可以使坏人无法任意横行，制度不好可以使好人无法充分做好事，甚至会走向反面。”（邓小平：1980 年 8 月 18 日在中央政治局扩大会议上所做的题为《党和国家领导制度的改革》的讲话）

当然，这样说不等于不要道德教育，不等于否定以德治国。因为无论多么严格的法律和制度都是靠人来执行的，人的品质要是坏了，再好的法制也会打折扣。所以对人进行道德教育仍然是必要的。正如十八届中央纪委书记王岐山所说：“我们这么大一个国家、13 亿人，不可能仅仅靠法律来治理，需要法律和道德共同发挥作用。”总之，依法治国和以德治国二者不可偏废，两只轮子和谐地转起来，中国现代化的列车才能跑得更稳更快。

综上所述可知，依法治国的重要性和必要性不是别的，而是因为人性中有“恶”的一面，对于这一面，除了道德教育外，最重要的是不存幻想，用法制的力量加以约束。而且，还有一点虽然有些悲观但却必须正视的事实是，人性中兽的一面是无法彻底消除的。正如恩格斯所说：“人来源于动物界这一事实已经决定人永远不能完全摆脱兽性”。所以，用法制约束人的行为，用法制治理社会，不是一时一事的权宜之计，而应该是永远要坚持、永远不能放松的事。

总之，人是灵魂与肉体、神性与兽性的结合体，这是人性的基本悖论；人，都想做天使，却又容易受魔鬼的诱惑，这是人性的基本困境。了解了人性这一奥秘，就把握住了人的思想和行为复杂的总根源，它是认识人、理解人、剖析人的一把总钥匙。

对话人生实录

1. 你怎样评价“平平淡淡才是真”这句话？

问：你怎样评价“平平淡淡才是真”这句话？

答：非常好的一句话啊！我也很欣赏很喜欢。根据我的猜测，这句话应该是经历过大起大落、大红大紫的人说的；是经历过艰苦的人生奋斗，得到了他所得到的东西，而后又感到没多少意思的人说的；是在人生的战场上拼搏拼累了，筋疲力尽了，而后大发人生感慨的人说的——为什么呢？我的理解是，事物的价值和意义是在对比之中才能发现的，是蕴藏于对立面之中的。如忙得身心疲惫不堪的人感到什么时候能闲下来该多好啊，闲极无聊的人觉得还是忙着有事干好；没名没利的人觉得有名有利该多好呀，而被名利困扰不安的人觉得声名其实是个累赘，还是平民百姓好——由此我判断，平平淡淡才是真这句话不是身处“平淡”的人说的，而是身处“非平淡”之境的人说的。

当然，话也不能说绝。平民百姓也可以说这句话，而且是真心诚意地这样认为的。这也可能，但一定是看到了缺乏平淡的人的生存苦境之后才认同了这句话的，否则就无法理解其中的真正意义。

同学们年纪轻轻就知道了这句话，而且有的还作为自己的座右铭，我觉得这挺好。有这句话的提醒，可能使你拒绝一些不必要的虚荣和浮华，让你早日进入只有中年人老年人才有的平静境界。但也正是在这里，可能蕴藏着一些误区（误解），那就是既然平平淡淡才是真，我们也就没有必要去拼搏，去竞争，我只求平静，于是放弃了艰苦的努力和顽强的进取。我担心有的人不想努力，害怕吃苦，正找不到借口（理论根据）呢，这下可好，刚好抓住了“平平淡淡才是真”这句话。有没有这种可能呢？肯定有。我了解的个别同学就是这样的。为了避免这句很有哲理的话可能带来的负面作用，我这里也提出一句话作为补充。我的话是——没有努力奋斗过，没有资格谈平淡。

任何好话（真理），只从一面理解就可能片面，真理再向前多走一步就成谬误。这里补上一句，两句相辅相成，就几近全面了，不知同学们以为然否？

2. 贾宝玉脖子里挂的那块玉有什么含义？

问：多年来读《红楼梦》，一直对贾宝玉脖子里那块玉感到莫名其妙。从现实生活角度

看,衔玉而生是绝对没有的事,因此可以断定那块玉是作者挂在他脖子上的,是作者的有意安排,那么作者的用意是什么呢?

答:谢谢你问了一个真正既是文学又是人生的问题。正如你所说,宝玉的玉是作者有意为之、精心构思的,因而是肯定有所寓意的。从艺术角度看,宝玉的那块玉是一个意象,但不是一般意象,而是象征意象。那么其象征意蕴是什么呢?

关于这一点,多少年来由于理论眼光的限制,人们一直说不清,改革开放以来,各种西方文化思潮涌入我国,为我们解读文学作品提供了新的角度。近年来有人从文化人类学、文化学、原型分析角度评论《红楼梦》,分析贾宝玉,取得了丰硕的成果。这里我向大家介绍《中国文学的文化批评》(傅道彬著)这本书上的有关分析,同时也说一说我个人的一些理解。

傅著认为,贾宝玉的前身是"石"——大荒山无稽崖青埂峰下一块女娲补天留下的顽石,后来经茫茫大士渺渺真人携入红尘,幻化为宝玉口中五彩晶莹玉。大荒山云云代表自然界,天界,神界,红尘代表人类社会,为俗界,欲界。顽石由大荒山被携入红尘,意味着从自然界、天界、灵界进入俗界、欲界,于是"石"就幻化为"玉"。玉本来也就是石(玉石),既不能吃也不能喝,作为石本来价值无异。但因玉的质地光滑细腻柔韧,而且稀少,"物以稀为贵",于是玉在人的眼里立马身价百倍,成为高贵、尊贵、珍贵的象征。玉的价值是社会赋予它的,没有社会的承认就没有它的价值,玉是社会化的产物。就这样,在《红楼梦》里,石与玉组成了两个世界,分别成为两种符号,代表两种价值:石头象征的是自然是原始是不假雕琢的本真,玉象征的是人为是文明是崇尚雕琢的人工,象征政治秩序和社会地位;石象征傲岸耿介超凡脱俗的人格精神,玉象征随俗的媚世的异化的人格风范;石象征理想世界,玉象征现实世界。总之,"石"代表天然性、自然性、天性、本性、灵性,"玉"代表社会性、文明性、现实性、意识形态性。

顽石进入红尘,象征着人来自天然,进入社会。既入社会,就必须接受社会为维护自身正常运转所制定的一系列制度和规范,而这些正是对人的自然性、天性、本性的约束,于是二者必然发生冲突。贾宝玉前身是"石",现在是"玉",因而他天生向往本性、灵性、自然性;但他身为贵族家庭一员,而且被视为接班人,社会身份要求他接受社会规范,要求他循规蹈矩,于是两种特性在贾宝玉身上形成尖锐激烈的冲突。社会要求他大谈仕途经济,以便为将来做官做准备,而他却偏偏极为反感这一套。就因为林黛玉不劝他入仕,他视为知己,而宝钗因劝他入仕,他立马翻脸要把她赶出去。父母逼他上学读四书五经,他想办法逃学。他也不是不喜看书,但他喜欢看的书是唐诗宋词,是《西厢记》和《牡丹亭》。社会要求他早日结交达官贵人,而他却偏偏整日钻在大观园里不出来,愿意和姐姐妹妹在一起。当然他也不是不要男性朋友,他要的男性朋友是秦钟、柳湘莲这些情投意合的普通人。总之,贾宝玉一举一动都发自天性,反感社会性,即钟爱石性而厌恶玉性。他始终处在两种属性的矛盾夹缝中,他始终与世俗相冲突,最后终于忍无可忍,出离红尘遁入佛门。

各位想一想,贾宝玉身上的矛盾,仅仅是他个人的、他那个时代的吗?我看未必!事实上,贾宝玉身负的矛盾是文明发展进程中整个人类的矛盾,他的命运是整个人类的命运。请联系你自己的内心生活看是不是这样？由此看，《红楼梦》不仅写了过去(那个时代)，也写了现在，而且还写了将来。我就不信将来会完全没有了个人天性与社会性的矛盾。只要是社会，就是不同人的集合，由于人的性格和利益的不同，人与人之间势必会发生矛盾，于是就必须有社会文明、社会规范来调整，来约束，于是个人与社会的冲突将依然存在。如此看来，贾宝玉形象的意义将永远不会失去。你内心深处很可能也是一个贾宝玉，他的痛苦可能在你身上重演着。不同在于，他在艺术中，因此他可以按作者的安排出家，而你，终于摆脱不了复杂的社会关系之网，你在这里挣扎了一辈子，由此看，岂不悲乎？

我们平时总说《红楼梦》深刻，总是不大理解，今天我们通过对一块玉的文化分析，你有些理解了吧。《红楼梦》是永远不朽的，其价值是永恒的，因为它揭示的是人类生活中最深层次的东西，它写出了过去、现在和将来。

3. 在文学作品中，为什么反面人物往往更吸引人？

问：我有一种自己无法解释的阅读感受，在文学作品中，为什么反面人物更容易吸引人，或者干脆说人们为什么更喜欢“坏蛋”呢？

答：你的问题是从欣赏心理角度问的，读者的反应和作为欣赏对象的作品有关，因此这个问题也可以反过来问，在文学作品中，为什么反面人物栩栩如生，而正面人物却往往苍白无力呢？为什么坏蛋容易写成功，而善人常常写不好呢？

你所注意到的是一个非常普遍的文学现象，被古今中外文学史所验证。如猪八戒浑身都是小毛病，唐僧纯洁纯粹绝对没一点毛病，但人们喜欢猪八戒而讨厌唐僧；《金瓶梅》西门庆众多妻妾中，吴月娘是唯一的善人而潘金莲则淫荡邪恶，但前者形象苍白而后者生动；《三国演义》中作者的倾向明显是贬曹拥刘，但人们喜欢一身劣迹一身本事的曹而不喜欢“明君圣主”刘备，诸如此类，不胜枚举。事情有点奇怪，为什么人们刻意塑造的人往往失败而道德上处于受批判地位的人却容易成功呢？

问题似乎很怪，有点不可思议，其实却容易理解。有一本文学评论著作《洞达人性的智慧》(邵毅平著)曾经分析过其中原因。书中指出，这首先是因为小说家心目中对“恶”或多或少有肯定的意向，他可能有点喜欢“恶”而不怎么喜欢“善”。再者，更重要的原因可能是，“恶”往往总是更接近人性的本来面目，而“善”则往往总是更远离人性的本来面目，因而对人性充满兴趣的小说家们，总是能够轻而易举地把“恶人”写得栩栩如生，却不容易把“善人”写得同样生动。同时，也正是基于同样的原因，读者也更容易理解那些更接近人性的本来面目的“恶人”，因为我们原本就是那样的人；而不容易接受那些更远离人性的本来面目的“善人”，因为我们原本就不是那样的人——只是我们想要成为那样的人，或者装作已经是那样的人。

对人性深有研究的法国启蒙运动时期思想家狄德罗说过一段话，有助于我们对上述现象的理解。他说，比起讨厌的德行来，恶习和他们的琐屑的个人要求是更一致的，因为德行会从早到晚地向他们唠叨，给他们为难。人们歌颂德行，但人们却憎恨它，躲避它，它是冷冰冰的，而在这世界上人们必须使自己安乐舒适。你晓得为什么我们看见虔诚的人这样冷酷、这样讨厌和这样地难以亲近吗？因为他们勉强要实行一件违反天性的事。德行令人肃然起敬；而尊敬是不愉快的。德行令人钦佩，而钦佩是无乐趣的。狄德罗这话说得很尖刻，甚至近于刻薄，但也真的相当深刻，对人性的剖析入木三分，可以很好地解释我们现在讨论的问题。

英国作家毛姆在他的小说《月亮和六便士》中剖析创作心理时谈到，小说家在创作恶棍时，也许是在满足他内心深处的一种邪恶天性，因为在文明社会中，风俗礼仪迫使这种天性隐匿到潜意识的最隐秘的底层下；给予他虚构的人物以血肉之躯，也就是使他那一部分无法表露的自我有了生命。他得到的满足是一种自由解放的快感。毛姆的剖析和狄德罗一样有些冷酷，也可能有点武断，但我们不得不佩服他的观察力，不得不承认其中的真理性。他解释了作者，也解释了读者。

4. 怎样阅读名著？

问：来到大学后，接触到的世界名著多了，可是不知道该怎样去欣赏。每每拿到一部名著时，总是如获至宝，决心要仔细地去品味。可是阅读过后，却并未品出什么特别的味道，有时甚至读也读不下去，难道这就是名著吗？

答：你说的情况比较普遍，客体方面的原因是，作品所描绘的生活距现在比较远，读者与其中的人物、故事有隔膜；或者对错综复杂的人物关系、情节的来龙去脉理不清头绪，对冗长的人名地名老是记不住；或者对通常所说的主题思想不理解，不知作者到底说的是什么，写这些、这样写有什么意义；或者对新的艺术手法不习惯，看不懂。主体（读者）方面的原因是，社会经验太少，人生阅历太浅，还没有达到能足以理解作品深度的程度；文学修养不高，尚不能破解作品艺术上的奥秘；阅读实践有限，见不多识不广，有时难免少见多怪。总之，主客体之间的错位，导致读名著而无收获。明白了原因，办法就有了，读者提高自己以适应作品。

这样说固然不错，可是大而无当，几近于空话，等于没说。所以在确立了以上原则之后，还需结合具体情况做一些具体分析。

一是名著的价值各有不同，有的既有研究价值又有阅读价值，有的只有研究价值而无阅读价值，如果你不是文学专业，不搞文学研究，就不一定非读后一类不可。如艾略特的名诗《荒原》，詹姆斯·乔伊斯的《尤利西斯》，它们的难读甚至遭到同行的批评，专家学者们一般都认为它们只能供人研究而无法让一般人阅读。二是有的名著既有历史意义又有现实意义，有的名著只有历史意义而无现实意义，你如果非专业需要，也就没有必要从古希腊挨个读起，可以挑选第一类而无须再看第二类，如西方古代史诗《十日谈》等。三是最好先从以现当代生活为题材的现当代名著读起。因为这些作品中所写的生活我们比较熟悉，理解起来相对比较容易，读多了之后再向“古代”和“外国”扩展。四是阅读策略上，要注意选从深度和难度上看高出于自己的接受能力但又不高出太多，经过努力可以读懂的来读。老是读低于或平于自己水平的东西，不能提高自己；但太高于自己的又“高不可攀”，让人望而生畏。两极之内取其中，即读那些虽高于自己但经过努力能够读懂的。五是对于有些确实高深又确有价值的作品，可以借助一些分析介绍和评论文字，从理性上有了认识之后再去读，就可能入其堂奥。

总之，阅读名著是人的精神生活中一生的事业，所以青年人一时看不懂某些名著不要着急，可以往后放一放，等自己阅历丰富了，识尽人间愁滋味了，再来读某些名著，就可能豁然醒悟，一通百通了。有的一辈子不读也不用后悔。

第十讲 两难选择

在漫长的人生旅途上，我们会无数次走到十字路口（或多向叉路口）前，没有路标，你不知该往哪里走：老师说该这样，父母说该那样；书本说该这样，经验说该那样；你自己没主意，一会儿想这样，一会儿想那样；先是想这样，后又想那样……不管怎样都有道理，于是你无所适从，困惑迷惘。——这种状况，我们称之为人生的『两难选择』。仔细观察生活，发现这样的两难选择多不胜数。本书择其要者，略加讨论。

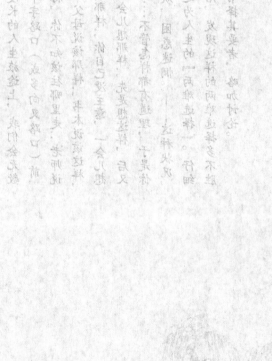

一、追求个人幸福与遵守社会道德规范

追求幸福，是人生的重要目标，是人生活动的重要动机，是每个人天生具有的权利，用西方话语表述即天赋人权。人的幸福内涵和外延极为丰富，这里，为讨论问题的方便，笔者缩小范围，以爱情、婚姻为例，因为爱情、婚姻历来被认为是人生幸福的一个极为重要的方面。

追求爱情、婚姻的幸福是每个人天经地义的权利，但它又常常与社会道德规范发生矛盾，这方面的例子在中国和世界文学史上简直太多了。最经典的例子，当然要属俄国作家列夫·托尔斯泰的名著《安娜·卡列尼娜》。

《安娜·卡列尼娜》是托尔斯泰名著中的名著，在托尔斯泰三大名著中，它在艺术表现上最为完美，被人们谈论最多，最为读者所偏爱。

小说主人公安娜是一个美丽聪慧、充满生命活力的贵族女性，她不满于刻板乏味的婚姻而与青年军官伏伦斯基相爱了。他们的爱情遭到安娜丈夫卡列宁和整个贵族社会的拒绝，于是陷入生存困境。万般无奈之下，安娜精神崩溃，以自杀结束了悲剧的人生。

关于安娜悲剧的意义，历来都是从社会政治意义上加以讨论的，我对此不表示疑义。但是安娜悲剧除了社会意义，作品的深层还有更为普遍的人生意义。

安娜的悲剧，不用说，首先是社会悲剧——那个时代陈腐伪善的上流社会容不下她，致使她走向毁灭；如果换一个时代，社会进步了，文明程度高了，安娜的悲剧就可能不至于发生。但是，这仅仅是可能而非必然，换一个时空点，安娜所面临的生存环境可能相对比较宽松，安娜的行为所激起的社会冲突也许不至于那样尖锐。但是，冲突的激烈程度可以缓和，但矛盾本身却依然存在，在某种条件下也同样可以激化，以至于发生与安娜相同的悲剧。这就是说，托尔斯泰借安娜命运所揭示的既是一个特定时代的社会问题，更是一个超越时代的人生问题。或者与其说是社会问题，不如说是更具普遍意义的人生问题——一个任何文明社会人们都可能遇到的人生问题，即追求爱情（也可以泛化为个人幸福）与遵守社会道德规范的两难选择问题。

我们知道，爱情来自人的天性，是人所共有的天然权利，是人类追求幸福的一个重要方面。社会道德是为了让人们在一起生活得更好而制定的，因而对爱情应该承认、理解和保护，当然也要对它加以规范、调节和制约。从理论上说，社会道德规范与个人幸福应该是一致的而不应该是矛盾的。但在实际生活中两者却常常是矛盾和冲突的。例如一对男女结婚之后，谁也不敢保证在以后漫长的人生旅途中就不会遇上一个比自己的丈夫（或妻子）各方面都更优秀更完美因而更让人动心的人。一个男人欣赏一个女人的聪明、美丽与善良，一个女人欣赏一个男人的胸怀、学识和智慧，从人性角度看，应该说是完全正常的。爱美爱优秀是人类美好的天性，可以说正是这种天性把人类一步步引向更高境界。但是问题也就由此而生：如果双方的感情仅仅停留于欣赏与爱慕，社会道德可以认可；如果超越了这一点，由欣赏、爱慕走向婚外恋情乃至于更远，社会道德规范就要出来干涉。

具体到安娜来说，她聪明、美丽，特别富有情感，与丈夫结婚十年，没有感情，不知爱情为何物。命运让她与年轻潇洒风度翩翩的皇家军官伏伦斯基相遇，后者对她一见倾心，疯狂追求。经过一段痛苦的犹豫，两人终于不顾一切堕入爱河，从而演出一段惊动整个上流社会的、轰轰烈烈的爱情。安娜的爱情源自生命意识的觉醒，伏伦斯基的爱情虽然有某种程度的虚荣心理，但总的看也出于真实的情感，源于对安娜高雅气质的倾慕。应当说，他们的爱情是自然的，同时也是真诚的，热烈的，甚至可以说是痴迷的，因而也是感人的，可以理解值得同情的。然而却不为社会所认可。因为，安娜是已婚女人，已婚女人应当维护神圣的婚姻、家庭，应当自觉地尽妻子和母亲的义务，总之应当无条件地遵守社会为她制定的伦理道德规范。安娜做不到这一点，于是受到社会舆论的谴责，从而进入爱情与道德，或者说是追求个人幸福与遵守社会规范的两难困境之中。

安娜所遇到的困境，仅仅是那个时代那个社会的吗？当然不是。事实上，安娜的两难以不同的外在形式相同的内在实质在不同时代不同社会反反复复地重演着。

为什么这种冲突如此普遍如此长久呢？这与冲突双方的性质不同有关。爱情（以及其他一切纯属个人性质的各种欲望）是一种最具个人性的感情，它的本性要求自由，要求随心所欲而不顾及其他，一般表现为非理性的特征；而社会道德规范代表的则是社会意志，表现出的是社会理性的特征。换句话说，即婚姻要求单一，人的自然属性要求自由而人的社会属性要求规范，这就造成了二者的尖锐冲突。

个人幸福与道德规范的关系，实质是个人与社会的关系。个人与社会相互依存相互渗透，既对立又统一。社会文明程度高，二者和谐统一的一面占主导地位，反之则冲突的一面占主导地位。但无论如何，二者之间永远相互纠结，不可分离。也就是说，个人幸福与某些社会规范之间的对立永远也不会消除，由此造成的人生困境也就永远存在。

面对上述困境，谁也没有两全其美的办法。不是哪个人乃至整个人类的智慧不够，而是因为困境的本原性、根本性——困境之所以为困境，就因为走不出，能走出就不叫困境。这里没有两全，只有两难。

面对困境，人物没有办法，作者没有办法，读者也没有办法。过去的人没有办法，现在的人没有办法，将来的人也未必就有办法。当然，社会发展了，文明程度更高了，困境变得不那么僵死可怕、不近人情了；但只要"个人"与"社会"这一矛盾存在，追求个人幸福与遵守社会规范的困境就会存在。因为人性要求解放（自然性）也要求约束（社会性），要求自由（自然性）也要求规范（社会性）——这是人性的悖论；文明和规范给人类带来幸福和快乐，也必然给人类带来约束和压抑——这是文明的悖论。人类什么时候能走出悖论的魔圈呢？

二、顺乎世情与坚守自我

读青年作家王跃文主要以官场生活为题材的小说《国画》（人民文学出版社），感想良多，其中之一是两个人物的比较。这两个人物是同乡、同学和朋友，内心深处也有相通的地方，但又绝对是两种性格、两种道路、两种人生。这两个人是主人公朱怀镜和曾俚。

1. 顺乎世情的朱怀镜

朱怀镜来自农村，从小家境贫寒，经历过艰难困苦的生活。这种生活在他心灵上打下了深深的烙印，即使当官后也仍然时不时地想起贫穷的乡村。他买双皮鞋，买件衣服，或下馆子吃顿饭，总会突然想到花的这些钱，父亲得辛辛苦苦做半年或是做一年。他太熟悉乡村，太熟悉和父亲一样的农民了。那仍然很贫穷的广大乡村，是他永远走不出的背景，是他心灵和情感的腹地，他有永不消散的“农村情结”。但他毕竟离开了农村，离开了父老乡亲，已经逐渐融入现代城市、现代官场直至权力中心之中了。

故事开场时，朱怀镜从家乡乌县副县长调任市政府某处副处长已经三年。三年来他饱尝官职低微带给自己的压抑和屈辱，他下决心改变自己的处境。要改变处境，就必须升官；要升官就必须让领导赏识（他说如今最大的法不是宪法，而是上司对你的看法）；要取得领导的赏识就必须同领导拉关系套近乎。这一套果然有效，终于引起了市长和秘书长的注意。但光是引起注意还不够，还得有投资，即需要送钱。他说：“现在玩得活的，是那些手中有权支配国家钱财的人。他们用国家的钱结私人的缘，靠私人的缘挣手中的权，再用手中的权捞国家的钱。如此循环，权钱双丰收。可我处于这个位置，就只好忍痛舍财，用自己的血本去投资了。”于是他以祝贺市长儿子出国的名义向市长送礼两万元。妻子担心人家不收反落没脸面，他笑妻子观念太落后不了解行情。他说：“现在送礼一不需要理由——千条理万条理送是硬道理；二不要送货物——这样货那样货钱是硬通货。你别担心有人会拒礼。正派的不要钱的领导肯定有，但我可能还没有这个福气碰上。当然好人肯定有，而且比坏人多，但我不知道谁是坏人，也不能指望谁是好人。因此必须送。”送礼成功，朱官升一级，被提拔为财贸处处长。后来他在官场上混得如鱼得水，直至副厅长。再后来由于官场波诡云谲的权力之争，他也曾一度翻船丢官，但终因关系网络的法力，重又当上某地区地委副书记。

2. 坚守自我的曾俚

曾俚呢，与朱怀镜从小学到高中是同学。大学时朱怀镜上的是荆都财经学院，曾俚上的是北京大学中文系。从第一个寒假起，朱怀镜就发现曾俚像是变了一个人，总是慷慨激昂、指点江山的样子，思想深沉而激愤。朱怀镜笑他活像五四时代的青年，他却正经说五四运动的使命并没有结束，青年人应该继续发扬五四传统，对社会尽到自己的责任。大学毕业后，曾俚先是分在北京一家报社，后来常换地方，去过许多家报社和杂志社，皆因性情耿直倔强，笔锋尖锐犀利而为俗世所不容。作品中曾俚出现时正在一家市级政协机关报《荆都民声报》当记者。人到中年，没有婚恋，没有家庭，住在单位一间七平方米的杂物室里，一床一桌一个大提包，即是他的全部家当。朱怀镜看他身无长物，只有一脑袋也许不该他思考的问题。

小说对曾俚的描写主要是两件事。

第一件事是他调查并报道了乌县皇桃假种案。事情起因是几年前农民按县里号召农民种皇桃致富，可是果树挂果时发现，几万亩果树不是皇桃，而是杂树，有人在树苗上做了手脚。农民被激怒了，请愿上访要求解决问题，但几年过去一直没有了结。这种事只要媒体不曝光，一般就被永无声息地压下了。但曾俚知道后抓住不放，详细调查后以“皇桃黄了，谁家赚了”为正标题，以“乌县五万农户两千万血汗钱付流水，三年来盼致富终成梦”为副标题披露了这一事件，矛头直指县领导。

第二件事是，他坚持报道乌县一起骇人听闻的人命案。事情的起因是，为了应付上级领导视察，县里将街头乞丐、疯子、算命先生等押上汽车送往山里，谁也没有料到，汽车在中途翻下悬崖，车上46名流浪者和两位负责押送的副局长、司机全部遇难。面对如此惨绝人寰的人命事故，县领导准备大事化小小事化了，将死者家属安抚下来算了。但此事偏偏被回家探亲的曾俚知道了，他愤怒到极点，无论如何坚持要报道。朱怀镜受县领导之托前来说服曾俚。恰在这时，正赶上曾俚弟弟下岗，家里生活极为困难，曾俚帮弟弟找工作，县里已答应给予安排。70多岁的曾母听说大儿子要与县里过不去，小儿子工作要黄了，气得服毒药自杀，弟弟气得冲着他又打又骂。曾俚万般无奈，悲怆欲绝，仰天长叹，泪流满面。朱怀镜对曾俚很愧疚很同情也很无奈，心想曾俚在为正义慷慨陈词的时候他家中的老母亲却正在因他的正义走向死神，他为正义要承受来自四面八方的巨大压力，“如此现实，除了让人世故、委琐和庸俗，还能叫人怎样呢?”

3. 严峻冷酷的两难选择

通过以上的简略素描，朱怀镜与曾俚两个人物形象的大体轮廓基本呈现出来了：一个是扭曲着自己的灵魂以顺乎世情的“成功”者，一个是坚守着自我的人文情怀，拒绝与污浊的世情同流合污的“失败”者。

“成功”与“失败”的秘诀只在一点，那就是对世情的态度：顺应还是拒绝。朱怀镜承认了世情，认同了世情，自觉顺应了世情，所以他“成功”了。曾俚与之相反，所以“失败”了。

与朱怀镜相比，曾俚的“失败”就在于他始终坚持正义立场，拒绝与种种社会邪恶同流合污，痛苦的心灵里永远装着国家前途、社会责任而从来没有想过自己的日子怎么过。用朱怀镜的话说就是，曾俚活得太认真，活得不现实，活得太迂腐，活得像现代唐·吉诃德。所以他处处受现实的嘲弄，在现实中四处碰壁。对曾俚，社会上理解的人不多，倒是朱怀镜真正理解他。朱怀镜不止一次地说他敬重曾俚的社会责任心，佩服他的侠肝义胆、社会良知，认为在现实中曾俚是卑微的，但他比任何一个道貌岸然的君子都更高贵，更可敬。虽然如此，朱怀镜又不同意曾俚的活法，反复劝曾俚学会宽容，学会理解，学会现实地生活。但是，如果曾俚放弃了社会良知，像朱怀镜那样学会了“现实地生活”，还有曾俚的高贵和可敬吗?

从朱怀镜与曾俚的对比中我们看到，高贵的可敬的在现实中行不通，在现实中行得通的却不高贵不可敬；放弃自我、放弃社会良知、活得圆滑世故的人成功了，而坚持自我、坚持社会良知、活得认认真真的人却失败了；在生活中善玩游戏只对自己负责的人一个个都好像正人君子，活得有滋有味，而一本正经想做点对得起自己良心的事的人却一个个穷困潦倒，一事无成，成了生活的局外人。这实在是荒诞的逻辑，是让人难以接受而又不得不接受的痛苦现实。面对这种逻辑和现实你打算怎么办？当然，理论上道义上非常清楚，可是落实到实践上呢？你不认为这是现实中许多人所面临的严峻而冷酷的两难选择吗？

有没有打破这一荒诞逻辑的途径呢？当然有，现实中和艺术中这样的例子并不少。但这是另一个复杂的大问题，必然要涉及社会的改革，体制的健全，国民素质的提高，精神文明的建设，主客观世界的适应与调整等问题，限于篇幅，此处就略而不述了。

三、知足与不知足

"知足"与"不知足"，是流行于中国人的日常口头禅，是中国人处世之道的一个重要方面。正是"知足"或"不知足"，在调节着中国人的生活态度，影响着中国人的进退行止。了解了这一点，就大体窥到了中国人生存的某种秘密。

那么，什么是知足什么是不知足，为什么知足又为什么不知足，是知足好还是不知足好，下面，我想依问题发生的逻辑顺序展开叙述并稍加分析。

1.《不知足诗》

知足与不知足问题根源于人的欲望。人生而有欲，有欲望就要求满足，于是就有了知足与不知足的问题。依照逻辑顺序，最先发生的当然是"不知足"。不知足是欲望的本性：由小欲望发展为大欲望，由一个发展为多个，满足一次还想多次。总之，欲望无限繁殖、无限延展、无限提升、无限重复。有人作《不知足诗》对之加以描述：

> 终日奔波只为饥，方才一饱便思衣。衣食两般皆具足，又想娇容美貌妻。娶得美妻生下子，恨无田地少根基。买到田园多广阔，出入无船少马骑。槽头扣了骡和马，叹无官职被人欺。县丞主簿还嫌小，又要朝中挂紫衣。若要世人心里足，除是南柯一梦西。

《不知足诗》将人的欲望的贪婪性描绘得淋漓尽致。如此雪球一样越滚越大且没个穷尽的欲望，在现实生活中怎么能够满足！我们说人生在世，这个"世"上人很多，因而空间狭小，不可能任某个人的欲望无限制地膨胀。这样一来，人的欲望的无限性和欲望实现的有限性之间就形成了永恒性的冲突，这就让人永远处于不能满足的痛苦境地。可以说，世界上从来没有一个所有欲望全部满足的人。即使权力无边的封建帝王也不例外。率土之滨莫非王土，普天之下莫非王臣，他们什么都有了，但还想长生不老、帝王基业万世流传呢！

无限欲望永恒地不能尽情满足，于是就有永恒的痛苦。欲望越多痛苦越多，欲望越大痛苦越大，欲望存续越久痛苦也存续越久。欲望与痛苦相生相伴，如影随形。

这种永处煎熬的生存状态让人类承受不了。承受不了就想办法超越，于是智者开始反省：既然痛苦是由欲望造成的，那么，压抑或者干脆消灭欲望不就跳出苦海了吗？这么一想，就想出了诸多道理，发现许多超越痛苦的路子。这就有了儒家的"知天乐命""安贫乐道"；道家的"顺其自然""知足常乐"；佛家的"四大皆空""六根清净"。这些高深的人生理论说法不同，但共同点是知足——知足常乐。

2.《知足歌》

对"知足常乐",有人作《知足歌》进行阐释:

> 人生受尽福,人苦不知足。思量事劳苦,闲着便是福。思量疾厄苦,无病便是福。思量患难苦,平安便是福。思量死来苦,活着便是福。也不必高官厚禄,也不必堆金积玉。看起来,一日三餐,有许多自然之福。我劝世间人,不可不知足。

《知足歌》的思路很简单,即"比较法":遇事往下比,即与境况不如自己的人比,这一比就比出了自己的"足"("比上不足,比下有余"),就可以"乐"了。这法子非常有效,因为自己之"下"永远还有更"下"的人,所以就能保证任何一个人永远处在快乐之中。

但万事总是有一利必有一弊。不知足固然让人痛苦,知足可以医治这种痛苦,但如果太知足,也会像药量过大一样,会产生副作用。例如,"知'足'常乐,那么请问你的'足'的底线是什么?即到了哪一步你就知足了?"对此问题,可以按照逻辑一直往下推。如对金钱的占有吧:一百万,十万,一万,一直推到只要有一元,哪怕只有一分,也可以知足,因为和一无所有比,毕竟还有一分钱。一无所有也可以知足,因为毕竟不借钱,借钱的也可以知足,因为你借一万我借一千。如此这般推论下去,大概可以推论到,和被枪毙的人比,能判死缓就知足。因为,死缓毕竟还可以活下来,哪怕只是暂时的——有道是,好死不如赖活着嘛!也就是说,一个人,无论处于怎样烂、糟的境地都可以知足。不过,到了那样烂、糟的地步你还知足,你还叫人吗?你还有人格和尊严吗?

以上推理用的是逻辑学上的归谬法,把一种思想或观点推向极端,结果就暴露出其中的荒谬,从而让你看出"知足常乐"深层的弊端——俗。轻的说是让人满足现状,不思进取;严重的是丧失底线,丧失人格,丧失做人的尊严。

这就是我对"知足常乐"的看法。当人们充分享受它带来的满足和安宁之时,一定要警惕它的负面,一定不要丧失了生命的活力和奋斗的精神,不要丧失了做人的尊严。

3.《半半歌》

通过上面的分析我们已经看到,老不知足让人痛苦,老是知足让人变俗乃至于沉沦没出息,那么到底应该怎么办呢?于是有人想出了折中的办法,来它个"中庸之道"。这就是《半半歌》描绘的境界:

> 看破浮生过半,半之受用无边。半中岁月尽幽闲,半里乾坤宽展。半郭半乡村舍,半山半水田园。半耕半读半经尘,半士半民姻眷。半雅半粗器具,半华半实庭轩。衾裳半素半轻鲜,肴馔半丰半俭。童仆半能半拙,妻儿半朴半贤。心情半佛半神仙,姓字半藏半显。一半还之天地,让将一半人间。半思后代与沧田,半想阎罗怎见。酒饮半酣正好,花开半吐偏妍。帆张半扇免翻颠,马放半缰稳便。半少却饶滋味,半多反厌纠缠。百年苦乐半相参,会占便宜只半。

《半半歌》真是绝了!它也讲追求,但不过分贪婪;它也讲知足,但不至于过于低俗。它把欲望限制在一个适可而止的“度”上，不慕巅峰，不走极端，不求大富大贵，但求无惊无险。于是生活无大风无大浪，无大福无大祸，平平淡淡，安安闲闲，不似神仙，胜似神仙。试问，还有比这更聪明更自在更成熟的活法吗？

想一想，确实聪明成熟和练达！不过，认真分析起来，这种活法亦有弊端。往深处追，追到底，它和太知足一样也是俗，也同样销蚀掉了奋斗进取的动力。其精神实质仍是“知足”，它和《知足歌》的差别只在于五十步与百步。它的表象是“雅”，其实质仍免不了“俗”。

4.“不可不，不可太”的理性与明智

由《不知足诗》到《知足歌》再到《半半歌》，我们分析了不知足和知足产生的原因及其利弊，至此，读者或许该问了：那么究竟知足好还是不知足好，换句话说即我们应该知足还是应该不知足。这问题很尖锐很单纯，但很难有也不应该有绝对的单一的答案。分析中我们知道，知足有知足的好（消解不知足带来的痛苦）和不好（容易安于现状，走向庸俗）；不知足有不知足的好（激发奋斗、追求的动力）和不好（不知足带来痛苦）。两者各有利弊，无法肯定一个否定一个。我们面临的是又一个两难选择。

面对这一两难选择，合理的做法当然应该是取双方之利而去其弊，即既要知足又要不知足。或者说既要知足又不可太知足，既要不知足又不可太不知足，让知足与不知足之间保持一种必要的张力，人就游移于这一张力场中。不知足，才有奋斗进取的动力；知足，才能心态平衡，不致痛苦。这样既躲开了不知足的苦，也避开了太知足的俗。这才是一种比较理性比较明智的选择。

5. 世上没有一种只有“利”而没有“弊”的生活方式

问题分析辩证到这一步，似乎应该结束了。因为我感到从理论上已经说得比较辩证，比较圆满，应该没话了。但忽然觉得，如此理性而辩证的选择在理论上似乎是“无懈可击”了，但在实践中依然难免有其弊病——真没办法，无论怎样都摆脱不了“有一利必有一弊”的规律，都走不出事物的悖论——其弊病是，没有了“极端”的偏执，也没有了“极端偏执”的精神动力。我们看到，人世间好多惊天动地的大事情、奇迹、伟业，往往是疯狂的“不知足”创造的。疯狂的不知足有一种不达目的宁可去跳楼的偏执，因而有一种无法想象的精神能量。很难设想，一个理智上很清醒很平衡的人会有如此的心理力量！那么怎么办？为了成就一番事业，再到拼命“不知足”上，那么玩命的辛苦和不满足的痛苦接踵而来，又回到了本文论证的起点上，又开始新一轮的循环论证。

世事复杂，一言难尽。怎样最好？没有最好。世上没有一种只有“利”而没有“弊”的生活方式。我们转了几个弯又回到一句老话上：没有两全，只有两难。

四、洒脱与执着

1. 洒脱随意的余一笙

武汉作家王石的中篇小说《我哪儿都不去》（载《中篇小说选刊》，1999 年 2 月），成功地塑造了一位现实生活中常见而艺术作品中未尝见(恕我孤陋寡闻),因而显得相当独特,相当典型,特别引人注目、发人深省的人物形象——余一笙。

余一笙出身于干部家庭,父亲是参加过中原战争的老革命。他本人下过乡,1977 年以全县第一名的成绩考上复旦大学新闻系。毕业时成绩优秀,上海好多单位愿留他,他说"我哪儿都不去",回到了父亲身边。20 世纪 80 年代中期,余一笙有着令世人包括诸多中层干部都羡慕乃至嫉妒的"优越":文凭,工作(电台记者),三室一厅住房,一部私人电话,一台日本松下 G30 录像机,年轻漂亮聪明活泼的妻子。就个人气质而言,他长得高高瘦瘦,风流儒雅,反应敏捷,聪明绝顶,为人机灵而随和,会说笑话,富有幽默感,所以人缘甚好,谁见谁喜欢。更让人刮目相看的是,余一笙有相当高的外语水平,上大学时获得过全校英语竞赛第一名。由于突出的外语才能,人们(包括他妻子)都劝他出国,否则太可惜。但他坚决表示"我哪儿都不去"。

为什么呢?因为他对哪儿都不满意。例如,日本盛产工作狂,没有生活情趣。欧洲也不能去,因为传统太牢固。美国比较好留下来,但一般中国人去了也就是在华人圈里转转,跟在国内差不多,去不去一个样儿。香港不能去,因为生活太累……总之哪儿都不好,最好的是自己所在的地方。因为他聪明,有才,那点工作根本不够他干的,所以有大量的闲暇时间。闲了带老婆去旅游,满世界跑,但不喜欢深圳,讨厌那里的高楼大厦,尤其讨厌那里的紧张忙碌。不出去时在家玩,玩扑克牌,一打一个通宵;打腻了换种玩法,一种打法可以打它一两年。还玩电子游戏机,后来又玩电脑,直至玩成了本市的电脑名人,能在报纸上开专栏写小文章指导电脑发烧友。

1992 年人们开始拼命忙赚钱,余一笙对此不以为然,为电台策划了一个节目,谈在金钱面前要保持悠闲心情。他拒绝追求金钱,拒绝被金钱所异化。他说:"钱嘛,生不带来,死不带走。我不想为钱把自己搞得太累。"所以当别人为钱忙得溜溜转时,他在打牌,不打牌的时候悠闲地躺在长沙发上看明清文言小品,或者翻翻自己订的期刊《英语学习》。当他玩电脑玩出档次之后,电脑商高薪聘他加盟,他只是不置可否地笑笑,一派仙风道骨的神态,让整天沉浮于滚滚商海中的人们赞叹不已。

2. 一事无成的余一笙

余一笙因为聪明、能干,因而有闲、会玩,因而活得不累,活得随意,活得散淡,活得洒脱。但也正因为此,他又一事无成。他不愿在基本工作之外多干任何一件正经事,甚至玩也要玩得轻松,不能太累。作者用一个细节特意点明了他的这一性格特点。有一个时期他和妻子玩游戏机——"俄罗斯方块",他与妻子一起玩,当他玩到高于妻子时就不再玩下去。妻子讨厌他这种浅尝辄止、不求进取的性格,逼他打到十万,并在一边给他加油助威。他经过一段苦战,一直玩到九万八千分,却再也不往上打。"他仰身躺在床上,一连伸了三个懒腰:这样玩得太累人,娱乐变成了受罪。说着他就不肯再玩下去了。"妻子气得骂他"你真不像个男人"。他的朋友也深深了解余一笙的性格,曾当面说他:"一笙,你真是聪明,我不是当面说你,你要是专心致志地干一件事,那绝对出大名,可你就是不干。你这人就是怕吃苦,喜欢玩,结果一事无成。"

余一笙对什么都不在乎,什么事也打不破他悠闲散淡的心情。他永远不变的习惯性姿势是悠闲地“操着双臂”(作品中反复重复这一细节),一副漫不经心、不置可否的样子。即使朋友“骂”他不长进,他也只是不屑地摇头笑笑。

他年轻好胜的妻子非常讨厌他这种漫不经心、不愿吃苦、不愿长进的性格,曾骂他不像男人,但他并不气恼,只是操着双臂说:“只能说不是你理解中的男人。”终于,妻子因嫌他不争气而离开了他。但另一个更年轻的女人(报社编辑)却欣赏他这种性格,写文章称他是一个淡泊的人,一个看重过程的人,一个随遇而安的人,一个有趣味但并不低级的人……

3. 洒脱好还是执着好

余一笙到底是一个怎样的人呢?通过介绍,读者已经对他有了一个大体的了解,这里笔者不打算再多说什么,只想向读者介绍一下作者对他的分析。在《中篇小说选刊》载文后的创作谈中,作者说像余一笙这样的人,在我熟悉的很多人中都可以找到他的影子。他们聪明,有能力,活得游刃有余。但也仅此而已。凭天资,他们原本可以做出一番事业,但是没有。余一笙就是这样的一个聪明人。由于比一般人反应来得快,往往他走一步,别人要走两步,如果他就此往前走去,那应该是能出大成果。但是他没有。因为这种事仅有超出常人的聪明显然不够,还需要有超出常人的坚韧,而且后者更重要。作者将以上道理加以推延,发现各专业领域内才华彪炳、机锋四出且能多面出击的聪明绝顶的大才子,多数未能排在第一的位置上,这里的道理值得玩味。

通过余一笙形象的塑造,作者试图揭示一个生活的悖论,即两难选择:做人处世,到底是洒脱好还是执着好?

余一笙散淡,洒脱,闲适随意,漫不经心,活得轻松自在。这不是人们追求的人生境界吗?多么让人羡慕啊!但是,正是他的轻松洒脱,白白浪费了他的才华,终于一事无成,被他老婆斥为“无用的废人”。那么,执着地进取吗?执着必然太苦太累,必然要承受更多压力,要付出太多体力与心力,甚至耗尽生命,而这又失却了生活情趣——活着干吗呀!难道是为了吃苦受累,自己给自己过不去吗?!

看来生活很难两全,这就是现代人(其实古代人、将来人皆如此)的又一大困惑。作者将这一困惑精辟地凝结为一句话,这就是关于这篇小说的创作谈的标题(也就是小说的主旨):《一个聪明人留下的悖论》。

五、事业与家庭

1. 一个事业成功、家庭失败的艺术形象

中国文学自改革开放,尤其是 20 世纪 90 年代以来,在日常生活题材中常常涉及事业与家庭(婚姻、亲情、爱情)的矛盾,常常出现事业成功、婚姻失败的人物形象,其中更多的是女性形象。笔者最近读到的天津作家戴雁军的小说《何慰平生》(载《中篇小说选刊》,1996 年 4 月)中的吕薇就是这样一个“典型形象”。

吕薇是一位青年律师，聪明能干，事业心强。原来在检察院有一份安稳清闲的工作，但过分的清闲让她感到厌烦，于是主动辞职当了律师，用她丈夫的话说即"自己给自己制造危机"，但她心甘情愿，无怨无悔。

吕薇的丈夫是外贸局属下一个工厂的副厂长，对她体贴关怀，一往情深。丈夫在家是独生子，因此公公婆婆渴盼他们赶快生个儿子，说如果再不生就去医院抱一个回来。但吕薇坚持要到35岁之后再生孩子，公公婆婆和丈夫对此无可奈何。

为了事业上的发展，吕薇投奔到本市律师界最有威望的女律师苏太（惠君）门下，为苏太当助手。苏太精明强干，坦率正直，内心热情如火，但外表冷漠，对人要求很严。为了能使苏太接纳，吕薇隐瞒了未生过孩子的实情，声称自己的孩子已经八岁。在律师事务所里，吕薇整天奔波忙碌，不辞辛劳，不怕恶人的威胁和恫吓，干得相当出色。她曾为一桩相当复杂的人命冤案辩护成功，因而深得苏太的信任，提前结束对她的试用期，不再让她当助手，而让她独当一面独立接案子。苏太欣赏吕薇的能干并把希望寄托于她的身上。苏太说："我喜欢那种以奋斗而自娱的人，尤其女性，这种人通常是成功的。人生在世的最大乐事莫过于事业有成，希望你成为一名杰出的女律师，将来我苏惠君倒下去之后，还有你吕薇前赴后继，革命自有后来人嘛！"对此，吕薇心存感激，决心以更好的业绩回报苏太的信任。

但恰在这时，她怀孕了。丈夫求子心切，将避孕药偷偷换为维生素。吕薇发现后十分生气，说孩子来得不是时候，眼下事业正走上轨道，况且如果苏太发现自己受骗会立马开销她。为了事业的发展，她声言坚决要堕胎。她心里做了最坏的打算，打胎的一切后果自己承担，只要丈夫肯原谅，要她每天唱赞美诗也情愿。如果丈夫不肯原谅，那也只好撒手合眼，有什么算什么。但丈夫恳求她留下孩子，否则将伤害整个家庭的感情。吕薇左右为难，踌躇不定。这场冲突不了了之。

不久，吕薇作为一家公司的法律顾问与公司副总经理（也是吕薇最知心的朋友）一同前往南方处理一笔商务。残忍毒辣的私营公司经理雇用黑道打手将其二人绑架，秘密置于地下室逼款。在冲撞打斗之中吕薇堕了胎，昏死过去，不得不住了医院。回来后无法向丈夫解释，于是隐瞒不说。但几个月后丈夫发现她已不再怀孕，就怀疑她私自流产，感到她太自私，全然不顾他和父母的愿望。双方激怒之中吕薇有口难辩。丈夫伤心至极，一气之下离开这个家，跑到国外去工作（工厂派遣）。吕薇面临婚姻破裂的危险。小说结尾时，丈夫从国外来信说婚姻是中止还是继续需要认真考虑。吕薇回信说，我无话可说，你的选择就是我的选择。

吕薇的事业成功了，然而在家庭生活方面却失败了。吕薇的这种遭遇，她本人不愿接受，作者和读者也不愿接受；她本人感到遗憾，作者和读者也感到遗憾。事情怎么会是这样的呢？然而就是这样的，这就是严酷的生活现实。

2. 吕薇困境的普遍性

吕薇的困境不仅是她个人的，同时也是所有事业型女人的；而且也不仅是属于中国事业型女人的，同时也是属于世界各国事业型女人的。熟悉中外文学艺术史的人都知道，吕薇型的人物形象在世界各国现当代文学艺术作品中，比较普遍地存在着。

3. 谁都没有错，可又都实实在在地错着

吕薇的遭遇是不幸的，是什么原因导致了她的悲剧呢？原因多多，但从个人方面来说，原因在于她的性格：事业心强，视事业为生命。那么，事业心强有罪吗？活该受惩罚吗？当然不是。可是为什么又偏偏要受惩罚呢？对此，吕薇无论如何想不通。她清醒地认识到，在与丈夫与公婆的家庭纠纷中，"谁都没有错，可又都实实在在地错着，若想改正，除非自己做出巨大牺牲。可是，为什么凡事都要女人牺牲呢？""这样想着，从心底冒出一股委屈，不由垂了泪。"——是啊，谁都没有错；可又实实在在地错着。吕薇感到左右为难，她不知到底应该放弃家庭，还是应该放弃事业。她两者都不想放弃，而又无法两者都保全。这不是别的，这就是所谓人生的悲剧，所谓生存的困惑，亦即人生的两难选择。

当然，也并不是说事业与家庭必然有矛盾有冲突，事业成功必然家庭破裂，不是的。在日常生活中，将二者关系处理得和谐平衡的人并不是没有，而且为数也并不少。但同时我们也完全可以肯定地说，事业与家庭之间也确实经常发生矛盾。尤其在现代社会里，生存竞争激烈，一个人，尤其是女人要想在竞争中站稳脚跟并获取胜利，必须付出全部的精力，这无形中就会影响家庭及亲情。所以事业与家庭的矛盾在现代社会中更尖锐更突出更具普遍性。它迫使每个人尤其是打算干一番事业的人不得不认认真真面对它，费尽心力处理它，化解它，争取事业成功，家庭幸福。

六、金钱与道德

斟酌半天写下以上题目，仍不十分满意。为什么？因为"与"字两边的词均可以调换，不知选哪一个更好。如，"金钱"还可以换为荣誉、地位、权势、利益、爱、性等，"道德"还可以换为良心、人格、尊严等。总之，一边代表欲望，具有强大的诱惑力；一边代表精神，同样为人类所珍视。二者都是好东西，都为人们所追求，现在我们的问题是，如果发生矛盾和冲突，二者不可兼得之时，你将选择哪一个？

以上问题，从理论上看，本不称其为问题，当然也就无所谓"两难选择"。因为毫无疑问应该选择道德、良心、人格、尊严等，但是，人不是生活在"理论"中，而是生活在具体的现实的世俗生活中。在具体的现实的世俗生活中，它却又是一个实实在在的分量沉重的两难选择。

在这一两难选择中，有相当多的人坚守精神的纯洁，选择道德、良心这一极，表现出崇高的人格力量；但无可否认的事实是，也有相当一部分人为了欲望的满足而不顾道德，不顾尊严，甚至不惜出卖灵魂，出卖人格，演出了一幕幕令人心酸令人感叹令人鄙夷令人痛心的人间喜剧或悲剧。这样的例子在现实生活和文艺作品中俯拾即是，这里向读者介绍瑞士当代剧作家迪伦马特的名作《老妇还乡》(1956)。

《老妇还乡》的故事发生在欧洲中部某国一个名叫居伦的小城。故事开始时这个小城正面临一场灾难性的经济危机：工厂倒闭，国库空虚，市政厅只剩下一架破打字机，保险柜里一个子儿也没有，没有一个人纳税，小城最宝贵的历史博物馆三年前已卖给了美国，贫困和饥饿威胁着全市居民。

正在这时，一位出生于小城而如今是世界上最富有的老妇人要回乡访问，全城人为此欢呼雀跃，把摆脱危机的唯一希望寄托在她身上，希望她慷慨捐助，救济小城。

这位老妇人名叫克莱尔·察哈纳西安，45年前与本城青年伊尔热恋并怀了孩子，但这时的伊尔却变了心并设计陷害了她，使她蒙受不白之冤，被迫流落他乡沦为妓女。后来她嫁给美国最为富有的石油大王，从此成为拥有油田、铁路公司、广播公司及游乐场的亿万富婆。这次回小城的目的是要报仇雪恨，“讨回公道”。她宣布向小城捐赠10亿镑，5亿给市政府，5亿由市民均分。但有一条件，那就是必须处死伊尔。用她的话说即“我要让居伦城谋杀一个人，我要拿他一个人的尸体来换取繁荣”。

老妇人45年前的遭遇令人同情，45年后老妇人要求讨回公道，应当说可以理解。但她公然用钱来买仇人的生命，用钱来唆使小城人亲手谋杀他们中的一员，却是对法律的公然嘲弄，对小城人的公然侮辱。小城人意识到她的要求的可怕性质，所以理所当然地拒绝了她。市长很威严地当众表态：“我们并不是野蛮人。我现在代表居伦城的全体公民，拒绝接受你的捐赠；我以人类的名义拒绝接受。我们宁愿受穷，也绝不能让我们的手上沾上血迹。”市长的话大义凛然，赢得市民雷鸣一般的掌声。

但是，掌声过后，面对10亿镑的诱惑，小城人却不能不动心。不知不觉之间，小城人包括市长的生活悄悄地开始发生变化：人们竞相赊账购置物品，如洗衣机、电视、高档衣服，有的准备出外旅行，到外地看演出，其中，伊尔的儿子也买了漂亮的小汽车。人们渴盼那笔巨款，已经开始预支可能到手的那笔天上掉下的财富。此时，法律与尊严在人们心里已失去分量。伊尔越来越明白人们已心照不宣地要以他为牺牲品，便要求警察局以“挑唆谋杀罪”逮捕克莱尔。警察局却奉命去进行全市性的所谓“抓黑豹”的围猎活动，他进一步明白人们“要抓的是我，是我”。他要逃离本地，全城人都去车站为他“送行”，他明白自己已逃不掉。市长暗示伊尔自杀，以免去小城人谋杀同胞的罪名，但他拒绝了。最后，在全市公民大会上，集体表决一致同意接受贵妇人的捐款。市长在宣布表决结果时，市长和全体市民一致高呼：这绝不是为了钱，而是为了主持公道，为了良心。我们绝不能纵容罪恶行为。让我们除掉那个犯罪的人……

既然接受了捐款，就必须立刻交出伊尔的生命。于是，在众人包围之中伊尔被当众杀害。向外界宣布的是，一位老公民对贵妇人的慷慨捐赠过分激动，心脏衰竭，当场死亡。

从实际生活角度讲，《老妇还乡》的情节子虚乌有，是作家为了传达自己的思想而故意编出来的荒诞故事；但从艺术角度讲，它具有无可置疑的真实性。说它真实，依据在于，它深刻揭示了一种残酷的生活真相，或者说是深刻揭示了人性中的某种弱点：面对金钱的诱惑，道德、良心、人格、尊严等显得非常软弱。

对于小城人人性中的这一弱点，城中有的人是十分清醒的。例如中学校长，他是小城中知识层次最高的人，而且是具有人道主义信念的人，他曾坦率地向伊尔剖析过全体市民和自己的内心隐秘:“他们一定会弄死你的。从一开始我就断定他们会那样做,尽管居伦城的人谁也不肯承认这一点,你在很久以前也已经完全明白了。这诱惑实在太大,而我们的贫穷的处境也实在太难以忍受了。我现在更知道了另外一些情况,那就是我自己也会参与这个谋杀活动的。我现在清楚地感觉到,我正在慢慢变成一个杀人犯。我的人道主义的信念是完全软弱无力的,它并不能阻止我走上这条路。正是因为我完全了解这些情况,所以我也变成了一个酒鬼。伊尔,我也和你一样感到非常害怕,而且心中的恐怖不下于你。”校长的话道出了小城人之所以对捐款由拒绝到接受的秘密,道出了道德在金钱面前的无奈和无力。

值得一提的是,作者迪伦马特认为,发生在居伦城的故事并不只是居伦城的故事,而是到处都可能发生的故事;而且,居伦城的市民也不是一群恶人,而是和我们一样的人。所以他要求,演出时“绝对不能使他们具有恶人的形象”。作者的意思是,这是人性的弱点,这样的悲剧(迪伦马特称之为“喜剧”)具有普遍性。

如果用传统的阶级眼光看,《老妇还乡》的故事发生于资本主义社会,我们可以说作品的思想意义在于揭露了资本主义制度的罪恶,谴责或抨击了资本主义社会里人们道德堕落的现实,等等。这当然不错,事实确实如此。但从人性角度看,事情却并不那么简单。事实上,金钱等原欲与道德、良心、人格、尊严的矛盾是任何时代任何社会任何阶级任何民族中的任何人,在现实生活中随时都可能遇到的沉重话题。在这一话题面前,每个人都面临严峻的考验,类似居伦城的悲剧随时都可能发生。因此,面对金钱与道德的冲突,每个人都必须严肃对待,交出一份慎重的答卷,躲是躲不掉的。有人以为“金钱与道德”的矛盾只属于“资本主义”和“资产阶级”而自己可以置身其外,这种想法是大睁两眼不看现实,不敢面对真切实在的人生,其实质是想逃避它的考验,是一种精神上人格上的怯懦。

对话人生实录

1. 一句毕业赠言

问：老师，我们该毕业了，如果让您给我们说一些临别赠言，您肯定有很多话说，但如果让您只说一句，您说什么呢？

答：你真是一个善解人意的人！是的，正如你所说，如果让我随便说，我可能有很多话要说，而且可能是怎么说也说不完，说多少都觉得还不够。——这有点类似“道可道，非常道”？

你的要求为我做了限制，很好！如果只说一句，那么我想说的是：踏踏实实做事，正正派派做人。

这句话听起来有些俗套，缺乏精警意味，可能让一些同学失望；因为根据我的猜测，同学们喜欢听名言警句，不大喜欢听大白话。然而我想说的就是这句大白话，这是我多年的人生体会啊！

同学们即将走向社会，走向各不相同的工作岗位。面对陌生的工作，陌生的环境，我猜测同学们可能有一点激动和兴奋，也可能多多少少有一些惶惑和不安。我想，面对陌生世界时大概谁都这样。因此你急于找到应对世界的办法，以便尽快融入其中，迅速找到自己的位置。怎么办？我认为最好的应世方针，或者说是处世态度就是上面我说的两句话。

先说踏踏实实做事。你走向社会，就是社会的独立一员了，要想尽快立足，赢得社会承认，靠的不是聪明，不是文凭，不是关系，而是你的能力，你的业绩。有道是，有能力才有尊严，有成就才有地位。你的能力你的业绩是你的身份证，是你的立身之本，所以你一出校门就要凭你的能力，凭你踏踏实实勤奋忘我的工作打天下，去创造最好的业绩。在工作上，务必要干好干出色，务必不能挑肥拣瘦讲价钱。你记住，社会不会亏待你，不会忘记你做出的努力，社会永远喜欢踏实肯干的人。

再讲正正派派做人。截至目前，你从文学作品和现实生活中已经充分了解了社会的复杂性，人际关系的复杂性，知道做人难，人难做，难做人。你心里多多少少有一点怵，害怕自己适应不了。其实，依我看，做人，既有难的一面，也有容易的一面；处世，既有复杂的一面，也有简单的一面。我主张，化复杂为简单，以不变应万变。那就是，与人为善，正正派派做人。文学上有句话叫“最高的技巧是无技巧”，我看做人也一样。正正派派做人就是做人的最高技巧，亦即无技巧，亦即返璞归真，大智若愚。你诚心诚意待人，我就不信人不诚心待你。我希望你做宁肯吃亏的老实人，而不希望你做占尽便宜的聪明人。

2. 你怎样看待“我平庸，我快乐”这句口号？

问：你怎样看待“我平庸，我快乐”这句口号？

答：我听说过这句口号，好像它来自于一本书，是一本书的书名，不过遗憾的是我没有看过。因为没有看过这本书，不了解这本书的具体内容，所以我下面的一些想法只是对这句口号本身的评论。

恕我直言，我以为这是一句很消极、很无聊，甚至是很不负责任的口号。当然，作为一种个人选择——人生观、价值观、人生态度的选择，无可厚非，你愿怎样就怎样，那是你的个人自由，别人干涉不得。但问题是作为一句口号提出来，作为一本书写出来，其价值和意义就值得考虑。因为出版物是一种社会精神产品，它要在更广大范围里产生更为广泛的影响，因此就不得不考虑其社会效果。出版物，如果不能产生更崇高更积极更健康的作用，起码也不能有消极负面的作用。而我认为上述口号所产生的作用可能就是负面的。

人啊，就其本性而言，可能有诸多弱点，其中之一就是害怕竞争，不想奋斗，贪图安逸，不思进取，用心理学上的术语概括即“约拿情结”。约拿接到上帝交给的使命，光荣而伟大，本应该竭尽全力去完成，结果他退缩了，他想我怎么能行呢，我没这个本事，干脆溜了吧，于是放弃了。约拿这种态度体现了人性的一种普遍弱点，即不思进取，放弃努力，害怕自身最好的一面，安于平庸。一个人，尤其是年轻人，一旦被约拿情结所支配，注定他将一事无成。年轻人，正处于自制力比较弱的时候，其内心深处的约拿情结很可能时时都在涌动。我们身边的不少同学，心里明明知道应该积极努力地进取，可行为上就是管不住自己，总是想贪图安逸，就是不想逼自己努力。这种状态，其实他自己也清醒地知道，内心也有隐隐的不安，也会有所自责，因为所有的“教导”都不支持、不鼓励他这样。而现在倒好，他正为自己没有理由而不安呢，你给他送来一个冠冕堂皇的理由，他更可以心安理得地不努力啦！这就是老百姓说的，他正瞌睡呢，你给他送来一个枕头。所以我说这是一句很不负责任的口号，原因即此。

记得是高尔基说过这样一个意思（恕我记不得原话）：人啊，就其本性而言，都大体差不多，即都有各种各样人性的弱点，但后来的发展却不一样了，有人用强力意志克服了自身的弱点，就大大地胜出了，因此，人能够做到哪一步，关键是看你对自身弱点克服的程度，即对自己“狠”到哪种程度。——这话听起来似乎残忍了一点，但真的是颠扑不破的真理。希望同学们反复想一想高尔基的意思，确定一下你的人生坐标、人生态度吧！

最后想再补充的一个意思是，努力奋斗，积极进取就没有快乐吗？答案当然是否定的。其实，积极进取、努力奋斗本身也是一种快乐，而且是一种更有深度更有价值更有意义的快乐。因为奋斗把你的人生潜能挖掘出来或者说释放出来了，用美国心理学家马斯洛的话说，你满足了人的最高精神需求——自我实现。这种快乐岂能是平庸的快乐所能比的？！

3. 您怎样看待“知足常乐”这句话？（兼答“世界上有没有最好的人生选择”）

问：铺天盖地的讲人生的书上都告诫我们要知足常乐，日常生活中差不多每个人也都喜欢说知足常乐，请问您对这句话的看法？

问：有人说知足好，有人说不知足好，那么到底哪个好？我们到底应该怎样做？世界上到底有没有最好的人生选择，有没有最好的人生方式？

答：我们在课堂上讨论过这问题，但今天在座的很多同学没有听过那节课，我把我的意思再简单叙述一下。

人，生而有欲，欲望的本性是无限增殖，永不满足。不满足的正面作用是促人奋斗，让人进取。不满足的负面是产生痛苦，永不满足就永远痛苦。痛苦的时间长了，人们聪明了，发现既然不满足是痛苦之源，那么消除了不满足不就没有痛苦了吗？！于是提出“知足常乐”的命题。知足常乐的正面作用是医治了永不知足的痛苦，但它的负面作用可能是满足现状，不思进取。事事知足，时时知足，无论哪种情况下都知足，那就没有任何进取的动力了。不努力不进取也就让人变得俗，世界也就一片灰色，趋于冷寂了。总之，不知足和知足，各有利弊，最好是能够互补，吸收双方之长，扬弃双方之短，即既要知足又要不知足。或者说既要知足又不可太知足，既要不知足又不可太不知足（用一个公式表达即“不可不，不可太”），让知足与不知足之间保持一种必要的张力，人就游移于这一张力场中。这应该是一种比较明智的选择。

但是——注意这里又是一个“但是”，如此理性而辩证的选择在理论上似乎完美无缺、无懈可击了，但在实践中依然难免有其弊病。其弊病是，没有了“极端”的偏执，也就没有了偏执的能量。我们看到，世上好多惊天动地的大事情、奇迹、伟业，往往是疯狂的“不知足”创造的。疯狂的“不知足”有一种不达目的宁可去跳楼的偏执，因而有一种无法想象的精神能量。很难设想，一个理智上很清醒很平衡的人会有如此强大的精神能量。

那么到底怎样才最好呢？经过上面的分析你可以看到，没有最好。世上的事情绝对是有一利必有一弊。由此可见，世界上好像没有绝对好的处世方法，没有只有“利”而没有“弊”的人生选择。如果有的话，人类经过几千年的人生领悟，肯定早就皈依到那种“最好”的选择上去了，都聪明世故没有痛苦了，万人一统了，那还是真实的人生真实的世界吗？

总之，没有最好，只有较好（相对来说）。当你选择了一种人生方式或人生态度，你就既要享受这种选择所带来的好处，又必须承担这种选择所带来的弊病。问题在于你如何尽可能地扬长避短罢了！

4. 你怎样看待郑板桥的“难得糊涂”？

问：你怎样看待郑板桥的“难得糊涂”？

答：我对郑板桥没有研究，因而这里我无法透彻地解说他，只说说我自己的肤浅理解。

我感到现在好多人对这句话做了望文生义的理解，实在是违背，甚至是歪曲了郑老先生的原意，太遗憾了。你看吧，大街小巷，书铺地摊，到处都在卖这四个字。一些人买去是凑趣玩玩，附庸风雅；有的人——主要是大大小小的官员，买去挂在卧室里，甚而至于办公室里，当作处世做官的座右铭。他们借此提醒自己，做官办事别太认真，别太原则，别太坚持，官场无所谓正义和原则，无所谓是也无所谓非，万事一笔糊涂账，一切以自己的利益为核心。在他们看来，郑板桥是在教人圆滑，世故，放弃原则。他们以自己"之心"，度郑氏"之腹"，对"难得糊涂"做了最肤浅最荒唐最与原意相悖的理解。板桥先生如活着，看着人们这样作践他，以他的脾气，非痛骂他们不可；要不就是捶胸顿足，扼腕长叹，后悔写下这遭人误解、被"不肖子孙"利用的四个字。

其实郑板桥的原意恰恰与上述官员的理解相反。郑板桥，一介书生，为人耿直狂放，一生关心民众疾苦，想以自己微薄之力为社会为百姓做些事情。他在潍县署中那首著名的画竹题诗就是他心灵的剖白："衙斋卧听萧萧竹，疑是民间疾苦声。些小吾曹州县吏，一枝一叶总关情。"但身处黑暗的社会腐败的官场，他的忠耿得不到理解，他的抱负得不到施展；而且他发现，愈是清醒愈有正义感的人愈困顿。对此他感到悲愤难抑，而又乏回天之力，没有办法他只好发牢骚。这就是迫使郑氏发出"难得糊涂"感叹的社会心理背景。明白这一点，就明白他的话是典型的激愤之词，是典型的正话反说，是无奈之极的自我嘲笑、自我调侃。他的"难得糊涂"其实是"我无法糊涂"，骨子里是对"装糊涂"的人的鄙视，是对自己无法糊涂的自嘲和调侃。鲁迅先生眼力透辟，他老人家一眼看出这四个字表现了名士的牢骚气。

说到这一点，我忽然联想起塞万提斯的《唐·吉诃德》。我总感到《唐·吉诃德》也表现了作者的牢骚，表现了作者作为一个理想主义者理想不能实现时悲愤难抑的自我调侃。据史料介绍，塞万提斯出生于一个贫穷的医生之家，小时候没有受过很好的教育，但有机会读了很多骑士小说，头脑里形成了非常狂热的为国捐躯的理想。他参加了无敌舰队，参加了多次反侵略的战争，在战争中表现出了足够的勇敢，屡立战功，得到元帅的嘉奖。可是当他拿着元帅的保荐书，做着即将成为将军的美梦时，在归国途中遇到海盗，被俘后被卖到阿尔及利亚，在那里做了五年苦工。当他回到自己国家的时候，很不幸，他的国家已经忘记了这位英雄。他连一个普通的工作都找不到，好不容易在无敌舰队里找到了一个军需职位。一次，他下乡催征粮食，被乡绅诬陷入狱。出狱后改做税吏。他把收上来的税存在银行里，偏偏这个银行倒闭了，塞万提斯因此第二次入狱。从监狱出来之后，穷困潦倒，一文不名。此时他已经人过中年，百事不成，万般无奈之下开始了《唐·吉诃德》的写作。

一个胸怀远大理想却一生倒霉的人，当他回首平生的时候，会有怎样的心态呢？他可能心情复杂，感慨万千：承认失败又不情愿，既后悔又不后悔，口头上激愤地否定自己而内心却可能恰恰相反。具体表现为自我嘲笑自我调侃——我这人啊，简直是一个疯子，一个傻瓜，一个活该倒霉的人。如果用一个艺术形象去表述，即活活一个唐·吉诃德。

自我嘲笑自我调侃，我感到比较接近塞万提斯创作《唐·吉诃德》时的心态。塞万提斯创造了唐·吉诃德但不等于唐·吉诃德，唐·吉诃德只是他表达自己情感的"意象"，他的情感的“客观对应物”。唐·吉诃德的精神中寄托着塞万提斯的理想，唐·吉诃德的“清醒”中暗含着塞万提斯的自嘲。

我感到郑板桥与塞万提斯有相通的地方，与一切坚持理想坚持正义而在现实中却困顿失败又死不甘心的人相通。这里贯注着一种悲壮的理想主义精神，这种精神、这种心态，绝非一帮庸人所能理解的。所以我希望同学们一定要按孟老夫子所说的“知人论世”的思路去理解郑板桥，切不可小小年纪就变得圆滑世故，庸俗不堪。

第十一讲 荒诞处境

莎士比亚在一首十四行诗里一口气列出十几种『不平事』(如，『休说是天才，偏生作乞丐；人道是草包，偏把金银戴；说什么信与义，眼见无人睬；道什么荣与辱，全是瞎安排；童贞可怜遭虐待，正义无端受掩埋』)，道尽了善恶颠倒、是非混淆的社会现象。莎士比亚控诉的『不平事』即现代哲学中所谓的『荒诞』。当然，后者外延大于前者。人生荒诞事多矣，兹举几例以证之。

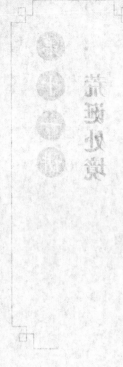

一、说违心话，办违心事

人生在世，处世做人，谁都不想说违心话做违心事，可是谁又能保证自己一生一世任何时候在任何事上都能不说违心话不做违心事呢？这里且不说人格有缺陷的邪人恶人说违心话做违心事，就是刚正不阿善良正直的人，在某些情况下也免不了说违心话做违心事。

作家孙春平的中篇小说《真太阳》(载《中篇小说选刊》，1999 年 2 月)中，就写了一个善良正直的好人不得不说违心话不得不办违心事的典型"案例"。

"我"(作品第一人称，以下取消引号)在一家早已萧条冷落的纺织研究所里工作，妻子是一家工厂的会计，女儿聪明活泼，学习努力，成绩优秀，初三学生。我和妻子一心想让女儿上市重点中学，因为重点中学高考的升学率在 90%左右，上了重点就等于一只脚跨进了大学校门。然而这又谈何容易！全市一万多考生，重点高中招生名额只有 360 人，竞争之激烈可想而知。以女儿的实力，考上重点应该是没有问题的。但因为同学晕倒在考场上她帮助照料，受到监考老师无理指责心情不好，所以没能发挥正常水平，结果以 0.5 分之差而被一刀切在重点中学录取分数线外。0.5 分，毫厘之微，真是命运的残忍捉弄，让人遗憾得心中发疼。

我和妻子不甘心，又是查分又是联系复读又是争取上"议价生"，均告失败。万般无奈认倒霉之际，女儿好朋友的父亲了解情况后愿助一臂之力。他说每年在向社会公布的正式指标之外都有增补(机动指标)，女儿分数紧贴录取线，争取一下或者有可能。我当然高兴。经他介绍认识了市教委办公室主任安某。经安某的运作，市教委招生办公室一伙人答应与我"聚一聚"，地点安排在本市最豪华的娱乐城瑶池。没办法，我只好以山珍海味、飞禽走兽之盛宴招待这些人。吃罢喝罢，我以为结束了，结果安主任又让我安排他们去桑拿部包间里娱乐。我恶心得想吐，我想骂他们个狗血喷头，我想像鲁提辖似地抡起拳头把他们打得三佛出世五窍窜烟，可是我什么都不敢做，只能低三下四地应酬他们。谁想在文化败类面前卑躬屈膝，用血汗钱伺候他们去呢？但没办法，孩子的命运掌握在这帮家伙手中，我有求于他们，不得不低头，不得不违心。

这个"违心"是"自觉"的，也是被迫的；是"自愿"的，也是痛楚的。有谁能体会到这种痛楚的背后包含着多么巨大的心灵搏斗和多大的人格牺牲啊！

《真太阳》讲的是家长为孩子上学的事而违心，那么其他人可以为其他事而违心，总之，违心说话和办事其实是社会生活中常见的一种现象和行为。

难道只有无权无势人微言轻的小人物才会说违心话做违心事吗？不一定。位尊权重甚至至高无上的大人物有时可能也不得不违心。

二、为崇高而低头

在这个题目下笔者想说的是，一个人目标崇高，动机伟大，但在肮脏龌龊的现实面前却无能为力，甚至惨遭失败，为了保住崇高目标，为了正义、责任、使命的实现，不得不先向现实妥协。

表现这一荒诞处境的作品很多，这里我向各位介绍一部当下的优秀长篇小说《沧浪之水》，作者阎真，湖南人。《沧浪之水》的主人公池大为，父亲是性情耿直仗义执言被打成右派后下放乡间的老中医，一生将历代先贤如孔、孟、屈原、司马迁等作为人生楷模，池大为深受其父影响。20世纪80年代初从北京中医学院研究生毕业后到某省卫生厅工作，开始很受厅长器重，安排到办公室历练。他满怀激情，决心要为天下苍生做一番事业。他坚持正义，对厅里不合理的事敢于直言，惹恼了厅长，被下放到中医学会坐冷板凳。转眼间六七年过去，池大为结婚生子，一系列现实生活困境摆在眼前：首先是地位低下，被势利小人瞧不起，处处受侮辱受欺负。他妻子怀孕上班挤车困难想调动到近一点的医院工作，低三下四求爷爷告奶奶无论如何办不成；三代人挤住在一间小房子，和岳母只隔一层布幔，让他别扭难受得无地自容；周围同事的儿子都能进省政府幼儿园而他的儿子进不去；儿子烧伤了，单位有车闲着也不让用，医院要求预交两千元住院费，他暂时交不出硬是住不了院，而势利小人的一句话帮他办成了。诸如此类，让他受到极大刺激。

他陷入空前的精神痛苦之中，他开始反省自己的做人原则：①在如此势利如此功利的社会环境下，自己还一味坚守心灵的纯洁，坚守人格和信仰，是不是迂腐？②自己本来满腔热情想为天下苍生为社会做点好事，可身份如此卑微，怎么实现？③多年来作为精神支柱的良知、责任、使命，是坚持还是放弃？坚持，自己的一生就无声无息灰飞烟灭，牺牲得毫无价值；放弃，放弃良知和使命生命还有什么价值和意义？他说，我不怕牺牲，但我害怕牺牲得毫无意义。人生短暂，转眼间一生就过去了，怎么办呢，人只有一辈子啊。在剧烈的痛苦中他选择了屈服和妥协。从此后他开始违心地逢迎，拍马，出卖，讨好，无所不为，短短几年，他坐上了厅长的宝座，得到了他想得到的一切，并利用自己的权力力所能及地办了一些自己想办的事，部分地实现了为社会做点好事的心愿。但面对盘根错节的游戏规则和习惯势力，他无可奈何，力不从心。

《沧浪之水》发表之后获得了广泛好评，获得了多种奖项。这部小说反映了20世纪90年代以至当下知识分子面临的精神困境和现实矛盾，即：理想与现实的矛盾，精神信仰与现实功利的矛盾，崇高目的与龌龊手段的矛盾。知识分子的特性倾向理想主义，但理想主义不能解决现实问题，知识分子不能等到现实理想化之后再进入其中。那么怎么办？是坚持清高而一无所为呢，还是利用游戏规则掌握权力而有所为？游戏规则排斥清高，那么要达到崇高的目的就必须采用并不高尚的手段吗？这些问题尖锐地摆在每个人面前，作者没有给出简单的结论，而是让读者思考。这些问题的解决靠体制的改革和整个社会的进步。

为崇高而卑微，为正义而妥协，难道仅仅是改革开放之后处于转型期的中国独有的现象吗？当然不是。历史上好像从来如此。中央电视台《百家讲坛》中蒙曼讲《长恨歌》时提到盛唐初期著名宰相张说，心有大志而且特有能力，想建功立业为国家出力，然而官职卑微力不从心，要想争取到一个能发挥自己力量实现理想的机会何其难也。这时他设计了一系列攀附权势人物的行为最终如愿以偿当上了宰相，为唐朝的繁荣昌盛做出了卓越的贡献。另外，北师大康震讲韩愈的时候也讲到韩愈在人微言轻官职卑微的时候，为了能发挥更大的作用，也曾放下身段，卑躬屈膝地向达官贵人妥协过。最终也实现了自己的目标。

由此可见，为崇高而卑微（为正义而妥协）似乎是一个普遍的人生问题，不完全是某个时代某个社会的特殊问题。对于这一问题的全面分析不符合本讲题旨，就此打住。

三、因善行而受困

行善，可以说具有普世性价值，为古今中外各种文化所公认，所提倡。但是，让人遗憾的是行善者有时候不但得不到好报，甚至还常常陷入困境，让人不得不发出沉重的感叹。

例如，一老人在大街上摔倒了，好心人上前把他扶起来，老人不但不感激感谢，反而抓住不放，说扶他的撞了他，让赔医药费，等等，以至于弄到如今人们再遇到这种情况首先不是考虑救助，而是拍照留下证据，再去救助；或者一走了之，或旁观等警察。这类事已经成为世风败坏的典型例证，此处不予评论。这里我向各位介绍另一类为行善而陷入困境的例子。

我这里有一中篇小说《报恩》（刘国强《北京文学》2008 年第 7 期），主人公钱大库出生在辽宁北部极为贫穷的深山区，钱大库天资聪明又极为刻苦，多年艰难拼搏终于考上了北京一所大学的计算机专业。然而考上了却没钱上学，父子俩也远远凑不够学费。正当他们准备放弃的时候，周围人知道了，纷纷来解囊相助。先是老师、亲戚，而后是全村人捐款，于是十元二十元的拿来了，也有一元的，还有不少是零角和硬币。这让钱大库一家感动坏了，爸妈对儿子说，这是乡亲们的心啊，将来你出息了一定要报答大伙啊！钱大库面向所有恩人长跪不起，叩头感谢所有人，发誓一定好好读书，学成归来一定报答你们的恩情。

为节省路费，钱大库在北京连续上了七年学没有回家，毕业后本来可以留北京工作，但为了更方便报答乡亲的恩情回到了沈阳。由于能力超强，工作努力，除工资外很快又拿到奖金五万元。春节期间回家拿这钱一一还了乡亲，还资助了村里更困难的人。

回到沈阳，钱大库拼命工作，买了房结了婚，日子过得充实而幸福。但知道他发迹的乡亲们不断地来找他，有的向他借钱，有的让他帮助找工作，吃在他家住在他家，在工地上出事故住院他要出钱，还要帮助打官司。乱七八糟的事搅乱了他的生活，他整天穷于应付，甚至穷到没钱买菜吃。妻子怀孕了，几次三番想让他陪着到医院检查一次，但每次他都因帮助乡亲的事耽搁，妻子一个人在检查途中遭自行车撞而流产。痛苦不堪的妻子终于忍无可忍和他离了婚。不久父亲来电话，要求他凑八千块钱给舅舅，为了他上学，舅舅把为大儿子结婚的钱给了他，现在舅舅的二儿子结婚缺钱用，父亲要求他无论如何要给舅舅八千块钱。此时的钱大库因为诸事闹心导致工作失误被老板炒了鱿鱼，没有办法，为了筹措这笔钱，钱大库只好去建筑工地扛水泥扛沙包，还曾经不止一次去卖血。倒卖汽车的犯罪团伙知道他曾经是研究生，想利用他的人脉资源卖汽车。钱大库不明就里入了伙，还没收到第一笔提成的钱就被警察带走了。

钱大库的人生悲剧令人感叹和惋惜。在他身上所表现的“受人滴水之恩，当以涌泉相报”的传统美德让人敬佩，但他的不幸遭遇所包含的人生困境也引人深思。人生在世，难免会遇到人情之累，甚至常常被人情压得喘不过气来。钱大库就是被这种人情债压垮了。当然我们也可以说钱大库过于迂腐了，还情还得过分了，离谱了，以至于牺牲了自己。是的，从钱大库这方面来说确有处理失当的地方，但乡亲们的贪婪索取是不是也有责任呢？

如果说钱大库“因善行而受困”是被动的，无奈的，因而陷入窘境是逃不脱的，那么主动行善又怎样呢？前东德著名剧作家布莱希特的《四川好人》回答了这一问题。

《四川好人》的情节如下：三位神仙走遍天下寻找好人而不得，后来到中国四川首府，好不容易找到一位好人，这就是妓女沈德。她在房东“如果明天早上不把房租凑够就得滚蛋”的威胁下，宁愿放弃一个赚钱的机会而收留了怎么也找不到住处的三位神仙。神仙十分感动，为了报答沈德的好心，留给她一千块银圆让她维持生计。沈德用这笔钱买下了一间烟店。她乐善好施，喜欢周济穷人，于是很快招来一批街坊邻居、街头乞丐，包括曾因交不起房租而把她撵到街头的老房东。这批不三不四的人在她的小店白吃白喝白住，还向她借钱财甚至讹诈。沈德的小店刚开张就已面临危机。就连这批人也感到这样下去不行，对沈德说：“你这样开店，用不了三天就得关门大吉”，“你这个人太好，好过了头。你要是想保住这个铺子，就不能菩萨心肠，有求必应”。这时，沈德又好心救了一个名叫杨逊的失业飞行员并爱上了他。为了帮他找到工作，她借了二百元钱给他并打算卖掉自己的小店。但这小子却无情无义，不但不知感恩，反而利用她对他的爱情向她行骗。

就在烟店将要倒闭破产之时，沈德从那帮寄食者的暗示中受到启发，摇身一变“幻化”为一个青年男子，自称是沈德的表哥崔达，出来收拾残局。崔达冷面无情，下令“白给白送的施舍应当停办”。“他”借款租房开办了烟厂，雇用原来那批人做工。“他”管理手段严厉，不滥施恩。烟厂迅速发达。“他”又开始暗中给穷人施饭发粥，继续慈善事业。但“他”的冷酷无情使人们怀念仁慈和善的沈德，有人怀疑是“他”谋杀了沈德，把“他”告上法庭。在法庭上，崔达没有办法，只好恢复沈德本来面目。面对众人的质问，沈德说：“我就是沈德。崔达就是我，沈德也是我。神明告诫，要做好人又要活，恰似落雷，把我劈成两半。不知何故，厚人又厚己，不能同时做；助人又助己，我力难胜任。”“一颗婆心千斤重，把我压入地下藏。我一狠心当财主，威风凛凛酒肉香！你们世界肯定不对头，为啥好人受严惩，坏人得犒赏？”面对沈德的困惑和疑问，神仙也不知怎么回答，只好说些“只要你人好，一切都好办”之类不着边际的空话赶快逃身。

《四川好人》明显是一出寓意剧，提出的问题就是沈德的困惑：怎样才能既行善又能生存；怎样才能既要当好人，又能活下去。或者说为什么要达到行善的目的却必须用“恶”做手段。对于这一困惑，布莱希特也不知该怎么办，他把问题留给观众。剧本提出的问题不可能有完美的答案，因为实质上它是人类生活中普遍存在的又一个两难困境。

四、君子斗不过小人

君子斗不过小人,或者换个说法——好人斗不过坏人,一听这题目就会感到很荒诞。因为按常理,应该是君子斗过小人,好人斗过坏人,可是让人感到困惑和无奈的事实是,君子常常斗不过小人,好人常常斗不过坏人。请注意我的提法,"常常斗不过",是"常常"而不是"永远",也不是"必然",只是说君子与小人斗,小人胜利的时候多,而君子胜利的时候少;小人胜利的概率大,而君子胜利的概率小。

如果要举例子,则整个人类历史,中国历史,文学艺术史,以及现实生活中到处都是。作为众所周知的例子,例如屈原、苏东坡等。关于苏东坡的遭遇,余秋雨曾专门写过文章,题目叫《苏东坡突围》,突什么"围",突小人围攻之围。余氏文章详细介绍了苏东坡遭群小围攻陷害的过程及原因,有兴趣的读者可以找来一读。限于篇幅,略而不述了。

苏东坡的冤案是君子斗不过小人的经典案例。对于君子斗不过小人的现实,苏东坡其实是有清醒的认识的。他在为宋代宰相富弼撰写的碑文(《富郑公(弼)神道碑》)引富弼之言说:"(公)常言:'君子小人如冰炭,绝不可以同器,若兼收并用,则小人必胜'。""君子与小人并处,其势必不胜。"那么,君子为什么斗不过小人,小人必胜呢?富弼的分析是,君子为道,小人为利,利之所在势在必得,所以疯狂而不顾一切,必胜而后已;其次是君子谦让而多所顾忌,处处讲究君子之道,而小人则不择手段,从无顾忌,"我是流氓我怕谁",斗起来如疯狗必欲置君子于死地而后快。富弼的分析应该说是准确的,古代屈原、苏东坡、岳飞等无数人的遭遇,莫不如此。

君子斗不过小人,古代如此,现代也如此——如果嫌结论过于绝对的话,那么最起码是有的地方有些时候如此。著名作家张平的长篇小说《国家干部》的中心情节差不多就是一个"君子斗不过小人"的故事。

嶝江市委副书记、常务副市长夏中民,是一个典型的焦裕禄、孔繁森式的好干部,任职八年来一心扑在工作上,赢得广大干部群众的信任和拥护。曾连续三年被上级市委推荐为市长候选人;连续四次被推举为优秀基层青年领导干部;被评为全省"十佳杰出青年干部"。然而就是这样一个在群众中有口皆碑的好干部竟然在市党代会上落选,被逐出领导班子(作品结尾,在广大群众强烈要求下省委出面解决了嶝江的问题)。他的落选是地方势力、宗派势力组成的既得利益集团陷害的结果。这群小人丧心病狂,多年来结伙上蹿下跳告黑状,混淆视听,不顾一切造谣、诬蔑、攻击、陷害夏中民,千方百计要把他赶出嶝江。

夏中民之所以受陷害,群众总结的原因是三条:一是工作干得太多,政绩过于突出。二是正派、廉洁,给人以"鹤立鸡群"之感。三是全身心为老百姓办事,太受群众拥护。省委副书记、纪检委书记的总结也是三条:第一是好干部得罪的人多,特别是会得罪那些有问题的干部、腐败干部。这些人能量大得很,自然就会千方百计告你,骂你,攻击你,甚至公开站出来找你的问题。第二是好干部不会打击报复那些上访举报、状告自己的人。即使你诬陷了我，诽谤了我，那也一样可以容忍，可以不予理睬。第三是好干部根本没有时间顾及这些问题，好干部都是干实事的，整天忙得脚不沾地，顾不上自己的事情。

总之，君子斗不过小人可以说是一个古今皆然的问题，至于原因也大同小异，既有现实的、社会的，即政治的、制度方面的；又有人性的、心理方面的。所以要消除这种荒诞现象，既要从社会政治层面入手，也要从思想教育，提高人的精神素质方面入手。

五、好人没有得到好报

好人，按常理当然应该得到好报——积善因必有善果，好人一生平安。然而令人遗憾的是，生活常有不按常理出牌的事，好人没有得到好报的情况也很普遍。“应该”而“没有”，这就是荒诞，令人十分的愤慨和无奈。现实生活中的例子就不列举了，每人身边甚至自己身上都会发生这种事情。现在我给读者举一个文学作品中的典型例子加以讨论。

张平的小说《国家干部》中，嶝江市委办公室副主任马韦谨是一个典型的好人。他不抽烟，不喝酒，不会跳舞，不会打牌摸麻将，从没摸过保龄球，从未洗过一次桑拿浴，从未进过一次洗脚屋，几乎没有任何嗜好和业余爱好。他对工作兢兢业业，认真负责，业务能力强。他从二十四岁大学毕业分配到市委写材料已经将近二十年。他写的材料和讲话稿全面稳妥，把握政策恰到好处，从不出差错。而且，他还任劳任怨，分内之外又为诸多领导或同事服务，不管谁让他帮助写材料他都从不推脱。马韦谨还自律甚严，从不利用自己的位置为自己的事给领导找麻烦，所以老婆是个工人一直没有转干，早已处于半下岗状态，每月三分之一的工资半年也不一定能领到。他自己每月六百元必须给父母、岳父母各一百元，给孩子上学二百元，余下二百元支撑日常开销，日子过得紧紧巴巴，入不敷出。一家三口住三十多平方米的旧楼房多少年没有变。“所以囊中羞涩的马韦谨终日企盼的就是提工资，就是尽快能被提拔。然而让马韦谨怎么也抬不起头来，让妻子终日喋喋不休埋怨不尽的偏是这一点，马韦谨终日勤勤恳恳，兢兢业业，埋头苦干，任劳任怨，从科员到副科长再到科长几乎是十年一个台阶！越想着提拔，越是提拔不起来！平日里人人都夸他表扬他，领导们也人人都说他是个好干部，然而一到了提拔的时候，尽管他整日就在这些领导们身边，领导们每天仍然都念着他的稿子，看着他的材料，但几乎所有的领导好像都想不起他，所有的领导好像都忘记了他的存在！”

好不容易逮住一个机会，办公室主任提拔了，他有希望上去了，而且市委副书记、常务副市长已经在全市人事大会上公开表扬了他，所有人都认为办公室主任的位子非他莫属了。就在人们都开始向他祝贺要他请客，他自己也感到终于熬出了头的时候，他被领导叫去谈话说这次提拔的不是他而是办公室另一个人齐晓昶，领导要求他正确理解和对待上级的安排，一定要配合好新主任的工作。他的渴盼又一次落空了。

那么新提拔的齐晓昶是什么人呢？此人刚刚三十出头，一没学历，二没军龄，三没任何本事特长，纯粹就是一个街头混混。后来不知怎么就去了街道办事处，因为嫖娼赌博，被留职察看。两年后不知什么原因被提升为某镇办公室主任，入党，再因涉嫌贪污、挪用公款和生活作风问题受到党内和行政记大过处分。再后来曾辗转在多个单位任职，每次都因胡作非为受处分。三十出头的齐晓昶有五套住房，两辆小车，三个情妇。总之，这家伙是个“头上长疮，脚底流脓，里里外外都坏透了的毛头小子，简直就是一个吃喝嫖赌抽，坑蒙拐骗偷，五毒俱全，无恶不作的流氓无赖！”然而就是这个一不会写材料，二不会搞调查，三不会打电脑，连字也写得极差的流氓无赖，竟然几起几落，最终混成了嶝江市委办公室主任，成了老实能干的资深办公室副主任马韦谨的顶头上司。这样天理不容的事情让马韦谨怎么想得通?！不仅如此，马韦谨还受到了齐晓昶的威胁和羞辱，他终于忍无可忍撞火车自杀了。

一个忠厚老诚勤奋能干的党的好干部竟然栽在一个流氓无赖手里，什么原因呢？齐晓昶道出了其中的奥秘。在将要宣布齐晓昶任主任的头天晚上，齐晓昶找马韦谨喝酒，向马韦谨解释造成这一结果的原因。齐晓昶说，马韦谨下去他上去是必然的，因为马韦谨不适应领导的意图，而他则是领导得心应手的工具、忠顺的奴才。总结齐晓昶的话，他的成功原因主要有以下两点：一是领导腐败需要他这种人帮助干坏事；二是腐败领导出了事他会为他们死扛着，以生命保他们过关。

听了齐晓昶的解释大家感觉怎么样？看来坏人自有坏人的道理，正应了那句老话——“存在的都是合理的”——任何事物只要存在了总是有原因的。从齐晓昶的解释里我们可以得出这样几个结论。第一，好人未能得到好报，坏人得意猖狂，明显的原因是社会风气太坏了，社会为坏人提供了活动的环境。正如齐晓昶说的：“你（马韦谨）本来是个大好人，可如果你周围的人都是坏人，那你在坏人眼里还会是好人？反过来，我在你眼里是个坏人，可在周围这些人眼里那可就成了大好人。”第二，制度层面上的干部选拔体制出问题了。齐晓昶背后是一个既得利益集团，他们沆瀣一气狼狈为奸，为了维护集团的私利，公然利用所谓的“组织程序”把齐晓昶这样的人提拔起来。第三，从深层次，即人性的层面讲，是领导内心深处的“恶”需要释放，需要实现，因而他们需要小人、恶人为他们服务。这可以解释历朝历代皇帝（以及任何层级的领导）身边总少不了小人、坏人、恶人，因为他们臭味相投，同气相求，所以皇帝对正直耿直的人总是敬而远之，而对小人、坏人、恶人总是亲而近之。

只要掌握命运的人的人性深处恶还存在，好人不得好报、坏人得意猖狂的荒诞事还会继续发生。所以这不仅仅是个社会问题，更是一个值得深思的人生问题。

对话人生实录

1. 许多道理相互冲突，我们该怎么办？

问：我们毕竟太年轻了，我们正处于受教育的阶段，可是有时候我们所听到的道理往往是相互冲突的，如有人告诉我们对待生活要严肃要认真，可又有人告诉我们人生不过是一场流动的电影，不要对它太严肃太认真；有人告诉我们应该知足，有人告诉我们不应该知足；有人告诉我们应该坚持，有人告诉我们要懂得放弃；有人告诉我们应该有自己的梦想，有人告诫我们不要成为一个追梦的人；诸如此类，我们到底应该怎么办？

答：是的，我年轻时候也遇到过你这样的困惑，我也发现许多道理互相打架，让人无所适从。后来知道我们生活在一个道理的网络之中，网络纵横交错，让人不容易一下子理清。毛泽东也发现这个问题了，他说红卫兵们在利用他的语录打仗。毛泽东的解决办法是告诉人们，世界上有大道理有小道理，要用大道理管小道理。——这本身又是一个道理。这从逻辑上是讲得通的，让人清楚明白，可是一遇到具体问题就又不清楚了，因为很难弄清什么是大道理什么又是小道理，谁都认为自己坚持的是大道理。再后来呢？再后来我从哲学中发现一个毛泽东所谓的"大道理"，即**具体问题具体分析**。世界上的道理都有它特定的前提，有它的适用范围，超越了这一范围就会走向反面，正如列宁说的真理再向前多走一步就是谬误。世界上的事情都是特殊的个别的具体的，有其特殊情境特殊条件，而道理则是共性的普遍的抽象的，离开具体的道理总是空洞的。有人不顾具体情况，只知照搬大道理，这就是所谓的教条主义和本本主义。

有鉴于上述"道理"(又是一个道理)，当你遇到道理互相冲突、无所适从的时候，你谁也别问，你就具体分析你所面对的问题。一旦面对了具体问题，应该怎么办可能就会有些眉目。这是一个基本的思想方法，一定要学会。

对不起，我没有回答你任何一个具体问题，只笼笼统统讲了一通道理。因为我们没有一个具体的案例供分析，也只能这样了。

2. 怎样理解西方文学作品中的"上帝"？

问：西方文学作品中，老是出现"上帝"这个词，他们真的相信天堂里坐着一个主宰人的命运祸福的上帝吗？

答：我看不一定！这牵涉到对西方人社会生活尤其是精神生活的理解。西方人信仰基督教，虔诚的基督教徒会对上帝的真实存在深信不疑。但就我所见，许多作家笔下的上帝并非是坐在天堂主宰人间祸福的人格神，而是指人的良心，人的神性，人内心深处的道德律令。

例如，雨果在《悲惨世界》中写过冉阿让内心深处一场惊心动魄的灵魂激战。已经隐姓埋名多年而且当了市长的冉阿让，偶然听说一个叫商马第的老头因偷苹果被逮捕入狱，在监狱里被同室囚犯指认为旧犯冉阿让，为此可能被判终身监禁。冉阿让知道这是冤案，但要昭雪必须自己去自首，而自己又是警察追捕的人。去，还是不去？不去，谁也不知道，但良心不安。就在去与不去之间，冉阿让开始了两种心理力量的激烈斗争。斗争的结果是去，促使他下决心的是"上帝"。这个"上帝"，雨果写得明白，就是他自己的良心。而这个良心，就是每个人心中神性的自我，或自我中的神性。康德说："有两种东西，我们愈时常、愈反复加以思维，它们就给人心灌注了时时在翻新、有加无已的赞叹和敬畏：**头上的星空和内心的道德法则**。"康德所说的"内心的道德法则"即良心，即人的神性。这种意义上的神和上帝，从性质上看，绝不是有意志、有实体的人格神，而毋宁说是一种纯洁完美、至高无上的精神偶像，或者说是一种至高无上的精神信仰，一种绝对的道德律令。说到底其实是人自己，是人的自身精神追求的人格化。因为它是一种精神存在，所以你信它，它就有；你不信它，它就没有，它存在于人的信仰之中。人心中有没有这个信仰是大不一样的。有，就说明你的一切行为有了根据，有了方向，有了道德警察，灵魂有了归宿。冉阿让在这场心灵激战中一路犹豫又一路坚定，一路迷茫又一路清醒，就因为他心中有一个"神"。"神"在谁也看不见的地方呼唤他，指引他，在冥冥之中为他导航。在他心里，"神"是无形的，但威慑力却是强大的。只要有"神"在场，无论你有多少犹豫和不情愿，最后都要听从它的指令。

以上我仅仅以雨果为例，谈了对西方作家笔下"上帝"的理解。我以为这可以解释许多作家的作品，如托尔斯泰、陀思妥耶夫斯基等。

3. 聂赫留朵夫的形象现在还有意义吗？

问：托尔斯泰笔下的聂赫留朵夫是一个具有极高道德境界的人，让人望尘莫及，完全像个圣徒，一般人很难达到，让人感到不太现实，这种形象在现在还有意义吗？

答：诚然，聂赫留朵夫的精神境界高于社会一般道德水平线，即高于常态太远，因而高不可攀，社会无法以他的境界来要求每个成员。但我们也不能据此就断言生活中就没有这种人。不多是肯定的，但不是绝对没有。退一步至一万步，就说聂赫留朵夫不具有普遍仿效价值，也不能说聂氏形象就丧失了现实意义。恰恰相反，笔者认为，**聂氏的真正价值不在于让人效仿，而在于让人仰望**。"不现实"恰恰是他的优点而不是缺点，是他的真正价值和意义之所在。

道理其实很简单：一个人、一个民族、一个社会的精神构成是复杂多样的，因而精神需求也是复杂多样的。既需要有指导现实行为的思想，也需要有引导精神向往的思想；既需要有切近生存的可以照着“做”的思想,也需要有远离生存的体现精神追求的思想。前者“实”,后者“虚”。前者具有付诸行动的实践价值,可以在现实生活中贯彻落实;后者只具有精神感召价值,它对现实的意义是间接的而不是直接的。在人类的精神坐标上,代表精神追求的思想,在水平的维度上,处在超前的位置上,表现为强大的吸引力,吸引人们向着理想境界前进;在垂直的维度上,则处在超拔的位置上,表现为一种强大的提升力,提升人的思想不致向下沉沦与堕落。

平心而论,聂赫留朵夫所体现的精神高度,现实生活中的平常人是很难模仿很难达到的,因而不具有规范行为的实践性,不具有广泛普及的现实性。它的根本意义在于,作为一种精神境界虚悬于人们心头,无形中起着一种警示和提醒作用。古人说的“高山仰止,景行行止;虽不能至,心向往之”,指的就是这种作用。理想境界对人类思想具有强大的感染力、感化力、吸引力。有史以来人类就在理想境界的追求中一步步迈向文明的新台阶。对于理想境界,人类只能逐渐靠近却永远不能达到,它可望而不可即,永远虚悬在人类精神追求的前方或上方,牵引和提升着人类进行精神爬坡。说到底,理想境界的设置原就是为了树立一个崇高的目标,从而引出不断追求的过程。

仔细想一想人类历史上那些超拔高蹈的思想,以及体现理想境界的文艺作品所起到的不都是一种感召作用吗?冉阿让的宽善情怀,平常人很难企及,但平常人一想起冉阿让心灵中一般都会有所感动,都会不自觉地变得更多一些同情心和怜悯心。聂赫留朵夫真诚的忏悔,舍弃一切、追求道德自我完善的崇高行为,一般人也不容易做到。但心中有了一个聂赫留朵夫作参照,当你做了错事时,大约会主动多一分自我谴责、自我忏悔,因而灵魂多一分净化。总之,理想境界的价值就像是精神的砝码,在心灵的这一端压上它,另一端就会从陷溺沉沦中逐渐翘起来,由一边倒变成相对的平衡。我们完全可以肯定的是,一个心中悬着崇高境界并心向往之的人,与一个根本不知理想、崇高为何物而只是一味沉溺不知反省的人是绝对不一样的。

总之,正如自然界需要生态平衡一样,精神界也需要“心态”平衡。既需要有务实的思想,也需要有超拔务虚的思想。只有两方面都存在,才能形成一个张力场。在这一张力结构中,两端相互制衡相互补充,这才是健全的精神状态和心灵状态。只有一方面,精神天平必然失去平衡,导致精神病态。一个人如此,一个民族一个社会亦如此。

说到这儿我向各位介绍一则资料。20世纪80年代末有人曾在美国读者中调查他们最喜欢的作家和作品,其中托尔斯泰名列前茅,《复活》自然也在其中。20世纪末美国读者仍然喜欢托尔斯泰,我想恐怕主要不在于或不完全在于他揭露了沙皇俄国时代社会的腐败、统治者的罪恶。这些东西具有特定的时空性,随着时代的变迁,其意义在逐渐减弱、淡化,然而聂氏沉沦——犯罪——复活的精神历程却是超越时代、超越社会、超越民族的。人们外在的生存环境因时因地因人而异,但人们内在的精神困境却永远相近相通。所以,聂赫留朵夫的形象至今仍有现实意义,而且还有将来意义。后现代氛围中的美国人当然没人再去“模仿”聂赫留朵夫,但沉沦中的人想一想聂赫留朵夫,心中仍不免有所震动。这点小小的震动当然不足以改变人们的生活模式和轨道，但起码能让人对自己的生活和精神状态有所反思，有所清醒，因而内心有所变化，这就够了。一部小说，你能指望它救世么?!

4. 什么是浮士德精神?

问：我不是中文系学生，但常听说一个词叫"浮士德精神"，我知道《浮士德》是歌德的一部大作，可是没有读过，您能介绍一下什么是浮士德精神吗?

答：我以为歌德最伟大的贡献在于创造或者说表现了一种崇高伟大的人类精神——浮士德精神。浮士德本是一名在书斋皓首穷经做学问的书生，但成年累月的书斋生涯让他感到苦闷无聊，生命毫无意义。恰在这时，魔鬼梅非斯特出现和他谈判打赌，答应把他从书斋中解放出来，情愿当他的奴仆，为他服务，尽最大努力帮助他实现他想实现的一切欲望。但条件是当他感到满足时，他就算输了，灵魂归魔鬼所有，来世为魔鬼服务。浮士德深谙生命的奥秘：人的欲望是永远不可能满足的，因此他相信自己永远不会满足也就永远不会输，于是毅然签下这个约，从此开始了后半生尽情释放生命活力，永无休止的追求历程。

一般文学史书将浮士德的追求经历归纳为五场悲剧：知识（书斋生活）、爱情（世俗生活）、从政（官场生活）、美（追求艺术）、事业（建立人间理想国）。歌德以以上表意性的经历，象征性地传达了他对人生意义的理解——人生是一个过程，人生的意义不在于任何一个具体的、现实的目标的实现，而在每时每刻都必须重新开始的永无穷尽的向上追求中。每一个具体的现实的目标都是有限的，如果执着于其中就会导致生命的停滞，就等于生命的死亡，因而必须自强不息，永远追求。而这，也就是生命的真相，人的生存的真相，浮士德将这一真相传达得淋漓尽致。浮士德自强不息、永远追求的性格内涵被提炼抽象为"浮士德精神"。

关于浮士德精神，具有多重的象征意义。首先，它是作者歌德本人心路历程的艺术化。实际生活中的歌德本人，是一个天性好动，喜欢创造，热心体验各种生活，永无休止地追求的人。浮士德每一阶段的探索都和歌德本人的生活经历，尤其是精神生活的发展有着若隐若现的关系，都渗透着歌德的人生体验和思考。所以论者一般都视浮士德为歌德心路历程的象征。其次，浮士德的性格代表了上升时期资产阶级先进知识分子顽强奋斗、积极进取的精神，所以人们又把浮士德的心灵史视为近代欧洲三百年资产阶级精神发展史。再次，我们更感兴趣的是，从终极角度看，浮士德的形象具有超越个人、超越时代、超越阶级、超越民族、超越任何时空的性质，即他的心灵史也可以视为整个人类的心灵生活史。我们之所以这样说，是因为它内在的精神实质更符合人的本能、人的天性。人的生命、人的精神的本质特征就是发展、变化、运动，因而必须永无休止地追求，在追求中释放生命的能量，让生命在追求中得到自我实现。一旦停止发展，就意味着生命到了尽头。当然，作为个人，抑或人类，可能有沉沦或堕落的时候，但生命要求运动要求发展的内在本质终会自然生长出来克服之而继续前行。歌德深谙人性这一弱点，他借天主之口说，"人类的活动劲头过于容易放松，他们往往喜爱绝对的安闲"。怎么办？歌德借助天主，安排永不安分、永远充满活力的梅非斯特来做浮士德的伙伴，以刺激他内心深处的生命活力。这种安排，表面上看起来浮士德和魔鬼是两个人，而实质是一个人。魔鬼不是别的，正是人天性中永不知满足的一面，与惰性相对立的另一面。所以，浮士德精神其实正是人类自己的精神。从这个意义上说，浮士德是德意志民族的集体无意识，也是全人类的集体无意识。正是这个原因，浮士德形象一经创造出来，立刻引起接受者的广泛注意和普遍喜欢，人们从他身上好像看到了自己的影子，从此浮士德作为一个经典形象走进德国人、欧洲人，现在是全人类的心中。在此之前，人们也在努力，也在奋斗，但都是自发的，盲目的，是生命本身的意志。自从有了《浮士德》，人们才一下子清醒了。明白了作为人，就应该像浮士德那样活着；作为生命，就应该永无穷尽地运动、发展。这，就是生命的意义，生命的价值。

浮士德形象对后世影响甚远，浮士德精神早已深入人心。人生的意义在于永无穷尽地追求已基本成为当今世界人们的共识。浮士德精神作为一种象征符号已经载入人类文学史、精神史和文明史，激励人们永远拼搏，永远奋斗，永远追求向上。

第十二讲 人生围城

说起围城，自然想起钱钟书先生的小说《围城》，围城是小说的核心意象，也是中心主旨：人生犹如『围城』——城外的人想冲进去，城里的人想逃出来，结婚也罢，职业也罢，人生万事，概莫能外。钱钟书眼光老辣独到，对人生的这一判断，悲观中透着深邃，实在是悟道之言。围城让人苦恼，因而如何应对就成为人的精神生活中一件大事。应对的前提是认识，本讲顺着钱钟书先生的思路，挖掘并讨论几个与我们心灵生活紧密相关的人生围城。人生中围城无处不在，限于篇幅，聊举几例以证之。

一、"名利"的围城

说到"名利"二字，立马想到以这二字做书名的世界名著《名利场》(英国作家萨克雷)，想到书中女主角利蓓加的人生轨迹。

洋洋洒洒六十多万字(中文)的长篇小说，大结局时叙述人(隐含作者)以这样一段感慨作结："唉，浮名浮利，一切虚空！我们这些人里面谁是真正快活的？谁是称心如意的？就算当时遂了心愿，过后还不是照样不满意？"

这段颇有深度的人生感慨，既是对书中人物命运的总结，也是说给读者听的人生教益。它指出浮名浮利的虚无，或者说无意义，因而不值得舍命去追求，人生总有缺憾，没有什么人的生活是十全十美万事如意的。

这样的人生教益是从书中所有人的人生，尤其是从第一女主角利蓓加的人生轨迹中提炼出来的。利蓓加出身贫寒，但性格倔强，聪明能干，为人做事有手段，有心计，有主意。面对花花世界的诱惑，她不安于自己的地位，千方百计想改变自己的处境，一心要攀高枝，爬到上流社会去。于是调动聪明才智，无论走到哪里都善于察言观色，花言巧语，巴结逢迎，为自己谋利。终于，阴差阳错，风云际会，利蓓加竟然不可思议地跻身于上流社会，不但出入于贵族宴会与舞厅，而且出入于法国和英国王宫，一时间成为贵族社交场上的"明珠"，风光无限，尽享了上流社会的荣耀。

然而，利蓓加一无家世根基，二无经济基础，她的荣耀全靠不光彩的手段得来。就好比沙滩上的高楼大厦，风浪一来，随时都会坍塌。果不其然，她与侯爵勾勾搭搭情意缠绵之时被丈夫撞见，旋即传遍名利场，从此名誉丢尽，为众人唾弃，再次跌入底层，直至被迫出走异国他乡，过起乞丐似的流浪生活。

无限凄惨落魄之际，利蓓加遇到了闺蜜爱米丽亚的哥哥乔斯，真真假假的一串故事打动了乔斯和爱米丽亚的心，在他们的帮助下重新回到正常人的生活轨道。乔斯死后，利蓓加获赠他的部分遗产和儿子所给的生活费，从此生活有了保障。回顾平生跌宕起伏的人生际遇，利蓓加感慨万千，改心向善。从此热心宗教和慈善事业，经常上教堂。在所有大善士的名单上，总少不了她的名字。对于需要帮助的穷苦人，她是一个靠得住的、慷慨的施主。在为穷人开的义卖会上，她总有份，每回守着摊子帮忙。

利蓓加变了，真诚地变了(从叙述笔调看，没有任何讽刺的意思)。对于这一变化，知道她底细的人可能觉得突然和不可思议——如爱米丽亚一家在义卖会上看见她后，慌慌张张地跑了。看到他们的反应，利蓓加"低下眼睛稳重地笑了一笑"。这是意味深长的一笑，内涵丰富的一笑。从这一笑，我们可以看出她内心的成熟和淡定，不然何来"稳重地笑"?! 这说明她已不在乎别人对她的看法，而只在乎自己的内心；说明她已经幡然悔悟，意识到昨日之追求皆属虚空，她已经与过去诀别，开始新的生活了。

利蓓加从底层起步，一步一步登上社会金字塔的顶峰，又跌入地狱似的深渊，最后又回归普通人的正常生活。转了一个圈，又回到起点上。早知今日，何必当初？但不一样，转了一个圈看似回到原点，其实是螺旋式上升了一个层次。转了一个圈终于悟到原来追求的东西之虚妄和无意义，悟到为他人行善的生活才是真正值得过的生活。只有在这里，才能找到生命的意义，找到灵魂的归宿。

利蓓加的改变也许有点突然，也许有作家让她为自己代言的意思。但细想起来，也是有生活基础的。首先，利蓓加不是笨人，而是聪明伶俐有头脑有思想的人。她的思想和主意常常让她身边的人佩服不已。别的不说，屡经不利局面而从不沮丧，总能乐观坚强地面对生活，就说明她是有主见的人。这样一个人，回首过山车似的人生经历，发现一向苦心追求的东西原来是虚名浮利，像海市蜃楼一样容易云散，像泡沫一样容易破灭，因而不值得追求。这样的人生感悟，对于利蓓加来说，不是没有可能，而是完全可能的。其次，符合心理逻辑。虚名浮利，像流光溢彩一样迷人，天然地契合人性的弱点，对每个人都是巨大的诱惑。面对如此"美好"的东西，无论谁都想得到。得不到时心痒难耐，痛苦忧愁，乃至"羡慕嫉妒恨"。然而一旦到手，聪明人发现原来不过如此，富贵荣耀背后隐藏着无限悲凉、无限心酸。这样他们就会反思，原来的拼命追求，原来物质、精神乃至灵魂上的付出是否值得。于是生出"浮名浮利，一切虚空"的人生感慨。如此看来，虚名浮利原本就是一座"围城"，城外的人想冲进去，城里的人想冲出来。

除利蓓加外，萨克雷还写了奥斯本、赛特笠、克劳莱等几个家族几代人命运的起伏变迁，让我们看到他们虽然一代又一代都在追求虚名浮利，但没有哪一家、哪个人的人生是顺心得意，没有缺憾的。这样描写似乎是在印证他对人生的悟解："时间像苍老的、冷静的讽刺家，它那忧郁的微笑仿佛在说：'人类啊，看看你们追求的东西多么无聊，你们追求那些东西的人也多么无聊'。"

作品中的利蓓加幡然悔悟了，然而，利蓓加的精神子孙还在，他们能听懂萨克雷先生的教诲，从而汲取其人生教训吗？

二、"物欲"的围城

物欲，作为人生最基础的欲望，其基本特性是增殖和贪婪，永不满足。不满足使人痛苦，就要追求满足，然而，一旦满足了，又怎样呢？巴尔扎克的《改邪归正的梅莫特》讨论了这一问题。

《改邪归正的梅莫特》是巴尔扎克艺术殿堂里一部不大著名的中篇小说，但却是体现他人生观的一篇重要小说。作者把它归在"哲理研究"部分，说明这是一篇讨论人生哲理的作品。

作品的故事情节大致如下：

军人出身的银行出纳员卡斯塔涅，多年来谨小慎微，忠于职守，深得老板信任，让他同时兼管账房密室内的文书工作。卡氏家有妻子，又养了一位年轻美貌的情妇。他极其宠爱这个女人，为了让她过上奢侈浮华的生活，在物质方面他按巴黎最高档最时髦的标准供她享受。花尽了所有积蓄后又大量借债，最后不得不铤而走险利用职务犯罪：模仿行长笔迹签下几张信用证，准备带情妇出逃国外。他深知这是一桩严重的犯罪行为，为此内心感到惶恐不安。

正当他为自己的罪行提心吊胆之时，巴尔扎克安排的魔幻人物——约翰·梅莫特——神秘地出现在他面前。梅莫特原为英国作家麦图林的小说中的艺术形象，曾把灵魂出卖给魔鬼从而使自己变为魔鬼。巴尔扎克小说中的梅莫特出卖灵魂后得到了他所期望得到的一切，但很快又厌倦了这一切。他想恢复自己原来的身份，为此必须收买一个人的灵魂，让他变为魔鬼来接替自己的位置。他看上了卡斯塔涅，看到困境中的卡氏为了物欲情欲的贪婪，正准备犯罪，换句话说正准备出卖灵魂。这是一个极好的时机。梅莫特找到卡斯塔涅，向他炫耀自己无所不能的神奇魔力，同时施展魔法让他看到情妇对他的无耻背叛，看到银行老板和警察策划抓捕他，看到他怎样被判 20 年监禁并被钉上镣铐。等卡氏万分惊恐时梅莫特又向他许诺，只要他愿意出卖灵魂，就可以换取像上帝一样的权力，就可以抹掉一切犯罪的痕迹，黄金就可以滚滚流进他的腰包，不过前提条件是同意和梅氏交换位置。

面对严重的威胁和巨大的诱惑，卡斯塔涅同意接受梅莫特的条件应该是情理之中的事。于是，二人互相易位，梅莫特“改邪归正”还原为人，卡斯塔涅出卖灵魂变为魔鬼。

变成魔鬼后的卡斯塔涅变得无所不知，无所不能。他利用手中权力尽可能地享受着他可能想到的各种享受，然而尽情享受的结果却没有给他带来预期的快感。他的味觉在饱食过度时变得麻木，他对珍馐和美女已完全腻烦，觉得毫无乐趣可言，既不想吃，也不想再爱了。也就是说，一切来得太容易，一切变得没意思；过去他无限渴求的财富和权力，如今对他已毫无意义。他掌握了随时获得幸福的最高权力，却为此权力而深感忧郁。总之，他对获得的一切厌倦了，他和他的前辈——魔鬼梅莫特一样，产生了乐极生悲的感觉。他“突然发现人性的空虚，因为随着无限的魔力而来的便是虚无”。

怎样摆脱这种“有”的过剩，或者说是“虚无”的困扰呢？途径是重新回归于“无”，重新向往“无”追求“无”。到了这一步，卡斯塔涅才理解了梅莫特为什么面孔干枯嘴唇血红，因为他有渴求——渴求自己所没有的东西。因为已经被逐出了天堂所以他特别向往天堂，于是迫不及待地与自己交换身份，让自己做了他的替身。梅莫特的做法让卡斯塔涅深受启发。既然他是因为收买了自己的灵魂而走向天国的，那么何不像他那样也找一个替身呢？于是他来到证券交易所，那里聚满了欲火中烧两眼冒火随时准备出卖灵魂的人。在这里，像梅莫特收买自己那样很快做成一笔交易，让别人当了魔鬼而自己也“改邪归正”了。

不用说，小说的故事情节是魔幻的，荒诞的，然而所蕴含的道理却源于生活，是真实的，深刻的。那么，巴尔扎克想要表达的哲理是什么呢？

身处资本主义迅猛发展、生存竞争日趋激烈、物欲横流、道德沦丧的时代和社会，巴尔扎克看到了太多太多出卖灵魂而“成功”的暴发户，这些人在物质享受方面穷奢极欲，然而这就是幸福吗？巴尔扎克认为未必！幸福其实绝不像金钱“英雄”们所理解的那么简单。为此，他写下了《改邪归正的梅莫特》,提出了他对幸福的理解,其实也就是他的劝世之言。

作品中的梅莫特和卡斯塔涅有着共同的心灵轨迹:为满足贪欲而沉沦犯罪(出卖灵魂变为魔鬼)—得到期望得到的一切—厌倦已得到的一切—渴望通过忏悔重新恢复为人(改邪归正)。这一轨迹符合生活和心灵的辩证法。

生活和心灵的辩证法告诉我们,幸福表现为一种满足感,而满足感是以缺憾为前提的,没有了缺憾的衬照,就无所谓满足,也无所谓幸福。这就是"乐极生悲"的内在机制。这里的心理路线图是:不满足寻求满足,太满足导致麻木,转而又寻求不满足。人类永远走在"不满足—满足—不满足"这一循环往复的路途上。看来,物欲的满足其实也是一个"围城":城外的人想冲进去,城里的人想冲出来。

透过物欲满足的"围城",我们领悟到物欲满足和精神生活的悖反关系:物欲不能满足时急于出卖灵魂,出卖灵魂换来了物欲的满足,同时也换来了精神的痛苦,因而又急于赎回灵魂。看来,贪婪的物欲与高贵的灵魂生活不可共存,前者是后者的大敌,要想保持高贵的灵魂,必须抑制贪婪的物欲。

三、"占有"的围城

人生有欲而且渴望得到满足,当一无所有时千方百计想占有,而且想占有一切,恨不得占有全世界。可是当他占有了一切时又怎样呢?巴尔扎克的另一部小说《驴皮记》讨论了这一问题。

小说主人公拉法埃尔·瓦朗坦是一个聪明好学、虚荣心极强、渴望拥有一切而又一无所有的青年。他借住于巴黎一间肮脏而简陋的小阁楼里,过着极为穷困潦倒而又紧张勤奋的隐居生活。他决心通过潜心研究与写作获得文名,从而挤进上流社会,得到他所希望得到的一切。然而这谈何容易!正当他困窘异常、一筹莫展之时,具有丰富混世经验的拉斯蒂涅挖苦嘲笑了他的生活方式,鼓励他参加社交活动,掌握社会诀窍为自己谋取利益,启发他挥金如土及时行乐,怂恿他像江湖骗子那样去冒险。瓦朗坦经不住这番诱惑,随后就开始了他在上流社会追求虚荣、追求奢华、追求纵欲的混世生活。他混迹于挥金如土的豪门贵族之中,用维持最低生活水平的钱去赌博,去追求冷酷自私的贵妇人,出入于舞厅妓馆。但因为他缺少混世的起码条件——金钱,所以他一败涂地,最后竟至于走投无路打算投塞纳河结束生命的地步。

正当他要投河之时,一个类似于中国神仙式的人物——百岁老人古董商来了。老人看出他欲火中烧却一无所有,提出给他一张驴皮(驴皮是一个"灵符",相当于中国的"宝葫芦"),说这张驴皮可以满足他的一切欲望,但是有一个条件,这条件即印在驴皮上的神秘文句:

> 你如果占有我,你就占有一切。但你的生命将属
>
> 于我。这是神的意旨。希望吧,你的愿望将

得到满足。但你的心愿须用你的生命来
抵偿。你的生命就在这里。每当你
的欲望实现一次，我就相应地
缩小，恰如你在世的日子。
你要我吗？要就拿去。
神会允许你。但
愿如此！

这里的条件很简单：要想占有一切，必须以生命做抵偿。这是一个非常残酷的条件，它尖锐地凸显了“占有”（得）与“失去”（失）之间的深刻矛盾。然而对于一心想纵欲享乐的瓦朗坦来说，这一切全顾不得了。他想在青春时刻享尽一切荣华富贵，“我需要在最后的一次拥抱中把天上人间的一切快乐都享受一番，然后死去。”用现在流行的时髦话说即“过把瘾就死”。他勇敢地接受了驴皮，他同命运签订了契约。

从此，瓦朗坦开始一步步地占有他所需要的一切：先是一笔从天而降的横财——600万法郎的遗产，奢侈浮华的豪宅，完美无缺的爱情，人所能想到的享受在他这里应有尽有，他在人间过上了天堂才有的生活。

然而，当他尽情享受这一切好东西时，眼看着驴皮一点点地在缩小，也就是自己的生命一点点地在逝去，瓦朗坦感到了恐惧。于是瓦朗坦开始节制自己的欲望，后来干脆回避一切欲望，对于过去曾渴求的东西连想都不去想，以至于连“你愿意么？你要么？你想要么？”这类词句都不让用，连行善的愿望也不敢有。他离开了物欲横流的城市，来到了山野田园，试图过一种像植物界一样恬静的生活。严格的禁欲生活加上精神的折磨使他憔悴干枯，面色苍白，虚弱无力，几近于一具活尸。这种生活其实已不叫“生活”，而等同于死亡。这是违背人的天性的，这同样让瓦朗坦痛苦万分。最后，他终于无法控制对于心上人的爱情，在爱欲的喷发中死于情人的怀抱里。

瓦朗坦以自己的生命证实了“驴皮”的灵验，也就是以自己的命运证明了“占有”其实也是一个围城：一无所有时千方百计想占有，而占有（这个）的同时就意味着失去（那个），占有就是失去，甚至是失去更宝贵的。为了不失去因而不敢再占有，乃至于千方百计逃避占有，放弃占有，这就是“占有”的围城。

四、“婚姻”的围城

婚姻的围城是钱钟书小说《围城》隐喻中众多围城中的中心围城。“围城”源自书中人物对话中引用的西方古语：“结婚仿佛金漆的鸟笼，笼子外面的鸟想住进去，笼内的鸟想飞出来；所以结而离，离而结，没有了局。”（英国）又说像“被围困的城堡（fortresse assiégée），城外的人想冲进去，城里的人想逃出来。”（法国）在钱钟书小说《围城》中，婚姻的围城主要体现在主人公方鸿渐和孙柔佳的婚姻生活中。

方鸿渐与孙柔佳相识于赴三闾大学任职的途中。漫长而艰难的旅途生活，一天到晚地随时接触，让他们互相对对方都产生了好感。在三闾大学，两人生活得都不愉快。首先是方鸿渐受聘教授而被降格为副教授；再就是所教非所学，工作不顺利；还有上司、同事的龌龊卑鄙的嘴脸，人与人之间无穷无尽的倾轧排挤、钩心斗角，都让方鸿渐无比烦躁、烦恼，十分郁闷。孙柔佳的生存处境同样不佳。她刚刚毕业没有任何教学经验，偏偏被分配教一个程度较差的班的英语，学生怨声载道，结伙给她难堪；同事们没有人同情关心，而是在一边看笑话；与同宿舍的女同事又龃龉不和，所以她生活得也极不愉快。在一片冷漠的艰难处境中，方鸿渐和孙柔佳的相互接触，让彼此感到温暖。加上原来双方互有好感，于是迅速由恋爱而至订婚，旋即又步入婚姻的殿堂。走到这一步，是生存的需求，感情的需求，共同的需求。婚姻让双方感到了生活的稳定和温暖，有了共同休憩的港湾。

最初的婚姻生活是甜蜜的，然而不久就开始出现小摩擦。结婚之前，双方是同事，熟人，恋人，有一定的距离，互相对对方都看不太清楚；双方为了博得对方的好感，彼此都很客气、礼貌和忍让，都把自己的缺点、弱点小心翼翼地掩盖着。结婚之后两人零距离了，彼此也不必要那么客气和礼让了，自身固有的缺点、弱点也就暴露出来。双方的面目与原来都不太一样了，于是对对方就感到有点失望，感到自己看错人了。这就是方鸿渐所说的："现在想想结婚以前把恋爱看得那样郑重，真是幼稚。老实说，不管你跟谁结婚，结婚以后，你总发现你娶的不是原来的人，换了另外一个。"

婚姻生活看似是两个人的事，其实关涉到双方家庭(家族)、亲戚，乃至于更广大的社会面。小家庭要融入大家庭、家族、亲戚，融入社会，总是有盘根错节纵横交错的关系要处理，于是少不了会产生无穷无尽错综复杂的矛盾与纠葛。例如，方鸿渐家嫌孙柔佳家陪嫁少，嫌媳妇不漂亮，不懂事，没有恪尽媳妇之道。孙柔佳家嫌方鸿渐家封建，迂腐，对自己女儿太简慢。孙柔佳在方鸿渐家受婆婆挑剔，受妯娌挤兑，鸡毛蒜皮，琐琐碎碎，没完没了，极其无聊。方鸿渐在孙柔佳家的待遇也好不了多少。孙柔佳家嫌女婿懦弱无能，瞧不起他，连仆人都不尊重他。就这样，小家庭所处的环境中到处是"一地鸡毛"，让双方都觉得压抑、憋闷，感到无法忍耐，都想逃离而不得。

家庭生活，柴米油盐，衣食住行，是需要经济为基础的。而方鸿渐的小家庭暂时还没有这个能力，还需要双方家庭的资助。为了生活下去，他们都必须出去找工作。求职不顺利，工作不顺利，人际关系不顺利，让方鸿渐身心疲惫。加上日常生活中为小事不断的口角、怄气，两人心里都烦不胜烦。

结婚的双方，每一方对对方既具有了某种权利，同时又意味着责任和义务，意味着负担和不自由，所以英国哲学家罗素说，人一结婚就等于把命运给抵押出去了。不自由也让人感到心烦。

在种种难以言状的苦恼和厌烦中，方鸿渐要离开上海到重庆找朋友帮忙就业，孙柔佳想让他独立，不要总是依赖别人，她希望他留在上海。他们双方都还在为小家庭着想，都还有和睦相处的愿望。但是，一次充满意气的激烈冲突中，双方都动了手，使本来就有裂隙的夫妻关系更加恶化，孙柔佳一气之下出走去了姑母家，方鸿渐茫然不知所措，麻木地睡去："没有梦，没有感觉，人生最原始的睡，同时也是死的样品。"

总之，婚姻生活带来了温暖和幸福，同时也带来了意想不到的苦恼和麻烦。温暖幸福吸引人趋向它，苦恼和麻烦驱使人逃离它。这就是所谓的婚姻的"围城"。

方鸿渐、孙柔佳二人的婚姻之所以成为"围城"，当然有其特殊的、个别的、个性的原因，但是，这种特殊里包含着普遍，个别中寄寓着一般，个性中蕴含着共性。每个人的婚姻从具体而微的角度看可能各不一样，因而各有其特殊性，偶然性，然而从形而上的角度看，撇开差异，抽象起来看就有其必然性、普遍性。

婚姻是一座围城，那么进入这一围城就一定走向悲剧吗？那不一定。这要看进入这座围城的人的人生经验和人生智慧，看他们会不会调整和适应，调适好了，就会避免悲剧的发生。为此人们做了多方面的努力和尝试，结果是既充分享受了婚姻生活的幸福，又避免了或恰当处理了婚姻生活所带来的苦恼和麻烦。怎么调适，考验每个人的智慧，那是你自己的事，我在这里就不饶舌了。

五、"成功"的围城

人人都向往成功，渴望成功，然而成功之后又怎样呢？让我们来观察一个现实个案——作家路遥成功后的故事。

路遥出身寒微，但胸襟开阔，志存高远，意志坚强。他向往成功，渴望成功。他说："我几十年在饥寒、失误、挫折和自我折磨的漫长历程中，苦苦追寻一种目标，任何有限度的成功对我都至关重要。"所以他默默地顽强奋斗，为成功付出了超人的努力。终于，他的努力有了回报。他于20世纪80年代接连两届获全国优秀中篇小说奖，《人生》小说和电影都产生了巨大反响，一时间他成了名人。成名带来了名人效应：

> 小说《人生》发表之后，我的生活完全乱了套。无数的信件从全国四面八方蜂拥而来，来信的内容五花八门。除了谈论阅读小说后的感想和种种生活问题、文学问题，许多人还把我当成了掌握人生奥秘的"导师"，纷纷向我求救："人应该怎样生活"，叫我哭笑不得。更有一些遭受挫折的失意青年，规定我必须赶在几月几日前写信开导他们，否则就要死给我看。与此同时，陌生的登门拜访者接踵而来，要和我讨论或"切磋"各种问题，一些熟人也免不了忙中添乱。刊物约稿，许多剧团、电视台、电影制片厂要改编作品，电报电话接连不断，常常半夜三更把我从被窝里惊醒。一年后，电影上映，全国舆论愈加沸腾，我感到自己完全被淹没了。另外，我已经成了"名人"，亲戚朋友纷纷上门，不是要钱，就是让我说情安排他们子女的工作，似乎我不仅腰缠万贯，而且有权有势，无所不能。更有甚者，一些当时分文不带而周游列国的文学浪人，衣衫褴褛，却带着一脸破败的傲气庄严地上门来让我为他们开路费，以资助他们神圣的嗜好。这无异于趁火打劫。(《路遥文集》)

成功给路遥带来了他想要的辉煌、荣耀，所到之处，迎接他的是鲜花和掌声，他高兴了，满足了，他沉浸于成功的喜悦之中，充分享受着成功的快乐。他说："我为自己牛马般的劳动得到了某种回报而感到人生的温馨。我不拒绝鲜花和红地毯。"但是，很明显，正如上面所述，"成功"的喧嚣也带给他无边的痛苦和烦恼。他说，也许当时好多人羡慕我的风光，但说实话，我恨不能地上裂出一条缝赶快钻进去。他清醒地意识到了成功带来的危机，他真诚地说："我绝不可能在这种过分戏剧化的生活中长期满足。"他坚决地表示："我不能这样生活了，我必须从自己编织的罗网中解脱出来。""有一点是肯定的，眼前这种红火热闹的广场式生活必须很快结束。"

那么怎么办？路遥渴望重新投入一种沉重，他认为只有在无比沉重的劳动中，人才能活得更为充实。于是他选择的是重新投入"牛马般的劳动"——这就是更为艰难更为宏大的创作《平凡的世界》的计划以及随之而来的漫长的过程。

路遥向往成功渴望成功，然而当成功真正到来的时候，他发现成功带给他的不仅有他想要的东西，而且还有他不想要的东西，可见任何事物都是有一利必有一弊，谁也无法专取其利而逃避其弊。利弊相互纠缠，当你对其弊烦不胜烦的时候，你只好逃避。这就是"成功"的围城：没有成功的人千方百计想成功，成功的人千方百计想躲避成功。

路遥的遭遇，应该不仅仅是个别的特殊的个案，而隐含着具有普遍意义的规律。熟悉历史熟悉生活熟悉文学艺术作品的人都发现，类似的例子出现于各个时代、各个社会的各行各业，可以说太多太多了。也就是说，成功者职业、时代、社会环境不同，但上述遭遇大致相同。成功者如果能意识到"成功"之弊而自觉地躲避，应该说还算理智和清醒。就像路遥，他成功地逃出了成功带给他的骚扰和围困，因而取得了更大的成绩，创造了更大的辉煌。然而也有相当一部分人，沉浸在成功的氛围里头脑发晕身子发软，从此一无所为，他们被"成功"的围城围死了，困在里面出不来，死在里面了。这样的例子不在少数，其中的经验和教训值得认真思考和汲取。

那么怎样走出成功的围城，或者说怎样避免怎样化解成功之"弊"呢？这要因人因事而异，具体情况具体分析。

对话人生实录

1."文"真的"如其人"吗?

问:读顾城的诗,感到这人特清纯浪漫,特可爱,可是当我知道他杀妻又自杀的故事后,又觉得他特残忍狠毒,特恶心。中国人不是常说"文如其人"吗?我怎么感到这么别扭,"文"真的"如其人"吗?

答:正如你所知,文如其人是中国古代传统的文学观念,认为文章好坏是作者人格人品的体现,因此做文要先做人,只有思想境界高了,才有高雅的作品。这一观念体现了我们中国人注重作家的道德情操即个人修养。这一观念应该说有其正确的一面,因为作家的创作确实与他的精神境界有内在的对应关系,而且已经为无数作家的创作实践所证明。但是,如果把这一命题作为放之四海而皆准的普遍真理,认为作家的人品与其创作只有这一种关系而没有其他关系,也是错误的。

作家的创作当然是主体精神世界的反映、表现与折射,但作家的精神世界是极其复杂、内容极其丰富的,作家创作某些作品时,可能只是内心世界某一方面的折射,而未必是整个人格的折射。一般情况下,作家当然是要把自己内心世界中最美好最纯洁最高尚的一面,即为社会道德所推崇、所提倡、所颂扬的一面表现出来,所以读者通过作品看到的作家一个个都纯洁高尚,通体透明,让我们崇拜不已。事实上这只是作家人格的一面而非全面,只是作家人格的一部分而非整体,但文如其人的观念让我们就以部分当整体了。作家人格的其他部分如果不通过创作表现出来,可能会在现实生活中表现出来。

顾城的例子是一个比较极端的例子,但又是一个比较经典的例子。通过他,把作家的人格分裂、作家精神世界的复杂性暴露得淋漓尽致。诚然,他年轻时清纯过,浪漫过,他的诗表现了一个如梦如幻的世界,被誉为"追求童话的诗人"。这说明顾城的精神世界中确有清纯浪漫的一面,而这一面可能与每个人,尤其是青少年相通。这正是他受到欢迎的原因。然而有这一面并不说明他精神世界中就没有自私、卑鄙、龌龊的另一面或其他若干面。在生活中他是个十足的自我中心主义者,除了自己他心中没有任何人,甚至没有儿子——他认为儿子夺走了妻子对他的爱,他迫使妻子在他和儿子之间做选择,妻子只好把儿子寄养在别人家里;他生活能力极差,以至于离开妻子就无法生存。他的极端自私伤害了身边所有人,当别人忍无可忍终于要离开他的时候,他就歇斯底里大发作,极为残忍地杀死献身于他十年的妻子谢烨,然后上吊自杀,为20世纪文学史留下一出极为下作、让人恶心的悲剧。

顾城的例子让我们看到人的复杂性，人性的复杂性，看到作家创作与内心世界的关系的复杂性。这让我们从简单化的思维中走出来，开阔了我们的认识，应该说是一个很好的事。

2. 怎样看待海明威的“硬汉精神”？

问：提起海明威，就会想起他的硬汉精神，提起硬汉精神，就会想起《老人与海》中桑提亚哥的那句名言（一个人并不是生来要给打败的，你尽可把他消灭掉，可就是打不败他）。硬汉精神让人佩服，但有时候又感到似乎有点过分，不知您对此怎么看？

答：生活中的海明威是个硬汉，无论在哪里他都要做得最好，都要当强人。在文学创作中，他把他的人格折射到作品中，就有了所谓的硬汉精神。这种精神，在世界文学史上独一无二，绝对是一种独特的精神创造，正因为此，作为一个关键词，它和海明威一道进入美国和世界文学史。硬汉精神，是对人类生活中不屈的精神意志的一种提炼，也是一种提升，从此它作为一种精神符号亮亮地辉映在人类精神生活的上空，给强者以激励，给弱者以鼓舞，成为人们奋斗拼搏的力量源泉。

但需要说明的是，我认为硬汉精神的价值和意义，主要体现在审美层面而不在现实层面。在审美层面，硬汉精神让人兴奋，给人以奋斗的勇气和力量。作为文学作品，能做到这一步就是成功，就已经相当不错，就值得我们永远记住它，感谢它。

但是，硬汉精神作为一种典型的人类精神，它与读者的关系是多重的而不是单一的，即不只是在审美维度上而同时也会在实践维度上。因为人不仅活在书本里，活在艺术中，更活在现实中。换句话说即人不仅需要审美活动，更需要实践活动。在审美维度上，我们可以受其感染，心潮澎湃，热血沸腾，从而无保留地赞美它，崇敬它；但是一旦转到实践领域，事情就变得相当复杂。

现实生活中，每个人都可能遇到这样那样的困境，面临困境，难道只有一种选择——勇往直前，绝不退缩——这是正确的吗？硬汉精神要求人们勇往直前，否则就是怯懦。但问题是，有的困境经过顽强不屈的努力是可以征服的，而有的困境是无论如何也征服不了的。举个极端的例子，让弱视的人学射击，色盲的人当司机，岂不荒唐可笑！我的意思是，每个人都有自身的局限——先天的后天的，主观的客观的局限。明智的人要敢于坦然承认并接受局限，聪明地避开局限，想办法在局限之外，即在可能性的领域里发挥自己主观意志的力量与困境做顽强的战斗，争取最大的胜利。这就是说，硬汉精神是有条件的而不是无条件的，不加分析，不顾具体情况的所谓硬汉精神是莽撞，而不是勇敢，其结果无疑是危险的。

在奋斗过程中，必然会遇到这样那样的对手。对于对手，一定是打败之、消灭之而后快吗？硬汉精神要求是这样，但现代观念却不这样认为。现代观念认为对于对手要区别对待，有的必须打败之消灭之，而有的则不一定。例如掰手腕子，本来是个日常游戏，不必过于较真，而桑提亚哥竟然与对手瞪着大眼整整坚持了一天一夜，两个人的手指甲里都流出血了，还不依不饶，实在太可怕了。这种战斗精神似乎已说不上是什么勇气，而是逞勇斗狠，内里蕴藏的是凶狠和杀气。作品中的桑提亚哥只要想到对手——不管是人还是鱼，心里涌出的意念总是“弄死”“打败”“消灭”之类，他那著名的“名言”就是由这类词汇组合的。老人不仅想弄死他的对手大马林鱼，而且由此联想到人还可以弄死星星、月亮、太阳。真要感谢上帝没有给他这种能力，他如果有此能力，可以想象他真的会毫不手软地“弄死”它们，以证明自己是可以征服一切的硬汉。想一想实在让人感到有点毛骨悚然！

硬汉精神不仅蕴藏着对于对手的凶狠和残忍，甚至也包含着对于自己的凶狠和残忍。在他眼里，身体不是作为宝贵的生命而存在的，而是为战斗而存在的，身体是战斗的工具，战斗本身才是目的，为了胜利，无论怎样苛待自己的身体都是无所谓的甚至是必需的，直至把它牺牲也在所不惜。他这种对待身体的态度，既让人敬佩，也让人觉得似乎有点过于残酷和残忍。

还有，硬汉精神因其刚硬而显得脆弱，很容易折断。硬汉精神的提出者和崇拜者海明威自身就是例子。他一生刚硬好强，在任何地方都必须是第一，是强者，否则不如死去。但他不可能永远刚硬，自然规律让他也有衰落的时候，当他生命力和创作力都不再辉煌的时候，他宁可毁灭自己。当然，他的毁灭也很悲壮，也是一种美，他有这样选择的权利。他把硬汉精神贯彻于自己生命的全过程，让人赞叹不已。但，人们从他的刚强中也看到了他的脆弱。做人真的难以两全，坚持刚硬就不可能不脆弱。他以他的刚硬完成了自己的辉煌，但也给人留下了遗憾。

总之，在审美领域，硬汉精神因其单纯、强悍而美丽，而崇高；在实践领域，硬汉精神却因其单纯、强悍而偏执，而片面。硬汉精神是双刃剑，多刃剑，不可到处乱用。因此，当我们从审美角度给硬汉精神以无保留的称颂和赞叹之时，请务必不要忘了在实践领域给以必要的保留，即给以必要的省察和批判，“择其善者而从之，其不善者而改之”，切不可盲目迷信，既害别人又害自己。

3. 怎样理解“唯有自然才是真正的完美”？

问：我记得史铁生有句话——“唯有自然才是真正的完美”，我感到这句话很有深意，但又不完全懂，听说您对史铁生很有研究，能否请您详细阐述一下它的含义。

答：说我对史铁生很有研究不敢当，但我对他很喜欢是真的，而且为他写了一本书（《寻找灵魂的归宿》）。如果我没有记错的话，你说的这句话出自他的一篇小说《中篇1或短篇4》，作品结尾的一句话，是用来总结某一节的主题思想的。这句话确实有很深的含义，这是史铁生对宇宙本体，或者说对世界的本质的基本认识。

例如，欲望，常常被认为是痛苦之源乃至于罪恶之源，那么，假如有上帝存在，他一怒之下把欲望从人性中全删除了，大大小小无论什么欲望全没有了，世界该是怎样呢？很简单，结果人间一片死寂，什么生机、生意、生气全没有了，那还叫世界吗？人们想要的难道是这样的世界？肯定不是。世界上只有两种人没有欲望，一种是死人，一种是植物人，我们想到的世界肯定不能只是这两种人。那么要恢复世界的生机该怎么办呢？毫无疑问应当恢复人的欲望，结果还是现在这样的世界。如此看来，没有欲望的世界看起来完美其实不完美，而真实世界的不完美其实正是完美。所以，史铁生总结说——“唯有自然才是真正的完美”。

再如，世界上各种文化都追求平等，所谓大同世界（儒家），众生平等（佛教），四海之内皆兄弟（基督教）之类。为什么这样？因为这个世界不平等。不平等让人不能容忍，因为，我们都是上帝的子民（基督教），都是阴阳二气所化（道家），都是爹娘生的（老百姓），凭什么不平等?！所以迫切想改变它。然而，这个世界上什么时候有过真正的平等呢？人一生下来，地域、出身、长相、智商等就不一样，这是先天的；后天呢？人所面临的政治、经济、教育、就业环境不一样，所获得的机遇不一样，所以从来没有平等过。所以人类总是在为消除不平等而进行不懈的努力——先天的不平等无法改变，那么社会领域里的不平等通过人们的努力是可以改变的。但无论怎么改变，不平等仍然存在。因为，从哲学上看，平等是相对的，而不平等是绝对的。不平等上升到哲学上即差异，而差异是世界的真相，是世界的内在结构，是存在的秘密，没有了差异就没有了世界，没有差异的世界是不可想象的。所以，还是那句话——唯有自然才是真正的完美。“完美”自身包含两种因素，想淘汰一种而单独保留另一种，是绝不可能的！

4. 做人为什么要低调？

问：做人为什么要低调？

答：我们都知道为人要谦虚谨慎，做人要低调。为什么呢？从社会、现实、世俗视角看，是为了与周围人搞好团结，避免与人产生矛盾和冲突，有一个良好的人际关系，对别人好对自己也好。从这个角度看，谦虚、低调，都是一种现实的考虑，有实际利益在里面，谦虚、低调表现为一种做人的技巧，是一种“术”。

然而从终极角度看却是另一种思考。从终极角度看，在茫茫无限的宇宙中，有银河系和无数的河外星系，在银河系中有一个太阳系，在太阳系里有一个地球，在地球上有无数的人，自己是无数人中的一个。从终极角度看个人，哪怕是英雄、伟人，都是极为渺小的，以至于渺小到可以忽略不计。无论你有多么聪明有多少知识，和神秘的宇宙相比，你还是无知的；无论你有多大本事多大贡献，放到宇宙背景下都不值得一谈。由此看问题，谁还敢骄傲敢狂妄呢？所以谦虚、低调是做人的根本，是本来就应该那样的，是符合宇宙规律、事物真相的。在终极视角下，任何骄傲自满的人都是可笑的。

第十三讲 人生悖论

对人生问题，不，严格说是对一切事物，只要你穷追不舍，层层掘进，想到问题的深处，最深处，往往会和一个东西照面，那就是：悖论。无论任何事物、任何问题的深层，其内在机制都不是单纯的，一面的，透明的，而是复杂的，两面的（甚至是多面的），浑沌的；其内涵总是相互矛盾，相互否定，而又相辅相成，谁也离不了谁。这一思维奇观让人困惑，也让人兴奋。我们忽然有所悟，很可能这就是世界的真相、人生的真相。在我的阅读范围内，发现作家史铁生作品中充满了对人生悖论的深入思考。以下，我想借助史铁生的智慧完成本讲的讨论。

一、目的悖论——目的虽空但必须有

人生的意义是什么，这是史铁生残疾后思考的第一个问题，也是思考最久的问题。因为残疾的不幸让他不想活下去——“为什么一定要活着呢？这么难，这么苦，这么费劲儿，这么累，干吗还一定要活着？”这是自传性小说《山顶上的传说》主人公的心理，也是史铁生当时的心理。但他终于没有去死，而是决定活下去试试。活下去就要思考活下去的理由和根据。由此出发，他一步步向深处开掘，结果，他发现了人生意义的悖论，也可以说是人生“目的”的悖论。

这一悖论的最早提出，是创作于1985年的短篇小说《命若琴弦》。老瞎子的师父传给他一张能治好眼睛的“药方”，为了能吃上这服药，老瞎子紧张愉快地忙碌了一辈子，结果发现所谓的“药方”原来是一张白纸，老瞎子的精神崩溃了。但后来的反省使他终于悟到一个道理：人的命就像手中的琴弦，必须用一个东西把心弦拉紧，才能弹奏出动听的人生乐章，这东西就是人生的目标。这一目标可能实现，也可能实现不了，即使实现不了，你只要为此而奋斗了，你的人生也是有价值有意义的。即“目的虽是虚设的，可非得有不行，不然琴弦怎么拉紧；拉不紧就弹不响”。

在小说《原罪》中，上述思想得到进一步发挥。主人公十叔高位截瘫躺在床上，连头也不能动一动，一躺就是几十年，而且没有任何治愈的希望。生存对于他及家人来说完全是一种灾难。这样活着还有什么意义呢！为了活出意义，他们心中必须有一个支柱：父亲的支柱是，辛劳终生，希望有一天治好儿子的病；十叔的支柱是，给孩子们讲一个个自己编织的神话（故事）。孩子们说他讲的故事不是真的，他说：“一个人总得信着一个神话，要不他就活不成，他就完了。”他还说：“人信以为真的东西，其实都不过是一个神话；人看透了那都是神话，就不会再对什么信以为真了；可你活着你就得信一个什么东西是真的，你又得知道那不过是一个神话。”《原罪》最后创造了一个富有象征意味的“意象”——美丽的肥皂泡。肥皂泡无论多大多美丽，最终都会破碎，知道它会破碎，十叔仍然专心而又兴奋地吹。

这就是史铁生所发现的人生意义的悖论：“人活着必要有一个最美的梦想”，即必须设置一个美好的目的，这是人生的动力；但是任何人走到底都是一个死，任何目的到头来都不过是一个虚无（“地球终要毁灭那么人的百般奋斗究竟意义何在?”）；目的虽空但必须有，而且还必须全身心投入其中。——就这样，虚无否定了目的，目的否定了虚无。

那么，怎样走出这一悖论呢？史铁生找到了出路——过程。

史铁生说，人从虚无中来，又回到虚无中去，这中间“目的皆是虚空，人生只是一个实在的过程，在此过程中唯有实现精神的步步升华才是意义之所在”。他认为，只有重视了过程，人才能更重视精神的实现与升华，而不致被名利情的占有欲（即目的）所捆束。精神升华纯然是无休止的一个过程，不指望在任何一个目的上停下来，因而不会怨天之不予地之不馈，因而不会在怨天尤人中让恨与泪拥塞住生命以致营营琐琐。当然，重视过程并不意味着不要目的，"目的虽空但必须设置，否则过程将通向何方呢？哪儿也不通向的过程又如何能为过程呢？没有一个魂牵梦绕的目标，我们如何能激越不已满怀豪情地追求寻觅呢？无此追求寻觅，精神又靠什么能获得辉煌的实现呢？如果我们不信目的为真，我们就会无所希冀至萎靡不振。如果我们不明白目的为空，到头来我们就难逃绝望，既不能以奋斗的过程为乐又不能在面对死亡时不惊不悔。这可真是两难了。也许我们必得兼而做到这两点。这让我想起了神话。在我们听一个神话或讲一个神话的时候，我们既知那是虚构，又全心沉入其中，随其哀乐而哀乐，伴其喜怒而喜怒，一概认真。"

"既知那是虚构，又全心沉入其中"，这种境界史铁生称之为"游戏境界"。幼儿园孩子的游戏有两个最突出的特点。一是没有目的，只陶醉于游戏的过程，或说游戏的过程即是游戏的目的；二是极度认真地"假装"，并极度认真地看待这"假装"。孩子们的游戏其实就是人生的一个象征，一个缩影，一个说明。当一个人长大了，有一天忽然悟透了人生原来也不过是一场游戏，也是无所谓目的而只有一个过程，然后视过程为目的，仍极度认真地将自己投入其中如醉如痴，这就是所谓的"游戏境界"。

总之，过程既消解了目的的坚执，也化解了目的的虚无。过程不是否定目的，而只是不为目的而目的；过程不是不知道目的的虚无，而是从精神上超越了虚无。这就是说，过程包含了目的与虚无，又超越了目的与虚无，因而目的与虚无的悖论在过程中得到了有效的协调。

二、命运悖论——不知道命运是什么，才知道什么是命运

熟悉史铁生的读者都知道，命运问题是他最感兴趣，长久思考而又乐此不疲的一个大问题。思考的结果是，他认为人的命运由于受无限多因素的制约，说不清，看不透，神秘莫测，不可预知。在中篇小说《一个谜语的几种简单的猜法》中，史铁生将命运（或人生）视为一个谜，一个亘古至今的谜。这个谜语有三个特点：其一，谜面一出，谜底即现。其二，已猜不破，无人可为其破。其三，一俟猜破，必恍然知其未破。这就是说，命运之谜其实是一个悖论：谜底就是没有谜底，没有谜底就是谜底；"猜不破"就是猜破了，猜破了才知其"猜不破"。

在《务虚笔记》中，史铁生用更精辟的语言将命运悖论概括为这样一句话："不知道命运是什么，才知道什么是命运。"

为什么命运会成为一个亘古之谜，成为一个悖论，命运形成的机制是什么，本书第六讲（《命运之谜》）对此已做了分析，此处不赘。

三、佛法悖论——烦恼即菩提

在《中篇1或短篇4·众生》中，史铁生拿《心我论》上的一个故事借题发挥，传达了对佛法其实是对人生的一种悟解。

故事说，聪明过人无所不能的特鲁尔驾着飞船在空中飞行，看到一个被赶下台的国王在一个荒芜星球上痛苦万分，国王请他帮忙恢复王位。他变戏法一样创造了一个装在盒子里的微型王国。一个正常王国中的一切在这里应有尽有，于是满足了这位国王的独裁欲望。特鲁尔十分自豪，但却遭到朋友的责难，说他解除了一个人的痛苦，却让亿万国民陷入痛苦。那么怎样才能解除所有人的痛苦呢？办法有，那就是向盒子里输入佛法。佛法是佛祖所觉悟的真理，是世界上最为圆满的真理，只要把佛法输入盒子里，众生皈依佛法，了悟缘起，断绝无明烦恼，众生就可以内心清静，解除一切痛苦，进入极乐世界了。于是向盒子里输入佛法。不过结果却出乎意料，盒子里众生接受佛法后呆若木鸡，一动不动，一片死气。

为什么呢？因为佛法消除了一切欲望，众生心如止水，没有了追求和奋斗，也没有了痛苦和欢乐。所有的人都已成佛，盒子里没有了恶事，佛祖还去度谁呢？没有恶事，如何去行善事呢？也就是说假恶丑不存在了，真善美也就显不出而且不必要了。"盒子里的正值与负值、真值与假值、善值与恶值、美值与丑值……总之一切数值都正在趋近零，一切矛盾都正在化解，一切差别都正在消失。"

那么，有什么办法拯救这个濒临死寂的世界呢？办法是重新输入差别，输入欲望，输入烦恼，有了差别、欲望和烦恼，才能激起追求，激发奋斗，才有欢乐，才能形成生命的张力，世界才能重新焕发生机。

如此看来，佛法中暗含了一个悖论：烦恼即菩提（觉悟，智慧）。没有了烦恼，何来的"菩提"?！佛祖所追求的完满其实不完满，而不完满其实是完满。"唯有自然才是真正的完美。"

那么，既然如此，人们就应该安于烦恼，安于残缺，安于不完美吗？当然不是。经过穷追不舍的深入思考，史铁生对佛法有了新的想法。他认为，佛家的所谓"成佛""正果""极乐世界""西方净土"，并不是一个固定的处所，一旦达到即可永享福乐，脱离烦恼。"佛的本意是悟，是修，是行，是灵魂的拯救，因而'佛'应该是一个动词，是过程而不是终点。""修行或拯救，在时空中和在心魂里都没有终点，想必这才是'灭执'的根本。"

史铁生对佛的这一认识，应该说是对佛教的精神实质的新发现，新理解。在通常的理解中，进入佛家就是修行，修行是为了成正果，成正果即断灭一切"我执"，放下一切烦恼，进入极乐天国。而史铁生则认为这一"目的"（或曰理想）是永远达不到、根本不存在的。不过，虽然它不是一个可以以距离测量的具体地点，不可能成为现实的存在，然而它仍然不失为一个理想中的目标。理想从来都不是为了实现的，而只是作为目标吸引芸芸众生去追求，从而引出一个个美丽动人的人生过程。史铁生认为，佛家所谓的"彼岸、普度、宏愿、拯救"，都是动词，都是永无止境的过程。而过程，意味着差别、矛盾、运动和困苦的永远相伴，意味着普度的不可完成。既然如此，佛的"普度众生"以及地藏菩萨的大愿（"地狱不空，誓不成佛"——引者注）岂不是一句空话了？不见得。理想，恰在行的过程中才可能是一句真话，行而没有止境才更见其是一句真话，永远行便永远能进入彼岸且不弃此岸。

就这样，史铁生又以"过程哲学"（即对佛法的新理解），将佛教传统的成佛观引出了悖论的怪圈，让佛法具有了全新的意义。

四、上帝悖论——全能的上帝不全能

在基督教义中，上帝是全能的，他想要办到什么就立刻办到了什么，因而他创造了世界上的一切，但却独独不能做梦。因为梦代表理想和愿望，人们只是在愿望没能达到或不能达到时才有梦可做，而上帝全能，他想什么就是什么，所以无梦可做。

不过上帝他知道，要想成为名副其实的全能的上帝，他就必须也能做梦。做什么梦呢？上帝他知道，既然他唯一不能的是做梦，那么：他唯一可能做的梦就是梦见自己在做梦了。

可他要是能做梦了，他还会去做做梦的梦吗？要是他还不能做梦，他又怎么能梦见自己在做梦呢？就算这样的问题不难解决，但是上帝他知道，接下来的问题对他来说几乎是致命的：那个梦中梦又是梦见的什么呢？不能总是他梦见他梦见他梦见他梦见……吧？那样他岂不是等于还是不能做梦吗？上帝他知道，他最终必须要梦见一个非梦他才能真正做成一个梦，从而成为名副其实的全能的上帝。然而，一旦一个真实的事物成了他的梦，可怜的上帝他知道，那时他必定就不再是那个想办到什么就立刻办到了什么的全能的上帝了。就这样，上帝陷入了悖论之中。

无梦的日子最难熬，无梦令他寂寞、无聊、孤苦，使他无法幻想，无从猜测，弄不清自己的愿望，差不多就是丧失掉创造的激情和身心的活力了。他神容憔悴，萎靡不振，像一个长久的失眠症患者。他心里明白，如果没有梦的诱惑，无尽无休的日子便意味着无与伦比的苦闷。他决心打破这无休止的沉闷。试图唤起一点创造的激情。这样他才想到，他虽不能做梦，但除做梦之外他是全能的；他不能从梦中见到真实，但他可以在真实中创造梦的效果，他自己不能做梦，但他可以令万物入梦，这样他就能参与一个如梦的游戏了。他悠闲地坐在一边观赏这一游戏，这对于自己的不能做梦是一个心理补偿，尽管他不能做梦也就一样有了梦的痴迷与欢乐。

上帝为这个如梦的游戏起的名字是：人间戏剧。基本构思是，让其中的每个角色都充满欲望，有欲望就有追求有奋斗有行动，这样人间就开始热闹，开始有戏可看；但又不能让他们轻易实现了欲望，尤其不能让他们全能（全能就和自己一样了），一定要对他们实现欲望的能力有所限制。也就是说，一定要把一个永恒的距离布置在这些角色的欲望和能力之间，这样就永远有戏可看。在这里，上帝借助于观赏人类戏剧，借助于心理体验，走出了他的悖论。

借助于“上帝的悖论”，史铁生揭示了纷纭复杂的社会现象的内在秘密，揭示了亘古至今人类生活的动力和真相。

五、欲望悖论——既是欢乐之源也是痛苦之源

有了欲望，人们就开始追求，开始创造，舍生忘死，不依不饶，于是有了精彩纷呈、喧嚣热闹的人间戏剧，有了万花筒一般变化万千的社会现象。看来，欲望功德无量。但是，欲望作

为欲望，其本性绝不是满足现状，安分守己的，而是永无止境，贪婪无比的。因此，追求到手，喜笑颜开；追求不到，痛苦不堪，不满足就生非分之想。那么，人应该保留欲望呢，还是应该灭断欲望？不要欲望，鸟不叫云不飞，风不动心不摇，恶行灭尽善念不生，没有欲望则万事难存，甚至宇宙也不再膨胀，世界进入死寂。看来，还是得大大方方地保留欲望。

可是，欲望不见得是一种甘于保留的东西，它还想无止境地扩展。于是罪恶丛生，苦海无边。那么，最好是保留欲望同时又限制欲望，如何？这当然好。不过，限制的边界划到哪儿，划到什么地方什么时间？欲望该到什么地方停下，什么时候截止呢？还有，截止以后又干吗呢？

这一切没有人知道，没人说得清。几千年来，以人类的智慧应该说早就把这些道理想透了，但依然于事(行为)无补，依然徘徊于留欲与灭欲之间。人们终于明白了一个道理："欲望"本身内含一个悖论——既是人类的罪孽，又是人类的福祉；既是欢乐之源，也是痛苦之源；既是创造之源，也是罪恶之源。

六、幸福悖论——感受幸福必须以不幸为前提

世人都希望自己交好运，那么怎样才是好运呢？一般认为好运是聪明、漂亮、有权、有势、有名、有利、一帆风顺、万事如意。但是，这一切因素及其相加就是幸福，就是好运吗？史铁生回答说，未必，相反倒可能是坏运。如不信，请听他在著名散文《好运设计》中的分析。

《好运设计》的基本思路是，在幻想中"设计"一个绝对好运、绝对幸福的人(因为客观生活中不存在，所以必须在主观中设计)，然后看他会遇上什么结果。

在"设计"中，史铁生让这个人出生于知识分子家庭。史铁生认为生在名门贵府，父亲是权贵大亨，从小备受宠爱其实并不好。一般说来这样的境遇也是一种残疾，这样的境遇造就着蠢材，不蠢的概率很小，有所作为的比例很低，有眼力的姑娘一般不往这种家庭嫁。当然生在穷乡僻壤也不好，因为会孤陋寡闻，不利于成才发展。而知识分子家庭既避免了富贵家庭可能对人性的戕害，又避免了孤陋寡闻备尝艰辛。在这里你可以有一个健全、质朴的童年，可以享受现代文明的滋养，你的身体和灵魂都可能得到健康全面的成长。

然后呢？然后再让你聪明、帅气，身体健康，多才多艺，成绩优秀，各种奖联翩而至让你应接不暇，你幸运得让人嫉妒，你是世界上最幸福的人。接下来你到了恋爱的季节，你在一所名牌大学读书，读的是最令人仰慕的系最令人敬畏的专业。你出类拔萃，耀眼如明星，所以明显追求你的和不露声色地爱慕你的姑娘成群结队，然而你全不在意，你善意而巧妙地避开了，终于你遇上一个完美无缺的女孩子，一来二往你们成了好朋友，最后终成眷属。总之你没有一样不幸运，你正如人们所向往的：万事如意。

然而问题出来了。这样一顺百顺，一顺到底，能让你感到幸福吗？例如，"你能在一场如此称心、如此顺利、如此圆满的爱情和婚姻中饱尝幸福吗？也就是说，没有挫折，没有坎坷，没有望眼欲穿的企盼，没有万死不悔的追求与等待，当成功到来之时你会因感慨万千而喜悦

吗？在成功到来之后还会不会有刻骨铭心的幸福感？或者，这喜悦能到什么程度？这幸福能被珍视多久？会不会因为顺利而冲淡其魅力？会不会因为圆满而阻塞了渴望，而限制了想象，而丧失了激情……”答案当然是：肯定会。因为地球如此方便如此称心地把月亮搂进了自己的怀中，没有了阴晴圆缺，没有了潮涨潮落，没有了距离便没有了路程，没有了斥力也就没有了引力，那是什么呢？很明白，那是死亡。也就是说，所谓好运，所谓幸福，显然不是一种客观程序，而完全是心灵的感受，是强烈的幸福感。没有痛苦和磨难你就不能强烈地感受到幸福，那只是舒适和平庸，而不是好运和幸福。

那么该怎么办呢？看来为了使你感受到好运和幸福，就不能让你万事如意，一路坦途，风平浪静，那样只会让你麻木，让你的幸福贬值，所以必须给你加设一点必要的困难、坎坷、挫折，甚至是一些必要的痛苦和磨难。例如，得一种大病之类，但日后必须好起来，必须苦尽甘来。而后又怎么样呢？日子长了幸福感又要老化、萎缩、枯竭、麻痹。没办法只好不断地再加给你痛苦和磨难。

本来想让你幸福，结果却必须不断给你加设痛苦。事情怎么会是这样呢？事情就是这样，本来就是这样。幸福感本来就是以痛苦为背景、为衬照的，没有了痛苦怎么能体会到幸福呢！看来幸福中包含着一个悖论：一味地幸福不是幸福，永远的好运等于坏运。也就是说，痛苦和磨难是获得幸福必不可少的因素。世界上没有绝对的好运，因而你压根儿不要企望什么绝对的好运。有幸福有痛苦才是人生之常。

史铁生作品中讨论的悖论还有很多。例如，自我的悖论——我是我的印象的一部分，而我的全部印象才是我；历史的悖论——历史是存在的又是不存在的；终极关怀的悖论——有终极发问而无终极答案；自由的悖论——自由是写在不自由之中的一颗心；人际的悖论——人与人之间的理解是写在不可能彻底理解之上的一种智慧；语言的悖论——语言给我们自由，同时给我们障碍；“科学”的悖论——科学可以造福，也可以生祸，等等。

在作品中如此频繁地提出悖论，讨论悖论，这在中国当代文学史上是罕见的（更不用说古代）。悖论，几乎成为识别史铁生文体的一个不可忽视的特征了。

通过史铁生对诸多悖论的分析和讨论，我们更明确地感受到史铁生思想的深刻性和思维的复杂性。周国平说史铁生是一个天生的哲人，不依靠概念，仅仅凭借自己的悟性便进入了几乎一切最深刻的人生问题。通过上述讨论我们可以进一步说，他不但进入了几乎一切最深刻的人生问题，而且他进入了几乎一切人生问题的最深层。证据就是：他在一系列人生问题中发现了一系列悖论。

悖论，本来是逻辑学中的一个基本概念，指两个互相排斥但同样是可论证的命题之间的矛盾。后来人们把它泛化并运用到其他学科领域，结果发现，几乎在每一种概念和真理背后，都存在着悖论。悖论，在康德那里叫作“二律背反”。康德提出了四组二律背反：时空是有限的又是无限的；世界是单一的不可分割的又是复杂的可以分割的；世界上存在着自由又不存在自由（一切都是必然的）；世界有始因又无始因。黑格尔认为，康德承认发现事物的悖论是一个哲学上的贡献，但康德只列举了四种，太不够了，因为什么东西都有矛盾。黑格尔指出："凡一切真实之物都包含有相反的成分于其中。因此认识甚或把握一对象，也就是要觉察到此对象为相反的成分之具体的统一"。

黑格尔的认识是深刻的。他看到了一切事物内部的深层秘密，从而揭示了这一秘密构成的基本机制。遗憾的是，黑格尔及传统的西方哲学总是把眼光投向外在的客观世界，而不大关注人，人生，人的精神生活。从叔本华、尼采开始，西方哲学扭转了这一偏颇，把关注点转向了人，人生，人的内部世界。而一旦进入这一领域，发现在一切问题的深处，也都存在着深刻的矛盾，存在着二律背反或者说是悖论。这种发现，深刻影响着近现代西方哲学、宗教以及文学艺术。人们发现世界、人生、人心原来是那么复杂难言，绝不像以前所了解的那样单纯和透明，于是现代人才有那么多的困惑、焦虑、不安、无所适从，两难选择，等等。现代人复杂了，现代人深刻了。

史铁生以自身经历为出发点，以人的存在困境为切入口，发现了诸多悖论。他的思考，加深了中国当代文学的思想（哲学）深度，提升了中国当代文学的精神品位。笔者认为，这可以视为史铁生对中国当代文学的一个独特贡献。

对话人生实录

1. 怎样对待不公平不合理现象?

问:如今社会上流行一句话:学会数理化,不如有个好爸爸。这是明显的社会不公。作为老师,您怎样解释这种现象?

答:这问题的确比较尖锐和敏感,但是作为老师没有理由回避和躲闪,完全可以大大方方地正面回答。我想从这样几个方面回答,你听听看有没有道理。

第一,从社会视角看,很明显这是一种普遍存在,但却是丑陋的社会现象,因为它体现了社会的不公正,不公平,因而也不合理,所以应该尽快改变,尽快消除。不过这也不是你想改变就改变,想消除就消除得了的事。因为一种社会现象的形成,原因极为复杂,以至于没有人能够理得清楚:既有历史的,也有现实的;既有制度的,也有文化的;既有观念的,也有人性的……这种现象的不公平、不合理,人们不是不知道,从领导到群众,从老年人到中学生,几乎没有人不知道,也几乎没有人不愤慨。上上下下人人都知道,都认为应该改变它,消除它,怎么就消除不了呢?可见它根深蒂固,积重难返,一时不容易消除。不过,多少年来,人们也一直在为改变以至于消除它而努力,这种情况也在逐渐得到某种程度的抑制和改善。不公平不合理在舆论上一直都在被谴责,现在正从制度和政策层面受到限制,这也是应该看到的。我们有理由相信,将来的社会会越来越趋向公平公正和合理。

第二,从终极视角看,即从哲学层面看,即使社会越来越公平合理,然而不公平不合理的现象仍然会存在。因为辩证法的基本原理告诉我们,公平合理总是相对的,而不公平不合理永远是绝对的。也就是说,即使在最理想(什么是最理想?怎样才最理想?)的社会状态下,不公平不合理也依然会存在。有"不公平"才有"公平",反之亦然,二者相互依存相辅相成。"公平"是相对于"不公平"而言的,"不公平不合理"是"公平合理"存在的前提,没有它们,也就无所谓公平和合理了。你想想是不是这个理儿?

当然,那个时候不公平不合理的事情"质"(性质)可能变了(不那么"恶劣",那么让人咽不下去了),"量"也可能少了,小了,但是存在还是必然的。

那么我们讲这些道理是什么意思?是让人心平气和地接受那些不公平不合理,从此咽下这口气听其自然吗?当然不是!我的目的与此正相反,我讲这些道理是想让你从感情的激愤中走出来,理智地"接受"这种现实。劝你"接受"不意味着承认它合理,而是既然它是一种客观存在,你又一时半会儿消除不了它,那么最理智最明智的做法就是,承认它、"接受"

它，然后超越它。

怎么超越？社会层面上当然是依靠社会的改革，靠科学严密公开透明的制度来保障。不过，这事你我主宰不了。你能管的是你自己。接下来要说的是，靠你的实力，靠你的实力证明你自己，让社会承认你，接纳你。我们没有可以依靠的"后台"，但我们有的是品质和能力。让人欣喜的是，社会正在发生巨大的变化，正在由门第、权力、金钱本位向能力本位转变。社会要的是品行好，能力强的人。那些依靠"好爸爸"而得到位置的人，如果无德无能，总有一天是会丧失他们所得到的东西的。他们可能侥幸、得意于一时而不可能侥幸、得意一辈子。所以我劝你没有"好爸爸"也绝不要灰心丧气，而应该激发起更强大的奋斗的勇气和动力，千方百计塑造、成就一个精彩的自己。否则，社会淘汰你也活该，你说是吗？

2. 追求成功就要放弃自尊吗？

问：如今年轻人都渴望成功，有些"成功学"的书上说，要成功就要"放弃无用的自尊"，"要面子，吃大亏"，我有点迷惑，真的要成功就要放弃自尊吗？

答：我对你的"迷惑"表示理解，表示赞赏，甚至表示尊敬，这意味着你还有着比较清醒的道德观和价值观，说明你心里还有着最起码的道德底线。我和你一样感到"迷惑"，不过我迷惑的不是这些话所体现的价值观和道德观，而是为什么这样的书、这样的话竟然能堂而皇之地出版并大行其道！我迷惑我们社会的价值观和道德观竟然到了这一步了么?!

自尊，尊严，我认为是现代文明人最起码的价值观，做人最起码的道德底线。在漫长的奴隶社会和封建社会，奴隶们和普通老百姓没有尊严，因为奴隶主和封建统治者不把他们当人看，他们不是奴隶就是奴才，完全没有人格的独立和尊严。久而久之，习惯成自然，没有尊严也就成了集体无意识。没有"他尊"，当然也就无所谓"自尊"。现代文明摧毁了几千年的老观念，把人从封建统治下解放出来，人开始有了作为"人"的身份，开始把人当作人来看。从这时候起，普通人才开始有了尊严，并逐渐培养了人的"自尊"意识。在我们中国，这样的历史还不够长，因而，在某些人那里"尊严""自尊"的意识还不够坚定，还没有把它作为至高无上的精神要素来追求，来维护；一些人还没有充分意识到尊严对于一个人生存的价值和意义，还把它视为可有可无可要可不要的东西。尊严在这些人眼里、心里的分量相当轻微，甚至视为"无用"，当它和物质、财富、权力这些现实功利的东西相冲突时，立马放弃的不是物质、财富和权力，而是自我的尊严。于是就有"放弃无用的自尊"等言论出现。

视自尊为无用并且主张放弃之类的言论是典型的粗鄙的实用主义，自轻自贱的奴才主义。它堂而皇之地出现，说明腐朽的思想观念在我们这里是多么的根深蒂固，现代文明意识是多么的薄弱。我国经济上迅速发展了，富裕了，但思想观念的现代化还差得很远，还需要继续普及和培养，"革命尚未成功，同志仍需努力！"这一点现在差不多已经成为国人的共识。温家宝在2010年不止一次地呼吁，让中国人活得更有尊严！他的呼吁代表了时代的心声，民族的心声！

我只顾从理论上激昂慷慨地“大批判”了，不知你是否以为有道理。如果你觉得理论上有点空，有点抽象的话，现在我换个角度，即从实践角度谈问题。我要问，如果是你——泛化的非具体实指哪个人的“你”，设身处地地想，为了所谓的成功，你愿意放弃自尊去阿谀奉承，拍马溜须，抬轿子吹喇叭吗？你愿意低三下四送物送钱贿赂人吗？愿意打小报告造谣生事拆别人的台吗？愿意出卖人格出卖灵魂甚至于出卖在这场合羞于出口的东西吗？我想，不用问，答案是不言自明的。这也证明鼓动“放弃自尊”的言论是多么的误导和害人。这是一种倒退，它要把人从“人”变成“非人”。

对成功问题进行过深入思考的周国平先生，曾经把成功分为伟大的成功与伟大的失败，渺小的成功与渺小的失败。他说，成功是一个社会概念，一个直接面对上帝和自己的人是不会太看重它的，在上帝眼里，伟大的失败也是成功，渺小的成功也是失败。我认为周国平的话很有道理，想必你也赞同。

最后，我还想到耶稣的一句话，让我们一同思考他带给我们的启发。这句话是：一个人得到了整个世界，却丧失了自我，又有何益?！

3. 最佳的人生目标是什么？

问：作为年轻人我们都知道要树立人生奋斗的目标，可是目标有大有小有远有近有虚有实，直让我晕晕乎乎不知所措。那么，什么才是最佳的人生目标呢？

答：这问题不用我回答，已经有人回答过，我赞同，我把人家的意见转述给你。我保存过一篇小文章，题目就叫《人生的最佳目标》，作者刘燕敏，发表在2008年12月31日《羊城晚报》上。文中讲：2008年5月20日，捷克登山界传来两个消息：马克在无后援的情况下，成功登上世界第七高峰道拉吉里峰，它在喜马拉雅山脉中段尼泊尔境内，海拔8 167米；另一个消息是，莫里在珠峰8 300米处坠崖身亡。

马克与莫里是好朋友，都是登山爱好者。莫里的愿望是征服世界第一高峰珠穆朗玛峰。他认为作为一名登山运动员，没征服珠峰，就不算一个最好的运动员。而马克则认为，征服珠峰对一个登山运动员来说，虽然是一个美好的愿望，但他的素养与经验暂时还不够。正是因为这个分歧，他们分了手。

8年间，马克先后征服了海拔5 895米的非洲第一高峰乞力马扎罗山和南美第一高峰——海拔6 893米的盐泉峰，成为第一个征服这些山峰的捷克人。在这期间他被国际登山者协会吸收为常务理事，同时被任命为国家登山队的副教练。

莫里则一直申请攀登珠峰的签证与批文。攀登珠峰的最佳时间是每年的四、五、六三个月，由于申请人数较多，尼泊尔对申请者的要求比较严。八年来，莫里共获得三次签证与批文。第一次，他攀登到7 600米处折回，没有实现登顶的愿望；第二次，攀登到8 500米处；2008年5月，他第三次去征服珠峰，这一次他遇难了。

莫里死了，死在他那个美好的愿望里，许多人认为他是个英雄。可是，因为有马克的存在，大家又认为，他的死有些令人遗憾，因为人生的最佳目标，不是最有价值的那个，而是最有可能实现的那个，而他选择了后者。

马克和莫里的故事告诉我们，所谓最佳的人生目标，不是最高最远最大最有价值的那个，而是离你最近最有可能实现的那个。这就是说，在设计人生目标的时候，不要太好高骛远，要切合自己的实际，把目标定得经过努力可以达到。

鉴于上述思想，那么对于你来说，就先不要考虑神八、神九或者中国的宇宙空间站哪一年上天，中国的航空母舰哪一天下水，共产主义实现后大学生如何就业等这类虽然很大很有意义，但离你很遥远的问题，这些问题自然有人考虑，你要考虑的问题是你自己身边的一个个问题，即如何把自己的学习搞好，如何充分利用这四年有限的时间打造一个精彩的自己，或者说尽量让自己精彩，成为一个对国家对民族对社会有用的人。

4. 怎样面对社会人生的复杂？

问：从懂事起就不断听家长和老师说，人复杂，人生复杂，生活复杂，社会复杂，复杂复杂复杂，直把我们吓住了。面对社会和人生的复杂，我们该怎么办呢？

答：我理解你的困惑，因为我也是从你那个年龄过来的，我也经受过那样的教育。不但家长和老师这样说，文学、戏剧、电影、电视等艺术作品，以及其他各种书也都反复不断地这样说。是的，他们说得都不错，人，人生，生活，社会，确实是复杂的，你生活过了，接触过了，就知道了。但是，复杂只是人、人生、生活、社会的一个方面，任何事物既有复杂的一面，也有简单的一面，或者说可以透过现象看本质，可以化复杂为简单。与此同时，处世也是这样，复杂中有简单，可以化复杂为简单。

这里我给各位介绍一个面对复杂的社会和人生，化复杂为简单，而且取得了巨大成功的人，这就是日本人——稻盛和夫。

稻盛和夫是日本乃至世界著名企业家，他所创办的两家企业（京瓷公司和第二电电株式会社）在他有生之年均进入世界500强，在日本和松下幸之助一样，被称为“经营之圣”。稻盛和夫不仅是成功的企业家，而且还可以说是一位人生哲学家，他所著的《活法》（一、二、三）、《稻盛和夫的哲学》《敬天爱人》《稻盛和夫的应用哲学》等，总结了他的成功之道，或者说他的人生哲学，他的人生观和世界观，流布甚广，使所有看过的人都深受启发。

稻盛和夫认为，人生常常被人看得很复杂，处世常常被告知必须有技巧，然而事实上却没有那么复杂，而是很简单，那就是只需遵守人类自古以来就已奠定的最简单的伦理与道德就行了。他说自己年轻时创设京瓷公司，既没有相关知识，也没有管理经验，完全是个门外汉。困惑到极点时最后决定把**“不说谎、不给人添麻烦、诚实、不贪心、不自私自利”**这些简单的规范，奉为经营的指导原则及行事判断的守则。他说：“我就是在这些原则的引导下从事经营，一路走来始终无惑地走在正确的方向，并且把公司带向了成功之路。”“如果你问我成功的理由是什么？说起来或许就这么简单。——事情是否为人所当为，有没有违反根本的伦理与道德？我把这些当作为人处世最重要的原则而牢记在心，也在这一生中尽全力坚守至今。”

稻盛和夫的处世原则，单纯朴实，返璞归真，这是人类智慧的原点或元点，是以不变应万变的处世经典，是永恒的颠扑不破的真理。然而，正是这些简单朴实的真理被现代人视为“陈腐过时”抛弃了，人们按照自以为聪明的处世技巧生活，结果聪明反被聪明误，最后走上歧途，活得乱七八糟。与稻盛和夫相比，前者叫“大愚若智”，后者叫“大智若愚”，境界高下，不言自明。

请同学们联想一下事实，就知道稻盛和夫之言不虚！你想想，历史上，现实中，你身边，有几个玩处世术、耍小聪明的人成大器成大事的呢?!

第十四讲 人本困境

所谓人本困境，就是困扰人类生存的终极性问题，人类身处其中无法摆脱的问题。换句话说，人本困境即人的根本处境。作家史铁生认为，面对困境，文学应该比其他所有学科更敏感，文学应该更多地关怀人的精神问题亦即终极性问题；文学的根，应当是与人类生命相始终的根本困境。史铁生身体力行，在作品中思考了诸多人本困境问题。这些思考的实质是现代人为精神寻找出路，通过寻找，使人们的精神上升到一个新的层次、新的境界。

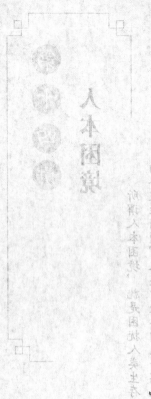

一、认识困境——人类渴望认识世界却永远不能穷尽对它的认识

客观世界是人类生存活动的大背景，它为人类的生存活动提供了条件，同时又带来了限制；它给人类以福泽又给人类以灾难。人类自觉醒以来，就不甘心被动地受它的摆布，而总想改造它并进而驾驭它。但改造和驾驭的前提是认识它、把握它，于是，从那时起，人类就开始了对客观世界的认识过程，并为此付出了坚韧不拔、艰苦卓绝的努力。由于这种努力，客观世界越来越多地被认识、被掌握、被改造、被驾驭，人类获得了某种程度的相对自由。但是，由于客观世界的无比复杂性，人们对它的认识还十分有限。人类对它认识得越多，结果发现尚未认识的也越多，无论人类怎么努力都不能穷尽对它的认识。相对于人类已经认识到的来说，它永远是无限的。被认识了一点的无限和被认识了许多的无限，都还是无限。这就是说，人类对客观世界的认识和发现永无终结，我们的智力永远不能穷尽存在的神秘。正如作家史铁生所说："人类永恒面对的不是可知而是不可知。可知是少部分，不可知是永远存在的环境，是种困境。"

人类为什么会陷入认识困境呢？作家史铁生对此做过深入的思考，并在散文和小说中多有讨论。他认为原因大体在两方面。

从客体方面说，人类所面对的认识客体——宇宙、世界、人生——是绝对的、无穷无尽无始无终的，而认识主体——人类——的认识能力却是有限的。有限永远不能穷尽无限（穷尽了就不是无限了），所以人类永远摆脱不了认识方面的困境。史铁生对此有清醒的认识。在精神自传性小说《山顶上的传说》中，他借笔下人物说："人要想完全掌握自己的命运，除非把宇宙中的一切事物的规律都认识完。可人的认识能力总是有限的，而宇宙中的事物却是无限的，有限怎么可能把无限认识完呢？"后来在散文《记忆迷宫》中又说，人类对存在的发现永无终结，因为，"比如说我们的智力永远不能穷尽存在的神秘，比如说存在是一个无穷的运动我们永远都不能走到终点，比如说我们永远都在朝圣的途中但永远都不能走到神的位置。也就是说，我们对终极的发问，并不能赢得终极的解答和解决。"

从主体方面说，人（无论是个体还是群体）的认识永远是站在自我立场上从自我出发的认识，因而永远也难以逃脱"自我"的限制。

人的"自我"的限制是多方面的。首先是认识能力的限制。人类对客观世界的认识能力是随着实践的发展而发展，随着科学水平的不断提高而提高的。在每一个特定的时空范围内，人类对世界的认识都必然会受到当时认识能力的限制。以物理世界来说，在伽利略时代，人们以为世界就是伽利略所认识的那个样子；在牛顿时代，人们以为世界就是牛顿所认识的那个样子；在爱因斯坦时代，人们以为世界就是爱因斯坦所认识的那个样子。那么世界到底是什么样子呢？100年后，1 000年后，10 000年后人们认识到的世界又是什么样子呢？可以肯定的是，未来的人们对世界的认识肯定越来越全面越来越深刻，但是，相对于宇宙的无限来说，人类的认识能力永远是有限的，能力的限制永远存在，所以"困境"永在。已知永

远是手电筒照亮的眼前的一小片，而未知如手电筒亮光之外，永远是无边的黑暗。

其次是认识主体自身结构的限制。史铁生在一篇散文中写道，有一次他生病高烧到40.3℃，这时他看到周围的一切景物都蒙上了一层沉暗的绿色。几天后烧退了，那层暗绿色也随之消失。这现象使他想到，假如世界上有一种动物的正常体温就是40.3℃，那么它所相信的真实世界不就是暗绿色的吗？再如，如果没有正常人的感觉为参照，那么色盲者肯定认为世界上的色彩本来比现在要少。顺着这一思路想下去，人类眼睛的生理结构决定了人类对世界的认识结果，那么如果用鹰、用猫、用狗，用其他任何一类动物的眼睛看世界呢？认识到的结果肯定不同。到底怎么不同呢？这是人类永远不得而知的。也许有一天人类运用最新的科学仪器发现了鹰或其他动物对世界（如色彩）的观察结果，但这种发现也仍然是人的发现，仍然受着人类自身的限制。这就是说，认识主体对认识对象的发现与主体自身构造有关，人们永远也不能摆脱自身结构的限制。正如史铁生所说："被眼睛所蒙蔽的眼睛，总也看不出眼睛对眼睛的蒙蔽。"

主体自身结构可以做广义的理解，即还可以理解为人的观念、知识结构、心理结构等，这些都是人们观察、理解问题的"视网膜"或"滤色镜"，观念等不同，理解问题的结果也会不同。

最后是认识角度——视角的限制。小说《第一人称》揭示的就是这种局限。小说写"我"到郊区去看分到的一套房，进院门看见一位姑娘坐在树荫里，"我"问她这是不是"我"要找的那座楼，她喃喃说"顺其自然"。姑娘为什么坐在这里，"顺其自然"是什么意思？"我"爬上三、五、七直至最高层二十一楼，在每一层都有新的发现，新的理解，最终也不明白到底是什么原因什么意思。这个故事让我们认识到，同一现象，又都是亲眼所见，然而从不同角度（层次）来看，却可以做出完全不同的理解，看来"角度"制约着人们对事物的认识。每个人对事物的观察和认识，都不可避免地是从"自我"角度出发，不可避免地受"自我"角度的局限。正如小说创作中选择第一人称叙事角度一样，叙述人只能叙述自己所看到听到想到的，只能叙述他所了解的世界，而在他的视野之外必然留下很大的盲区。所以史铁生把他的这篇小说命名为《第一人称》。

面对困境怎么办？无所作为地等着被困境困死？当然不是。史铁生说，命运永远会给人以困境，这应该是试图超越的。超越困境，他又称之为"突围"。凭什么突围呢？人类想出了许多途径和办法，如哲学和科学。哲学依靠着智力，梦寐以求想把人的终极问题弄清楚，以期根除灵魂的迷茫。但上帝设下的谜语看来只是为了让人去猜，并不想让人猜破。他给予人类的智力与他给予人类的谜语太不成比例，之间有着绝对的距离。这样，哲学越深入发展固然猜到的东西越多，但每一个谜底都是十个谜面，又何以能够猜尽？期望着豁然开朗，结果却走不出云遮雾障。哲学之外，又有科学，用科学去探索去穷究宇宙自然之秘密，但同哲学的命运一样，得到的"已知"越多，发现的"未知"也越多。这就是说，哲学和科学都"突"不出认识困境之"围"。事实上这个"围"是永远也"突"不出去的，能"突"出去的就不叫困境了。那个围是围定了的，活着即在此围中。

这不让人感到绝望吗?！但人类始终没有绝望，面对永无穷尽的未知，人类依然倔强不屈地奋然前行，依然义无反顾地摸索前进。这时靠的是什么？是信仰，是信心，是意志，总之是精神，史铁生把这种精神称之为“宗教精神”。他说：“在科学的迷茫之处，在命运的混沌之点，人唯有乞灵于自己的精神。不管我们信仰什么，都是我们自己的精神的描述和引导。”“我想，因为智力的有限性和世界的无限性这样一个大背景无以逃遁，无论科学还是哲学每时每刻都处在极限和迷途之中，因而每时每刻它们都在进入神话，借一种不需实证的信念继续往前走……人类在绝境或迷途上，爱而悲，悲而爱，互相牵着手在眼见无路的地方为了活而舍死地朝前走，这便是佛及一切神灵的诞生，这便是宗教精神的引出。”

“宗教精神”这一概念，在我国很容易引起误解。人们往往容易把它与一般的宗教混为一谈，认为是迷信。其实二者绝对不是一回事。对此史铁生做过多次解释。他说，宗教，是人们在“不知”时对不相干事物的盲目崇拜，这才是通常意义上的迷信；而宗教精神，则是人们在“知不知”时依然葆有的坚定信念，是人类大军落入重围时宁愿赴死而求也不甘惧退而失的壮烈理想，是知生之困境而对生之价值最深刻的领悟。如果硬要说宗教精神是一种迷信的话，“但这是很好的迷信，必要的迷信，它不是出自科学论证的鼓舞，而是出于生存欲望的逼迫。这就是常说的信心吧。”

总之，在史铁生这里，一方面对人类认识困境的永恒性有着极清醒的认识，一方面对人类超越困境的精神力量又有着足够的信心。在他这里，有对困境的深刻体验和领悟，有过迷惘和困惑，但从没有过绝望和沮丧。勘破了人的生存困境之真相后，他一向高扬的是人类顽强不屈的进取精神。有人说他大彻大悟后皈依了佛道，这实在是对他的最大误解。他说：“我不知道什么是大彻大悟，我只知道逃避生之事实是徒劳的，而放弃生之热情更是荒唐。”他欣赏的是西绪福斯式的欢乐，他以为在困境中唯有西绪福斯式的欢乐是最好的救赎之路，即知困境不可摆脱，而坦然无畏地接受它，以永恒不懈的努力与之相周旋，在这一过程中获得骄傲和欢乐。他认为这才是成熟的人应有的智慧，所以他说，看透了生活的本来面目然后爱它是一种明智之举。综观史铁生的所有作品，他始终高扬着一种勇往直前的奋斗精神，在这里我们看到了人的渺小，也看到了人的伟大；看到了人的悲壮，也看到了人的崇高。

二、命运困境——人都想掌握自己的命运却又不得不受宿命因素的束缚

关于命运问题，前面我们已经设了一讲(《命运之谜》)加以讨论，这里仅仅从“人本困境”角度再简单说几句话。

在思考命运发生机制的时候，我们发现，命运问题虽然极其复杂甚至神秘，但制约它的最基本的因素，事实上只有两种：主观因素与客观因素，或者说是自由意志与宿命因素。

宿命因素并非是指宿命论，而是指个人无法改变无法摆脱，不得不受其制约的因素。如你想生成男(或女)的，生在文明程度高的大城市里，生在有权有钱有地位人的家里，将来的世界更美好，因此你想生在下一个世纪里，但是，你已经出生了，已经在特定时刻生在特定家庭里了，你已经是个女(或男)的了！这一切都是你无法主宰的，这就叫“生你没商量”。这就

是宿命！西方人特重人权，认为出生是一件庄严神圣的大事，如此大事父母竟然不征求你本人意见就把你给“抛”到这个世界上来了，这实在是荒诞。

宿命因素与生俱来，无法改变，你只好接受！但接受并不意味着完全听凭命运的安排而无所作为。在接受宿命因素的基础上，人应该发挥主观能动性，积极努力去争取。人的命运就决定于二者互动所形成的张力场中。

总之，在命运问题上，始终存在着自由意志（主观因素）与宿命（客观因素）的永恒冲突，即人类想掌握自己的命运却又不得不受宿命因素的束缚。这就是我们所说的“命运困境”。

三、人际困境——渴望沟通却又永远不能彻底沟通

众所周知，《红楼梦》中宝玉、黛玉自幼一起长大，后来又成了知己、恋人，各自都为对方着想，都想为对方好，本应心心相印互相理解了无隔膜，但事实并非如此。实际情况是他们经常发生口角，“三日好了，两日恼了”，经常发生冲突，有时甚至相当激烈。如二十九回，贾母、凤姐率一群姐妹到庙里看戏，期间张道士为巴结贾府当着众人说要为宝玉提亲，宝玉见张道士赠送的金麒麟想收藏起来，偏被黛玉看见，自觉不好意思。宝钗说湘云也有一个，被黛玉当众奚落一顿。这些描写琐琐碎碎却特见功力，轻描淡写中道出了几个人曲折复杂的人际关系及隐曲难言的微妙心态。宝玉善解人意，知道黛玉心里不好受，第二天赶去安慰她。黛玉并不领情，抢白道：“你只管听你的戏去罢；在家里做什么？”宝玉认为黛玉不该误解他，因而立刻恼了，两人大吵起来，直到赌咒发誓，宝玉摔玉……

本来都一心想为对方好，结果却激烈吵起来，原因就是彼此的深心幽意各藏在自己心里不能交流，结果一个心弄成了两个心，求近心弄成了疏远意，为对方好却弄成了对对方的伤害。这种动机与结果错位的现象在现实生活中太常见了。这说明了什么？说明人与人之间沟通之难，理解之难，人人都渴望相互沟通却又难免相互隔膜。这种状态具有极大的普遍性，所以，抽象起来看，我们说这是人际关系的一种根本困境，即“人际困境”。

人人都想与别人沟通却又难免相互隔膜，这是人际关系的一种现实，这种现实在古今中外文艺作品中都有反映。例如史铁生，他对人际关系极为敏感，他希望人与人之间能心灵相通，友善相处。然而不幸的是，他从实际生活所感受所观察所发现的却是人与人之间的疏离和隔膜。他的这一发现在作品中多有表现。限于篇幅，略而不述，有兴趣的读者可以阅读他的原著。

有隔膜就要求理解，要求沟通。史铁生说：“无论僧俗，人可能舍弃一切，却无法舍弃被理解的渴望。”史铁生把要求互相沟通的欲望视为个人生命史上的第二件大事（第一件大事即出生）。史铁生的话表达了人类渴望理解、渴望沟通的愿望之强烈。

怎样进行沟通？或者说怎样摆脱孤独？史铁生认为，唯有爱情和艺术。这里的爱情不单指狭义的性爱，更是对博爱的渴望、呼唤和祈祷。史铁生认为一切宗教不管其色彩多么纷繁，终极关怀都是其根本的意蕴；而终极关怀说起来无比复杂无比深奥，但归根结底可归为

一个“爱”字。“爱的问题存在与否，对于一个人、一个族、一人类，都生死攸关，尤其是精神之生死的攸关。”人间有隔膜，人心感到孤独，因而总是呼唤爱。爱可以化解人与人的敌意，让人互相理解，互相尊重，和睦相处。而艺术呢？艺术可以拆除人之间的壁障，让人的灵魂互相倾诉，互相交流，互相印证，从而实现心灵的沟通。

然而爱和艺术沟通人心的效果和作用也仍然有限。因为，“有人的地方一定有墙，我们都在墙里。没有多少事可以放心到光天化日下去做。”这就是说“墙”的存在是绝对的、永恒的。还因为，沟通需要语言，然而语言既是沟通的工具又是沟通的障碍，人们操着同一语言，然而表达的却不是同一意思，人一生就走在解释的路上却总是走不到尽头。如此看来，人与人之间的彻底理解和沟通是不可能的。史铁生对此有着清醒的认识，所以在小说《礼拜日》中他写了这样一句话：“自由是写在不自由之中的一颗心，彻底的理解是写在不可能彻底理解之上的一种智慧。”

人际困境天生地暗含着相互对立着的两个方面：隔膜与打破隔膜即要求沟通的欲望。前者激发出后者，后者征服和超越着前者，然而永远也不可能彻底征服和消除前者，二者共生共在，相互对峙着形成一个永恒的张力场。人类将永远在这一张力场中徘徊，将永远走在尽最大努力争取沟通、有所沟通又不能彻底沟通的路途上。

四、欲望困境——欲望与能力之间的永恒距离

人为什么要活着？人与石头与机器人的区别是什么？对这些简单而玄奥的问题，史铁生的回答是：“人为什么活着？因为人想活着，说到底是这么回事，人真正的名字叫作：欲望。”这就是说，支配人活着、活动的根本动力是欲望，欲望是人间戏剧的总导演。

人的欲望无穷无尽没有止境，是无限的，一个（一次）欲望实现了，同时有一个至一万个新欲望又产生了，而人实现欲望的能力却是有限的，这就必然产生痛苦。正如史铁生说：“人生来就有欲望，人实现欲望的能力永远也赶不上他欲望的能力，这是一个永恒的距离。这意味着痛苦。”

欲望无限，而实现欲望的能力却有限，这是人生的根本困境；生命不息，欲望不灭，这就决定了人将永远在痛苦中打转转。

面对欲望困境，人类该怎么办呢？有没有走出困境（或者说超越它）之路呢？反正“人生而有欲”（荀子），欲望与生俱来，是先天的自然的本能的，因此根本不是你喜欢不喜欢、想要不想要的问题，而是怎样处理怎样对待的问题。为此，自古至今人类进行了不懈的探索，争取在精神上超越欲望困境。

例如马克思和恩格斯曾多次谈到人的欲望与享受问题，在肯定人的享受的合理性的同时鼓励人们为了高级享受而放弃低级享受。马克思说如果音乐好听，听众也懂音乐，那么，消费音乐就比消费香槟酒高尚。恩格斯把人的生活分为生存、发展、享受三个部分，并同意这样的意见：人不仅为生存而斗争，而且为享受、为增加自己的享受而斗争……准备为取得

高级的享受而放弃低级的享受。马克思和恩格斯所说的高级享受当然指的是精神享受而非物质享受。

美国人本主义心理学家马斯洛把人的需求(或欲望)分为若干层次,最低的是生理需求,依次向上是安全需求,归属需求,自尊需求,最高层次的需求是自我实现。自我实现即人的潜能和创造力的充分发挥,这是一种最高的精神享受。马斯洛认为为了最高的精神需求可以抑制乃至放弃低层次的需求。他的意见与马克思恩格斯的意见有相通之处。

史铁生对于如何超越欲望困境的意见,概括起来主要有以下几点意思。

其一,他主张在进取中求得矛盾的相对和谐。由于看到了欲望导致痛苦,欲望是痛苦之源,为了免除痛苦的折磨,有哲学或宗教主张灭欲以达目的。对此史铁生认为并不可行。他说:"企图以灭欲来逃避痛苦者,是退一步去找和谐,但欲望若不能消灭干净便终不能逃避痛苦,只好一步步退下去直至虽生犹死,结果找到的不是和谐而是毁灭。"他认为,退一步找和谐者趋向僵死,进一步找和谐者则必生气勃勃富于创造精神,对不和谐的征服和超越(而非逃避)是人类的光荣。

其二,他主张将欲望引向创造,引向过程。他说:"消灭欲望绝不是普度众生,而只是消灭众生,不应该灭欲,只是应该把欲望引向过程,永远对过程(努力的过程、创造的过程,总之生命的一切过程)感兴趣,而看轻对目的的占有,才是正当的欲望。"这就是说,人应当重创造而不重占有,应当看重创造过程本身的快乐而不是"对目的的占有"的快乐。这样,既充分发挥了欲望所激发的创造活力,又避免了欲望不能实现的痛苦。

其三,有一个了悟人生意义的灵魂,在精神上理解人生"幸福"的真义。这个意思是他从一个具体个案中悟出的:史铁生本人因病不能下地走一步,因此世界上那个跑得最快的美国黑人运动员刘易斯就成了他喜爱和崇拜的对象,以为他"最幸福"。然而刘易斯也有被战败即也有痛苦的时候。这使史铁生深有所悟:"我看见了所谓'最幸福的人'的不幸,刘易斯那茫然的目光使我对'最幸福'的定义动摇了继而粉碎了。上帝从来不对任何人施舍'最幸福'这三个字,他在所有人的欲望前面设下永恒的距离,公平地给每一个人以局限。如果不能在超越自我局限的无尽路途上去理解幸福,那么史铁生的不能跑与刘易斯的不能跑得更快就完全等同,都是沮丧和痛苦的根源。"这就是说,人要有一个"了悟人生意义的灵魂",明白"幸福"并不在于面前没有局限,而在于不断地超越自我局限;痛苦不在于局限永远存在,而在于被局限束缚了灵魂。

德国人有句谚语——理解了也就宽恕了。我们可以套用这句话说,理解了也就超越了。上述马克思等人对欲望困境的思考虽不能消除困境本身,但却帮助我们从精神上实现了对欲望困境的超越,使我们对欲望有了一个理性而智慧的应对态度。

五、死亡困境——人都不想死又不得不死

人都不想死但又不得不死,这一铁定的事实让人感到遗憾,感到恐惧,让人终生烦恼痛

苦，心神不安。然而任何人对这一事实又完全的无可奈何、束手无策，因为这是人的宿命。既然是宿命，你就别无选择，只能接受。死亡的事实对于人的主观意志来说，绝对不讲任何道理，它不分男女老幼贵贱贤愚一无例外地强加给你，情愿与不情愿都必须接受。你不想接受又逃避不了，这就是人的根本困境，使你无法超越。

但是，身子不能超越，心也不能超越吗？当然不是。身是不自由的而心则是自由的。肉体的“身”不得不死（一件生物性、生理性的事实），然而作为精神的心则可以通过思考更全面更深刻地理解死，并通过这种理解反过来更合理而有意义地生（让生死这件生物性、生理性的事实转化为具有社会性、精神性的事件）。正是在这里，人才显出了人的特性：既渺小又伟大，既被动又主动。

自古以来，人类就开始了对死亡的沉思，开始从这种沉思中领悟生之意义，开始了从精神上对死亡困境的超越。

儒家的圣哲认为，人的肉体生命存在的时间是短暂的，而人的道德精神的存在却是久远的，人类崇高的精神理念，如道德价值是高于个我之生命价值之上的。一旦二者发生冲突，应该做到“杀身成仁”“舍生取义”。因为身虽死而道德精神却长留人间，彪炳后世，就是儒家圣人所谓的“死而不亡”。由此可见，儒家是以道德价值的实现作为人解决生死问题的关键，实质是鼓励人走死后不朽之路。儒家用道德精神的不朽超越了死亡困境。

道家的死亡观认为，人类由“生”至“死”，犹如春夏秋冬白天黑夜的更替演变一样，本是大自然运行演化的结果，都是“道”的自我实现。因此人们不必为“生”而喜，不必为“死”而悲，而应该随顺自然大化平静地“活”，亦随顺自然大化坦然地“死”。人们只要在精神上与大道合为一体，那么就无所谓生也无所谓死，这样齐同了生死，从而也就超越了生死。

佛教呢？佛教认为每个人的生命都是在“天、人、阿修罗、地狱、畜生、饿鬼”这“六趣”之间轮回的，“死”是轮回的中介，由此“趣”到彼“趣”的中转站。人有无数次生也有无数次死，无穷尽的生死轮回陷入于茫茫苦海之中永受苦难。要想摆脱生死轮回，就必须皈依佛门，通过持律守戒来窒灭和放弃一切人生欲望、一切可称之为“生”的活动，最终走向“涅槃”。“涅槃”在世俗人眼中为“死”，在佛门则是“新生”，是超脱了轮回往生西方极乐世界，达到了无生无死的状态，从而超越了死亡困境。

西方基督教的死亡观读者都很熟悉，是以死后灵魂升天（或下地狱）来超越死亡困境的。现代西方人宣称“上帝死了”，没有了上帝的主宰，人需要自己对自己负责，于是产生出各自不同的死亡观，同时由死亡观派生出各不相同的超越死亡困境之途径。

英国哲学家罗素认为人要幸福地活，就不应当害怕死亡，而为了克服死亡的恐惧，最好的办法是逐渐扩大兴趣的范围，并使自己渐渐达到无我之境。从这种境界出发，人就会觉得自己关心与热爱的事物将会永远存在下去，构成了永无止境的发展的人类社会生活的一部分。只要保持这种精神境界，人就可以消除对死亡的恐惧，可以在专心致志的事业中不知不觉地死去。罗素认为这样的死亡是毫无痛苦的，是符合情理的和有意义的。

德国哲学家海德格尔认为本真的时间并非是一维的流逝的，而是没有未来、现在和过去的分别的，是永恒现在的。这样，人的生命和死亡就不是位于时间的两端，而是交织在一起的，即生的过程就是走向死的过程，死就隐身蕴含于生中。这样看来如何对待死就是如何对待生，反过来说也一样。海德格尔说人的生存意义是把自己的生命向死亡抛掷出去又反弹回来而得到规定的。于是，人的本真生存是勇敢承担起死亡的命运，而不是在死亡面前避走。他指出为了照护人的短暂生存，人们应该拯救大地，庇护天空，抛弃世俗的功利杂念，与天地人神相对话，简言之，“诗意地居住于此大地上”。

……

关于超越死亡，古今中外的人类积累了特别丰富的智慧。为此，笔者专门撰写了一部书（《超越死亡》）加以讨论，欲知其详，请参阅拙著。

六、自由困境——人是生而自由的，但却无所不在枷锁中

人是生而自由的，但却无所不在枷锁之中。这一著名命题是卢梭在其著作《社会契约论》中提出来的。它精辟地指出了自由所内含的困境，思想深刻，给人启迪。

1. 自由需要约束

喜欢自由、渴望自由、追求自由是人的天性，是人的天然权利，这似乎是不证自明、人人都承认的道理，用西方话语表述即天赋人权。自由！自由！多么美妙的词语，多么动人的境界，为了它，人们什么宝贵的代价都可以付出（“生命诚可贵，爱情价更高；若为自由故，二者皆可抛”），但是，遗憾的是，人类什么时候得到过绝对的、彻底的、真正的、无条件的自由呢？似乎并没有。考察历史和现实人们发现，绝对的、彻底的、真正的、无条件的自由是不存在的，而任何自由都是有条件的，相对的。因为任何自由身边，总是站着一个监督者、提醒者、牵绊者、掣肘者。换句话说，任何自由都必须同时加以约束，加以限制，即必须套上一副枷锁。——这就是自由的困境，或者叫自由的宿命。

为什么必须为自由套上一副枷锁加以约束呢？原因很简单，任其撒野必将造成危害——危害他人，危害人类，同时也毁灭自己。

这其实也是不言自明的道理。我们不必古今中外地旁征博引，只需设身处地想一想，即可明白自由必须加以约束的必要性和必然性。

让我们穿越历史，回到原始的蒙昧时代去。那时人们刚刚从类人猿进化为类猿人，没有社会没有规矩因而也就没有任何约束，人类是何等的自由和放纵，完全按原始的本能行动。得到一个猎物，由于僧多粥少，于是只好拼死争抢；看见一个漂亮女性，所有的男性都想占有，于是展开厮杀，你死我活。结果呢？结果是弱肉强食强者胜，强者再和强者拼，最后是集体毁灭，至少是集体受伤，谁也不得好死，甚至也不得好活。对人类危害、威胁最大的不是其他动物，而是人类自己。这说明，绝对自由必定会导致绝对的不自由，导致对他人的伤害，直至自身的毁灭。

怎么办？生存需要逼迫他们坐下来和平谈判，商量解决问题的办法。协商的结果是订

立协议，大家平分，参与追猎的人人有份，或按功行赏有所区别。这样大家没意见了，和平相处了。再后来发现，老人和小孩没有追猎能力，他们怎么办？饿死吗？当然不能，因为小孩饿死了，将来我们老了没有打猎能力了谁来养活我们？于是要让小孩儿先吃。老人呢？如果置老人于不顾，将来我们的后代长大了也会向我们学习，不管我们的死活，于是为了我们的将来，也必须照顾现在的老人。这样，尊老护幼就成了原始人必须遵守的规矩。

原始部落扩大和发展即为后来的国家和社会。生存需要所逼出来的协议、契约、规矩，自然就是对原始野性的约束，就是给原始野性套上的枷锁。这些原始的协议之类的建立，就意味着原始人由蒙昧进入文明；协议之类继承、巩固、发展，就是后来文明社会的法律、制度、政策、规矩，内化为人的意识结构，就是后来的道德规范。

由此简单的想象、推理可知，自由是人之所愿，约束为人之所需；自由为人之本能，约束为人之理性。自由让人活得很痛快，结果是人人无法活下去；约束让人人活得不够爽，但人人都能够活下去。权衡得失，为了人类的生存和延续，为了人类能够和平共处，自由和约束缺一不可，二者在张力之中达到平衡，即为文明。绝对的自由永远不存在，自由永远是相对的。

2. 在约束中寻求自由

"自由—约束"的困境，来自"个人—社会"的处境；后者是因，前者是果，只要有后者在，前者就会同在，自由与约束将始终相伴相随，纠结到永远。

由此可见，自由永远是相对的而不是绝对的。当个人追求自由，希望实现自己的自由时，就必须同时想到法律、制度、纪律、责任、义务、良心、道德等，必须同时想到是否会伤害他人的利益。换句话说即必须连带想到必须所遵守的约束。自由是在必要的约束下的自由，离开约束的自由是可怕的。所以，人类渴望自由也需要约束，永远生活于自由与约束构成的张力场之中。

对话人生实录

1. 屈原有“精神缺陷”吗？

问：偶然看到一篇论文，文中论到屈原的时候，说他始终偏执于过分膨胀的道德激情，像唐·吉诃德那样声嘶力竭，自不量力；挖苦说“屈原对苦难的诉说，在一定意义上可以说是诗化了的自我美化和病态的所谓道德担当”；还说“他过分沉湎于追忆个体的辉煌，或在所谓的‘无悔’里不断表白并寻找解脱以求自慰。这是屈原的精神缺陷。”请问，屈原的作为能说是“精神缺陷”吗？

答：巧合了，你说的这篇文章我也读过，在那篇文章作者眼里，屈原完全是一个自我中心主义者，一个自我膨胀了的道德狂，一个不识时务的精神病患者。在作者眼里，屈原的性格是偏执的，人格是病态的，精神是有缺陷的。既然如此，还谈什么崇高和伟大？所有的只是荒诞、滑稽和可笑，一个令人悲悯的可怜虫而已。说实话，时至今日竟然还有人这样来评价屈原，实在令人惊讶！屈原身后两千多年来围绕他的评价总有争论，虽然如此，也还从来没有见过如此否定如此贬损的评价。难道世风真的变了，真的走向“后现代”，英雄、理想、崇高、伟大，都成了被嘲笑挖苦的对象了？难道人的精神都犬儒化才算是不“病态”，才算没有“缺陷”？退一万步说，后现代思潮是承认思想多元化的，为什么就不能承认屈原精神也是一种精神，而非要判其病态和缺陷呢？难道现代人或者说现代某些人不理解，也做不到的，就是病态和不正常吗？

我认为，这样贬损屈原是对屈原的侮辱，其实根本没有理解屈原的精神价值。屈原以死完成了自己的人格形象，这一形象以其高洁、耿介、执着等极为丰富的精神内涵凝结为一个精神符号。这一“符号”的意义就是，一个人的精神信念大于一切高于一切包括生命，当精神信念（真理、正义、理想）无法实现时，他宁愿以一死来维护。屈原的存在，是中华民族的骄傲，也是人类精神史的骄傲，他标示了人类精神可以达到的强度和高度。他可能偏执，但他的崇高和伟大就在他的偏执里，没有了他的所谓偏执也就没有了他的崇高。所以应该感谢屈原，感谢他在中华民族早期历史上就竖起这么一座令全人类敬仰的巍巍丰碑，让全世界人知道中华民族很早就不是精神的侏儒，不是物欲或肉身的奴隶，而是很早就知道人活着有高于活着的意义，就有人把精神信仰看得高于自己的生命，把灵魂生活看得高于一切。不是一直有人在指责中华民族重功利轻精神不注重灵魂生活吗？有屈原（和屈原们）在，谁还敢这样武断吗？屈原精神早已积淀在中华民族灵魂深处，并将继续辉耀千秋，让中华儿女代代受益。一个不重视民族精神瑰宝的民族是可怜的民族，所以每当一个社会一个时代一个民族精神开始疲软沉沦的时候，就更显出屈原的价值和意义，就更需要呼唤和弘扬屈原的精神。

当然，谁都知道，崇高不是哪个人随便都能达到的目标，但正因为这样才更体现它的价值，才不能轻易贬低它否定它。我认为，屈原精神至今仍有现实意义。因为人生在世，理想与现实冲突，怀才不遇，忠诚遭患，在任何时代（尤其是封建时代）随时都可能发生，与其说是个别现象，而毋宁说是普遍现象、普遍困境。这一困境直接挑战了人们所信奉并赖以安身立命的人生信条，怎么办？不少人为了世俗利益选择了放弃、逃避和屈服，但也有人选择了坚守。在选择坚守的人中，屈原的形象就可能起了相当大的作用。历代文人士大夫留下了大量歌颂屈原的文字就是明证。困境中的人可能没有屈原那份独立和坚强，但只要心中有屈原在，他们的心灵就有所皈依，就有了精神支柱。屈原为困境中的人起到了指引和救赎的作用，正所谓**"虽不能至，心向往之"**——人们可能未必能像屈原那样决绝地抗争，但精神上仍以屈原为坐标为参照决定自己的人生选择、人生导向。想一想从古到今在困境中坚守真理和正义的人，就可以知道屈原的价值和意义。

至于至今还有人那样贬损屈原，也不奇怪，因为现今有这种社会土壤嘛！这种土壤容不得屈原，屈原让一些人感到自惭形秽，感到压抑，但也因此更证明时代仍然需要屈原，更证明屈原的价值和意义。把精神信仰看得高于自己的生命，这样的精神永远都不过时。

2. 不敢挑战自我怎么办？

问：常听人说年轻人要挑战自我，我也知道成长应该挑战自我，可是我总是不敢挑战自我，您说我该怎么办？

答：这位同学的问题是个好问题。好就好在具有普遍性，代表性，典型性。根据我的理解，这问题可能也是好多同学心中的问题，不瞒你们说，甚至它也是我的问题。因为我也常常不敢挑战自我。

但这问题似乎不用回答，因为问题本身并不复杂。我相信你在问问题的时候其实心中已有答案，只不过想借老师之口再验证一下罢了。这个答案就是，痛下决心，用顽强意志，克服怯懦情绪，有意识地在不同问题上挑战自我，一点点地突破自己，等挑战、突破多了，就成长了，进步了。也就是说，你越敢就越敢，越不敢就越不敢。如果你自己下不了决心，那谁也帮不了你。用你熟悉的哲学语言说就是，内因起决定作用，外因只是辅助。

或者这样。因为人面临的挑战大小不同，性质不同，你如果暂时还不敢挑战大的，那你就先挑战小的。例如，假如——我说是假如，你老是忍不住通宵达旦地玩游戏，这肯定不对，这是必须克服的。那你就先试试挑战一下自己，看能不能忍住不那样玩。如果忍住了，你就成功了。无数小的挑战成功了，积累了经验，锻炼了胆量，再来挑战大的，也许就有胆量了。如果连小的也不敢，问题就简单了。没有办法，那就回家洗洗睡吧！

人啊！没有天生就什么都会、什么都能、无往而不胜的。无论谁，一生中都会面临永远不断的各种挑战，人成长的过程，或者说整个人生过程，严格说就是不断挑战自我、战胜自我的过程。人的潜能，从理论上说，是无限的，这些潜能就靠挑战自我激发出来。你不挑战，你就永远不知道自己有多大能量。所以，人成长的速度和未来达到的高度，从某种意义上说就看你挑战自我、战胜自我的努力程度。

这样说也许还只是大道理，也许你也知道，因而不感兴趣的话，那我换个角度，说一说我自己挑战自我的感受与你和同学们分享，看能不能对你有一点点启发或借鉴意义。

刚才我说你的问题其实也是我的问题，因而对你的问题感到很亲切。我天性腼腆害羞，怕见生人，从小怕走亲戚，喜欢安静，不敢在人多场合露面，非露面不可的话脸红心跳，紧张慌乱。这种性格当个钟表修理匠或在山沟里赶一群羊比较合适。可是命运安排我当了教师，当教师非见人不可，非要在大庭广众面前说话不可，否则这碗饭就吃不成了，那怎么办？那就必须挑战自我，突破自己，不挑战也得挑战，不突破也得突破，霸王硬上弓，被绑架着上战场。

我最早登讲台是在“文革”之后，1978—1979 年巡回给社会上的成年教师讲课。我二十多岁，学员三十、四十、五十多岁，都是有经验的中小学语文老师，而且，一个地区一千多学员，在某局的大礼堂，像做大报告一样，你想这对我的压力、对我的挑战该有多大！退缩吗？不能！你今天退缩了明天怎么办，明天还退缩你这一生怎么办。当我意识到不能退缩时，心情就有了些决心和意志。为了讲好，为了不丢人，我必须把课备好。为了备课，我废寝忘食，把写好的讲稿熟悉了再熟悉，直至差不多能背下来。

终于轮到我讲课了。由于紧张，头天晚上差不多彻夜不眠，心里兴奋得很，一遍遍地在心里讲给自己听。第二天早饭马马虎虎地吃了点，根本吃不出味道。上教室路上，不停地呕吐，又什么也吐不出来。至“教室”（大礼堂）一看，黑压压的一大片，嘈杂喧闹，根本不像课堂。主持人介绍我，我似听见似没听见，没有感觉。登上讲台面对话筒时，心中一片空白。前几分钟我机械地硬背，竟然背得很流畅，几分钟之后，我的心慢慢安定下来，下面学员也慢慢安静下来。然后就进入了我事先准备得飞熟的内容，于是语速不急不慢，语气抑扬顿挫，话语滔滔不绝。我完全忘了时间，忘了是在讲课，只觉得非要把心中熟得不能再熟的东西释放出来不可，有一种尽情发泄的酣畅淋漓感。不知不觉一个半小时过去，主持人提醒我该中间休息了，这才停下来。课间休息期间，学员们纷纷上台要求印发我的讲稿，说感觉内容很好，可惜记不及。这时我心中暗自高兴，我挑战自我终于有了初次的成功，终于有了小小的成就感。

有了这次经验，让我有了底气，增加了我的自信，于是后来挑战自我的胆子越来越大，无论哪种类型、哪种场合的讲课，我都不再害怕。

回顾过去几十年，我感到，挑战自我，有主动和被动之分。能主动设置情境，或寻找机会自我挑战更好，如不能，遇到客观情境向你发出挑战时（如我遇到的），能大胆应战也好。千万不可怯懦，不可当逃兵、掉链子。

我的体会只是我的体会，仅供你参考。

3. 如何看待“干得好不如嫁得好”这句话？

问：如何看待“干得好不如嫁得好”这句话？

答：这句话目前在年轻人尤其在女孩当中流传甚广，好像好多人也都同意这一观点，但恕我直言，我不欣赏，也不赞同这一观点。我来说说我的想法和各位交流，仅供你们参考。

首先我想问的是，“嫁得好”的“好”指的是什么呢？从目前社会风气、风尚、趣味来看，我想应该不是指感情、人品之类，而是指有钱或有权有势，也许主要是指有钱。意思是说，自己干得再辛苦，也挣不了多少钱，也难以改变自己贫穷的困境，而一旦嫁给一阔佬，一富翁，一下子就脱贫了，致富了，就可以安享荣华富贵了。对于婚姻生活来说，贫穷固然非人之所愿，可是，单一个“富”字就一定好吗？正如人们常说的，你到底嫁的是人呢，还是钱呢？如果你嫁的那个有钱人粗俗、粗鄙、顽劣不堪，在他眼里除了钱还是钱，那么他也会以钱的眼光来看你——你是他用钱买来或诱惑来的特殊商品，他不高兴了可以随时换掉你。他认为他有钱，你没钱，他高你一等到N等，因此可以居高临下小看你，在你面前颐使气指，对你呼来喝去，你感觉怎么样？你还有尊严吗？你的人格何在？这不仅是可能的，还可以说是肯定的。君不见，现实中、文艺作品中，这种现象还少吗?!

当然你可能说这是偏见。是，或许是有偏见的成分，有钱人中有教养、有品位、有境界的人有的是。事实确实如此，如果你碰上这样一位，那就真的恭喜你了。可是，你要知道，根据概率，这样的人并不普遍并不占多数啊！你敢拿你的一生做赌注吗？

说到这里，我想起了史铁生的一篇内容非常深刻但却没有引起大家注意的哲理散文——《好运设计》。文中说，人人都想有好运，可什么是好运呢？通常认为生在贵府名门好吧，父亲是总统，要不就是家藏万贯的大亨，这样从小在倍受宠爱倍受恭维的环境中长大，这该多么好啊！但史铁生不这样认为。他说，一般说来这样的境遇也是一种残疾，一种牢笼，这样的家庭经常造就着蠢材，不蠢的概率很小，有所作为的比例很低，生在这样的家庭里有相当大的风险。所以史铁生说，大凡有点水平的姑娘都不肯往这样的家庭里嫁。你看，大凡有点水平的姑娘连名门贵府都不愿嫁，害怕冒太大的风险，如今我们有的姑娘见个有钱人就迫不及待地想嫁了，而且以此为自豪，请问你的水平怎样呢？

之所以会产生“干得好不如嫁得好”的观念，当然是受目前“一切向钱看”思潮的影响，“金钱至上”“金钱崇拜”的价值观扭曲了许多人包括年轻姑娘的灵魂。呵呵，抱歉了啊！这样说是不是有点扣大帽子了？这样说或许有点言重了，但事实也确实差不到哪儿去。因为，很简单的道理啊，爱情以及接下来的婚姻，要看重的是感情，是人品，而不是钱。人毕竟是人啊，人之所以为人，是因为有感情、有思想、有精神、有灵魂。感情、思想、精神、灵魂相通，彼此相爱，两口子一起努力奋斗，即使日子过得穷点，感觉也是无比幸福的，极而言之，正如老百姓说的——喝凉水也是甜的。相反，如果没有感情等，只有物质物质物质，金钱金钱金钱，花天酒地，纸醉金迷，那么“人”到哪儿去了？那样还是“人”的生活吗？

"干得好不如嫁得好"的观念背后，似乎还隐含着一个问题是，人格的独立，精神的自由，做人的尊严没有了，至少是不再被看重了。一百年前的"五四"时期呼唤的人格精神没有了。这恐怕还是"金钱至上"惹的祸。

最近看到一篇小文章，题目叫《稻草的价值》(《广州日报》,2015 年 1 月 20 日)，作者阮直，主题与我们讲到的话题有关。文中讲到微信上流传的所谓"稻草定律"，说路边的一根稻草如果没人搭理，它永远是一根稻草。有个卖白菜的人发现了这根稻草，用它捆绑了白菜，于是，这根稻草的身价就与白菜一样了，如果有个卖螃蟹的人发现了它，拿去捆绑螃蟹，这根稻草就与螃蟹一样的身价了。由此得出结论，人的身价有时也像一根稻草，与自身无关，就看你与谁捆绑在一起，是结交什么档次的朋友，具备了什么样的背景。这"定律"的意思明显是教导人要学会攀龙附凤，借力抬高自己。但作者认为，所谓的"稻草定律"恰恰不是什么值得借鉴的人生宝典。作者认为稻草什么时候都是稻草，螃蟹什么时候都是螃蟹，不要以为自己与螃蟹捆绑在一起，卖了一个螃蟹价，稻草就是螃蟹了。"螃蟹"活着的时候，你稻草没有螃蟹的蛮霸，螃蟹就是死了，你稻草又回到了原点，可螃蟹的美味却是稻草永远不会散发的。稻草不要以攀龙附凤来提升自己的身价，稻草的价值在于它是稻米成长的母本，稻草孕育的米香是无论多么横行霸道的螃蟹也无能为力的。稻草即便结束了自己有用的生命，沦为道边的"废草"，它也不会遭到鄙夷。稻草只是攀龙附凤之后的自恋、得意才让人耻笑。"稻草定律"最可怕的是它主张的价值观是不怕平庸，就怕你不会经营自己。因为成为稻草并不可怕，可怕的是不能与"高贵者"捆绑。今天我们讨论的女孩们常说的"干得好不如嫁得好"就是这种自甘平庸、宁愿攀龙附凤心态的表现。

做人的"稻草定律"价值观是我们文化中的劣根之一，弱者一旦知道了自己的平庸，就不再追求人格的独立与尊严了。作者认为人的价值还是自身的素质决定一切，把命运捆绑在别人的身上就如买彩票，中奖的总是有，但不一定是你！我为作者的观点点赞，不知各位以为然否?!

补充：回答完上述问题后，又看到一个调查材料，说 90 后、00 后的年轻人不再把金钱放第一位，开始重视三观(人生观、价值观、爱情观)的统一了。这应该是个好消息，是择偶标准的一个变化，虽然还不一定普遍。

第十五讲 人生辩证法

同样的物质条件和生存境遇，有人感到幸福快乐，有人感到痛苦烦恼，原因是观念不同，感受就不同。人们对幸福的体验常常不决定于外部因素而决定于人的观念。佛经说『一念境转』；林肯说『人快乐的程度多半是由自己决定的』；有个作家说『幸福既不是实物也不是状态，而是一种领悟』；网友说『真正的财富是一种思维方式，而不是月收入数字』……诸如此类的话都说明快乐与痛苦往往就在一念之间。那么把握这『一念』的钥匙是什么呢？简单说就是辩证法——人生辩证法。

一、得与失

得与失是人们最喜欢谈论的人生话题。从人性、人心来看,谁都想得而不想失,当然这是指对于好东西,例如钱;对于坏东西谁都想失去而不想得到,例如病。但这怎么可能啊!这是违反事物规律的啊!从事物规律角度看,得与失之间充满了辩证法。

1. 从哲学角度看,得失互生,各以对方为前提

得与失毋庸置疑是一对矛盾。辩证法在讲到矛盾双方关系时,第一条总是说双方各以对方的存在为自己存在的前提。例如没有黑夜就没有白天,白天是对于黑夜而言的;没有生就没有死,死是对于生而言的。这就是说,有生必有死,一个人压根儿就没有出生,当然也就没有死。得与失也一样,得是对于失而言的,反之一样。你没有得到过权力,因此你就不怕失去权力。不是怕不怕的问题,是你压根儿就没有,于是"失"就是子虚乌有的事,你想失也失不成。你不是亿万富翁,因此你就不用担心失去它的问题。但是,你一旦得到了,"失"的问题跟着就来了。也就是说,有得就必有失,只不过这个失是个时间早晚的事。得失是一枚铜钱的正反面。

2. 从终极角度看,这一生所有你所得到的,最后都要还回去

回想人的一生,当初来到世界上时赤身裸体什么都没有,有了生命就开始了"有",即"得"的过程。先是得到了亲人、家庭,先是爷爷奶奶爸爸妈妈的家庭,长大之后是自己的小家庭,又得到了学历、荣誉、权力、财富、房子、车子、票子、职称、名声,诸如此类,无穷无尽。你从无到有,从少到多,多到你自己都数不清,但是,不管你得到多少,最后到死的时候都要一一还回去。得到多少还回去多少,得多多还,得少少还,不得不还。正所谓赤条条地来赤条条地走,你从虚无中来最后又回到虚无中去,你所有的只是一个过程。

但就是这样一个简单的道理,有些人却总是不懂,总想贪婪地得、得、得,永远得不够。倒是那些得、得、得,得到最多最多的人最后反而明白了。这里有一个著名的故事,即亚历山大大帝死时的遗嘱。

亚历山大(公元前356—公元前323)是马其顿国王腓力二世之子。少时拜哲学家亚里士多德为师。即位后,镇压希腊各城邦反马其顿运动,并大举侵略东方,建立起东起印度河、西至尼罗河与巴尔干半岛的大帝国。公元前323年亚历山大在巴比伦城因病逝世。亚历山大大帝是历史上最残酷最疯狂的征服者,虽然他仅仅活了短短的32岁,但他建立起了影响整个人类历史的帝国世界。

亚历山大大帝的一生,以征服为荣。据说在他占领了半个地球的土地之后,曾因找不到对手而寂寞落泪,郁郁寡欢。年仅32岁时病入膏肓,任何治疗都无法挽救他的生命。他静静地躺着,谁也不知道他在想什么,当他得知自己将不久于人世,竟显得出奇的平静,此时的亚历山大大帝,再也不是那个不可一世的征服者。亚历山大弥留之际留下遗嘱:医生送我去

墓地;把我的金银珠宝撒在通往墓地的路旁;我的手伸到棺材外。

这个奇怪的遗嘱告诉我们什么呢？部下们感到疑惑:“为什么要这样做呢?”亚历山大大帝使尽最后力气说出了让世人震惊的话:“我要让人们看看拥有无限财富的亚历山大大帝死后的双手,让人们知道我也是两手空空离开世界的。人两手空空来到世界,必将两手空空离开世界,带不走任何身外之物。我要让人们看到,亚历山大大帝活着的时候似乎很荣光,但他死的时候却是一个全然的失败者！我要让人们记住我的教训,莫让宝贵的生命消失得太快。”亚历山大大帝的故事让我们彻底领悟得与失的关系,给后人留下无尽的启发。

3. 从实践角度看,得此失彼,得一失多,你别无选择

现实生活中我们会遇到各种各样的人生选择,选择什么即得到什么。我们什么都想得到,什么都想要,但这是不可能的！生活就像试卷上的选择题,答案只能二选一,三选一,四选一,多选一,总之只能选一。你选择了这一个,就意味着舍弃另一个,乃至无数个。英语诗罗·弗劳斯特的《没有走的路》揭示了这一道理:一个人在树林里遇到两条路,他既想走这条又想走那条,这当然是不可能的,于是只好选择其中的一条而放弃另一条,结果导致一生遭遇不同,令人感慨万端。

作者在这里运用象征手法谈人生,林中择路的其实就是人生选择的“客观对应物”。理论上你应该有无数种选择,可事实上并非如此。例如,世界上同年龄段甚至不同年龄段的女性或男性理论上都是你的恋爱结婚对象,他或她都可能成为你的丈夫或妻子,可事实上你只能有一个丈夫或妻子;世界上有三百六十行,理论上哪一行都可能成为你的职业,可事实上你只能从事一种职业;理论上你的人生可以有千条万条路,可事实上你走出的只能是一条。总之,人生的无限可能性中你只能选一种。你选择了这一种就意味着必然失去那一种,那两种,那千百种。换句话说,选择意味着占有意味着得到但同时也意味着失去,得到意味着满足同时也意味着失落和遗憾。总之,得此失彼,得一失多,你别无选择。这是没有办法的事,这就是人生的真相,人生的宿命。

得此失彼,别无选择,给我们的人生启发是什么？它启发我们,上帝在给你一个东西的时候,同时也就收走了“这一个”之外的其他,你只能得到并享受自己已经得到的,而不应该再贪恋本不属于你的其他。也就是说做人不能太贪心,什么都想要,吃着碗里看着盘里,永远没有满足的时候。如果这样,肯定没有幸福,没有快乐。例如,你当了国家公务员,国家绝对会给你提供生活保障,让你过上体面的生活。但有人对此不满足,还想像大老板那样发大财,结果搞权钱交易,权色交易,有一天东窗事发,你把一切全交出去。再如,你当了教师,就尽情享受教师职业带给你的安定、清静、规律,每年有两个假期的悠闲生活,就不要再贪恋某些有权人、有钱人花天酒地、纸醉金迷的奢华生活。反过来,某些有权有钱有条件过花天酒地生活的人还羡慕你的安定和清静呢！世上没有十全十美的职业,没有十全十美的生活,人生总有缺陷,你选择什么就享受什么,承受什么,千万不要得陇望蜀,自寻烦恼。

4. 从事物构成看,得中有失,失中有得,相互包含

这个小题目下要说的是,世界上的事物,没有一件是孤立的、绝对的、只有一面的。结合

我们的话题，世上也没有孤立的、绝对的、单纯的"得"，反之也没有这样的"失"，事实上永远是得中有失，失中有得，得失互相包含。就像我们手中的钢币，如果把这面看成是得，那么翻过来另一面就是失。还有中国的太极图，其中的阴阳鱼（黑和白）是互相包含的，你中有我，我中有你，不离不弃，融为一体，正所谓"祸兮福所倚，福兮祸所伏"。这个道理提醒我们不要孤立地绝对地看问题，不要把问题看死了。

一个人年纪轻轻升官了，身居要津，风光无限，众人仰视，真正体会到权力的美妙了。然而，这一定是好事、绝对的好运吗？未必！弄不好这位置下面就是陷阱啊！古代人都想入朝做官，而且想做大官，一人之下万人之上的大官，但正是这些朝中大官有一句沉痛无比的感慨：伴君如伴虎！他们必须时刻提心吊胆，战战兢兢，如履薄冰，因为，一句话说不好，一件事办不好，甚至是一个眼色没领会，说不定就会被杀头，甚至是株连九族。你看这官是好当的吗？退一步，即使没有那么倒霉，能像我们想象得那么轻松得意吗？不能。因为当了官就有了责任，这责任有沉甸甸的分量，越是好官越感到沉重。那么不好不坏或干脆就是孬官呢？我没当过任何官，不过凭我们普通老百姓想象起来，恐怕他们的官也不好当。因为他们要手中有权，有权就面临各种各样的诱惑，在诱惑面前，有坚定信念拒绝的人不是很多。如果没有决心拒绝，心就会乱。例如有人行贿送钱吧，他也知道不该收，他也曾坚决拒绝过，但久而久之，他又想，天下那么多人都贪了，为什么我不贪？难道偏偏我就倒了霉？侥幸心理一产生，贪渎之路就此开始，心不踏实甚至心惊肉跳之路也从此开始。从此不敢看见听见"反贪"两个字，夜里不敢听见警车叫。除此之外麻烦还多着呢！你不是有权吗？有权了各种关系都围过来了，家属、亲戚、朋友、熟人，七大妗子八大姨，"一个都不能少"，来请托你办事，这些事没有几件是光明正大的，如果光明正大就用不着找你了。你说你办不办？办了犯原则，犯法规，犯纪律，不办，伤了人情面子，于是让你心烦意乱，寝食难安。一般老百姓就不说了，一咬牙得罪也就得罪了，可是如果是你的上司交给你一件走不了正道的事，他如今正决定着你的升迁，你将怎么办？或者他是你的老上司，对你有恩，曾提拔过你，你怎么办？这时候我估计你办也不是，不办也不是，坐立不安，五内俱焚。

类似这样的事说不完道不尽呢！你说这官是好当的？换句话说，当上官应该算谁都高兴的求之不得的"得"，但是诸如此类的麻烦事是随之而来的"失"，你得到了这个，同时就失去了那个，得中有失，失中有得，没有两全，更没有十全。所以当你有所"得"的时候别太得意，更不要忘形，否则就失之于浅；反过来当你有所"失"的时候你也别沮丧，你要把事情看透一些，要保持一颗平常心，积极乐观地生活。

5. 从事物运动看，得与失相互转化，人生无常

在人的一生中，凡得到的东西都不是永恒的，不变的，而是变动不居，随时都在变化的，换句话说，得到的随时可能失去，而本来没有或本来有但却失去的东西还可能得到或再得到。总之得与失随时都在相互转化，用中国传统语言表述即"人生无常"。

"人生无常"常常被理解为消极的话，我有些不理解。为什么好好的充满辩证法的话就成了消极的了呢？想了想很可能是人性深处光想得到而不想失去，怕失去，所以对"人生无

常”四个字比较敏感。其实大可不必啊！事物有它自身的运动规律，不是你想不想、怕不怕的问题，聪明的人应该是理解它，接受它，顺其自然，因势利导。

关于“人生无常”，得失互变（转），中国古代文化中充斥着这类语录。这里不去罗列，只想提一提《红楼梦》中的“好了歌”。《红楼梦》为什么好？好在哪里？为什么它征服了历代各层次尤其是文化层次高的读者包括毛泽东呢？原因复杂，非一言一语可以道尽，但归根结底最重要的原因是其中蕴含着深邃的人生哲理。人生哲理也非一言能蔽之，我以为其中最为重要的一条就是让人感悟到“人生无常”。你看以贾府为代表的几个贵族家庭，作者曾用“烈火烹油，鲜花着锦”八个字形容其富贵，但曾几何时一个个衰败了；贵族家庭里那一个个让人喜欢的娇小姐和丫鬟们，最后的命运是“千红一窟（哭），万艳同杯（悲）”，一个个悲惨得催人下泪，“好一似食尽鸟投林，落了片白茫茫大地真干净！”所以读者读了《红楼梦》后老是感觉心里沉沉的，酸酸的，有一种说不完道不尽的感觉，就是被其中的人生感慨征服了。

《红楼梦》道尽了世事变迁、得失互易、人生无常的人生道理，对于痴迷于永远占有功名利禄的既得利益者，无疑是服清醒剂；对我们普通百姓也是一种有益的提醒，让我们看开点，活得愉快点，活成一个智者。

二、有与无

1. 人都知道自己没有什么，而不知道自己有什么，所以痛苦

有这么一个寓言故事。一天，上帝突发奇想：“假如让现在世界上的每一个生命再活一次，他们会怎样选择呢？”于是，上帝给世界众生发一问卷，让大家填写。问卷收回后，令上帝大吃一惊，请看他们各自的回答：

猫：“假如让我再活一次，我要做一只鼠。我偷吃主人一条鱼，会被主人打个半死，而老鼠呢，可以在厨房翻箱倒柜，大吃大喝，人们对它也无可奈何。”

鼠：“假如让我再活一次，我要做一只猫。吃皇粮，拿官饷，从生到死都由主人供养，时不时还有我们的同类给它打打牙祭，很自在。”

猪：“假如让我再活一次，我要当一头牛。生活虽然苦点，但名声好。”

牛：“假如让我再活一次，我愿做一头猪。我吃的是草，挤的是奶，干的是力气活，有谁给我评过功，发过奖？做猪多快活，吃罢睡，睡罢吃，肥头大耳，生活赛过神仙。”

最有意思的是人的答卷。不少男人说：“假如让我再活一次，我要做一个女人，可以撒娇，可以邀宠，可以当妃子，可以当公主，可以当太太，可以当妻妾……最重要的是可以支配男人，让男人拜倒在石榴裙下。”

不少女人的答卷是：“假如让我再活一次，一定要做个男人，可以蛮横，可以冒险，可以当皇帝，可以当王子，可以当老爷，可以当父亲……最重要的是可以驱使女人。”

上帝看完，气不打一处来：“这些家伙们只知道盲目攀比，太不知足了。”他把所有答卷全都撕碎，喝道：“一切照旧！”

寓言揭示了人类贪婪不知足的心理,人类两眼盯的就是自己没有而别人所有的,而看不到自己所有而别人没有的。因此,无论谁都对自己的现状不满意,都在埋怨自己这没有那没有,面对别人的有"羡慕嫉妒恨",整日,甚至终生活在痛苦中。由此可见,人类的贪婪不知足,永远觉得自己"无"是人生痛苦之源。

2. 你拥有的你却看不见

你真的没有、真的什么都没有吗?当然不是,而是你拥有的你没看见。这正如人有两只眼睛两只耳朵一张脸,但自己却看不见一样。

我看到不止一本书讲到这样一个问号:你不是觉得自己一无所有吗?现在有一个亿万富翁病入膏肓,奄奄一息,他决定用他的亿万资产换取一个人的生命,如果是你,你换吗?估计你不换。那么好,这就说明你的生命、你的健康比亿万资产还珍贵,说明你至少已经拥有了亿万资产都换不走的宝贝。你可能说,我死了那些资产对我还有什么用?是的,那么换一个问题来问。保留你的生命,有人用一千万元换你一双眼睛,你干吗?你可能不干,如果你不同意,那么就说明光是你的眼睛,就至少又值一千万了。诸如此类,你的生命,你全身每一个地方都是无价之宝,你活着就是一个无价之宝的拥有者,这样说你不觉得很有道理吗?!

当然,以上问题稍稍奇特了一些,超常规了一些,那么我们回归常规问题,我知道你所谓的一无所有是指你眼下没有钱,没有房,没有车,没有地位之类,你羡慕的、渴望的是和社会上流行的所谓"成功人士"一样,有钱有房有车有地位,等等,你渴望成为一个富翁,成为富翁一切全有了。可是,你仅仅看到了他们所有的,而没有看见他们所没有的,即你没有看见他们的"有"之后的"无"。

很多时候,我们总是觉得有钱人、名人是快乐的。因为他们几乎没有物质上的困扰,而且人尽皆知,拥有令人羡慕的声誉。然而,你知道他们真正的快乐是什么吗?

全球华人首富李嘉诚在面对记者关于"你最大的快乐是什么"的提问时,他很真诚地答道:"在不被人认出的情况下,一个人到公园去转转。"

世界第一富豪比尔·盖茨在回答与李嘉诚同样的问题时,他说:"我最大的快乐,就是在没人干扰的情况下,和家人一起到一个小餐馆就餐。"

英国王妃戴安娜生前也曾对人说:"我最大的快乐,就是不用化妆,没有记者的盯梢,痛痛快快地逛一天商店。"

财富不达到这个地步,名声不居于这样的高度,是很难体会到超级大款、世界名人这种让人难以想象的"快乐"的。

快乐是一种身心愉悦的体验,追求快乐是人的本能。快乐与财富、地位、名气无关,快乐不需要大量金钱做支柱,也不需要以名气为后盾,更不需要乌纱来提携。因而,一个普通人享受到的快乐不一定比阔人、名人少。普通人也许享受不到名菜大宴,宝马香车,豪宅美眷,但是那些富人们却连到公园转转的快乐也享受不到,逛个商场也提心吊胆。一个看到丰收的稻谷随风摇曳的田舍翁之喜悦心情,也许不差于盯着《福布斯》排行榜上自己名次的大老板。

美国一家报社曾以“在这个世界上谁最快乐”为题，进行过一次有奖征答比赛。从应征的数万封来信中评出的最佳答案是：作品刚刚完成，吹着口哨欣赏自己作品的艺术家；正在用沙子筑城堡的儿童；为婴儿洗澡的母亲；千辛万苦开刀后，终于挽救了危难病人的外科医生。从这些最佳答案来看，包含四个基本要素，即奉献，劳动，爱心，成功。这也就意味着，任何一个怀着爱心去奉献，去劳动而获得成功的人，都有可能是世界上最快乐的人。

2011 年网上疯传一个资料：2003 年至 2011 年八年间，公开报道中有 72 位亿万富翁死亡，经过梳理，这 72 位的死亡原因如下：19 人死于疾病，平均年龄 48 岁，占到 26%，疾病是亿万富翁的第一杀手；17 人自杀，平均年龄 50 岁；15 人死于他杀，平均年龄 44 岁；14 人被处以极刑，平均年龄 42 岁；7 人死因定性为意外，平均年龄 50 岁。

听了以上 72 位亿万富翁死亡的原因各位有什么感想？不错，他们确实有了一般人一辈子都梦寐以求、望眼欲穿的钱财，但是，他们却没有了健康，没有了安宁，没有了悠闲，没有了平静，没有了自由，总之没有了没有钱或钱不多的普通人所享有的一切。而这些富豪们所没有的你都有啊！这一点你想过没有？你没当过富豪你不知道，他们其实内心深处不知道有多么羡慕你的生活呢！

别说是亿万富翁了，就是比他们钱少得多的百万富翁、千万富翁日子也好过不到哪去。他们小孩子不敢上普通学校，怕有人绑架；他们自己也提心吊胆，一出门左顾右盼，怕遭人暗算。他们一年忙到头没有一天休闲的日子，他们有无穷无尽的应酬，烦不胜烦又摆脱不了。总之，他不一定有你过得舒心、幸福，而你呢？对自己的所有却又看不见，一心羡慕着别人。

3. 有这没那，既有且无，亦有亦无，是人生常态

人不可能什么都拥有，而真实的人生状态是：有这必没那，既有且无；换句话说是既有又没有，你只能拥有你的所有，而不能奢望、不能幻想你的“有”所必然导致的“无”。也就是说，人生总有缺憾，人生不可能两全其美，更不能十全十美。

拿做皇帝来说吧！皇帝，在人们眼里可谓是应有尽有了，“普天之下莫非王土，率土之滨莫非王臣”，整个天下什么都是他的了，还有什么“没有”呢?！但这只是表面，他的“有”之下、“有”之后、“有”之中，仍然是“无”。不信吗？请看事实。

康熙是清代乃至于中国历史上特有作为的皇帝之一，应该说做皇帝做得非常成功。然而谁能想到，他内心深处竟有一肚子苦水。他在《康熙遗诏》中回顾平生，说了一段感人肺腑的话：“自御极以来……孜孜汲汲，小心敬慎，夙夜不遑，未尝少懈。数十年来殚心竭力，有如一日，此岂‘劳苦’二字所能概括耶?”他羡慕自己的臣子：“臣下可仕则仕，可止则止，年老致仕而归，抱子弄孙，犹得优游自适。”然而，“为君者勤劬一生了无休息之日，如舜虽称无为而治，然身殁于苍梧，禹乘四载，胼手胝足，终于会稽。此皆勤劳政事，巡行周历，不遑宁处，岂可谓之崇尚无为，清静自持乎。《易》遁卦六爻，未尝言及人主之事，可见人主原无宴息之地可以退藏，鞠躬尽瘁，诚谓此也。”（见网络“好搜百科”）由《康熙遗诏》可以看出，康熙皇帝有了天下，没了清闲；有了权力，没了自由；有了至高无上的皇位，没了普通人的快乐。这就是皇帝的“有”和“无”。他想什么都“有”，但每一个“有”的后面、下面、里面都无一例外地跟着

一个“无”，他虽然权力无限，但却没办法改变事物的辩证法。

仅仅是康熙如此悲苦吗？当然不是，这是皇帝这一职业的普遍特征。有一篇文章叫《中国历史上最不幸的职业是什么》，答案是皇帝，说他们是中国历史上最不幸的一群人。有以下事实为证。

第一，在中国社会中，皇帝的平均寿命最短，健康状态最差。有人做过一个统计，历代皇帝有确切生卒年月可考者共有209人。这209人的平均寿命仅为39岁多。第二，皇帝群体中非正常死亡比率高。中国历代王朝，包括江山一统的大王朝和偏安一隅的小王朝，一共有帝王611人，其中，正常死亡的，也就是死于疾病或者衰老的339人；不得善终的，也就是非正常死亡的272人。非正常死亡率为44%，远高于其他社会群体。第三，皇帝群体的整体生命质量较差，生存压力巨大，因此出现人格异常、心理变态甚至精神分裂的概率较常人高许多。翻开二十四史的本纪部分，有近四分之一的帝王传记中，记录有人格异常、心理变态甚至精神分裂的表现。

看看，这就是被历代人、被天下人拼死争夺的皇帝生命、生存、生活的真相。不看不知道，一看吓一跳，原来皇帝的生命真相是如此的令人恐怖。这说明了什么呢？说明天下没有两全其美的事，更没有十全十美的事，人生总有缺憾。人们常说，上帝为你关闭了这扇窗，就一定会为你再打开另外一扇门。这话一般是用来鼓励失意的人的。但这句话我们可以反其意而用之：上帝在为你打开一扇窗的时候，他就一定会为你关上另一扇门。他不可能为你既开窗子又开门，哪怕你是皇帝。上帝对每个人都是公平的，有所得必有所失，有欢乐必有痛苦，反之亦然，谁也逃不脱命运的辩证法。明白此理就启示我们，你就珍惜并安心享受你所拥有的吧！别梦想什么都有什么都要了，什么都有什么都要是绝不可能的。

三、爱与恨

这是一个传统的几乎是老掉牙的题目，然而却又是一个常讲常新、永远有魅力、人们永远愿意听的话题。世人都追求爱，尤其是男女之爱，希望爱情真挚热烈持久，然而谁能想到，爱的背面、后面，甚至中间，竟蕴藏着恨的影子。爱和恨常常是一枚硬币的两面，爱和恨常常只是一线之隔、一念之间。因为太爱你所以无论如何要得到你，我得不到你也不能让别人得到你，所以我得不到了就要毁灭你。虽然知道这太残忍了点，但是，激情中的人谁还顾得上那么多啊！毁灭了你我会后悔，会自责，会痛不欲生，甚至以毁灭自己来报答你。但现在顾不得那么多了，请你原谅我吧！这就像莎士比亚笔下的奥赛罗的名言，正因为我爱你，所以我才要杀了你。这真是让爱情理想主义者，爱情至上主义者唏嘘感叹。

这现象、这道理一点也不新鲜，而是非常陈旧或者说非常古老。古今中外文学艺术作品和现实生活中时时刻刻都在上演着类似的悲剧。

例如，两千多年前的古希腊人就已经清醒地认识到并把它们表现在艺术作品中。古希腊著名悲剧作家欧里庇德斯的《美狄亚》讲的就是这个道理。

美狄亚本是科尔喀斯国王的女儿，还是月亮神庙的女祭司，精通法术，本领高强，而且富有智慧，敢作敢为，在遇上伊阿宋之前过着无忧无虑幸福安宁的生活。伊阿宋是伊俄尔科斯的合法王位继承人，但是他的叔叔阴谋篡夺了他父亲的王位，并把他们父子赶出国门。伊阿宋长大成人后要求他叔叔归还王位，他叔叔答应只要他能取来金羊毛就把王位还给他。金羊毛是传说中的稀世珍宝，有毒龙看守，任何人都不可能夺走。但国王的女儿美狄亚被伊阿宋的英雄气质所吸引，已经疯狂地爱上了他，答应帮助他。但帮助的条件是要伊阿宋对天发誓成功后要娶她为妻，带她一起去希腊，而且终生对她忠诚不渝，永不变心。伊阿宋庄严宣誓答应了美狄亚的条件。在美狄亚的帮助下伊阿宋完成了这件事，顺利取得了金羊毛。就在他们准备离开之时，美狄亚的父亲带着她哥哥追杀过来，不许美狄亚跟伊阿宋出走。无奈之下美狄亚杀死了哥哥，并将尸体砍成碎块扔进海里，趁父亲忙于捡她哥哥尸块之时匆促逃离家乡来到希腊。回国后伊阿宋的叔叔出尔反尔不兑现承诺，美狄亚又使用毒计害死了他。但美、伊二人报仇的手段过于残忍，引起国人痛恨，被驱逐到另一个国家科林斯。在科林斯两人幸福地生活了十年并且还养育了两个乖巧可爱的儿子。然而好景不长，自私的伊阿宋贪图权势，为了科林斯的王位，准备与科林斯国王的女儿结婚，要遗弃美狄亚和孩子，还要把他们驱逐出境。美狄亚百般规劝伊阿宋回心转意无效终于绝望，下决心报复他。美狄亚先是设计害死了即将和伊阿宋结婚的公主，国王来抢救时跟着死亡。最后，为了惩罚狠心的伊阿宋，美狄亚咬牙亲手杀死了她和伊阿宋生的两个儿子，并带着孩子的尸体乘龙车飞上天空，伊阿宋赶来请求留下孩子的尸体让他埋葬，美狄亚不同意，在伊阿宋的痛哭声中，美狄亚的龙车从天空飞走了。

不知各位听了这个故事心里什么感觉，我的感觉是惊心动魄，极为震撼，由此我们可以体会爱情这种感情的浓度、深度、强度、烈度；体会到有人说的，浓情烈爱与丰功伟业都蕴含着极大风险；体会到爱与恨之间的转化轨迹。

美狄亚为了爱情，可以欺骗父亲，可以杀死兄弟，可以背叛祖国；为了爱情可以残忍地杀死丈夫的敌人，作为一个女人，她为爱情的付出可以说够大了吧！由此我们也才知道爱情的力量竟然如此之大，大到不可思议、不可想象、让人害怕，大到超出常情常理然而又符合爱情的心理。但是，也正因为爱得深爱得烈，所以当丈夫背叛自己的时候她的恨也就同样的深同样的烈。抛出的力量有多大，反弹的力量也就有多大，二者是相伴相随相辅相成的。

中国现代文学史上，曹禺的《雷雨》中的蘩漪对待周萍态度的转变，也是由爱转恨的典型。和《美狄亚》一样，蘩漪的爱情受挫、爱而不得转化为恨，恨导致报复，报复导致家破人亡，惨烈之极。

从美狄亚、蘩漪，都是很惨烈的爱情悲剧，都是由极度的爱转化为极度的恨的典型。那么为什么爱总是伴随着对同一对象的恨呢？或者换句话说，爱到底是怎样转化为恨的呢？有专家分析说，性本能滋生了不可抑制的爱的渴望，渴望与对方融为一体；自我保护的本能却又时刻警惕着对方可能给自己的伤害，一旦遭遇伤害，怨恨便不可遏制地生发出来。爱与恨这两种极端的甚至是势不两立的感情就这样奇妙地交织在一起，难以离分。话说得再白一点，爱的本性是希望占有，希望独占，一旦占有不了就觉得受了伤害，就转化为恨。爱越深恨越深，发展到极端往往就是或死或伤的悲惨事件。

以上说的仅仅是爱情这种特别强烈的"爱"的类型，其他强度稍稍弱一点的感情，如父母与子女，兄弟姐妹之间的亲情，本来缘自血缘，常言说血浓于水，应该更牢固，但是一旦涉及利益，亲情也往往会转化为仇恨直至凶杀。直让人扼腕叹息！

要想避免这类由爱转恨的悲剧发生，最重要的是要多一些冷静或者说是理性。当然，爱情是非理性的，但终究不能离开理性。没有理性约束的爱情，任凭感情狂涛巨浪一样的肆虐，常常会冲垮堤坝造成灾难的。爱情似火，固然可以给人温暖，但飙升的烈焰也可以烧毁一切。所以，爱情至上，爱情就是一切，有爱就可以不顾一切，过把瘾就死等观念是不可取的。

四、成与败

如今，人们都把"成功"挂在嘴上，当作奋斗目标，社会也以此作为评价人的标准。考察起来，似乎还没有哪个时代哪个社会全民如此普遍追求成功的。成功！成功！！成功像一匹饿狼，把人追得筋疲力尽，狼狈不堪，谁都活得不痛快。那么这到底是怎么了？到底船在哪儿弯着呢？我们试做一点分析。

1. 怎样才算成功

电视连续剧《我的青春谁做主》提出了这一问题，并给出了自己的回答。其中人物的成功观比较有代表性。第一种，是商人杨尔的成功观，她认为成功的标志有两条，一是有钱，二是社会承认，只有获得双重认可才算成功。第二种，是杨尔的女儿李霹雳的成功观，她认为成功就是实现自己的理想，而实现自己的理想就是自我实现，自我实现就是最大的快乐。在这里，理想、自我实现、快乐三位一体。杨尔认为自我实现与社会认可并不矛盾，你把自我实现了，同时又获得了社会认可，岂不两全其美？但女儿并不这样认为。她认为母亲追求的还是社会的认可，而她要追求的是"真正的自我，社会爱认不认"。她说："财富、地位是你希望我获得的，我自己不想，有没有无所谓。""我不想被名利驱使，呕心沥血就为盖棺论定时被人冠以'伟大、著名'一类的虚词儿，我要为自己活，做喜欢的事，哪怕它换不来功名成就，在别人眼里一钱不值，爱谁谁，我只图自己快乐。"

关于成功的标准，母女俩唇枪舌剑，谁也说服不了谁。一个坚持社会认可，一个坚持自我实现，各有道理，体现了两种比较有代表性的人生观和价值观。如今是价值观多元化的时代，所以都有存在的理由。但是，虽然都有存在的理由，但又都各有所偏。一个以"社会"为标准而遮蔽了"自我"，一个以"真正的自我"为标准而遮蔽了"社会"。这两种成功观里一个共同的可怕倾向是忽略了成功所必不可少的价值标准。少了价值标准，所谓成功就缺失了灵魂。

例如，有钱有名有社会地位，那么他的钱、名、社会地位是怎样得到的呢？利用种种非法的、卑鄙无耻的手段照样可以得到这些的啊！这种成功值得羡慕吗？如果这也引起羡慕，那这个社会的思想意识就值得检讨了，说明价值观念和是非标准乱套了。可惜今天的社会状况就有些让人忧虑。再如，所谓的自我实现，内容是什么呢？有少部分人的“自我”其实就是“自私”的代名词，极端个人主义的代名词。这种人也可能实现自我了，但这种自我实现值得提倡吗?!

可见，所谓的成功，标准是大不一样的，我们要有所分析，而不必一窝蜂地随波逐流，被有钱有势有地位的世俗流行标准所绑架。人一旦被世俗观念所裹胁，就从此没有了快乐，因为那些东西是永无止境的，你永远达不到最高，所以你就永远处于痛苦状态中。

2. 成功的原因是多方面的，你不一定全达到，所以你对所谓的成功与否别太在意

网上有一个帖子，标题为“如果你有五十万，买房，还是创业？”内容为：“1998 年，马化腾找了 5 个兄弟，凑 50 万元做了腾讯，没买房，所以，有了今天的 QQ。1998 年，史玉柱向朋友借了 50 万元搞脑白金，没买房；1999 年，漂在广州的丁磊用 50 万元创办了 163，没买房；1999 年，26 岁的陈天桥炒股赚了 50 万元，创办盛大，没买房；1999 年，马云团队 18 人凑了 50 万元，注册阿里巴巴，没买房……如果当年他们用这 50 万元买了房，现在可能贷款都没还完。”这个帖子列出了五个驰骋中国商界的财富巨人，都是社会公认的成功人士。而他们的创业历程至今也才不过十几年。他们的成功固然各有各的道路各有各的秘诀，但是毫无疑问，其中最重要的一个客观原因是，他们的成功正好赶上了改革开放的社会大趋势，离不开互联网刚刚出现，中国亟待发展千载难逢的机遇。不信试试，现在给你 50 万，甚至 500 万，你也去办一个类似的网站，看还有可能没有？大概不行了。机遇过去了，再也回不来了。这是我们说成功离不开客观因素。但仅有客观因素也是不够的，还离不开智力和非智力的主观因素，如德、才、胆、识等。当年和史玉柱、马化腾一样懂计算机和网络的人多了，都从 1998—1999 年走过，怎么没有也去办一个网络公司呢？这就是主观因素的作用了。

这就说明，成功需要主客观多方面的复杂因素的相互作用，其中缺少一项就无所谓成功，这些条件你不一定全达到，如果达到不了，你也别太遗憾。在成功的道路上，你掌握得了自己掌握不了别人，掌握得了主观掌握不了客观，掌握不了社会，有时甚至你连自己都未必掌握得了。在这种情况下，你所能做的就是：尽人事以听天命。只要你自己尽全力奋斗了，努力了，也就够了，可以心安了。成功更好，不成功也罢。千万不要老是羡慕别人，老是埋怨自己的时运不好，老天爷不给自己机遇，把不成功或者失败的责任统统推到客观条件上，而从不检讨自己，如果这样，你就永无快乐之时。

3. 树立更理性更健康的成功观

什么才是理性健康的成功观呢？这里我向大家介绍电视剧《我的青春谁做主》中资深教授郎心平的成功观。她的外孙女赵青楚是个律师，表示要做社会地位、心理满足、赚钱三合一的成功者。郎心平说，“这三个里面，最重要的就是心理满足，未必当什么‘成功’律师，但一定要做个‘好’律师。”

在这里郎心平突出强调了“心理满足”这一内在的、谁也看不见的成功标准。谁也看不见，“如鱼在水，冷暖自知”，这就有别于杨尔的财富、地位之类单纯的外在的社会标准，也不同于李霹雳单纯强调“自我”的个体标准。因为她所说的“心理满足”中既包含了自我实现，也暗含了更为重要的社会标准——“好”。这个“好”的内涵包括社会道德、社会良知、社会文明，是一种更高、更内在，因而也更文明的标准。青楚听懂了“好”的内涵，从此之后一直谨记姥姥这句话，在日后漫长的职业律师生涯里，她反复甄别“成功”与“好”的区别，并身体力行，不但追求成功，更追求好。

郎心平教授强调的“心理满足”，除了“好”的社会意义之外，还有一层更为内在的心理体验——过程的体验。她对青楚说：“现在社会给人灌输的成功观念太单一，你们年轻人追求的无外乎是赚钱、成名，给自己贴上成功的标签，千篇一律、千人一面，这是典型的唯结果论。其实不是所有得到结果的都成功，也不是没结果的就失败，我一辈子的体验，是成功藏在过程里，将来回头看，乐趣不在最后撞线那一下，结果是买东西的赠品，好了算赚的，不好也没什么。”

这是一种典型的哲学、美学层面的体验，一种形而上的体验。注重过程是 20 世纪西方的哲学、美学思潮，是一种崭新的人生观。这种人生观是对传统人生观的批判和超越。传统人生观注重结果——名、利、权、位、物等众目睽睽看得见的东西，得到了，得意忘形；得不到，灰头土脸。为了得到所谓的成功，一辈子疲于奔命，狼狈不堪，结果以失败而告终。因为山外有山，天外有天，名、利、权、位不封顶，相比之下谁都是失败者。传统成功观置所有人于永远的痛苦之中万劫不复。现代人醒悟了，他们把目光从结果转向过程——对待生活一定要重生存而不重占有，重过程而不重结果，重体验而不重功利，在感受和体验中享受人生，开创人生。郎心平的“成功藏在过程里”的成功观，就是对传统成功观的颠覆，给人以崭新的视野。

如果按“好”和“过程”的标准衡量，如今社会上某些张牙舞爪的所谓“成功人士”够不够“成功”可能还是问号。君不见，多少人为了所谓的成功不择手段，出卖灵魂，危害社会，危害他人。这些人的所谓成功毒害了社会，扰乱了人心，也毒害了他自己。

对成功问题进行过深入思考的周国平先生，曾经把成功分为伟大的成功与伟大的失败，渺小的成功与渺小的失败。他说，成功是一个社会概念，一个直接面对上帝和自己的人是不会太看重它的；在上帝眼里，伟大的失败也是成功，渺小的成功也是失败。和剧中人物郎心平教授一样，周国平看重的也是成功的性质、成功的质量，他们都和粗鄙的成功观划清了界限。

若干年前有圣贤曾激愤地说过：自由，自由，多少罪恶假汝以行！如今，我们也可以套用这句话说：成功，成功，多少罪恶假汝以行。面对甚嚣尘上的粗鄙成功观，该是冷静反思的时候了，该是推广和普及郎心平的成功观的时候了。什么时候人们注重内心体验，把“好”作为成功的重要标准了，什么时候社会的精神文明就进了一步，社会生活中的那些矫情浮华、乌烟瘴气就会少一些。

五、对与错

世界上有许多事，按常规、惯例看，分明是对的，但换个角度看，却是错的。对与错，常常就是个观念问题。道理无需多讲，举几个例子吧！

1. 孔子的批评

A. 春秋时期，鲁国有这样的法规：凡是鲁国人到其他国家去旅行，看到有鲁国人沦为奴隶，可以自己垫钱先赎回来，待回鲁国后到官府去报销。官府用国库的钱支付赎金，并给予一定的奖励。

孔子的学生子贡很会预测市场，他从事商业活动，赚了很多钱。子贡到国外去旅行，恰好碰到有一些鲁国人在那里做奴隶，就掏钱赎出了他们。因为自己钱多，回国后就没有声张，也没有到官府去报销所垫付的赎金。那些被赎回的人把情况讲给众人，人们都称赞子贡仗义，人格高尚。一时间，街头巷尾都把这件事当作美谈。

孔子知道后，把子贡严厉地批评了一番，责怪他犯了一个有违社会大道的错误，是只为小义而不顾社会大道的行为。孔子指出，由于子贡没有到官府去报销赎金而被人们称赞为品格高尚，那么其他人在国外看到鲁国人沦为奴隶，就要对是否垫付钱把他赎出来产生犹豫。因为垫钱把他赎出来再去官府报销领奖，人们就会说自己不仗义，不高尚；不去官府报销，自己的损失谁来弥补。于是乎，多一事不如少一事，只好假装没看见。子贡这么做，突破了鲁国的法规，今后鲁国人在外国当奴隶，再也没有人去赎了。在这里，不拿钱是不义，拿钱才是义。从客观上讲，子贡的行为妨碍了更多在外国当奴隶的鲁国人被赎买回来，使得鲁国的法规形同虚设。

B. 孔子的另一个学生原宪，家里很穷，后来勤奋读书当了官，他第一次领薪水时觉得九百薪水太多，不要。孔子知道后批评他，认为不要是不对的。如果自己消费有剩余，那也可以用于周济周围邻居贫乏者。不接受正常的薪水，也是不义，因为会让其他接受者难堪。

C. 孔子学生子路，因救了一个落水的人，那人用一头牛来表示感谢之情，子路不接受，经孔子批评后又接受了。当时，一头牛是价值十分昂贵的酬谢品。孔子说：做好事有回报，今后鲁国人一定很热心于拯救落水的人。

小结：两千五百年前的孔子，不愧为一代贤人。他能透过个人看似高尚的行为看到具有普遍意义的制度的作用，认为个人行为对社会的作用没有制度对社会的作用大，不能以看似高尚的个人行为代替具有普遍意义的规律性的制度。换句话说，一个人的行为从某个角度看是对的，换个角度看可能是错的。

2. 好人陷阱

A. 某地发生凶案，迅速抓到杀人嫌犯，证人证言一应俱全，就是他干的，他无论如何喊冤都没人听，可他确实是冤枉的。侥幸逃脱的真凶也良心发现，去向神父忏悔，说出来后，果然好多了。

可这神父受不了了，他只好去向另一个神父忏悔，以缓解自己承受的压力。每个知道这个邪恶秘密的神父都去找另一个神父忏悔，最后，全国的神父都知道了这个秘密，可是法官无法得知真相。

行刑的那天，被冤枉的人哭着对神父说：真不是我干的……

神父说：孩子，我早就知道不是你干的。

这叫一个泪奔泪流啊！

这个故事是把某种逻辑推演到极致：听人忏悔的人必须保守他人的秘密，这样忏悔制度才能保存。如果你为了救一个人破坏它，搞得人人从此不再相信神父，那么，现实将变得更坏：不仅真凶，所有人都不会来忏悔了，而蒙冤者照样要死。一个社会应该避免落入"好人陷阱"。即太爱当好人，从而越了界，最后把整个社会搞乱。应该鼓励人人把自己分内的事做好。盖茨在经商时，在商言商，毫不留情，所以成为世界首富；身份转换成慈善家后，又倾囊而出，立地成佛。他若在经商时只想当好人，可能不得不破产，最后世界也得不了他的好。

B. 再说一个早年故事，国门刚开时，有人出洋留学，每日早起做好事，自觉把一些公共场所的卫生给做了，干了很久，也没人赞扬他，一怒之下不干了。结果同学来质问他：你今天为什么不打扫卫生了？解释了半天，别人还是理解不了，你干活，应该就是收了报酬，不然你替别人免费干活，那个原本应该做事的人就在骗取工资，而雇主又犯下监管不力的错，你一个好心，把所有事情都搞乱了。

后来，终于有人提醒大家过海关时不要帮他人拿东西，无论看起来多吃力，多么苍老可怜——他的包里，说不定就有毒品等着闯关，被查到了，就是你去坐牢，查不出，你就帮贩毒集团做了好事。

圣人不死，大盗不止。这句话是有道理的。王小波先生原来说过，大意是，宣传一个无偿给人理发的人，就制造了一百个贪小便宜的人。社会总的道德水准就下降了。

尽本分是最大的好，哪怕你这个神父越界了可以平一起冤案，也不要冲动。（连岳．好人陷阱[J]．心理月刊，2011(4)．）

对话人生实录

1. 人文学科是干吗的？

问：我是学计算机的，常听人说人文学科，但不知道人文学科是干吗的，人文学科与社会科学的关系是什么？能解释一下吗？

答：要想了解人文学科，不能就人文学科说人文学科，而必须把它放到一个更大更广阔的背景下加以讨论，才能为人文学科找到准确定位，才能明白人文学科到底是一种什么样的学科，到底是干吗的。

一般认为，人类学问大致有两类：自然科学和社会科学。自然科学是研究自然界各种物质和现象的科学，社会科学是研究各种社会现象的科学。科学的最大特点是实验可以无限重复，结论都一样——反映客观世界规律的原理、公式、数据永远都是共同的、确定的、不变的，不因阶级、民族、时代的不同而不同。例如，美国的科技水平虽然很高，但据我所知，他们的三角形内角和也是180°。

科学最初产生于也应用于自然现象的研究，后来，西方人把这一套又用于对社会现象的研究，于是产生了社会科学。但是在这一过程中人们发现许多社会人生现象无法"科学"。例如哲学，第一大问题是世界的本质是什么？从古到今意见纷纭：水、火、风、土、数、原子、以太、理式、物质等，哪个是最后真理？就人生哲学来说，第一大问题是人生意义，人为什么而活着，又是人言言殊，言人人殊，谁的正确？再如宗教，你说是基督教好，还是佛教或伊斯兰教好，上帝和真主，哪个更厉害？再如文学，作家作品丰富多彩，各美其美，没有可比性。李白与杜甫，谁更伟大？莎士比亚与托尔斯泰，哪个成就更高？《红楼梦》与《战争与和平》，哪个更有价值？诸如此类，能科学吗？！

于是人们明白，原属于社会科学的诸多门类，因其自身特点无法达到"科学"。这些无法归属于科学门下的门类，人们把它们从社会科学中剥离出来，称之为"人文学科"——是"学科"而不是"科学"。主要包括哲学、语言学、文学、艺术、历史学、考古学、文化学、心理学、宗教学、艺术史、艺术批评、艺术理论、艺术实践等。诸多门类中，文、史、哲被公认为是其中三根大支柱。

关于人文学科的研究对象，北京大学教授叶朗先生认为是人文世界，也就是人的精神世界（内在的）和文化世界（外在的）。从内容来说，人的精神世界和文化世界就是意义世界和价值世界。人文世界的精神性、意义性、价值性决定了人文学科区别于社会科学（经济学、法学、社会学、管理学等)的独特性质。

比较起来,科学具有实用性,而人文学科不具有实用性。也就是说,人文学科不是认识和实践的工具,不是使人学到技术,从而赚到大钱,而是引导人们去思考人生的目的、意义、价值,提高文化素养和文化品格,追求人的完美化。如果有人问"读唐诗有什么用处?""读《红楼梦》有什么用处?"回答只能是没有用处。不过这里的"无用"不是真的无用,而是"无用之用"(王国维),即精神之用,化(教化)人之用。我们经常说的寓教于乐、春风化雨、潜移默化、陶冶、净化、升华等,都是对"无用之用"的最好描述。它不能直接拉动GDP增长,但可以悄然改变人的精神和灵魂。简言之,人文学科是关乎灵魂的事业,科学满足人的物质需求,人文学科满足人的精神需求。所以,无论是个人还是社会,人文学科都必不可少。正如有人所说,一个国家,一个民族,没有科学一打就倒,没有人文学科不打自倒。

众所周知,当下我国经济快速发展,人们的物质生活水平迅速提高,然而整个社会道德状况令人担忧,各个领域乱象百出。原因何在?就因为价值颠倒,善恶不分,是非混淆。简言之,人心乱了。当此时,国家政权应该坚持依法治国,出台一系列行政法规以治标,而治本的任务将要由人文学科来承担。即人文学科要为社会提供正确的价值观念和意义体系,从而为社会提供正确的价值导向,使人心不乱。从这个意义上说,人文学科工作者是名副其实的社会心理医生,心灵顾问。不仅如此,人文学科还要引导人们的精神向着更为高远的境界飞升,即要向人们提供精神上的终极关怀——寻找灵魂归宿,建构诗意家园。

2."发现美的眼睛"是什么意思?

问:常听人说,生活中不是缺少美,而是缺少发现美的眼睛。我似乎明白终究还是不明白,您能举例加以解释吗?

答:好的。众所周知,这是法国著名雕塑家罗丹的名言,这是一个天才艺术家对生活、对艺术、对美的感悟,富有哲学的高度和深度。我的思想水平和理解能力有限,未必能全部理解它。我只举生活中的小例子来说一说我对它的理解。

例如,今天晚上,我和你在这个教室里相见,这件事,从日常角度,你能看到啥悟出啥呢?年轻时我认为这太平常太日常太经常太一般了,什么也没想——不就是老师开讲座我来听吗?还能有什么呢!但现在我不这样看。现在我把今天在这里和你的相见看作天地间极为罕见的奇遇,看作上帝安排的奇迹,看作人世间极为难得的缘分,因而我十分十分地珍惜,十分十分地享受。

我是这样想的:我作为一个人在这个世界上生活已有六十多年,同学们在这个世界上也已经生活了十八九年。我们每人都有自己的生活轨道。在茫茫的宇宙太空(或曰无边的生活海洋中)里,空间何其大也,而你我的生活轨道何其小也,它们相互交叉的可能性从概率论上来看趋于无限小,接近等于零。换句话说,我在这个世界上活了一辈子最后我死了,你在这个世界上活了一辈子最后你也死了,我和你失之交臂,你在我的黑暗中,我在你的深渊里。

这是生活的常态，是大数据，大概率——世界上七十亿人，你才认识几个啊！

然而现在，这个几乎等于零的可能性竟然变成事实了，变成完整的"一"啦！导致这一结果的原因，从终极角度看是无限的，即无穷无尽的。这就需要追索我从出生到今天晚上这六十多年所走过的路。这条路由无限因素、无限环节所构成。你那边也一样。这期间无论是我或你的生活轨道中万一有一个偶然的原因，出现一个小小的变动，就不会有今天的相见，很可能今生今世就永远错失了。但令人庆幸的是，我这六十多年，你那里十八九、一二十年，环环相扣，其来有自，一直走到今天晚上竟然在这里相见。所以，用终极眼光看，这次再平常不过的见面，是无限偶然因素的因缘际会造成的，是一场惊险的奇遇，这就是佛教所说的"缘分"。

这样看来，平常说滥了的熟词"缘分"，其中实在蕴含着无比丰富的人生内涵，蕴含着无比美妙的审美意味——我活了这么多年就是为了今天晚上在这儿见你一面。这样理解我们的相见，多么浪漫，多么富有诗意！这场相见，是已知的、出场的事实，而导致这场相见的无穷无尽的、谁也无法知道的缘因，则隐藏于神秘之中。无限因缘导致一个结果，你想这是多么珍贵，多么不容易啊！所以我们常说，五百年的回眸，才换来今生的擦肩而过；百年修得同船渡，千年修得共枕眠。这里蕴含的就是宇宙的、哲学的、人生的道理。

这就是用审美眼光发现的普通生活中的美，是日常眼光、世俗眼光发现不了的美，不是小美，而是大美，天地之美！正如庄子所说，天地有大美而不言。

再说个例子。你还记得我们在《生命为什么是宝贵的》一讲里讨论过张三的出生吗？张三出生，从日常角度看没什么可说的，但换个角度看却是一个奇迹。能让张三出生的力量不是别的，而是上帝即造化本身。细想造化是多么神奇啊！这里的神奇不是别的，就是佛教所说的"因缘和合"。这里暗含的是我们永远看不见的宇宙规律，是世界的构成，是大自然的奥秘。

我们借助张三的出生，看见了"上帝"(超人力量)的真面目，看到了造化、"造物主""神"的真面目。什么是神？"神也者，妙万物而为言者也。"(《易经》)——神指的是万物之妙，是万物之妙的代名词。领悟到这一点，就领悟到了日常生活中的美，就知道天下万物的存在皆有深意，其背后皆有神在。这同样是大美而不是小美，是天地之美、宇宙之美！

总之，你只要有一颗敏感的心灵，有超越日常的思想深度，即有了一双发现日常生活之美的眼睛。这时候，在你眼里，"一花一世界""一沙一菩提"就不再是漂亮的、空洞无物的妙句，而是有丰富内涵的实实在在的美！

3. 我们是不是生错了时代？

问：我们这一代人好像有点倒霉，好不容易上了大学，大学毕业又面临失业，买不起房，买不起车，贪官腐败，社会不公，活着感到压抑，请问我们是不是生错了时代？是不是就我们这个时代问题多？

答:“生错了时代”,换个稍雅一点的说法即“生不逢时”,这话听起来好熟悉啊！读读历史,读读文学史,那些历史上留下名声的人“生不逢时”的感叹不绝于耳,让人感到似乎就没有生逢其时的时候。既然无论哪个时代的人都感叹生不逢时,其实也就无所谓生不逢时了。

好了,咱不把话题扯得太远,就说你(虚指、泛指当下年轻人)吧！你生在当下的时代,是不是“生不逢时”,我认为不能由“当下时代”来判断,而是需要跳出“当下时代”,把“当下时代”放到一个更长更远的广阔背景,即放到中华民族几千年的历史中来判断。如果放到这样的历史背景下,你以为如何？

三皇五帝时期就不说了,你不熟悉我也不熟悉,我们所知甚少,虽然如此,我们也可以肯定,那个时代好不到哪儿去,文明发展阶段在那儿放着呢！历史记载开始比较详细的是春秋战国时代,生在那个时代如何？天下大乱,诸侯征战,没完没了,千千万万无辜的年轻人被驱赶到战场上送了性命,能活下来就算大幸,我们总不至于羡慕那样的时代吧！后来从秦到明清,两千年封建社会,你说哪个时代最好,哪个时代算是生逢其时？都知道盛唐时代不错吧,盛唐时代出了李白和杜甫,可是这时又如何？你看看李白,一辈子郁闷死了,他的许多名篇其实就是被压抑过度,憋得难受尽情发泄的结果。好不容易被皇帝招去了,却不被重用,给个闲差把他供起来,李白受不了这屈辱一气之下辞职不干,云游四方去了。李白的命运尚且如此,如果是你又如何？你有李白的才吗？李白的时代读书人除了做官几乎没有什么出路,可是官又有几个？科举制度前,读书人没有进身之阶,后来有了科举,平民百姓有了一线希望,可是,要想读书首先要有家底,即你家里必须是地主或富农,如果连吃的都成问题,还读什么书?！再者,即使读了书,能中进士做官的又少之又少,其比例之小(我没统计过,也没去查过,不知具体数字,但完全可以肯定比例极小极低),直让人仰天长叹,心灰意冷。我们知道的文学名家蒲松龄考了一辈子也没考中,不得已才蜗居民间,以收集轶闻趣事为乐,这才有了《聊斋志异》。你自己估量估量,如果生在那样的时代,你能不能读书,读了书能不能中进士,中了进士能不能做官,做了官又如何？你想一想各种可能性有多大？我们的习惯,光是看见出了名的人,但在他们背后,沉没在无边黑暗中的人该有多少啊！有多少天才种子没有发芽机会,在干涸的土地上早早被旱死了。

好了,封建时代也不去说它了,那么新中国建立之后又怎样？经济、社会处于恢复阶段,国家没有更多财力投入到教育上,所以能上大学的人极少,甚至能上高中、初中的人也不多。“文革”十年,大学教育几乎停滞,十一年没有正式普遍招生,年轻人上大学的路基本被堵死了。“文革”后的1977年开始正式普遍高招,青年才有了固定的上进之路。也许你羡慕七七、七八开始招生的那几届学生,上学不用自己拿钱,毕业之后国家包分配,自己不用考虑就业问题,无论学得好不好,只要能毕业国家就给工作。是,确实值得羡慕,可是你知不知道,那是积压了十一年的人才走向高考战场的生死之战啊！胜利者固然光荣,前程似锦,可是,那是千军万马挤独木桥啊,挤过去的极少,因而被称为幸运儿,天之骄子,而被挤下落水的人可是不计其数啊！你估量一下,如果你生在那时你能挤过去吗？挤过去的一定是你吗？估计你也未必有十分的把握吧！只能是有可能性但概率极小吧！

而你成长的时代，国家的经济、社会都有了极大的发展，教育，包括高等教育也普及了，精英教育已经转型为大众教育了。所以你和你的同学以及那么多的青年有了上大学的机会，有了谋生的一技之长。如果没有国家的发展，你是否能上大学，都是一件不确定的事。

当然，甘蔗没有两头甜，辩证法的铁律是有一利必有一弊。高等教育的普及，也让大学毕业之后的求职成为难事。但是，不管有多么困难，只要你有真本事，真能耐，有一技之长，求得一个谋生的饭碗还是不成问题的——只要你的要求不是不切实际的太高。如今，固然还有拼爹、拼妈、拼关系、拼金钱的现象，但是，中国社会从"官本位""关系本位""金钱本位"向"能力本位"过渡已经成为阻挡不住的大趋势，有真本事终有出头之日正在一步步成为现实。由此看来，现在的问题已经是，或越来越是，不怕没工作，就怕没本事。

请静下心来想一想，中国历史上什么时候有过这种局面，什么时候给过青年如此广阔的选择天地？我估计这样一想就会明白，当下时代，恐怕是中华民族几千年来发展最好的时代，对青年的成长、发展来说最好的时代。当然，谁也不能否定的是，社会问题还多，如你所说的贪官腐败、金钱至上、社会不公等，但这些问题的存在已经成为全社会的共识，当它成为全社会共识的时候，改变它的机会就已经到来，正所谓物极必反，否极泰来。

总之不要以为你的处境最困难、最糟糕，事实上，哪个时代都有困难和糟糕的事，哪个人都有难处。没有困难、困境还叫人生吗？古人云，不如意事常八九，所以有不如意事是正常的。不要迷信什么黄金时代，鲁迅早说过黄金时代是不存在的，唯物辩证法也是不承认的，黄金时代过去没有将来也没有。所以，我劝你不要有"生不逢时"之想，把眼光放远一点，把心胸放大一点，鼓起勇气努力学习，成就一个尽可能完善的自我，勇敢地投入到生活中去，你的道路一定会越走越宽广。不知你以为然否？

4. 这个世界上有些人超级好，好到让人感觉有点不相信，你信吗？

问：从《感动中国》等新闻媒体中看到一些人超级好，如一个农民，或一个街头蹬三轮的老人，生活相当艰辛，但却几十年如一日，差不多是倾其所有资助贫困大学生上学；还有"最美医生"，自己大病在身，生命不保，还长年累月坚持奔波在大山里为人治病。他们好得让人感动，感动之余也让人产生怀疑，这是不是真的，因为太有违常情常理了。你信吗？

答：我信！我相信是真的，丝毫不怀疑。因为这是全国范围内上上下下海选、推荐，经反复调查核实层层评选出来的呀，是经得起复查、验证的，谁也做不了假。况且，这些人在几十年如一日做善事时，并没有想到有朝一日会被评为"感动中国""最美××"，而是出于质朴的善良，原始的好心，默不作声自己愿意做的。如果他不愿意，没人能强迫他。几十年如一日地"做"在先，被评为什么什么在后，后来的事是他们从来没有想到的。被评为什么什么既不是他们的目的，也不是他们的动机，完全是无意得之。

类似这样的人，生活中，或我们身边，没有评上什么什么的好人多着呢！你的问题让我联想到刚看过、印象颇深的一篇文章，其中介绍了海南电网一普通电工李克恩买彩票中了

20 万元，家境贫穷的他首先想到村里那些比他更穷的人，把其中一部分以发红包的方式发给了困难户。不仅此事，他还做过其他很多类似的善事。比如，15 年来，因为工作，他几乎没有离开过所在的镇，没有出过一趟远门，担心离开后突然线路跳闸没有人抢修。一天巡线直到天黑才回到所里，等用电高峰期后才回家，很少能够照顾到家里。

文章作者说，作为一个评论员，对“宣传拔高”有本能的排斥，因而也曾怀疑这些事迹的真实性，因此一再追问，反复核实。结果是了解信息越多，越能理解其真实性。比如，贫穷的他之所以中奖后分钱给乡亲，是因为他知道更穷的苦，也觉得不是自己劳动赚来的钱自己花着很不安。他之所以没有离开所在的镇，不敢出远门，是因为养殖户太依赖电了，一旦停电虾池缺氧后果不堪设想。

确认了电工事迹的真实性后，作者有一些感慨和评论值得我们关注。作者说，现在社会舆论有一种很不好的风气，就是用世俗、市侩、粗鄙的眼光去解释崇高，用自己的庸常和精致的利己主义去嘲讽那些自己无法理解的大善。当看到一种大善和大爱自己无法理解时，不是保持敬意，而是质疑动机，恶搞别人的高尚，嘲讽别人的付出，在“谁也不比谁更高尚”的媚俗暴力下解构这个时代的英雄们。

文章最后，正面提出了面对日常经验和逻辑无法理解的善时应该抱持什么样的态度：我们能做的，就是对这种不能理解的大善保持一分敬意。我们自己做不到，可以做一个在旁边给他鼓掌的人，这也是一种善。这种敬意是维护社会道德生态的一个部分。人的境界是不一样的，会处在不同的道德认知水平，总有一些善超出我们庸常的经验逻辑，总有一些善我们不能理解，对那些行善者保持敬意，就是我们的责任。（曹林．对那些不理解的大善保持敬意[N]．中国青年报，2016-04-01.）

我感到这篇文章很好，说出了我想说的话。我和同学们一样，能做到像作者所呼吁的，在旁边为大善之人鼓掌，对他们抱持深深的敬意。

我相信大善之人的存在，除了在事实层面的确认以外，还有一个哲学层面。从哲学角度看，世上的人，总是两头小中间大。例如，就道德境界来说，大善之人总是少数，大恶之人也是少数，而不善不恶，亦善亦恶，小善小恶，时善时恶中不溜的人总是大多数。无论任何时代，社会的道德生态可能都是这样构成的。社会的道德水平是靠这些大善之人作为榜样支撑的，也是靠他们提升的。作为大多数的一般人，如果做不到大善，那就把他们树为榜样，“虽不能至，心向往之”。心里有一个、多个大善之人在，当我们做事的时候，就有了一面镜子，有了一个楷模，就知道该怎么办。虽然这个社会多数人可能都是庸常的，庸常没什么不好，但庸常者不能用庸常的逻辑去度量一切，不能把自己的庸常当成常识。

第十六讲 人生总有缺憾

人生总有缺憾，这命题太大、太抽象了，让我们缩小范围，通过具体例子来讲。在人类情感生活，尤其是在男女之间的情感生活中，不管主体是否意识得到，人们的内心深处总有一种隐秘的倾向：渴望激情。表现这种倾向的文艺作品多至不可胜数，这里，我们举例性地提出几个作品加以分析。

一、从几部"渴望激情"的作品说起

描写渴望激情的作品中，比较早也比较有代表性的人物形象恐怕要属福楼拜笔下的爱玛，即包法利夫人(《包法利夫人》主人公)。

爱玛是外省一个富裕农民的独生女，她自幼在修道院附设的寄宿女校读书，受着贵族式教育。爱玛渴慕虚荣，喜好刺激，她爱海只爱海的惊涛骇浪，爱青草仅仅爱青草遍生于废墟之间，凡不直接有助于她的感情发泄的，她就看成无用之物，弃之不顾。浪漫主义小说和多愁善感的性格使她对婚姻充满了诗意的幻想，然而实实在在的现实生活却与她的想象相距甚远。她幻想中的丈夫应该无所不知、无所不能，能够启发女人领会热情的力量和生命的奥妙，然而她的丈夫查理·包法利先生却是一个极为平庸的乡下医生。"查理的谈吐就像人行道一样平板，见解庸俗，如同来往行人一般，衣着寻常，激不起情绪，也激不起笑或者梦想。"他不会游泳，不会比剑，不会放手枪，甚至没有动过看一场戏的念头。丈夫的平庸让爱玛非常失望，婚后的生活凝滞、呆板，百无聊赖，沉闷空虚。她的灵魂深处，一直期待意外发生，期待偶然事件的出现改变生活，期待她认为人生应当经历的疯狂爱情。"可是上帝有意同她为难！她就是什么事也碰不到。"

后来，爱玛渴望的"疯狂爱情"终于出现了。她丈夫看她整日闷闷不乐，无精打采，为了解除她的烦闷，从偏僻的小城镇迁到较繁华的永镇居住。在这里，深谙风月的土地主罗道耳弗看到爱玛年轻漂亮，便与她调情，她经不住诱惑，很快投入他的怀抱。她心花怒放，好像刹那之间又返老还童一样。她想不到的那种神仙欢愉，那种风月乐趣，终于到手。久经压制的感情一涌而出，欢跃沸腾，她兴奋地卷入激情的漩涡，任其漂流。

热恋中的爱玛多次要求罗道耳弗带她私奔，但罗道耳弗不过是逢场作戏，玩玩而已，后来终于无情地抛弃了她。她大病一场，病好后依然不甘心平凡的日子，又陷入一场婚外恋情，并为此大肆举债，终至无力归还。高利贷商人一再催逼，爱玛遍借无果，万般无奈之下服毒自杀，为自己的"激情"付出了惨重的代价。

再举一个"渴望激情"的典型人物，我想说一说20世纪90年代美国小说《廊桥遗梦》中的女主角——弗朗西斯卡。

弗氏出生于意大利，后来到美国学比较文学，毕业后当了英文教师并嫁给了当地一位退伍军人。丈夫是一位农场主，他不喜欢她出去工作，因此她辞去了工作成为专职农家妇女。她有两个孩子，丈夫对她也很好，应该说她的生活很幸福，但她内心深处却有一种说不清的淡淡的遗憾。封闭的乡村生活让人感到沉闷和压抑。这里的生活方式枯燥乏味，没有浪漫情调，没有性爱，于是男女双方在巧妙的互相应对中过着同床异梦的生活。人们不谈艺术不谈梦，只谈天气、农产品价格等非常实际的内容。用弗朗西斯卡的话说，即"这不是我少女时代梦想的地方"。她与环境格格不入。在家里，她喜欢独处深思，或在厨房里读小说，或坐在前廊秋千上眺望远方，与丈夫之间缺少精神上的沟通和理解。丈夫的观念保守陈旧，反对一切变革。他对浴室内的妇女用品感到不舒服，用他的话说即“太风骚”；他认为女人戴耳环太轻佻，认为性爱不体面而且很危险。因此在很长时期的夫妻生活中采取不动感情的最简单的方式，而且草草结束。这里没有自然亲密的性爱愉悦，有的只是最原始意义上的性的本能和种的延续的观念。——这一切让弗氏感到不满足。她感到“在她身上还有另外一个人在骚动，这个人想要沐浴、洒香水……然后让人抱起来带走，让一种强大的力量层层剥光，这力量她能感觉到，但从未说出过，哪怕是朦朦胧胧在脑子里也没有说过。”总之一句话，她厌烦生活的沉闷和乏味，她“渴望激情”。她用叶芝的诗来表达自己的心情：“我到榛树林中去，因为我头脑里有一团火……”

后来，具有浪漫气质，自称是“远游客”和世界上最后一个“牛仔”的摄影家罗伯特·金凯出现于弗朗西斯卡的生活中，一下子点燃了她心中多年封闭着的那团火，于是激情喷发，他们疯狂地相爱了。虽然在一起的时间只有短短的四天，但弗氏说“在四天之内，他给了我一生，给了我整个宇宙，把我分散的部件合成了一个整体”，罗伯特也庆幸他们的结合，感到“在一个充满混沌不清的宇宙中，这样明确的事只出现了一次，不论你活几生几世，以后永远不会再现”。

爱玛和弗朗西斯卡“渴望激情”，从客观原因来说，她们都生活于保守闭塞的农村，她们的丈夫文化层次和精神品位都不高，都比较平庸，缺少情趣。那么，生活于繁华喧嚣、文化生活丰富、时时处处都充满了新鲜刺激的城市，尤其是现代城市，而且丈夫和妻子都有很高的文化及精神品位，就不“渴望激情”了吗？未必！这里有一部皮皮著的长篇小说，书名恰好就叫《渴望激情》，讲的就是现代城市文化人“渴望激情”的故事。

故事中的男女主角都是高级知识分子。男主角叫尹初石，报社摄影部主任；女主角叫王一，大学教授。夫妻二人都很善良、文雅，互相尊重，互相谅解，互相关怀，互相帮助。双方都在尽力履行着自己的责任和义务。每天早上王一起来做早饭，这让尹初石感到隐隐的不安，心存某种感激。王一呢？每天上班下班，做饭洗衣服，孩子出生后更是如此，她从没觉得尹初石不关心她，他很周到也很体贴，更重要的是在夫妻生活中他很讲道理。他们从不吵架更不打架，他们的家庭平稳和睦，生活安定而宁静，连一点小的冲突也没有。平静的生活将他们的情感分别掩埋着，他们已经不了解对方的内心情感，因为情感没有碰撞就产生不了火花，彼此就不能互相感觉到。其实，在和睦和安定之中，两人都模模糊糊地感到似乎是缺了点什么。正如丈夫尹初石有一次向情人小乔说的那样：“我们结婚十几年了，她是个非常好的女人，无论做妻子还是做母亲，她都没什么过错。可悲的是我们的性情决定了我们的生活只能那样，像一潭不流动的水。我……我……我总觉得缺点儿什么。”缺点儿什么呢？简单说，缺点儿激情，缺点儿男女生活中的浪漫而热烈的情感。

对于这一点，夫妻双方在发生婚变之后都意识到了。尹初石说：“我需要感情激情碰撞，我需要别的女人填补这块空白，王一不需要吗？也许她跟我在一起才使得生活死气沉沉，也许换个男人，她也会发现另一种生活，也许她更喜欢那种生活。”妻子王一在婚姻即将破裂前与丈夫的一番深谈中也同样省悟到了这一层。他们在倾心交谈时诚恳地承认，他们彼此其实并不是不需要这种热烈的情感，只不过是没有适合的人引发它。

事实正是如此。他们之间有尊重有关怀有谅解有忍让，但仅有这些是不够的，他们还需要激情。所以当他们遭到"激情"袭击的时候，他们无论谁都未能躲开，都做了"激情"的俘虏：首先是尹初石有了婚外恋，极大地伤了王一的心；然后是一个外籍教师真诚而痴迷地爱上了王一，王一也接受了他的爱情。一个和睦的家庭终于解体了。

二、天下没有十全十美的事情

从以上三部作品四个人物我们看到，无论中国和外国，无论城市与乡村，无论性别与职业，无论文化层次高与低，走进恋爱与婚姻圈子里的人，在情感方面一个普遍的共同要求是——渴望激情。激情使人热烈奔放，神魂颠倒，充满生机与活力；激情让人的生命力得到尽情地扩张与释放。激情是一首调子高昂激越的抒情诗，激情永远富有魅力。但是，就生活的一般规律而言，激情是感情激烈爆发的异常状态而非平常、正常、经常的所谓常态。人可以一时处于激情状态，但不可能永远处于激情状态；在漫长的人生历程中，可以间或出现激情状态，而不可能时时都出现激情状态。激情是对常情的一种补充，也是对常情的一种冲击或颠覆。激情的冲击力量往往是很强大的，必须用很强的理智力才能加以约束和控制，否则容易越轨，直至酿成人生大错。这样的悲剧，无论是在文艺作品中还是现实生活中，都是很常见的。

在我们叙述过的几个人物中，弗朗西斯卡处理得似乎比较好。在她那里，激情冲决了闭塞的心灵闸门而又没有泛滥成灾。当她与罗伯特疯狂地爱了四天之后，罗伯特提出要带她走，但她为了丈夫为了孩子即为了责任，终于没有走，她牺牲了感情保住了家庭。但也因此导致了三个人此后几十年间刻骨铭心的痛苦：她与罗伯特之间的思恋之苦，她丈夫感觉出来后的嫉妒和歉疚之苦。至于爱玛就不用说了，她的激情完全失去控制因而付出了生命的代价。即使如精神修养很高自制力很强的尹初石和王一，激情冲击的结果也让他们始料不及：尹初石的激情之源——情人小乔因受不了情感折磨之苦准备自杀，后因误会在激怒之中死于车祸；王一呢，面对情人、孩子、丈夫，无法选择，受尽心灵撕裂的折磨；尹初石被人痛打一顿几乎丧命，后来因无颜面对妻子和孩子，只得放逐自己，独自出走。不仅如此，他们的情变还不可避免地造成了灾难冲击波：小乔父亲受不了女儿之死的打击，一气之下中风去世；他们的女儿小约因受不了父母离婚的打击，小小年纪发誓要去当尼姑；痴爱王一的那个"老外"，眼看无法抉择的王一，只得黯然离去。伤害造成了多米诺骨牌的连锁效应。

人啊，情感生活过于平淡、静如止水会让人感到空虚沉闷，了无趣味，因而"渴望激情"；"激情"让人沉醉让人幸福，但其盲目的力量往往难以控制，因而容易造成对人的伤害，也挺可怕。于是转而向往平淡，开始相信"平平淡淡才是真"。这就是说，平淡中人渴望激情，激情中人向往平淡，就像小猫一样，咬住自己的尾巴圆圈转。那么，人到底要的是什么呢？——说到底，人什么都想要，但每一种东西里都是有利又有弊。人太贪心，尽做美梦，仅想取其利而想避其弊，但生活的辩证法偏偏不让你“圆满”，偏偏给你留遗憾，让你不自在！这就是生活，生活总有缺憾。

以上我们讨论的是，人的情感生活中没有十全十美的状态或模式，各种状态或模式总是有所缺憾。情感生活属于内在的心灵生活，下面我们讨论一下忙碌与清闲的利与弊，这是一种属于人的外在生活状态方面的问题。

若干年前看过一幅漫画，题目忘记了，但意境却记得很清楚：马路上，一群人骑着自行车匆匆忙忙地赶着去上班；路边上，两个老头悠悠闲闲地在下棋。“上班族”看着老头无比羡慕，说像他们那样该多好；老头看着“上班族”羡慕无比，说像他们那样该多好。当时看了，颇为感慨。最近，从作家刘卫先生的微型小说《故事一种》中，又看到了漫画意境的文字版，于是想到，这里提出的，其实是一个具有普遍意义的人的生存状态的选择问题。

《故事一种》的主人公张三，大学毕业后供职于国家某大型企业的L处。这是一个几乎无事可做的部门，于是很清闲。每日上班无非就是和几个同事凑在一起穷聊一气，聊够了就泡茶看报。若干年过去了，虚度年华，心里十分痛惜悄悄流逝的生命。于是有一天他决心辞职投入于商海。下了海的张三每天都夜以继日地忙，吃了很多苦，也实实在在地挣了些钱。有了钱的张三觉得自己也该享受了，每日闲在家中，种花草，养鸟鱼，看杂志，听音乐，过得十分惬意。忽然有一天，张三觉得这种生活和在L处的日子实在没有两样。下海为什么？为挣钱。挣钱为什么？为舒服。可待在L处本来就很舒服。于是他又要求回去上班，又回到L处喝茶闲聊看报纸去了。但是张三心里存了个疑问，他“不知道会不会有那么一天，自己忍不住再次痛恨这种生活”。

作品结尾时张三的疑问，在笔者看来几乎可以说是肯定的。因为，清闲依旧，也就空虚依旧，无聊依旧，生命力被封闭被窒息依旧，只要张三的生命活力尚存，必然有一天会再次厌烦清闲无聊的生活，渴望再次投入紧张和忙碌。而一旦他长期处于紧张和忙碌之中，他的身心就必然会感到疲惫不堪，因而会再次想逃避忙碌而渴望清闲。他就像一个钟摆，当摆到一端达到一定高度时就会向相反方向摆去。

从社会视角看，《故事一种》揭示了某些现行的行政管理体制中普遍存在的问题：机构多余，人浮于事，压抑人的生命活力。这是一个多年未能彻底解决的社会问题，需要通过深化改革来解决。从人生视角看，我们可以说作品提出了一个具有普遍意义的人生问题，即“忙碌与清闲”的两难选择。忙碌与清闲是两种生存状态，这两种生存状态处于相互矛盾相互冲突的两个端点，各有存在的合理性，因而也就各有价值和魅力，但也各有弊病。人，既需要忙碌也需要清闲，二者都为人生所必需，但往往二者不可兼得，人生总有缺憾。

三、有缺憾才有美

本讲所举作品说明天下没有十全十美的事情，别说十全十美，即使两全其美甚至都不可能，事物的基本法则永远是有一利即有一弊——世界总有缺憾。这就是说，当你选择了某种生活方式(态度、状态),你就要在尽情享受它的“利”的同时尽可能避开它的“弊”,如果避不开,你必须学会适当容忍它的“弊”。

不过再往深处想一步即可知,只有缺憾才有美呀!美是以缺憾为底衬而被人体会到的,没有了缺憾,一切圆满,再没有发展、追求的余地,事物也就凝固,生命、生活就进入死寂,就无美可言。看来,真的是天地(大自然、宇宙、上帝、造化、造物主……)无言而有大美。它给你留缺憾就是给你留下发展、追求的余地,就是为了让你借助它来体会美。它的安排是最好的,你就接受吧!

明白了上述道理可以给我们好多人生安慰。我们不是常常抱怨自己的生活、自己的命运总是不完美,总是有缺憾吗?殊不知谁的生活、命运都一样,谁也不可能十全十美,天下无论谁的生活都有缺憾,所以我们要学会容忍和接受有缺憾的人生。

但接受不是消极认命,从此放弃追求,破罐破摔,而是在接受中不忘追求完美,即在接受中追求,在追求中接受。这样,接受缺憾和追求完美就形成了一种内在的精神张力,在这一精神张力场中寻求平衡,你就是理性的、智慧的、健全的,你的生命就既安宁平静又充满内在的活力!

对话人生实录

1. 怎样理解“腹有诗书气自华”?

问:“腹有诗书气自华”听起来很美,但感觉有点抽象,有点模糊,能具体解释一下吗?

答:同意你的感受,因为我的感觉也是这样。至于这句话到底什么含义,应该怎样解释,我也说不好。我只能说一说我自己的理解,说不到位的,请你谅解,你自己再体会去。

“气自华”的“气”,毫无疑问,应该指的是人的气质,也可以说人的气象、风致、风韵、风采。气质这东西,是由内而外的一种表现,是内在精神通过人的一言一行、一举一动、一颦一笑散发、辐射、显现出来的,可意会不可言传,可神通不可语达,可感受不可描述。如果硬要用语言描述的话,无非是抽象、干瘪、大路子的词语,如优雅、高雅、超凡、出众……或者相反。气质优雅高雅又是什么样呢?我想不外是成熟、自信、朴素、自然、大方、大气、从容、淡定等。那么,怎么才能做到成熟、自信……呢?那你必须肚里有货吧!你有阅历,有经验,有知识,有智慧,有阔大的精神空间,无论遇到什么境况,你都能心中有数,应对自如,何惧之有?这时候,你当然会显得成熟、自信、大气、淡定,想不自信都很难呢!

那么阅历、知识、经验、智慧又从何而来呢?阅历靠自己在生活中亲身摸爬滚打,尝遍人生的酸甜苦辣,你见得多经得多了,阅历、经验自然丰富。而知识、智慧、阔大的精神空间等又从何而来呢?这仅靠阅历就不够了,就必须读书——大量阅读了。

阅读对象极为广泛,这里我仅就文学来谈一点阅读对人的精神生活,对人的气质的影响。

文学是人学,文学中蕴含着极为丰富的人生经验和人生智慧,是古今中外各种人的生存生活史、灵魂演变史、情感密码室。这是一个广阔神秘的宇宙,借助想象,我们可以上天入地,出入六合,思接千载,视通万里,观古今于须臾,抚四海于一瞬。在这里,我们“变成了”各种各样的人,体验了不同时代各种人的人生,不知不觉中多活了多少辈子,从中学到了无限多的人生经验、人生智慧,潜移默化中提升了人生境界。

请想一想,现实中有哪个人的生活经历如此丰富多彩、变化无穷呢?有幸欣赏文学作品的人有福了!所以有人说,即使有人提出只要我不再读书就可以成为历史上最伟大的国王,我也绝不答应;我宁愿做一个穷汉子,挤在一间窄小却富有藏书的阁楼里,也不愿当不好读书的国王。从艺术女神居住的山峰上所看到的风光,比坐在王位上看到的宏伟壮阔得多。

由于有大量文学作品——这里的精神信息是多么丰富、浩瀚、无穷啊——在知识结构、精神结构、意识结构里垫底，所以你就是精神世界的富翁，无论你做什么心里就有底气，对人生世事的应对就会从容淡定得多。因为你在现实生活中遇到、见到、听到、想到的，人家文学作品中早就有过了，你见惯不怪，水波不惊了。这叫什么？这叫“曾经沧海难为水，除却巫山不是云”，这叫“会当凌绝顶，一览众山小”，这叫“不畏浮云遮望眼，只缘身在最高层”！

因为你是精神的富翁，你的精神空间就无限开阔，无限高远，无限深邃，你想问题时古今中外文学作品中相同相近的例子，就会翩然而至供你参考；古今中外圣哲贤人的思想、智慧，就会自然涌出给你启发。这时你做出的选择就不是你一人盲目的、胡乱的、无意识的、被动的选择，而是以人类智慧为基础的、理智的、理性的、主动的选择。有古今中外智慧帮你应世，你的生活怎么能不从容淡定，怎么能不成熟自信?!

记得在微信“国学生活讲坛”里读到一篇文章，题目是：读书的人和不读书的人，连颜值都差得远。

“连颜值都差得远”，可以理解为网络语言，带有夸张和幽默的意味。颜值差得远不远且不说，“腹有诗书气自华”却是真的。怎么“华”？因为你有底气，你充满自信，你应对自如，这些化为精气神都在脸上挂着呢！让人一见就喜欢，不由自主高看你三分，不知不觉间多给你几分尊重。如果腹中空空，对什么都没有自信，与人交流充满惶惑与不安，脸虽漂亮却满是卑怯，你怎么去“华”?!

“读书的人……”文章中提到，有人认为不读书一样可以寻得好工作，在社会上有一席之地，甚至收入比一些穷书生还要多。文章认为，读书从不是一件功利的事情，它给不了你物质，满足不了你对钱财的向往，世界上任何书都不能给你带来好运气，但你要知道，书能让你悄悄成为最好的自己。文章以杨绛先生为例说，杨先生从书本中汲取为人处世之道，通情达理，从容镇定；读书让她温婉中又有坚韧，不论发生什么，都会对身边人温柔相待。文章以三毛为例，说读书给了她走南闯北的勇气，也让她无所畏惧去追求自己想要的人生，读书开阔了她的眼界和心境，从而遇见了这世间美好的一切。文章以“凤凰读书”主持人梁文道为例，说读书让他归于安宁，活得更加从容，他身上的儒雅之气，也是因为读书多，得到知识浸润之后，生出独属于自己的一抹色彩。文章以著名影视演员陈道明为例，说阅读让他与众不同，不谄媚不世俗，更不主动去迎合，书给了他风骨，也让他学会了坚持和自律。……文章最后的总结是，读书可以帮你走出自我的狭小，领略世界的浩瀚，在书中学会明辨是非，拥有独立思考的能力。你现在可以不优秀，但未来依然可以满腹经纶，让人刮目相看。

总之，“好看的皮囊千篇一律，有趣的灵魂万里挑一”。读书久了，一诗一句就像一日三餐一样早就和身体相融，眉眼之间的淡定，会心一笑的优雅，凝神思忖的温婉，积年累月下来，读书的痕迹仍潜藏在你的气质和谈吐里，时间久了，容貌自然改变。这不就是“腹有诗书气自华”么?!

“读书的人……”整篇文章讨论的都是读书的好处，感兴趣的请“百度”一下看看。总之，读书和不读书肯定是不一样的，道理不用多讲，例子不用多举，因为，你懂的。

2. 认命就是消极吗？

问：人生在世，有时候有的地方必须认命，这样想是消极的吗？

答：一般来说，认命是消极的；但"二般"来说却不一定。"一般"是抽象的，空洞的，没有具体所指的；而"二般"则是特殊的，具体的，有所指的。如，你说的"有时候""有的地方"就是特殊的，有具体规定的，有所指的。

你的具体所指是什么，我不清楚。不过，依我看，人生确实有需要认命的时候和地方。这些需要"认"的"命"，是指一个人先天和后天所不得不接受的东西，这些东西称为"宿命因素"，如人的出生。你本来想生在马云家或比尔·盖茨家，那样一出生就有多少亿的身价了，可是没办法，你就生在你现在这个家了。你本来想生成个女孩儿或男孩儿，但没办法，你已经生成男孩儿或女孩儿了。你本来想生在北京或上海、深圳等一线大城市，那样一出生就有现成的城市设施为你服务了，可是没办法，你已经生在偏僻贫穷的山沟里了。你非常渴望成为帅男靓女，可你没办法，就是现在这张脸了。诸如此类，你能改变吗？你改变不了，你毫无办法，你必须接受，这是上帝（非人格神的超人力量）所赐予的礼物。这些不和你商量，不经你同意，就降临到你头上，你不得不接受的东西即"宿命因素"。这些东西，你愿接受是接受，不愿接受也得接受。与其痛苦不堪不情不愿地接受，不如坦然泰然愉快地接受。这就是所谓的"认命"。这种情况下的认命不是消极，而是理性、理智，是聪明、智慧，是高境界。否则，你不认命行吗？不认命只能永远处于痛苦之中，活活折磨自己，那就划不着了，就是愚蠢了。

宿命因素对每个人来说是客观存在，不以人的主观意志为转移，所以必须承认，也就是必须认命。但是，在人的成长过程或一生际遇中，所遇到的境况，并非都是宿命的。有些是可以改变的。对于这些可以改变的因素，就不能认命，就必须尽力而为地去努力。例如，人的缺点可以改变，懒惰、拖沓、通宵达旦玩游戏、酗酒抽烟等坏习惯可以改变，不思进取、放纵自己的人生态度可以改变，落后的学习成绩（工作业绩）可以改变，如此等等，道理简单，不说也罢。

那么哪些是可以改变，哪些是不可改变的呢？这就靠你具体情况具体分析了。抽象地说不好说，但放到具体境况下还是可以分辨的。

说到这里，想起一句流传甚广的祷告语：主啊，请赐给我勇气，去改变可以改变之事；主啊，请赐给我力量，去忍受可以忍受之事；主啊！请赐给我智慧，以分辨上述两者之差别。也有人翻译为：主啊，请赐我力量来改变我能改变的；给我勇气来接受不能改变的，以及给我智慧，分清二者的差别。

上述祈祷语说明古人早就明白一个道理，人生中有些事是个人无法掌握无法控制的，对于个人无法掌控的事情，就坦然接受、耐心忍受，不发怨言。对于个人能够掌控的事情，一定要尽力而为，尽人事以听天命。换句话说，你管不着的就认命，你管得了的要尽力；在可以掌握的范围内做命运的主人，在无法掌握的范围内做命运的朋友。

3. 我不想出人头地，只想做个普通人，这种想法没出息吗？

问：我不想出人头地，只想做个普通人，这种想法没出息吗？

答：毫无疑问，当然不是。你的想法我理解，我支持，因为，和你一样，我也只想做个普通人，只不过我没有认为这种想法没出息，我也不怕别人说我没出息。不过，你那种害怕被歧视的心理我也理解，因为，世俗的流行观念总是把出人头地视为成功，视为荣耀，从而可以高视阔步，睥睨天下；相应地，如果没有出人头地，就被视为平庸，视为失败，就被歧视，从而抬不起头来。这是一种根深蒂固的很庸俗，甚至鄙俗的人生观和价值观，但却是流行甚广、影响很大的人生观和价值观。人生在世，难免受其影响。接受是受影响，不接受，但感受到它的压力，也是受影响。

什么叫有出息？有出息的标准是什么？仅仅是出人头地吗？不错，出人头地是衡量有出息与否的一个标准，但这仅仅是标准之一而不是全部。“出人头地”四个字何其抽象，深究下去其内容又何其复杂！哪方面出人头地？凭什么途径、什么手段出人头地？出人头地后给社会的影响是正面的还是负面的？种种复杂一言难尽。但世人往往顾不得那么多，往往是光看表面而不看内里，抓住一点不及其余，“一俊遮百丑”，只要出人头地了，就是成功人士，就成为芸芸众生的楷模了。典型的简单化思维，典型的形而上学的思想方法！

我们这样说，绝不是不加区别地一概否定出人头地，而是主张对出人头地做实事求是的具体分析。我们知道，既然出人头地，肯定有其超出众人的、引起注意的作为或贡献，这种作为和贡献只要是积极的、正面的，就值得人们尊敬和学习，就会带动社会的提升。但出人头地的毕竟只是少数，而且，他们出人头地的原因可能极为复杂，既有主观努力的因素，也有非主观努力的客观因素。非主观努力的客观因素俗称机遇。机遇可遇不可求，并不是每个人都能遇到的。遇到了固然可喜，没遇到也不必失落，毕竟遇到的是少数而没有遇到的是多数。

如今，社会文明比过去进步多了，人们的思想观念也比过去开放多了，价值观念多元化了，不少人（当然还不普遍）已经不再以是否出人头地论英雄了。人们衡量一个人是否成功，不再单纯以有权有势有钱有地位为标准，而是以是否活出了真正的自我，是否在自己的平凡岗位上尽职尽责地为他人、为社会做出了自己的贡献，是否在工作和生活中感受到幸福和快乐为标准。如果以这种标准衡量，成功的未必全是出人头地的人，而大量平凡的普通人也算是成功者。

基于上述观念，我不喜欢“不想当元帅的士兵不是好士兵”这种极端片面的说法。但我也不反对它，我把它仅仅理解成激发人努力上进的口号。口号嘛，难免有片面性。口号讲究的是一鸣惊人，追求的是击人一掌，让人精神为之一振的效果，顾不得片面不片面。全面了，稳妥了，四平八稳了，就没有口号的效果了。许多口号，只有片面的真理，不可当真，不必吹毛求疵，上述口号即其一例。

不过，话说回来，天下事，总是有一利必有一弊，任何一种思想都可能内含两种倾向，俗称“双刃剑”。不想出人头地、只想做普通人的想法自然有非常合理，值得尊重的一面，但一味地强调这一点，有时候也暗含着滑向平庸和庸俗的危险。本人意识到这一点，于是一生时时告诫自己注意这种危险，提醒自己不可怠惰放松，要尽力而为、尽其所能地把自己应该做的做好，争取做到极致，为他人为社会做出自己微薄的贡献。因此我特别欣赏易中天先生的一句话——“无一日敢懈怠，无一事敢马虎”。

总之，不追求出人头地而只想做平凡的普通人，这种想法，并不意味着没有理想，没有追求，一味地满足现状，只求活在放任自流的庸俗中。平凡、普通不等于平庸、庸俗，这道理应该是人人都懂，不说也罢。

4. 您对因没“混出个人样儿”而羞于回校聚会怎么看？

问：每年暑假，都是历届毕业生回母校聚会最集中的时期，但是常常见到有些同学因感到自己没有混出个人样儿，而羞于参加聚会，你对这种现象怎么看？

答：我对你说的这种现象太了解了，因为，作为老师，我每年暑假都被邀参加不止一场往届同学的聚会，常常听组织者说起这种情况。

那么什么是“人样儿”？“人样儿”的内涵是什么？我想，无非是世俗所谓的位置高低——当了什么级别的官，掌了多大的权，赢得了多大的荣誉或名声，或腰缠万贯还是亿贯之类。流行的世俗观念就是以此衡量、评价人的成就、人的价值的。有这些就算是混出了人样儿，否则就是没有。

对这种现象，我有这样一些想法。

其一，以这种理由拒绝参加聚会，情况可能很复杂。有的可能是谦逊，说的是客气话，表示委婉的拒绝；有的可能压根儿不愿参加，但又没有合适的理由，以此为理由比较冠冕堂皇；当然也有一部分人确实是这样想的。

其二，虽然世俗流行上述“人样儿观”，但也不尽然，尤其是大学同学的聚会。大学同学毕竟是上过大学了，受过高等教育，具备相应的文明修养了，不会那么俗眼看人了。所以，以没有混出人样儿而羞于参加聚会，可能是你自己想多了，自觉低人一头，用世俗观念把自己看扁了。

我以为，人世间，同学之间的感情是最热烈最纯粹最自然的。同学之间互相平等，青春年少朝夕相处几年，一起听课，一起嬉戏打闹，一起海阔天空神聊，一起畅想未来，一生之中，没有比青春时代更美好更值得怀恋的了。为什么一届一届的同学都希望、渴望、盼望聚会，就是因为怀念已经失去的“美好时代”，想在共同回忆中找回过去的感觉，缓解一下对彼此的思念，了解一下各自的现状，交流一下在社会上奋斗的经验，然后互相鼓舞着开始新的征程。这是一个难得的机会。同学相见，没人在乎谁混得怎么样，没人比职位的高低、权力或名声的大小。所以，你以为的没有混出人样儿来，是你自己想多想复杂了。你自己心里首先就存着一个世俗之见,并以此为标准衡自己,量别人,相比的结果,自己官位不高或没有,也不是大款,只是一个普通中学老师或某公司的小秘书,和有官位的同学比起来你感到不好意思,所以就羞于和同学们相见了。我劝这些同学放下思想包袱,积极快乐地去和同学们相见吧,那肯定是一次快乐的精神盛宴,不参加你会后悔的。你越不参加,同学们越议论你,你就离同学越远,自己把自己孤立起来了。

其三,设身处地换位思考,我也颇为理解自感没混出人样儿而羞于参加聚会的同学的心理。因为,虽然是极少数,也确有某些得了一官半职,当了头头脑脑,有了小小的地位,腰缠还不到万贯最多只有千贯的学生,在同学聚会时表现得春风得意,一脸轻狂,让同学们看不下去,心烦气闷。因不愿看这个别人的做派,所以干脆拒绝出席。

为什么个别得了一官半职的学生会那么得意,那么轻狂呢?原因无非是:一,官本位集体无意识的影响。这东西源远流长,根深蒂固,以至于现代年轻人也不得不受它的影响。别说年轻人,就连大学,包括名牌大学,每逢校庆介绍学校成就时,往往都会把培养出了多少省部级、厅局级干部作为亮点加以炫耀,而不是培养出了多少科学家、多少各个行业劳动模范、多少埋头苦干的中学老师。这说明,整个社会都有点"俗",世风如此,也难怪个别年轻人稍有得志就有点轻狂。二,现实中当了官,手中有权,握有资源,有明的暗的现实利益,因而显得高人一等,自我感觉超好。不过,官场腐败及潜规则在党的"十八大"后遭受到空前未有的大冲击,官本位意识开始弱化。当政治和社会文明进一步发展,我们相信,我们希望官本位意识以及由此而来的庸俗心理逐渐被削弱直至逐渐消失。

总之,我们不必因为个别人的庸俗而拒绝了本来很美好的同学聚会,无论谁都不要因为没有混出人样儿而羞于出席。否则,就显得自己不大气,你看不得别人俗,结果你自己也受到了精神污染,自己框着了自己。

第十七讲

化解苦难

苦难，谁都不待见它，然而它却如影随形，与人生相伴，于是，如何应对苦难便成人生一大课题。苦难的降临无法掌控，能够掌控的是对待苦难的态度。正是在这一点上，见出了主体的人格力量和精神品位，才值得研究和讨论。苦难种类繁多，归纳起来，不外乎天灾与人祸两大类。本讲以两位具有典型意义的作家为例，讨论对待苦难的态度，看他们是如何从精神上化解苦难的。他们是：苏轼和史铁生。一个面对的是『人祸』，一个面对的是『天灾』。

一、面对苦难，苏轼变“地狱”为“天堂”

苏轼，中国文化史上的巨人，其整体成就或者说对中国文化的全面贡献，几乎无人可比。尤其重要的是，通过其文字传达出的人生经验、人生智慧、人生境界，影响了一代又一代后继者人生模式的选择，其深刻、鲜明的程度远非其他文化名人所能比拟。苏轼处理人生的方式，比他在各领域的成就更具有久远的影响。毫无疑问，苏轼的人生模式是体现我们民族文化性格最典型之模式。

苏轼对后世的广泛影响，宽泛地说表现于他一生的所作所为上，择其要者，最突出地表现于他对待苦难的态度，即对苦难的超越上。这是他整个人生历程的一个亮点，是苏轼人生智慧的一个亮点。这一亮点，至今仍照耀着人们面对苦难时的人生之路，仍然深深打动着无数同样面临苦难或并不面临苦难的所有人。

苏轼一生风云激荡大起大落，既辉煌过也落魄过。辉煌时官至翰林学士、礼部兵部尚书，出入宫廷，深受皇家信任与依托；落魄时多次被贬出朝，投诸荒野，九死一生。晚年在总结自己一生经历时他自嘲说：“问汝平生功业，黄州惠州儋州”。这三州是他前后被贬流放之地，地理空间上越来越远越来越穷僻荒凉直至海南岛。物质的穷困，环境的恶劣，身体的多病，精神的折磨，这是古代贬官所遇到的普遍考验。面对这一考验，历史上多少仁人志士都感到难以忍受。如，屈原疾痛惨怛，投江自杀；贾谊悲切哀伤抑郁而死；韩愈表示悔罪，泣求皇帝哀而怜之；柳宗元疾病缠身心情凄恻精神颓丧，47 岁死于任所；元稹悲苦不能自持，自比“丧家狗”和“失水鱼”；白居易在贬所哀怨自怜，在《琵琶行》中借色衰失宠之歌女而抒写天涯沦落之恨：“座中泣下谁最多？江州司马青衫湿。”（参见张惠民、张进之著作《士气文心：苏轼文化人格与文艺思想》第 161～162 页）然而苏轼却傲然挺过来了，苏轼在岭海蛮荒之地谪居七年。他两度贬谪十数年，一改屈贾怨愤、韩柳戚嗟、元白悲泣之心态，善于化解心中之幽怨牢落，坦然面对忧患，顽强地生存了下来。

苏轼在苦难中不但顽强地生存了下来，而且还生存得积极乐观有价值。贬黄时期，他不愿浪费时间，而是认真读书，同时致力于研究儒家经典著作，有《易传》九卷、《论语说》五卷流传后世；他于东坡开荒种田，自己养活自己；他游山玩水钓鱼采药与渔樵交往自得其乐，并且写下了永载史册的《赤壁怀古》等不朽作品；更难能可贵的是无论被贬到哪里，他都不忘以戴“罪”之身关心民生疾苦，尽量利用自己的影响和能量造福于当地人民。总之，“苏轼无论走到哪里，都有非凡的自信和本领，把‘地狱’变成‘天堂’。”（参见王水照、崔铭著《苏轼传——智者在苦难中的超越》第 571 页）

把“地狱”变成“天堂”，这句精彩的概括道出了苏轼超越苦难的卓越能力，这是一种超越常人的精神能力，令后人无不敬仰和倾慕。那么苏轼是如何做到这一点的呢？是什么力量支撑他做到这一点的呢？

对此，历来的苏轼研究者已做出了多方面的深入探讨。代表性著作如林语堂的《苏东坡传》(时代出版社,1988);王水照、崔铭合著《苏轼传——智者在苦难中的超越》(天津人民出版社,2000);王水照、朱刚合著《苏轼评传》(南京大学出版社,2004);张惠民、张进合著《士气文心:苏轼文化人格与文艺思想》(人民文学出版社,2004)等。研究者认为,苏轼的精神世界极为丰富,支撑他战胜苦难、超越苦难的精神因素不是单一的而是多方面的,归纳起来,主要有以下几方面。

1. 在世界观、人生观层面,佛道两家帮了他的忙

苏轼才华过人,在科举考试中一举成名,被皇帝誉为宰相之才,朝廷内外万人瞩目,以为经天纬地的事业唾手可成,然而树大招风,才高招嫉,他怎么也不会想到有一天会沦于冤狱受尽凌辱,被逐出京城流落于千里之外的荒凉小镇黄州。身处如此天上地下的浮沉,苏轼将何以面对何以自处呢?对此,《苏轼传》的作者根据史料比较详细地描述了苏轼精神超越的过程。

巨大的精神创伤需要尽快治疗。"寻常人失意无聊中,多以声色自遣。"(《与王定国》),以苏轼对于自我精神境界的崇高期许,显然不会堕落到这种粗俗的享乐主义之中。他热爱生命,珍惜生命,深知官能刺激所给予人的并不是真正的疗救,而只能是暂时的麻醉,过后依旧是无边的空虚。他所寻求的是一种高层次的精神救赎。此时他所找到的是佛教。

对于佛教,苏轼自幼就受到了家庭长辈好佛的熏染,成年后好读佛书,通判杭州时往来名山古刹听高僧大德讲经说法,对于佛学在理念上已经非常明了,但在心理上终究还是隔一层,未能落实在行为中。这次遭谗获罪,才使他对佛教有了新的更深层次的理解与感悟。所以,初到黄州的一段时间里,他"闭门却扫,收招魂魄""不复作文字,惟时作僧佛语"。为了进一步求得"自新之方",不久之后,就在安国寺长老的指点下开始学习静坐默修的禅定功夫,每隔一二日辄往安国寺焚香默坐,深自省察,早去晚归,坚持了整整五年,终于达到了"物我相忘,身心皆空"的境界,每每沉浸在"一念清静,染污自落,表里翛然,无所附丽"的状态中,感受到无与伦比的心灵的愉悦。

佛家之外,苏轼对于老庄道家思想也有借鉴。据研究者统计,苏轼诗集中共有九处用了"吾生如寄耳"之句。这九例,作年从壮(42岁)到老(66岁),处境有顺有逆,而一再咏歌,不避重复。倘加上他其余诗词中类似"人生如寄"的语句,则足以断其为苏轼文字中一再出现的主题句。人生如寄,这一思想来自庄子。庄子有"夫大块载我以形,劳我以生,佚我以老,息我以死"之句,视人生为"寄寓"于人世的或长或短的过程。既然人生如寄,人生是自然万物中的一种偶然存在,既短暂又虚幻,转瞬即灭,又何必过分在乎一己之荣辱得失?!可见,"寄寓"思想的深层含义,乃是审美的人生态度。有此态度,便处处有可乐,"如寄"的人生于是转悲为喜。这是一种洋溢着诗意的人生哲学。"寄寓"的人生,实是人"性"的审美游历,即所谓"游戏人间"。

人生虚无也罢,如寄也罢,都让人从终极即人生根本意义的角度理解人生,把人生放在一个极为阔大的背景下加以审视,个人的荣辱得失变远了,变淡了,变小了,分量减轻乃至无所谓了。于是,苦难被化解被超越了。

2. 儒家以道自任思想是苏轼坚强的精神支柱

佛家的人生虚无，道家的人生如寄都如一柄双刃剑，既可帮助人化解苦难，获得精神自由，亦可让人堕入悲凉走向消极乃至颓废。苏轼取了佛道之积极面而摒弃了其消极面，原因无他，就因为他骨子里仍是儒生，儒家正道直行、以道自任的浩然正气支撑他做到了这一点。在苏轼这里，真正做到了儒道佛积极面的互补互渗。

苏轼于青少年时期即熟习经史，打下了厚实的儒家根底，儒家思想遂成为他一生思想的核心。儒家学说以人的道德修养为立足点，为实现修齐治平目标高扬君子人格，对苏轼思想的形成影响甚深，成为他立身行事躬亲履践的人格范式，他一生之行事，正是有一种独立不惧之浩然之气所支撑。

苏轼追求的君子人格内涵丰富，首重"以道事君"即以道自任。他认为士君子入朝为臣，须有以天下为己任的担当精神，有一种临大事从容不迫大器恢宏的气度。以道事君，用道义力量支撑一种卓然不移的主体精神与独立性，必须做到毁誉不动宠辱不得丧若一，以道自任公心为国，存迈往之气，行正大之言，用舍行藏尽性知命进退自如体乎自然。苏轼在朝正道直行，名震天下，遂遭小人构陷，以致有乌台诗案黄州之贬。他深知君子以其谦和退让而不善斗，小人因无耻无德而不择手段，凶狠无比，诚所谓"我是流氓我怕谁"。所以君子小人对阵，前者败而后者胜几乎成为必然，验之史实也几成规律。既然如此，君子遭贬受难乃至遭到杀身之祸也就在所难免，实属"正常"，可以理解也就可以接受了。

基于这种对现实政治、人情世故的认识，苏轼对自己所遭受的苦难无怨无悔，处之泰然。因为他坚信自己所行正道，问心无愧，取辱于小人乃坚持正道、正义所必须付出的代价，他以强大的人格力量化解了因冤屈而带来的苦难和不幸。用他自己的话来表达，即："吾侪患老且穷，而道理贯心肝，忠义填骨髓，直须谈笑于死生之际。"(《文集》卷五十一)类似诗文比比皆是："挺然直节庇峨岷，谋道从来不计身。""浩然天地间，惟我独也正。"这些诗表现了苏轼面对危难从容淡定，进退出处皆不改其度，体现了他独立不倚的人格精神，表现了他胸中以道义之支撑，至大至刚的浩然之气。

3. 高人雅士的人格风范，让苏轼找到了榜样和同道

苏轼处忧患而超然自得不改其乐，还因为他这样做内心并不觉得孤独，因为在他之前和同时都有一些高人雅士这样做过。从这些高人雅士身上，苏轼找到了榜样和同道，他们对待苦难的态度让他深为钦佩和敬慕，在他们面前，自己这点苦难算不了什么，自己也应该像他们那样笑对人生，超越苦难。

在儒家圣贤人物谱中，孔子最欣赏的学生颜回应该算是一位高人了。孔子赞赏他穷居陋巷，自得其乐的人生态度。从此，颜回安贫乐道的精神便成为儒家高人的人格风范。苏轼欣赏和钦佩颜回的人生取向。他深知颜回之贤在于内自足而不外求，即道德自律，安于贫困，在一种完满自足的道德境界中获得精神之怡悦。苏轼作《颜乐亭诗》赞颜回，表示愿追从颜回求得至乐："我求至乐，千载无偶。执瓢从之，忽焉在后。"苏轼之贬谪，口腹为忧，箪食瓢

饮，痛自节俭而忧中取乐，不以穷达为患，而以曲肱饮水为乐，实取颜回之守道不移，在一种道德圆满自足精神境界中得其乐处，而忽略或容忍物质的贫乏。

在苏轼所仰慕的高人雅士中，陶渊明的地位更加重要。研究者指出，苏轼少年好道，对受老庄思想浸染颇深而酷爱自然的陶渊明极为仰慕。贬黄之后，自己开荒种地，备尝艰辛，亦自得其乐，思想感情与陶渊明进一步靠近，"欲自号鏖糟陂里陶靖节"。或以东坡比为陶之斜川，或以渊明为自己的前生："梦中了了醉中醒，只渊明，是前生。"又云："渊明吾所师。"苏轼在扬州任上始作和陶诗，创作《和陶渊明饮酒二十首》，在惠州、儋州两地，则几乎和遍了所有陶诗，共一百多首。他说自己于诗人无所甚好，独好渊明之诗。其实他并非只是喜好陶渊明的诗歌，更主要是喜好陶之为人。苏轼钦佩陶渊明毅然辞官归隐田园之傲岸气节，欣赏他不屈己阿世的真性情。苏轼一生仰慕陶渊明而终未归隐，但他是身未归隐而心归隐，他在内心深处与陶渊明相同相通。在陶渊明身上，苏轼安放了自己的灵魂。

苏轼所赞赏的高人雅士，不但古代有，而且当世，即自己身边也有。如北宋初年翰林王禹偁，稍后的范仲淹、欧阳修，都因忠耿直正遭到过贬谪。他们皆能于穷困之中保持节气，高扬人格，以一种雄强而又平和静定的态度面对苦难。这一切让苏轼感到自己并不孤独，困苦中自有同道相伴，给他以莫大的精神安慰。

4. 善处忧患的人生智慧

苏轼一生无论处顺处逆是平是险，都善于解脱自己的苦闷，安定自己的情绪，始终保持坦然的快乐的心态，善于发现和寻求生活中的美，从而获得一种审美人生，显示了他善处忧患的非凡的人生智慧。"善处忧患的人生智慧"，正是张惠民、张进先生合著《士气文心——苏轼文化人格与文艺思想》之一章的标题。在这一章里，著者从五个方面归纳总结苏轼化解苦难的人生智慧，笔者认为归纳得全面深入，故将其内容择要摘录如下。

(1) 毋固毋必的辩证思维

天下万物既有差异的一面也有相同的一面，所以要善于从不同角度看问题，既要看到差异也要看到相同，不要偏执于一面将问题看死。所谓解脱、超越，往往就是换一个角度看问题，变个思路理解对象，从通常固有的美恶观念中跳出来，消除因事物差别而带给人心理的悲喜忧乐，以一种超然的态度对待事物，从而发现事物的美，获得一份精神的愉悦。这种辩证思想，正是苏轼最重要的思想方法。

取"同"舍"异"，此其一。苏轼在《超然台记》中曾表达过这样的意思：凡物皆有可观可乐之处，非必怪奇伟丽者也。在他看来，美恶苦乐主要决定于人的需要与期望，由物与我的关系而定。饥饿时粗茶淡饭也是香的，吃饱时山珍海味也不稀罕，也就是说美恶在我而不在物，看来调整心态才是保持快乐心境的关键，所以无论被贬何处无论物质生活如何艰窘，他都能"安往而不乐"。他说，自己种的粮食和蔬菜虽味含土膏风露，然而却"粱肉不能及也"！人生至此，还有何求?!

换个角度看问题，此其二。苏轼一生几次遭贬，一般说来，贬居生活穷苦寂寞在所难免，但在苏轼眼里则不尽然。初到黄州，他曾写信给秦观，说自己上年纪了，身体渐衰，应该学道养生了，但平时公务繁忙顾不上，如今谪居无事，正好借机养生，已借得道堂三间，计划冬至后入室四十九日静心养炼。为此，他常庆幸有这次贬居之闲。换一个角度看问题，则事物之间绝对的美恶差异就不复存在，事物可怕的一面也不复存在，并且会给人一种如释重负的轻松。他在《发广州》诗云："朝市日已远，此身良自如。天涯未觉远，处处各樵渔。"市朝日远，往往使人感觉凄凉伤悲，而苏轼把远贬视作对争名争利的是非之地的远避，并视作身心之解脱获得自由，故天涯虽远而不必以为远，到处都可樵渔度日，充分表达了一种超脱之后的轻松自得。

更令人叫绝的是，苏轼把整个贬谪视之为"游"，既视为"游"则一切悲苦皆不置胸中，而可尽享其中之乐。此为苏轼调整心态之大智独运，亦见出其兀傲倔强之个性。他还进而把贬谪视之为"福"。他说："谪居穷僻……自绝禄廪，因而布衣蔬食，于穷苦寂淡之中，却粗有所得，未必不是晚节微福。"(《文集》卷六十一)由贬居之"失"而看到其"得"进而视之为"福"，颇有塞翁失马之辩证意味。这种辩证思维，使苏轼处恶事逆境不至悲不自胜，处善事顺境不至大喜过望，故能保持一种平静坦然的心态。

不为固有观念约束，改变常规思路来思考问题，此其三。在惠州时他寓居嘉祐寺，曾纵步游于松风亭下。足力疲乏之时想停下歇息，但不到亭宇怎能歇息呢？但忽然又想，为什么一定要到亭子里才能歇息呢？难道当下此地不可以吗？这样一想，"如挂钩之鱼，忽得解脱"。他又把悟得道理推及开来，以为虽兵阵之间，鼓声如雷，与其拖疲惫之躯，陷于进则死敌退则死法之境，不如忙里偷闲，抓住机会自我放松一下。由此可见，人生路途中的歇息，不但可以使人解脱，也许还可以助人取胜。而这种解脱之道的悟得，正是苏轼处智慧的灵活运用。

(2) 深计远虑的理性精神

苏轼是一个充满激情充满诗意的人，又是一个极富理性精神的人。他的人生智慧也表现在他善于以理性精神调节情感、计议谋事和节制行为，从而理智地对待人生所遭遇的一切，而不自陷其中。

苏轼的千古名词《水调歌头·明月几时有》就是以理性精神调节情感的极好例子。这首词写于密州中秋之夜，因思念胞弟子由而作。上片写由不得志而引起的出世与入世的矛盾。既想高蹈超脱，又恐高处必然会有的荒寒寂寞，想一想还是留在人间的好。这就是理性地权衡得失利弊而做出的选择。下片"人有悲欢离合，月有阴晴圆缺"之句，以自然界之理比社会人生之理，既然这是天地宇宙之至理，那么你又何必为和兄弟的分离而伤感痛苦呢？再往远想一点，既然阴晴圆缺是事物必然规律，那么人的升降沉浮也是理之必然，也就是可以理解可以承受的。这样天上人间地想来想去，思路开阔，眼光高远，就没有什么想不通了。所以结尾以平静豁达的心态表示"但愿人长久，千里共婵娟"，既然一切都是理之必然，那就听从命运的安排，尽情享受眼前的幸福吧！德国有一句谚语：理解了也就宽恕(释然)了。这句话用到苏轼身上恰如其分。这是典型的理性克制、约束、战胜感情的范例。

苏轼的理性精神还表现在他的深计远虑。人处忧患之中，对过去的不幸往往难以释怀，对眼前之事多不善应对，对未来之事又常抱悲观态度。苏轼不是这样。他对已遭之不幸，抱“日远日忘”（苏诗词中多有这一说法）之态度，以坚忍的理性精神淡化淡忘苦痛，使心态放松；而对当下与未来，则以一种“高怀远度”、超然明照的合乎理性的态度对待之，自我解脱。例如，初到黄州廪入不继生活拮据，为了不致透支，他将一月用度分为三十份，每天一份绝不多取，用不尽者留之以待客。着力安排好目前，尽可能做长远之准备，能力之外则不做无益之远虑。他在给秦观信中说：“至时，别作经画，水到渠成，不须预虑。”日下作预虑，则不平添思想负担；水到渠成，则表现出从容不迫应对有方的心力智慧。苏轼正是凭借这种心智，使他能够保持平静坦然的心态以面对忧患。

苏轼的理性精神还表现在他以理智节制行为上。这从他对朋友王定国的规劝中可以得到说明。苏轼贬黄期间，王定国也因苏轼之牵连被贬岭南，王定国因心情郁闷生活上比较放纵。苏轼以老朋友的身份诚恳地劝他，第一，要爱身啬色；第二，节用财物。还耐心讲了许多道理。由这些规劝之语可以看出苏轼即使身处忧患之中，也始终保持极清醒极理智的头脑。

（3）深照妙理的达观态度

苏轼的达观最为人称道，无须长篇大论，举几例以证之。

苏轼初贬惠州，天涯之遥，儿女辈不放心，泣求同行，他不忍，仅携儿子苏过及侍妾朝云同行，其余分寓许下、浙中。亲人不能相聚自然痛苦，但苏轼在给朋友的书信中表示：“既不在目前，便与之相忘，如本无有也。”（《文集》卷六十）苏轼这样说看似冷酷无情，实则是从现实出发的理性达观态度。

初贬惠州，还存有北归之望（“痴望沛泽北归”），后知无望，也就不再痴想，反而通透地想开了。他在给表兄的程正辅信中说：“某睹近事，已绝北归之望。然中心甚安之。未说妙理达观，但譬如元是惠州秀才，累举不第，有何不可。”他虽言未说妙理达观，而实际上他的态度本身就已经是达观了，权当自己原本就是惠州秀才累举不第，不就无了北归之想?! 这就是从根本上解决了北归无望之痛苦，这里原本就是家，故“中心甚安之”。

苏轼对于自己的丧子之痛亦自我解脱：“丧子之戚，寻已忘之矣。此身如电泡，况其余乎?”苏轼并非不重情，而是参透生命之本质，知人生之虚幻。因此对生命抱达观态度。对自己的生死，他亦作如是观。《与王庠书》云：“若大期至，固不可逃，又非南北之故矣。以此居之泰然。不烦深念。”面对生死，知其不可逃则不逃，不择南北，是处青山可埋骨。

对于他一向非常仰慕的著名“达”者陶渊明，他也有不同意见。陶渊明最有名的“达”的事迹是抚无弦琴，而苏轼认为这非“达”也。因为如若真“达”，无琴也可，何必在乎弦之有无?! 还有，陶渊明一生以儿子们不好纸笔不能继承自己衣钵为憾，苏轼认为完全没有必要。因为既已躬耕又何必再念念不忘纸笔且延及子女?! 由此可知，苏轼之“达”比之陶渊明，可谓彻底矣！

（4）深刻清醒的自省意识

苏轼能在遭遇挫折与打击时淡化痛苦自我解脱，还在于他有深刻的自知自省意识。一般人在不如意或不得志时往往是怨天尤人，愤愤不能自已，结果加倍痛苦。而苏轼不是这样。他所遭受的明明是不白之冤，自己没什么责任，全是小人所为，按说他该把所有仇恨都系在小人身上，但他却首先检讨自己，反思自己有哪些地方不足，结果是有效地减轻甚至是消解自己的痛苦和烦恼。

苏轼年轻时英宗皇帝准备提拔他担当大任，宰相韩琦坚决反对，认为苏轼少年得志阅历未深入望未厚尚需历练。当时苏轼正血气方刚渴求上进之时，但是他得知此事不但不怨恨，反而以“爱人以德”予以理解。苏轼因反对王安石新法而遭排挤打击自请外任，但后来在实践中认识到自己对新法持有偏见，便毫不隐讳，承认自己“所言差谬，少有中理者”。

“乌台诗案”后被贬黄州，他经历了人生第一次大变故，当此时，他没有恨天怨地咽不下这口气，而是认真反思自己，从自身找原因。在给朋友的信中他反思道，自己以前最大的毛病是才华外露，缺少自知之明。例如，从小为考科举学写政论、策论，后来更是津津乐道于考论历史是非、直言陈谏曲直，做了官以为自己真的很懂得这一套了，洋洋自得地炫耀，其实自己又何尝懂呢？直到一下子面临死亡才知道，自己是在炫耀无知。三十多年来最大的弊病就在这里。现在终于明白了，到黄州的自己是觉悟了的自己，与以前的苏东坡是两个人。

关于苏轼的自我反省，余秋雨曾在《文明的碎片》中有过如下评论：“苏东坡的这种自省，不是一种走向乖巧的心理调整，而是一种极其诚恳的自我剖析，目的是想找回一个真正的自己。他在无情地剥除自己身上每一点异己的成分，哪怕这些成分曾为他带来过官职、荣誉和名声。他渐渐回归于清纯和空灵。……他，真正地成熟了。”

苏轼这种真诚的反省不是一时的，而是贯穿终生的。此后无论是在朝做高官还是再过贬谪生活，都始终保持这种清醒的自省意识，这类言词不断出现于他的诗文中，态度诚恳令人感动。有这样真诚自省意识的人，还有什么牢骚愤怒可发呢？！

(5) 化解悲酸的幽默天趣

帮助苏轼化“地狱”为“天堂”的，还有他随处可见的“东坡式幽默”。正是这种独特的幽默，化解了现实痛苦，给自己饱经沧桑的人生添上了柔和的色彩，显示了其超凡的心力与智慧。

在《题杨朴妻诗》中，他记载了自己在湖州突然被捕，临行之际告别妻子时的情形。昔者杨朴作为隐士蒙召进京，老妻作诗以送之：“且休落魄贪杯酒，更莫猖狂爱咏诗。今日捉将官里去，这回断送老头皮。”丈夫进京，老妻幽默送诗，不失一雅事。但现在苏轼是突然获罪进京，凶多吉少，说不定真要“断送老头皮”，然而就在这生死关头，苏轼仍能开口就是机趣，对妻子说，你就不能也学杨朴妻作一诗送我吗？“妻子不觉失笑，余乃出。”看了这段谁人能不感动呢？！好一个苏东坡，生死关头还能给妻子开玩笑。这种胸襟这种大气这种超迈的勇气和智慧，有几个人能与之相比呢？有这种胸襟的人还有什么不能化解呢？

十几年的贬谪生活，其艰难凄苦难以想象，在一般人那里可能会哭哭泣泣有诉不完的苦。但这样的“苦”在苏轼笔下却别有风味，他是带着笑说给人的，他说得能让人笑。例如，他曾津津有味地写信给弟弟叙述自己在惠州时的生活：惠州市井寥落，日杀一羊，苏轼买不起羊肉，只好与屠夫商量，用很少的钱买下没人要的羊脊骨，回家放锅里煮熟趁热漉出，浸点米酒，散点薄盐，微微烤焦，抉剔出骨头缝里一星半点肉来，其乐无穷。他大力推荐此法，不过，“此说行，则众狗不悦矣”！是啊！你把羊骨头缝里的肉都剔光了，狗还吃什么?!

综上所述，苏轼的辩证思维、理性精神、达观态度、自省意识、幽默天趣，是他解脱痛苦获得快乐的重要精神因素，显示了其非凡的人生智慧。这种智慧，与他广泛吸收儒道释各家思想，吸收传统文化的精华分不开。需要指出的是，苏轼这种精神上的自我调节自我解脱，与阿Q式的精神胜利法迥然不同。区别之一，前者是在对宇宙人生大彻大悟基础上的人生智慧，有一个雄浑阔大的精神背景，在那样的背景下，个人的一些苦难显得微不足道；而后者则不是。之二，前者勇敢面对人生，积极有所为，内里是坚强不屈的人格力量；后者则是自我麻痹，人格萎缩。

二、面对苦难，史铁生坦然接受与抗争

本节讲北京作家史铁生化解苦难的人生智慧。因为他的苦难和他对苦难的思考，极具代表性而且绝对有哲学或者说理论的高度(深度)，值得作为标本、作为典型向读者介绍。

21岁那年，正欢度美好青春的史铁生，突然被一场灾难(瘫痪)所击倒，从此他陷入痛苦绝望的深渊，几乎丧失生存的勇气。然而经过痛苦执着的精神探索，他终于越过一道道思想障碍，从深渊中走出来直至登上精神高地，从此活得热烈而辉煌。引领他走出深渊走上精神高地的，是他对人生苦难的透彻悟解。正是这种悟解帮助他接受、理解、超越了苦难。那么他是怎样一步步化解并进一步超越苦难的呢?

1. 对无法躲避的苦难，最明智的态度是坦然接受

21岁，人生正该向他展示美好一面，却突然被“种”在了病床上，这种残酷的现实，任谁也无法接受。残疾，可怕的不单是生理上的痛苦和生活上的不便，更主要的是意味着从此被抛出了正常的人际群体，从此改变了早已习惯了的生活轨道。残疾，本来应该得到世人更多的同情和关怀，然而事实却相反，他得到的更多的是冷漠和歧视。他痛切体会到“歧视也是战争，不平等是对心灵的虐杀”。他借笔下人物写自己：常做噩梦，梦见自己走进了人们的包围圈，周围每一张脸上都带着嘲笑；梦见自己赤身裸体拖着两条变了形的腿在拼命地逃，但总也逃不脱……如此残酷的精神折磨使他痛苦使他怨恨，然而却找不到怨恨的对象：“你倒了霉，又不知道该恨谁；你受着损害，又不知道去向谁报复；有时候你真恨一些人，但你又明白他们都不是坏人……你似乎是被一种莫名其妙的力量抛进了深渊。你怒吼，却找不到敌人。”他想抗争，于是梦见自己变成了一头骄蛮的斗牛，凭着一双角，一腔血，一条命，叫喊着，横冲直撞。总之，他恨一切人，想把整个世界都毁掉。但这一切全无用，于是他想到了死，想氰化钾，想用手摸电线插头……此时的残疾青年，被灾难所击倒，彻底陷入了精神绝境。

不过，史铁生并没有在绝境中陷溺太久，而是经过艰苦的精神探索很快走出了心灵的深渊，进入一个新的境界。新境界的标志——“就是镇静，就是能够镇静地对待困境，不再恐慌了”。之所以能够镇静，是基于现实理性的指导——灾难之所以为灾难，就因为它已经成为

事实;对于既成事实,最明智的态度就是坦然而平静地接受。正如英国作家毛姆所说,对已经无法改变的事实发牢骚,等于是徒然浪费感情。灾难已经来了,你承认它,它在;你不承认它,它照样在。既然如此,坦然承认是上策。因为困境之所以是困境,就在于它不讲理,它不管不顾、大摇大摆地就来了,就找到了你头上,你怎么讨厌它也没用,你怎么劝它一边儿去它也不听,你要老是执着地想逃避它,结果只能是助纣为虐,在它对你的折磨之上又增加了一份自己对自己的折磨罢了。既然如此,坦然接受就是明智,明智让人平静,让人豁达,让人释然。

2. 苦难来了,不要老问为什么为什么为什么

谁都不想遭遇苦难,但苦难不期而至,横亘在你面前,强加到你身上,这时候你怎么办?多数、绝大多数人的天然反应是,极端痛苦,怒发冲冠,捶胸顿足,不能接受。他们想,天下那么多人,为什么别人没不幸,而偏偏让我不幸啊!我上一辈子杀人放火了吗?如果我杀人放火了,你让我再怎么不幸我都认了,因为我活该,我愿用一辈子受罪来赎罪。可是谁能证明我杀人放火了?没人证明,为什么偏偏让我不幸?是啊!问得好啊!你问得理直气壮、振振有词、咄咄逼人,可是,可是请问你问谁呀?谁能给你个回答呀?父母?爷爷奶奶?法师?还是神?没有人回答你,能回答你问题的只有"上帝"(客观的、人们无法掌控的超人力量),可是上帝是谁你是谁呀,上帝压根儿不搭理你。换句话说,你的苦难没有原因,没有理由,没有根据,你不幸就不幸了,没人给你个说法,没人为你负责。这就是人生的真相,命运的真相。

史铁生短篇小说《宿命》讲了上述道理。主人公莫非是一位中学老师,26岁,经过刻苦努力终于考上了美国的研究生,第二天就要乘飞机出国了,结果当天晚上被汽车撞断腰椎高位截瘫了。命运发生如此巨大的转折原因是什么呢?追来追去发现是一声"发闷的狗屁"。一声发闷的狗屁,竟然摧毁了莫非庄严神圣的幸运,这让人怎么接受?但不接受你又有什么办法?现实是,你愿接受也得接受,不愿接受也得接受,反正已经是铁定的事实。你不服吗?不服也得服。这就是命运。

莫非无比悲愤,痛苦难抑,撕心裂肺般追问为什么为什么为什么?为什么要有这一声狗屁?回答是:"不为什么。上帝说世上要有这一声闷响,就有了这一声闷响,上帝看这是好的,事情就这样成了,有晚上有早晨,这是第七日以后所有的日子。"这段话的意思是,那一声闷响没有原因,没有理由("不为什么")。换句话说,没人为你的不幸负责,没人给你个说法,因此,当你遇到不幸时,你就不要捶胸顿足地追问为什么,那样结果只能伤害你自己。

既然如此,那就再也没什么话好讲,最明智的办法是坦然接受。

3. 接受,敬重,感恩

接受,敬重,感恩,都是史铁生对待苦难的态度。

对于自身的苦难,史铁生不仅是接受,而且更进一步,是敬重。什么意思?史铁生做了解释。他说:"有一回,有个记者问我:'你对你的病是什么态度?'我想了半天也找不出一个

恰当的词，好像说什么也不对。最后我说：'是敬重。'这绝不是说我多么喜欢它，但是你说什么呢？讨厌它吗？恨它吗？求求它快滚蛋？一点用也没有，除了自讨没趣，就是自寻烦恼。但你要是敬重它，把它看作是一个强大的对手，是命运对你的锤炼，就像是个九段高手点名要跟你下一盘棋，这虽然有点无可奈何的味道，但你却能从中获益，你很可能就从中增添了智慧：比如说逼着你把生命的意义看明白了。一边是自寻烦恼，一边是增添智慧，选择什么不是明摆着的吗？所以，对困境先要对它说'是'，接纳它，然后试试跟它周旋，输了也是赢。”

要“敬重”的当然不是苦难本身，而是苦难作为“对手”的身份和地位。有了它，才可以激发你生命的潜能，激发起奋斗的意志，才能显现出你的人格力量，所以要敬重它。如果它的作用真的实现了，你确实在和它周旋的过程中成长了，成熟了，那你对苦难的态度就不仅是敬重，而且应该“感恩”了。——这也正是史铁生的意思。

2005年底，史铁生在给笔者的一封信中说：“您说命运对我不公，真也未必。四十几岁时，我忽然听懂了上帝的好意，不由得心存感恩。命运把我放进了疑难，让我多少明白了些事理，否则到死我都会是满腹惊慌。”这段话是对拙作《寻找灵魂的归宿——史铁生创作的终极关怀精神》(人民文学出版社，2005)一书的回应。在这本书中，笔者不止一次地为史铁生鸣不平，认为上帝苛待了他，命运对他不公平，然而他自己却说“真也未必”，而且还说这是“上帝的好意”，还“心存感恩”。最初读到这句话时，我有点吃惊，因为毕竟不太合乎人之常情，但是，稍加思索，我立马理解了。细读全信你会感到史铁生的话说得非常真诚，非常平静，一点装和炫耀的成分也没有；证之以现实中他的生活状态，更感到他的真诚。然而，这“平静”中包含了多少难以言说的精神内涵啊！史铁生以诚实、善思的天性，在与苦难周旋的过程中逐步加深对它的体验和认识，从思想上、精神上完成了对苦难的步步超越。这一历程是一份具有标本意义的精神履历表，它给苦难中的人，甚至不在苦难中的人的启发，将是深刻而宝贵的。

4. 苦难是上帝赐给自己体会幸福的机会

接受苦难并不等于理解苦难。知苦难已成既定事实无可挽回，知困境不可消除无法回避，因而对苦难和困境只能说“是”，只能接受。这当然是现实理性的胜利，但无论如何总也是一种无奈。这是硬生生把苦难咽下去，因而暂时还不大化解得开，表现为理智点头而情感摇头，理性说“是”而内心遗憾。如何能让理智接受情感也接受呢？史铁生在精神探索的路途上继续跋涉。

背负着苦难继续上路，不久，史铁生又来到一块精神高地。在这里，天广地阔，一马平川，了无障碍。因为，在这里，他从哲学意义上理解了苦难，因而也就从内心深处化解了苦难。

史铁生对苦难的理解和化解，得益于他无师自通的哲学思维。

世上人千方百计都想避开坏运而企求好运，然而究竟什么是坏运什么是好运，却不一定都能想明白。好吧，既然人人都企求好运，那么我们就设计一个具有特别好特别好命运的人，看看他又能怎样。

在《好运设计》中，史铁生通过精心“设计”，把世人所认为的“好运”都集中到一个人身上，让他百事顺遂，万事如意，心想事成，尽善尽美。他本应该感到幸福无比，结果恰恰相反，他并不感到幸福。因为，绝对的好运导致绝对的麻木，让他彻底丧失了对“好运”的幸福感。为了让他对“好运”具有幸福感，必须加给他一些痛苦以作衬照；但这种对幸福的体验可能只是一次性暂时性的，一旦痛苦消失，幸福感就跟着消失。所以，为了让他永远保持对“好运”的幸福感，就必须永远不断地加给他痛苦。为什么呢？因为，说到底，“所谓好运，所谓幸福，显然不是一种客观的程序，而完全是心灵的感受，是强烈的幸福感罢了。没有痛苦和磨难你就不能强烈地感受到幸福……那只是舒适只是平庸，不是好运不是幸福”。通过一番“设计”，史铁生告诉读者，世界上压根儿就没有绝对的好运，绝对的好运让你感觉不到那是好运，其结果与坏运无异。

既然世上没有绝对的好运，绝对好运的结果是反而感受不到幸福，其实质等同于坏运，那么，我们面临的坏运岂不是上帝赐给我们感受幸福、领悟幸福、体验幸福的好机会?！毕竟，只有身负坏运的人才是对幸福最敏感的人呀！换句话说，身负坏运换个角度看其实也是好运，谁说不是这样呢?！

再进一步，究竟什么是好运什么是坏运，也没有标准呀！

长期患病的痛苦体验使史铁生进一步悟到，苦难与幸运都不是绝对的而是相对的。同一境遇，你可以说它是苦难，也可以说它是幸运，问题是没有更大的苦难做比照，你就体会不到这种境遇是幸运还是苦难。关于这层意思，史铁生是这样说的：“生病也是生活体验之一种……生病的经验是一步步懂得满足。发烧了，才知道不发烧的日子多么清爽。咳嗽了，才体会不咳嗽的嗓子多么安详。刚坐上轮椅时，我老想，不能直立行走岂非把人的特点搞丢了？便觉天昏地暗。等到又生出褥疮，一连数日只能歪七扭八地躺着，才看见端坐的日子其实多么晴朗。后来又患‘尿毒症’，经常昏昏然不能思想，就更加怀恋起往日时光。终于醒悟：其实每时每刻我们都是幸运的，因为任何灾难的前面都可能再加一个‘更’字。”

在任何灾难面前都可能再加一个“更”字，而在“更”字没有出现之前人们总是看不见它，因而也就体会不到“更”字之前的境遇其实也是一种幸运。

还有，即使不是苦难而是幸运，但人们往往记得住苦难而记不住幸运。史铁生还以自己的经历为例说明道理：“坐上轮椅那年，大夫们总担心我的视神经会不会也随之作乱，隔三岔五推我去眼科检查，并不声张，事后才告诉我已经逃过了怎样的凶险。那次摆脱了眼科的纠缠，常让我想想后怕，不由得瞑揖默谢，谢上帝默默赐给自己一个幸运。但人有一种坏习惯——记得住倒霉，记不住走运——这实在有失厚道，是对神明的不公。”

想通了上述道理，史铁生发现，自己的苦难其实正是上帝赐给自己体会幸福的机会；自己的苦难换个角度看或许也可以说是幸运；自己既有苦难的时候也有幸运的时候，其实人人都这样。所以，史铁生说，抱屈多年，一朝醒悟：上帝对史铁生和我并没有做错什么。

5. 就命运而言,休论公道

从哲学辩证法的角度看,世界上没有绝对的好运,也没有绝对的坏运;一味地尽是好运反而体会不到幸福,所以摊上坏运反而是上帝赐给人体会幸福的机会。再者,任何苦难前面,理论上说都可能再加一个“更”字,但上帝没有把“更”字加给你,这本身就是幸运。这些道理,已经够深刻、够有说服力的了,对于从理性上化解苦难已经起到相当大的作用了。但是,史铁生毕竟是史铁生,史铁生是天生具有哲学气质的思想家和文学家,他不满足于仅仅从哲学层面的理解,他还要更上一层楼,他换个视角,即从终极视角,或者说从宇宙构成的视角,造化的视角,进一步深入探究苦难的来源。

从终极视角看人生,史铁生发现,人间戏剧需要各种角色,人世间本来就是由幸运和苦难构成的,没有了苦难也就等于没有了世界,没有了人间戏剧。

在《我与地坛》中,史铁生写他在园中见到过一对小兄妹,妹妹漂亮但却弱智,因此常遭无聊家伙的戏耍。为什么不能让她漂亮又聪明,给她一个完美呢?上帝为什么这样安排,上帝的意图到底是什么呢?

> 谁又能把这个世界想明白呢?世上的很多事是不堪说的。你可以抱怨上帝何以要降诸多苦难给这人间,你也可以为消灭种种苦难而奋斗,并为此享有崇高与骄傲,但只要你再多想一步你就会坠入深深的迷茫了:假如世界上没有了苦难,世界还能够存在吗?要是没有愚钝,机智还有什么光荣呢?要是没了丑陋,漂亮又怎么维系自己的幸运?要是没有了恶劣和卑下,善良与高尚又将如何界定自己又如何成为美德呢?要是没有了残疾,健全会否因司空见惯而变得腻烦和乏味呢?我常梦想着在人间彻底消灭残疾,但可以相信,那时将由患病者代替残疾人去承担同样的苦难。如果能够把疾病也全数消灭,那么这份苦难又将由(比如说)相貌丑陋的人去承担了。就算我们连丑陋,连愚昧、卑鄙和一切我们所不喜欢的事物和行为,也都可以统统消灭掉,所有的人都一样健康、漂亮、聪慧、高尚,结果会怎样呢?怕是人间的剧目就全要收场了,一个失去差别的世界将是一潭死水,是一块没有感觉没有肥力的沙漠。
>
> 看来差别永远是要有的。看来就只好接受苦难——人类的全部剧目需要它,存在的本身需要它。看来上帝又一次对了。

在这里,史铁生发现,世界构成的公式是:苦难+幸运=人间戏剧=存在真相=上帝意图,苦难和幸运去掉任何一项就不成其为世界,就没有了人间戏剧。所以,对于一个人来说,“所谓命运,就是说,这一出‘人间戏剧’需要各种角色,你只能是其中之一,不可以随意调换。”上帝选定谁承担苦难,谁就别无选择,只有接受它。

这就是宇宙、自然、世界的真相,这就是存在或曰造化的规律。世事从来都是由幸运和不幸构成,就像氧原子和氢原子组成水,你不可能拿掉你不喜欢的那一个而保留你喜欢的另一个。因此,人生在世,必须接受造化的安排,没有商量的余地。亘古以来,风就是这样吹,地就是这样转的,你不服不行。人间有人间的道理,造化有造化的道理。你可以和人讲道理，但没法和造化讲道理。造化本身没有意识，是无知无情的。

"于是就有一个最令人绝望的结论等在这里：由谁去充任那些苦难的角色？又有谁去体现这世间的幸福、骄傲和快乐？只好听凭偶然，是没有道理好讲的。"对此，史铁生无比感慨，他以大彻大悟的语气说："就命运而言，休论公道。"

6. 改变我能改变的，接受我不能改变的

关于化解苦难的智慧，史铁生还有一句座右铭值得向读者介绍。在散文《"透析"经验谈》中，史铁生向病友们介绍了自己透析的几条经验，如"别太把自己当成病人，适当地工作"等，最后他说："我多年患病的座右铭是：把疾病交给医生，把命运交给上帝，把快乐和勇气留给自己。"

疾病是人类生活中最普遍最有代表性的一种苦难，这则关于患病的座右铭所体现出的思想当然适用于所有苦难。

这句话简洁明白，毋须解释。但是，其中所蕴含的人生智慧却值得仔细品味。这句话让我想起一句流传甚广的祷告语：主啊，请赐给我勇气，去改变可以改变之事；主啊，请赐给我力量，去忍受可以忍受之事；主啊！请赐给我智慧，以分辨上述两者之差别。也有人翻译为：主啊，请赐我力量来改变我能改变的；给我勇气来接受不能改变的，以及给我智慧，分清二者的差别。

上述祈祷语说明古人早就明白一个道理，人生中有些事是个人无法掌握无法控制的，对于个人无法掌控的事情，就坦然接受、耐心忍受、不发怨言。对于个人能够掌控的事情，一定要尽力而为，尽人事以听天命。换句话说，你管不着的就算了，你管得了的要尽力；在可以掌握的范围内做命运的主人，在无法掌握的范围内做命运的朋友。史铁生从患病中悟出的智慧与时空点距我们相当遥远的古人相通。史铁生的感悟，对所有苦难中的人都有启发和借鉴意义。

7. 人生就是与困境相周旋

史铁生看到既然人世间苦难的存在具有必然性、本原性，当然也就同时具有空间上的普遍性和时间上的永恒性，也就是说它无处不在无时不在，它与生俱来与生共存。如果把苦难称为炼狱的话，那么，人生的过程就是不断地必经炼狱的过程，炼狱不在终点上而在整个过程之中，而这就是人生的真相，即所谓的"本真生存"。既然如此，那么人生的过程也就必然是与苦难相周旋的过程。

人生就是与苦难相周旋，正是史铁生对人生实质的判断。史铁生一生接连不断地生病住院，打交道最多的是北京友谊医院，因而和医院的大夫，尤其是柏晓利大夫结下了深厚友谊。2001 年柏大夫成立了抑郁症患者互助组织——友谊医院心理健康之友，请史铁生去开讲座，史铁生讲座的题目是《人生就是与困境周旋》（即《在友谊医院"友谊之友"座谈会上的发言》）。讲座中史铁生介绍了自己对待疾病的态度，讲自己与疾病做斗争或者说化解苦难的经验。讲座中最值得关注的一点是他对人生与苦难的关系的认识，对人生实质的认识——既然人生中苦难与生俱来，是存在的规律，生命的本真，不可避免，不可消灭，那么人生的性质，从某种意义上说就是与苦难相周旋——"人的一切事都是与困境的周旋"。

这是一个由个别到一般，由具体到抽象，具有普遍哲学意义的结论，一个极为深刻的人生命题。对人生与苦难的关系有了如此清醒冷静的认识，就没有了苦难面前的怨气，就有了应对苦难的精神准备和与苦难抗争的力量。

也许有人觉得这一判断似乎有点太悲观了，但史铁生不这样认为。他说，未见人生困境，无视这样的困境，不敢面对这样的困境——以此来维系的乐观，是傻瓜乐观主义。信奉这样乐观主义的人，终有一天会发现上当受骗，再难傻笑，变成绝望，苦不堪言。见了这样的困境，因而灰溜溜地再也不能振作，除了抱怨与哀叹再无其他作为——这样悲观是傻子悲观主义，信奉这样悲观主义的人，真是惨极了，他简直就没一天好日子过。相反，看到困境的存在而又不屈不挠地与之相周旋，这才是真正的乐观主义。关于这一意思，史铁生的另一种说法是，看破了人生而后爱它，这才是明智之举。

人生就是与困境相周旋，是史铁生从困境角度对人生实质的认识，同时也是自己人生的指路明灯，史铁生就是在这一思想指导下走完了艰难而光辉的一生。

史铁生 18 岁到陕北插队，艰苦的条件很快使他腰椎患病，回北京治疗，实指望能够治好，结果变成了瘫痪，再也站不起来了。作为一个残疾人，四处找工作遭拒，无奈只好到一个街道小作坊打工养活自己。打工期间双肾衰竭，只好回家养病。生活沉重灰暗，没有出路，万般无奈之中练习写作。写作是他找到的最适合他的人生之路。写作激发了他的生命激情和内在潜能，他把自己的所感所悟所思所想都倾注于作品中。史铁生的一生，无论多么艰难困苦，都没有停止过写作，直至写到生命最后一息——2010 年 12 月 30 日上午 9 时 35 分 58 秒，此为 Word 文档显示的工作时间。此后史铁生就不得不放下写作去医院透析了，透析之后感觉头疼难忍，回家就突发脑溢血了，然后是辗转于朝阳、宣武两个医院，31 日凌晨 3 时 46 分溘然长逝。这就是史铁生的一生，与苦难周旋的一生，平凡而伟大的一生。

史铁生相当勤奋，在饱受疾病折磨的一生中，为世人留下三百多万字宝贵的精神遗产。关于史铁生的价值，周国平先生有过恰切准确的评价。2012 年 1 月 4 日在中国作家协会召开的“史铁生文学创作研讨会”上，周国平说：“我简要地说一说我心目中史铁生的价值，这个价值归结为一句话就是：他是中国当代最有灵魂的作家。”“我想说出一个我自己真心认为、但无须别人赞同的看法：铁生是中国当代唯一可以称作伟大的作家，他代表了也大大提升了中国当代文学的高度。倘若没有铁生，中国当代文学将是另一种面貌，会有重大缺陷。在这个灵魂缺席的时代，我们有铁生，我们真幸运！”

对话人生实录

1. 您怎样看待"心有多大，发展空间就有多大"？

问：您怎样看待"心有多大，发展空间就有多大"？

答：这句话，我觉得既有片面的一面，也有正确的一面，关键要区分情况，具体问题具体分析。

先说它片面的一面。一般来说，一个人的发展空间，离不开主观和客观两个方面，是主客观相互作用的结果。如，网上有个帖子，说1998年，马化腾等5人凑了50万创办腾讯；同一年，史玉柱借了50万搞脑白金；1999年，丁磊用50万创办163；同年，陈天桥炒股赚了50万创办盛大，马云等18人凑了50万注册阿里巴巴，他们全都没用这钱买房，如果当年他们用这50万买了房，现在可能连贷款都没还完。帖子赞赏他们有眼光，选对了创业方向。现在呢，这几人都成了商界大佬、著名的成功者。他们的成功，毫无疑问有他们各自的主观原因，如远见、能力、知识结构、意志、毅力、吃苦耐劳的精神，等等；但同样毫无疑问的是，他们得益于我们国家改革开放的大环境，他们抓住了千载难逢的好机遇。否则，现在让他们再拿50万重新创业去，还能复制同样的奇迹吗？

上述事实证明，任何一个人，一个企业，一个组织，事业的发展除了主观因素之外，客观环境提供的机遇也占据了非常重要的地位。从这方面看，"心有多大，发展空间就有多大"的说法是片面的。这种说法，从哲学上看，有主观唯心主义、唯意志论的嫌疑。这和"人有多大胆，地有多高产"一样是荒谬的。

但是，换一种情况，这种说法就是正确的。这种情况是，事业的发展不依赖于客观条件，而主要依赖个人的主观意志。

举个例子。北京大学著名哲学家冯友兰先生，出生于1895年，20世纪30年代成名，新中国成立后在历次政治运动中屡受批判，但仍坚持不懈地进行学术研究。1976年，"文化大革命"结束，政治批判随之结束，学界迎来可以专心做学问的好时代。但这时冯先生已经八十一岁，老眼昏花，视力几近失明，整个身体机能都衰老了。按常情常理，进入耄耋之年的老先生该停止一切学业，安度晚年了。可是，老先生积累了几十年的思考成果需要整理，他为中国哲学继续做贡献的心依然热烈，这时，他下决心写一部中国哲学通史。当时他制订了一个写作七卷本《中国哲学史新编》的计划，立志把中国哲学从传统到未来的来龙去脉讲清楚，把古典哲学中有永久价值的东西阐发出来，推动中国哲学的进一步发展，为振兴中华做出新的贡献。接下来是旷日持久的艰苦劳作。在这期间，他经历了连遭亲人伤逝的悲痛，又常常为各种疾病所缠扰，但他仍坚持了下来。1990 年暑期，冯先生写完第七册，并修改定了稿，一桩大业终于完成，一件心事终于放下，他没有遗憾了。秋天，再次生病住院，他再也没有起来，他含笑告别了他所挚爱的人世间。这年冯先生九十五岁，他一直写到生命之火熄灭的时候。

像冯先生这样的人，在学界(乃至各界)并不少见。如我们河南大学历史文化学院教授朱绍侯先生，九十多岁了还在坚持读书写作，每年都在重要学术刊物上发表论文。新闻传播学院资深教授宋应离先生，八十多岁还每天坚持进图书馆、资料室，浏览学术动态，积累学术资料，自己给自己定任务，写一本又一本的书，他说自己有研究不完的项目，有写不完的书。

大家想想，像冯友兰、朱绍侯、宋应离诸位先生，他们的学术生命，或者说事业发展空间难道不是由自己的主观意志，或者说“心气”决定的吗？他们想做，就可以做，想做到什么时候就做到什么时候，换句话说，他们的心有多大，事业发展空间就有多大。在这种情况下，“心有多大，发展空间就有多大”难道不是千真万确的吗?!

与冯友兰等先生相反的是，有的人年纪轻轻，刚评上高级职称，或者稍有成就，或什么成就也没有，就不想读书了，不再努力奋斗了，就开始昏天黑地打麻将了。这样的人，学术生命就此结束，事业的发展空间被自己冻结、毁灭了。天下事，天下人，区别大着呢！究竟应该怎样对待自己的事业，怎样安排自己的生命，各人看着办吧！反正道理、道路在那儿明摆着呢！

2. 对“寒门出贵子”这句话，您有什么看法？

问：对“寒门出贵子”这句话，您有什么看法？

答：简单说，我有三点想法。

第一，寒门能出贵子。对于这一点，几乎不用论证。从封建时代到当下社会现实，有千千万万、万万千千例子可以证明，否则，怎么会有“寒门出贵子”的说法?！在漫长的封建社会，由于有科举考试制度在，寒门，即社会下层的普通家庭里，不绝如缕地走出了一批批“贵子”，即有学问有才能对社会有用之人。中华人民共和国成立后，人民群众当家做主，人民政府为人民，广大工人、农民家庭出身的孩子获得了公平受教育的机会，因而“寒门”走出了规模更大、更多的“贵子”。这是历史事实，有目共睹。

第二，寒门难出贵子。这个“难”是困难、难度，意思是相比非寒门来说，寒门出贵子困难更多，难度更大，概率更小。首先在封建社会是这样。科举制度下，寒门出了贵子是肯定的，但是，如果大数据统计起来(我手边没有这方面的资料)，这个比例、概率肯定是很小的。因为寒门接受教育的机会和条件太有限了，太不容易了。他们长年累月在生存线上挣扎，能有碗饭吃，能平安活下来已属不易，哪里还敢奢谈接受教育？中华人民共和国成立后情况大为改观，这不用说。改革开放以后，中小学教育更加普及，国家实行了义务教育。不仅如此，高等教育也开始普及，大学由精英教育转向大众教育了。按道理寒门出贵子应该更容易了，但由于极为复杂的原因，现在寒门出贵子反而比过去更困难了。这个“难”表现为多方面，如不同地区经济发展水平的差异，文化发展水平的差异，城乡的差异，优质教育资源的差异，个体家庭收入的差异，等等，于是，贫困地区贫困家庭的孩子，虽然基本都有了上学机会，但学校教育质量参差不齐，有的相当差，再加上家庭经济条件和文化氛围的限制，有些中小学生中途辍学，早早外出打工养活自己。这种情况下，大范围看，寒门仍然不乏贵子出现，但其概率比较小，这就是我说的"寒门难出贵子"的意思。

寒门难出贵子，有大量的现实数据证明。据报道，大学扩招以来，重点院校中农村生源的比例逐年下降，2000 年前后，北大新生中农村生源比例甚至降到一成左右。直到近几年，国家制度性安排各高校面向贫困地区专项招生，要求划拨固定指标照顾农村考生，这种情况下，上述情况才稍稍得以改善。

第三，虽然难，但仍需努力，而且是大的努力。地区差异、经济差异、城乡差异、文化差异、教育资源差异，这是历史和现实诸多因素造成的，不是哪个人想改变就随便可以改变的。当然，国家为消除这种不公平，上上下下正在做各种顽强的努力，相信不公平状况将来会有所改观，有大改观。但你不能等待这个，你等不起。在客观条件不利的情况下，要想成才，成为"贵子"，无疑就需要最大限度地调动主观力量，即顽强拼搏，付出超人的努力。在不利的客观环境中通过主观努力成才的例子，多不胜数，不说也罢。

客观环境的诸多不公平，是寒门之子必须面对的"宿命"（生下来如此，不得不接受的东西）。面对"宿命"，你不必埋怨，不必怨天尤人，叫苦叫屈，你只需咬牙说一声"老子认了"，然后埋下头来拼命努力。只要你尽到了最大努力，你就有成才的希望，就有可能改变自己的命运。只要你努力了，即使没有如愿成为众人眼中的"贵子"，你也成就了一个不一样的你自己。一个有知识、有能力、有自信的你，即使众人没有视你为"贵子"，你也已经是"贵子"。众人眼光，世俗之见，不理睬也罢。

我衷心祝愿天下所有寒门之子，努力奋斗，早日成才。为国家，为社会，为家人，为自己！虽然很难，但也不要放弃。

3. 您相信努力就会成功吗？（兼答：您相信爱拼就会赢吗？）

问：您相信努力就会成功吗？（兼答：您相信爱拼就会赢吗？）

答：简单说，我相信努力可能成功（赢），但不相信努力肯定成功。

因为，当人确立目标打算奋斗时，上帝不给任何人打包票，说，孩子，你努力吧，我保护你一定成功。当然，如果你是上帝的孙子或孙女，至不济，是他外孙外孙女或小舅子小姨子也行。如果不是，你凭什么要求上帝给你打包票。而且，我相信，如果上帝是真上帝，而不是假冒的，他一定会秉公办事，连内外孙子孙女还有七大妗子八大姨全不照顾。众生平等，都是他治下的子民，他一声令下，把所有人都放飞到无比广阔的天空中，看你到底能飞到哪儿，看你能不能飞回来，看你飞翔的姿态是不是优美，翅膀是不是硬朗，然后给你公正地打分，根据你的表现给你不同的命运。

人在确立一个目标准备奋斗时，谁都会犹豫一下，内心里问一声：我的奋斗能成功吗？我的努力不会白费吧！这完全可以理解。但是，这是一个无解的问题，谁也无法回答你。因为，未来成功与否，不光决定于你的主观努力，还有说不完道不尽的客观因素料不定。前途漫漫，崎岖不平，谁也料不到哪儿是沟哪儿是坎，谁也料不到东西南北到底会刮哪股风。总之，无论谁的前面，都是大雾弥漫，能见度不到五十米。那么怎么办？

作家史铁生说，人在前途未卜或遇到苦难时，都会感到自己力量渺小，孤弱无助，总想求神保佑。那么“神”是什么呢？史铁生说，神有三种。第一种号称全知全能的人格神，坐在天堂管人间，如今谁都知道这种神不存在，是骗傻子和半傻的。第二种神喜欢搞恶作剧，玩弄偶然性，让人找不着北。这种神即平时人们常说的撞运气的“运气”。“运气”说有也有，不过，它完全靠不住，你要指望它，有点玄！第三种神不是别的，就是人自己——自己的精神。史铁生不止一次说过：“什么是神？其实，就是人自己的精神。”“每一个人都有的神名曰精神。”“有一天我认识了一个神，他有一个更为具体的名字——精神。在科学的迷茫之处，在命运的混沌之点，人唯有乞灵于自己的精神。”神——自己的精神，其内涵是不屈的意志，是发自生命本能的执着向往，是在“知不知”时依然葆有的坚定信念。换句话说，即大雾弥漫时永远祈盼永远追求永不放弃的精神。我的理解，史铁生是把人的主观意志张扬到了极致，在命运未卜的路途上，只有这个“神”是你能把握的，因而是靠得住的。

最大努力尽到了，然后呢？然后——以听天命。我在讲命运专题时，常说到中国古人有两句值得玩味的话。一句是：谋事在人，成事在天；一句是：尽人事以听天命。两句话的共同点是都看到了命运发生的机制包括主客观（主客体）两方面。谋事在人——主观，成事在天——客观；尽人事——主观，听天命——客观。但两句话的区别也很明显：前一句是纯粹的客观叙述，给你冷静地讲一个人生道理，说话人的主观态度是中性的，冷静的，客观的。后一句则不一样，其主观态度强烈而鲜明，主客两方面中，它首先强调的是主观即“人事”，而且要求一个“尽”字，“尽”即把主观努力发挥到极限，然后才是“听天命”。也就是说你在做主观努力的时候，不能既努力又不努力，不能三天打鱼两天晒网。你努力到80%、90%，这都不行，因为你努力到80%、90%，甚至99%，将来失败了你会后悔的。后悔自己当初为什么不再努一把力呢？再努力一点也许就成功了。但世上没有后悔药，那时你后悔也晚了，早干吗去了呢！所以应该尽最大限度，把主观努力发挥到100%，山穷水尽，最后是“听天命”——成也英雄，败也英雄，成与不成我都认了。

这句话既不说你拼命努力吧，命运全在你自己手里，把一切全寄托在个人身上；也不说“听天由命”吧，个人努力是没有用的，而是在兼顾主客两方面的前提下又突出主观、强调主观。在如何对待命运的问题上，我实在想不出还有比这更积极更理性更全面更智慧的态度啦！

同学们，努力了不一定成功，但不努力一定不成功。应该怎么办，你自己掂量吧！不管如何，在这里我衷心祝愿你成功！

4. 请问您经常说的"精神空间"是什么意思?

问:请问您经常说的"精神空间"是什么意思?

答:精神空间,在我这里并不是一个严谨科学的理论概念,而只是我喜欢的一个说法,也可以叫心理空间、思维空间,指的是一个人认识、思考、理解、处理问题时知识背景的广狭,心理腾飞的边界,思维驰骋的范围。这个背景、边界、范围大小不一样,其认识、思考、理解、处理问题的结果也大不一样。同一问题,在不同的精神空间里,其大小、性质、处理方式,可能南辕北辙,天壤之别。

理论上说起来总是抽象、空洞的,举几个小例子说说吧!

众所周知,死亡是人生至大之事,一般人活着时谈死色变,避谈生死。但两千多年前庄子对待死亡却不迎不拒,不喜不忧,一切顺其自然。为什么?庄子认为,天地间本来没有一个"我",而所谓的"我"只是天地自然造化的一个生命,从无生到有生,又从有生到无生,其间生与死的变化,犹如春夏秋冬白天黑夜的演变更替一样,本是大自然运行的结果,都是"道"的表现形态和自我实现。因此人们不必为"生"而喜,不必为"死"而悲,而应该随顺自然大化平静地"活",亦随顺自然大化坦然地"死"。人们只要在精神上与大道合为一体,那么就无所谓生也无所谓死,这样齐同了生死,也就超越了生死。

我们再看看庄子临死时的又一表现。《庄子·杂篇·列御寇》记载,庄子将死之时,弟子们向他报告,说准备买很多东西给他做陪葬。庄子说:我把天地当棺椁,把日月当连璧,把星辰当珠玑,万物都是我的陪葬。我陪葬的东西难道还不够多吗?谁的陪葬还能和我比呢!哪里用得着你们再去买什么东西!弟子说:我们担心乌鸦和老鹰啄食先生的遗体。庄子说:弃尸地面将会被乌鸦和老鹰吃掉,深埋地下将会被蚂蚁吃掉,夺过乌鸦老鹰的吃食再交给蚂蚁,怎么如此偏心!

庄子为什么能够如此豁达?因为他有无比阔大的精神空间。大到什么程度?大到和宇宙天地相等同。想想看,全世界,全人类,有哪个人有"以天地为棺椁,以日月为连璧……"的精神空间供驰骋,有这样的精神空间,他还在乎陪葬品是什么有多少么?!

相比庄子的豁达,现代某些人的表现就天壤之别了。首先是极端怕死,其次是斤斤计较死后的待遇:墓地呀,棺材呀,衣服呀,追悼会的规格,悼词的评价等。为什么如此表现?因为精神空间太小,心里只有眼前个人的,最多加上家属的利益,因而活得紧张,心累,怕死,死不甘心,死不安心,痛苦到最后一分钟。

再举个例子。北京作家史铁生,21岁,正"活在狂妄的年龄"时,瘫痪在床再也站不起来了,天降的灾难让他欲哭无泪,精神几近崩溃。世界那么多人都好好的,为什么偏偏自己瘫痪了,这到底是咋回事?他进入了深度的哲学思考。他从一个漂亮但却弱智的小姑娘身上悟出了关于苦难的道理——为什么不让她漂亮而聪明,给她一个完美呢?上帝(非人格神的超人力量)为什么这么安排,上帝的意图到底是什么呢?通过思辨,史铁生发现,世界构成的公式是:苦难+幸运=人间戏剧=存在真相=上帝意图,苦难和幸运去掉任何一项都不成其为世界，都没有了人间戏剧。所以，对于一个人来说，“所谓命运，就是说，这一出‘人间戏剧’需要各种角色，你只能是其中之一，不可以随意调换。”上帝选定谁承担苦难，谁就别无选择，只有接受它。“于是就有一个最令人绝望的结论等在这里：由谁去充任那些苦难的角色？又由谁去体现这世间的幸福、骄傲和快乐？只好听凭偶然，是没有道理好讲的。”对此，史铁生无比感慨，他以大彻大悟的语气说：“就命运而言，休论公道。”

对世界认识到这一步，还有什么话说?！还有什么不能接受不能理解，还有什么不幸和苦难不能化解?！

记不清是谁说过，理解了也就宽恕了。事实正是如此，经过由近及远、由浅入深、由个别到普遍、由具体到抽象、由形而下到形而上、通天达地、出入六合的思考，史铁生的心态由愤激躁动走向安详平静，从浑浊昏暗走向清澈澄明。透彻成熟的理性不但坦然接受了苦难，而且彻底理解了苦难，从而也就从内心深处真正地包容了苦难化解了苦难。简言之，史铁生化解苦难靠的是无比阔大高远的精神空间。他考虑问题的视角不是一般的日常的世俗的视角，而是终极视角，上帝视角，宇宙构成、存在真相的视角。还有比这空间更大的吗?！

总之，精神空间的大小，对一个人的精神生活意义简直太大了。空间大，你的精神、思维在其中辗转腾挪，通天达地，出入六合，无论什么都能看透，想通，化解，超越，你就始终活在智慧之光的照耀之中，幸福之中；否则，即使你贵为天子，富可敌国，也难免活得猥琐可怜，痛苦不堪。因为你近视，眼前只能看到一寸，只能看见钱权物，除此之外什么都没有，你不痛苦谁痛苦?！

道理浅显，无需多说。同学们都是读书人，书里有丰富的精神资源，书里有广阔的精神空间，书读多了，你的精神空间不知不觉就拓展了，扩大了。

第十八讲 理想世界

著名学者葛兆光教授说，理想世界是文学和宗教的一个永恒主题。所谓『理想世界』，就是人们对生活最美好的设想，在理想世界中生活的人通常都拥有富庶的生活、永恒的生命和自由的心境，古今中外无一例外。不过，各时代各民族关于理想世界的设想也不一致，各宗教以及它们影响下的文人心目中的理想世界更是千差万别。人类对理想世界的追求常常体现并保存在艺术和宗教（宗教往往渗透在艺术里，借艺术加以表现）里，一部文艺发展史，从一个侧面看，差不多可以说是人类追求和寻觅理想世界的历史。那么，各民族各时代各宗教所设想的理想世界到底是怎样的呢？它们在文学、文化中是怎样表现的呢？

一、西方人的天堂与乐园

众所周知，天堂是基督教，同时也是西方文化和西方文学的核心概念之一。因为基督教文化是西方文化最重要的内容之一，基督教尊崇的最高偶像是上帝，天堂是上帝居住的地方，当然也是人们最向往的地方。换句话说，天堂也就是西方人所设想的理想世界。可以说，天堂概念贯穿了基督教文化史，也贯穿了西方文化和文学史。

纵观西方文学史，与天堂有关的作品不胜枚举。对此，牛津大学威克里夫学院院长阿利斯特·E. 麦格拉斯曾做过系统的梳理。他从奥古斯丁到托马斯·阿奎那、约翰·弥尔顿、约翰·班扬、但丁、乔叟、乔治·赫伯特、约翰·邓恩、C. S. 刘易斯，作者带领我们将西方文化、文学史游历一遍，其成果就是一本在西方世界广为流传的书《天堂简史——天堂概念与西方文化之探究》。这本书从圣经的最初成形开始一直梳理到今天，全书以文学、神学、政治学、艺术品为资源，旁征博引，揭示了天堂观念对西方人精神生活广泛持续的影响。

天堂是想象的产物，而想象以一定的现实为基础，这个基础就是耶路撒冷城（简称耶城）。在《旧约》中，耶城被视为圣城。耶城的兴起与大卫有直接的关系。他决定在这个古老的犹大城建立他的宝座并且将上帝的约柜安放于此。这种具有深刻象征意义的举动使得耶城被看作是上帝拣选之居所，耶和华的荣光充满了圣殿。那些长途跋涉的朝圣者们非常确信上帝就居住在耶城的坚固城墙内。

公元前586年，耶城被亚述人围攻，最终人民被掳，圣殿被毁，这对于该城的社会、政治、历史，对于人们的盼望和信仰，无疑是一个毁灭性的打击。旧城毁灭，人们渴望重建更坚固的水泥砖瓦之新城，但新城仍然不能为犹太人提供保护，类似城毁人灭的残酷历史以后仍然会发生。公元70年，罗马皇帝提图斯残忍地镇压了犹太人对罗马军队的反抗，耶城再次遭到毁灭。随着对地上之城盼望的破灭，犹太人开始盼望建在天上的新耶城。这座新城不是原来的大卫之城，而是位于将来的、在这个世界之外的城，上帝的宝座设立在其中，它充满了“上帝的荣耀”，吸引着远方各处的人们来寻求它所提供的庇佑与安息。这样，以色列民族对于未来的盼望在重心上就经历了一个决定性的转变：由建在地上的耶城和圣殿为中心，转移到将来的天上之城——新耶城。自此，天上之城——新耶城，也就成了天堂的同义语。

在极为美好的想象中，天上的耶城就像地上的一样，位于一座高大的山峰上，城墙厚重，十二个门由十二个天使把守，任何敌人都不能入侵。城内铺满精金，又用各种宝石装饰，使居住在里面的人眼花缭乱。而且更重要的是，上帝也住在城内，与人同在，与民同乐。这让还活在地上的人们羡慕至极，渴望有一天也成为圣城的居民。

从此，天上之城的主题就深深植根于《新约》里面，吸引了很多后来的基督徒作家，他们把上帝之城这一形象视为基督徒盼望的有力切入点。例如，基督文化史上著名的希波城大主教圣奥古斯丁的作品《上帝之城》，就是其中的代表作。《上帝之城》的中心主题是“上帝之城”与“世俗之城”（或称“世界之城”）之间的关系。和以往作家相比，圣奥古斯丁笔下的上帝之城有两个主要特点：一是天堂里没有性，男人和女人都欣赏着完美身躯的美感，但没有欲望的诱惑，不会让人感到羞耻和恐惧。二是天堂的生活以安息为主题。永生的生活就像是一个永久的安息日一样，圣徒们永远居住在上帝的平安里面。这种安静的生活既包括外在的——击败了所有敌人的侵扰，也包括内在的——超越了自身的弱点和缺陷。

作为大主教，圣奥古斯丁意在借用“双城”概念阐发自己的思想。事实上，《新约》的记载中真正对基督教文学体系中天堂观的形成影响最大的不是神学的阐述，而是形象的描述。天上之城的想法大大地激发了一些基督徒作家寻求用非常形象化的和值得纪念的词汇来描述基督教将来的盼望。这种形象的描述使人类企盼将来可以亲自进人新城宫殿一般的城郭，并且可以自由畅游其中。这种企盼极大地激发了中世纪作家的灵性，他们在作品中继续着对新耶城的想象。在他们笔下，天堂更美好、更富庶、更富丽堂皇，更引人向往。作者的意图旨在激发人们对天堂的渴望，要他们坚信所有这些奇妙美好的事物都在等着他们，那些对信仰生活感到又累又沮丧的人，可以从这个新耶城的景象中得到安慰和鼓励，并能继续走在通往天上之城的路上。正如十七世纪英国著名清教徒作家约翰·班扬在《天路历程》中所说，不管路途上有多少艰难险阻，“但是一想到我要去的地方以及另一端正在等着我的，我的心就像有燃烧的火炭一样温暖”。

西方人对天堂的理解和描绘，除了新耶路撒冷城的比喻之外，还有一个流行甚广的比喻，即把天堂想象成花园式的“乐园”。

“乐园”的说法首见于《旧约》，原词“伊甸园”在《旧约》的希腊译文中是指“乐园”。《圣经》的几处经文用不同的方式来提及这个园子，例如，“上帝的园”或是“耶和华的园囿”。这个园子很快成为单纯、和谐的标志，一个富饶、充满和平和安息的地方。在那里，人类和大自然和睦相处，并且“与上帝同行”。这是人类可以想象的最为幸福、理想之所。然而曾几何时，人类先祖亚当和夏娃犯了罪恶被逐出伊甸园，不得不处身于一个灾难、痛苦、不幸的罪恶环境中，从此，重新返回乐园就成了人类的强烈愿望。于是，对乐园的想象和追求成为西方人的精神生活的象征，成为宗教和文学艺术作品的一个母题。最著名的当属英国诗人弥尔顿的《失乐园》。在罪中丧失以后，乐园又通过基督的死得以重建。人类文化史就是“一个不断尝试重建失去的乐园的过程”。这个过程是通过两个因素——最初失掉的乐园和我们总有一天重新获得的乐园——之间的相互作用而表达的。

人们渴望重建的这个乐园，其实就是基督教的天堂。圣奥古斯丁认为，伊甸园是一个无罪及满足的地方：“只要人类渴望上帝所命令他们的，他们就能很高兴地住在乐园里面。人类居住在上帝的喜乐之中，毫无缺乏，并能永久活着。他们有食物不至饥饿，有饮品不至口渴，又有‘生命树’不至老化——他们身体健康，灵里平安。在乐园里，既不太热也不太冷——也没有悲伤，或是任何愚蠢的快乐，因为真正的快乐不停地从上帝那里涌流出来。”(第48页)圣奥古斯丁对于乐园的描述在很大程度上反映了他的天堂观，他的理解对后世影响深远。

对乐园的描绘和追求，贯穿了整个西方基督教文化史与文学史，直到十七八世纪科学革命的兴起才使得有关伊甸园的主题逐渐丧失了主流地位。长久以来，伊甸园渐渐地不再被人们看作是历史的一部分，而被看作是人类处境的象征，人类渴望的象征。也就是说，人们对乐园的讨论，“中心的问题乃是有关于人类的身份和本性的，以及最重要的，就是人类最终命运的问题。说到乐园，并不是渴望重返一个特定的地点，而是渴望重建一个特定的属灵国度”。换句话说，伊甸园、乐园是人们心中的理想国，是愿望的形象化和符号化。

二、中国人的仙境与乐土

关于理想世界在中国文学与宗教中的演变，葛兆光教授曾从史的角度，专门做过考察。考察结果载于《中国宗教与文学论集》中，题目是“从出世间到入世间：中国宗教与文学中理想世界主题的演变”。

早期中国人心灵中的理想世界与西方的“天堂”相类。例如《庄子》《楚辞》及《山海经》里的“山”。《庄子》想象“藐姑射山”有“肌肤若冰雪，绰约若处子，不食五谷，吸风饮露，乘云气，御飞龙，而游乎四海之外”的仙人；《淮南子》想象中的“昆仑山”，人可以登之而不死。在这一类理想世界里，“山”是一个象征，神奇美妙却难以攀登，而且远离尘寰。与“山”相类的是“岛”，即海上的“山”，著名的有蓬莱、方丈、瀛洲，仙岛上风景奇美，遍地异花仙草，仙人们欢乐幸福，长生不老，类似西方的伊甸园。

以上的“山”或“岛”是道教的理想世界，这一世界是诱人的，但却与凡人无缘，而且到达它的途径又极为艰难。世人只能在期望中怀着绝望，在绝望中又怀着侥幸的期望，招惹得人心痒无搔处。

比起道教来，佛教理想中的极乐世界虽然单纯却更加诱人。佛教的理想世界是“西方净土”“灵山净土”，也叫“极乐世界”。在极乐净土中，到处都是希见的奇珍异宝，微风吹动宝树发出人间闻所未闻的“微妙音”，而且更重要的是往生极乐世界的人都得到了解脱和超越，可享永生永世之幸福。但往生极乐世界却极不容易，修炼极其艰苦繁难，需要信仰者坚毅隐忍，一心不乱方能靠近。但无论你怎么靠近都不会到达，它总是与人间世界悬隔很远。

“仙山”“仙岛”“仙境”“极乐净土”以其远离人间的自由、永恒与幸福，成了宗教及文学热情歌颂的对象。人有一种难以改变的痼疾，越是得不到的东西越珍贵，越是看不清的世界越美妙，海市蜃楼式的景观常常令人梦寐以求，而“梦寐以求”四个字恰巧说明只是“南柯一梦”式的子虚乌有。可是，宗教正需要那种与人世悬隔的“彼岸”来维系人的信仰。没有这种可望而不可即的“理想世界”，信仰者会失去追寻的目标，也会失去追寻的动力。“理想世界”与人间世界靠得太近，它也会失去诱人的光环和幻想的色彩，那座彼岸的海市蜃楼可能是假像，但千万不可戳破，否则理性会看破一切，道德、精神便无以维系。所以人们需要有这样一个尽善尽美又远离人间的“理想世界”，成为追求的对象。于是，中国古代诗歌、小说中“遇仙”“游仙”的诗作不绝如缕，其代表人物如李白，有一百多首诗写的就是这种出世间的理想世界，幻想自己周游仙山仙岛，与诸仙人为友，甚至幻想自己本来就是谪到人间的仙人。

仙境也罢，净土也好，毕竟离现世太远，与理智相悖，于是，注重现实、现世的儒家为世人设计出了另一番“理想世界”，即“大同世界”。孔子说在这个大同社会中，“天下为公，选贤与能，讲信修睦……老有所终，壮有所用，幼有所长，矜寡孤独废疾者，皆有所养……”总之，在这个大同世界里人人有道德，人人得其所，人人无私心，人人尽其力，这样就能使天下太平，纷争平息，人人安居乐业，生活安定富足，君主不过分干预，官吏不过分盘剥。

儒家的理想世界比起“天堂”“仙境”“净土”来要现实得多，虽然它很难真正从理性设计变为实际存在，但它毕竟建筑在人世间而不是出世间。它没有那种富庶奢华的炫人眼目，也没有随心所欲的自由自在，更没有与天地齐的永恒生命，但它对于已经厌恶了战乱、欺诈、纷争和丑恶的人来说，那平静与安乐已经够满足了，比起渺茫玄虚的海市蜃楼来，它毕竟离人类更近，于是，这一理想世界的基因终于在东晋南朝引出了陶渊明的“桃源梦”和“田园诗”。桃花源故事把理想世界从虚无缥缈处迁徙到了世俗人间，把理想境界从奢华富足的享受、永恒不死的生存、随心所欲的自由改成了朴素和睦的平常生活，把过去单纯向外的欲求转化为向内寻找宁静心境的体验。

从尽善尽美而远离人寰的“天堂”“仙境”“极乐净土”到朴素、恬静的山水、田园，中国宗教与文学中的理想世界已经从远到近发生了“位移”，不过，近处的山水田园未必真的那么理想，于是文人士大夫们还要构筑一个既近于人又可以抚慰自己的世界。这个世界既不是虚幻缥缈的仙境净土，也不是实际的山水田园，而是心灵化了的对山水田园的沉思，即“玄对”“会心”的心境体验。心境的获得不是靠幻想或想象，而是靠“玄”即庄子所说的“心斋”或“坐忘”、佛陀所说的“空观”或“寂照”，当人们在这种体验中达到与自然山水农家田园的同一时，人就达到了理想世界，这就是“道在山水之间”。

把理想世界从虚幻的“仙境”“净土”挪移到实存的山水田园，又将实存的山水田园转化为纯粹心灵的适意自然，这是中国宗教和中国文学中“理想世界”主题演变的轨迹。演变的结果，是免除了虚幻境界给人带来的失落和束缚，人可以在空寂和宁静的山水田园中找到融洽、淡泊、恬静与温馨，使自己的身心得到休息，更可以在适意自然的心境中体验“平常心”的轻松与惬意。当人们怀着淡泊的心境随意观照那幽谷清泉、茅舍田稼、流水白云、牧童野老的时候，他会感受到一种愉悦，这时他有限的生命就在瞬间变成永恒。这就是中国宗教与中国文学最终构筑的一个象征了终极境界的诗意世界。这种境界，用西哲海德格尔的话说即“诗意地栖居着”。

但是，这种诗意的境界也同样存在着难以克服的问题：第一，人毕竟生存于现实的世俗社会之中，清静无为与世无争是不可能完全做到的。欲望迫使人们赢得社会承认，获得世俗利益，隐居山林躬耕田园只是一厢情愿，有钱有闲才能无功利地面对山水，有名有势才能淡然地面对一切，山水田园作为空寂、宁静的象征在于心灵空寂宁静，山水田园给人以适意自然的感受是由于心境的适意自然，在世间为生存而烦恼而挣扎的人是不可能从自然山水与世间农舍中体会到空寂宁静适意自然的。第二，空静无为适意自然来自主体心性自觉的体验，却没有任何约束力，既不能激发人奋发向上的精神，又不能制约人外在的行为，因而其结果是消解了人们追求的动力，消解了自律的约束。“于是过去宗教向彼岸艰苦跋涉的历程就变成了兴之所至的漫步，漫步很潇洒也很惬意，但是没有目标、无须计程，那么在这漫步中是否也消解了精神的支柱？对于人类来说，这种潇洒是否也是一种可悲的结局？”

葛兆光先生对中国古代文人追求理想世界轨迹的描述使我们看出，理想世界永远是现实世界里人们苦苦追求的对象，然而理想世界又永远离人们的生存现实那么遥远。这正是理想世界的特质——可望而不可即，“不可及”才能作为目标永远吸引人追求。当它一迈腿就可以达到时，它就失去了理想世界的功能，也就无所谓理想了。

三、理想世界的失落与重建

天堂也罢，乐土也罢，都是古典时代的浪漫理想，然而，西方经过文艺复兴和启蒙运动的洗涤，宗教文化开始衰落，上帝的地位动摇，天堂乐土遭到质疑；尤其是十七八世纪科技和工业革命以来，社会的物质财富急剧膨胀，人们开始在物质享受上纵欲无度，科学技术的神奇力量似乎能让人的欲望得到无限制的满足，于是人们对上帝的崇拜转变为对科学技术的崇拜，科学技术之外的精神价值变得一文不值，彼岸的天国从此在人们心中幻灭——上帝死了，天堂乐土从此不存在了。

上帝死了，道德警察下岗了，人们从此可以为所欲为了；天堂塌了，乐土没了，人们的精神家园丧失，从此无家可归了。眼前的世界不再温馨，不再安宁，不再给人以理想和希望，而是变得陌生、冷漠和荒诞。在艾略特笔下，世界是一片“荒原”，令人绝望。在卡夫卡笔下，世界是遥远的，神秘的，梦幻般阴冷灰暗毫无乐趣，而且不可理喻，永远充满着恐怖与不安。在萨特笔下，世界令人恶心，充满战争、谋杀、奸淫、灾难，人与人之间相互猜忌，视他人为自己的地狱。总之，理想世界的丧失竟是如此可怕，这个世界一下子变得陌生荒诞不适宜于人的生存，人们好像一下子从天堂堕入地狱了。

中国人的情况与西方人有所不同。古代中国人虽有仙境、乐土之类，但不像西方中世纪人信奉上帝和天堂那样虔诚，我们历来缺少那种形而上和宗教意义上的信仰，生活中更多信奉的是道德意义上的“天”和孔孟之道，而且一向自信自己处在世界的中心，中国的精神文明代表世界最高成就。然而，近代西方人的坚船利炮让中国人警醒，接下来西学东渐，民主、科学借五四运动传入中国，传统中国人的理想世界渐趋轰毁，中国人不得不重新踏上寻求精神家园之路。新中国成立意味着中国人精神上的新生，中国人在新的政治理念中找到了精神家园。然而反反复复的政治运动，尤其是“极左”路线的干扰破坏，让这一精神家园遭受严重质疑，人们的精神信仰动摇乃至崩溃了。改革开放之后，“我们的经济发展已取得了让西方人震惊的成就，然而，中国人的精神家园未被从风雨飘摇中挽救出来，由物质匮乏所导致的信仰危机，又转化为物欲诱惑之下的精神价值的丧失，颇多人在经济发展和物质丰饶中沉入物质享受之中，处于漠视甚至蔑视精神价值的生存状态之中。所以，精神家园的失却不是西方人独有的问题，我们也面临着这个问题。所以，无论是精神家园的失却还是生态环境的破坏，都不仅是西方人的事，而是包括中国人在内的全人类的事。"论者做出这一论断是在二十年前，但所谈问题至今依然存在，所以仍有迫切的现实意义。

如今，昔日的"天堂""乐土"被断然唾弃了，人们从缥缈虚无的彼岸天国回到实实在在的大地上，本以为找到了一块靠得住的乐土，没料想一不小心堕入了"地狱"：精神溃败，人欲横流，人们高举享乐主义大旗高歌猛进，致使群魔乱舞，乌烟瘴气。在这儿，人的生存环境变样了——资源紧缺、耕地缩小、物种锐减、森林与草场退化、水与大气污染，生态环境一步步恶化。人也变样了——人的物化、类化、单一化、表浅化，意义、道德感、爱的能力的丧失日益加剧。这种状况太不适宜于人的生存，所以激发起重建新精神家园的强烈渴望。

新的精神家园在哪儿？什么样子？谁也说不清。几百年前的启蒙，让人们走出了黄金铺地、仙乐盈耳、长生不老的幻想，回到现实，而今从"地狱"中走出大概也需要新的启蒙。根据"人所幻想（理想）的正是他所需要的，他所需要的正是他所缺少的"的基本规律，新的启蒙的中心任务恐怕是要约束人的动物本性而呼唤天使本性（神性），克服享乐主义而呼唤精神超越。人的尊严就在于和其他动物相比人有灵魂，灵魂的特点是永远不满足于现状，它总是在追求一种完美的、超越性的理想世界。这是人之为人的质的规定性，没有这一点，人就无所谓人。正是在这种寻求和追问之中，人和理想世界建立了精神联系，于是精神有了向往，有了寄托，有了归宿；也正是在这种寻求和追问之中，人的灵魂得到了净化，得到了提升，从而变得圣洁和清净。

四、理想世界的价值和意义

以上走马观花式的描述使我们看到，无论古今，也无论中外，追寻理想家园是人类共同的精神需求，这种需求来源于人们对处身于其中的现世、现实的不满。不满就有向往，有多少种不满就有多少种向往。现实太贫困，生活太艰难，于是就有理想家园中的富庶——遍地金银珠宝，喝不完的琼浆玉液，流不尽的蜜河奶河；人生短暂，充满忧患，终生劳苦，于是就有理想世界的长生不老，无休止的逸乐和悠闲；人世间充满争斗，让人无限心烦，于是就有理想世界的慈悲为怀，博爱无边；"人是生而自由的，但却无所不在枷锁中"，于是就有理想世界的自由自在，毫无约束；现实生活太污浊太庸俗了，于是就有理想世界的超越和神圣……总之，现世现状缺少什么，理想世界就有什么，既圆且满，了无缺憾。由此可见理想世界是人所渴求的对象在现实世界的空缺，是现实世界的反向折射，是在想象中对现实缺憾的补偿。

这样的世界存在吗？应当说，既存在又不存在——不存在于现实世界而存在于精神世界。从性质上看，理想世界属"虚"不属"实"（不是"实在"是"虚在"），属"心"不属"物"——肉眼看它是"无"，心眼看它是"有"。在精神世界里，它既虚无缥缈，又真真切切，它的形态随时代、社会、民族、地域、文化的变化而变化，但它的存在却是永恒的，性质是不变的。它与人类如影随形，共生共存，是人类生存永远不可或缺的精神元素。

"天堂""乐土""神圣""终极"之类既然是"虚"是"无"，不可观测不可验证，那么到底它有什么"用"呢？当然有用！不过这里的"用"非实用之用、功利之用、物质之用，而是精神之用、价值之用、意义之用。虽然几千年过去了，我们没有见过哪怕是一个人曾经到过天堂、乐土，没有看过天堂、乐土的照片或录像，但我们却无法否认它曾经发挥过而且还继续发挥着的强大的作用。换句话说，理想虽然是"虚"的、无形的，却又无时无处不在对现实发生着影响。这种影响用古人的话表述即"虽不能至，心向往之"。理想世界存在于又作用于心——其作用就是让"心"——"有所系"，有一个向往、期盼、追求的目标。高远的目标与当下现实拉开了一段长长的距离，给人留下一段永恒追求的空间。恰如精神灯塔，矗立在人类心灵的上方或前方，对人始终起着提升或牵引的作用，使之不至于过分向下沉沦(安于灰暗的现实而毫无追求)或向后倒退(倒退为无灵魂的兽性的人)。理想与现实在人的精神空间形成了上下前后两个张力场，人类就在这两个张力场中游移。少了哪一个支点，人类生活就会失去平衡。人类的精神家园或许就在这二者的和谐与平衡中。

理想世界不能落实、转化为现实，人们无法步入天堂、乐土、神圣，这不是理想世界的缺点而正是它的优点。因为，如果它是一个可以达到的现实的固定处所，那么可能早就被有权有势的强者所占据，弱肉强食的局面又会出现，这就不是天堂而是地狱；再说，即使天堂可以达到，那么达到之后又怎样呢？十全十美，完美无缺，也就没有了任何发展的余地，岂不是死水一潭，一个僵化沉闷死寂的世界？所以理想世界好就好在"虚"和"无"，好在"达不到"。对此，史铁生有着更深入的理解。他说："人可以**走向**天堂，不可以**走到**天堂。走向，意味着彼岸的成立。走到，岂非彼岸的消失？彼岸的消失即信仰的终结、拯救的放弃。因而天堂不是一处空间，不是一种物质性存在，而是道路，是精神的恒途。"

史铁生的意思是说，乐土、天堂，都不是一个确定的可以最终到达的处所，而是一个永远达不到因而永远存在的精神之域。它可望而不可即，你往前走它亦往前走，它永远给人以提升、感召、牵引，它永远存在于人的心中，存在于人追求它的信念中。你追求着，寻找着，它就存在；你放弃了，灰心了，它也就不存在。这就是说，天堂不在天堂，而在人的信仰中。天堂是一条路，永远也走不到头。所以，人类永远走在追求理想世界的路途上，人类的精神家园永远在人类追求理想的心中而不是一个现实的、具体的所在，不是一处确定的福乐的终点。因此，永远也不会到了之后就可以一劳永逸地永远享受了。在这个路途上，理想世界的内容会因社会、时代、民族等因素的不同而不同，但其性质和意义永远不变。

对话人生实录

1. 世界上为什么那么多骗子？

问：大学新生徐玉玉，家庭贫困，靠父亲打工挣钱，因被骗走9 900元学费，极度伤心，活活被气死。这消息使我呼唤急促，心跳加快，脑子发胀，恨不得对骗子食肉寝皮，碎尸万段。我直纳闷，世界上为什么那么多骗子？骗子的心怎么那么黑那么狠，什么时候能把他们彻底消灭呢？

答：这位同学的义愤，我很理解，很赞赏，因为我也是这样想的。你对骗子的切齿痛恨，我听了感觉很痛快，很过瘾。你说出了我想说的话，我相信你也说出了除骗子外所有人的心里话。同时，你的问题也是我的问题，是大家迷惑不解，普遍都想问的问题。

世界上为什么那么多骗子，这问题看似简单实则复杂。我无力穷尽其复杂，无奈，只能说说我的粗浅看法。

其一，骗子之所以明知行骗是错、是罪，还去行骗，从个体的角度看，是因为人品恶劣，道德低下，缺乏人类所应有的基本道德，他们在人类道德的底线之下。他们好逸恶劳，不想付出光想享受，不愿走正道而邪念百出，只愿以人类所鄙视的罪恶手段行骗谋生。简单说吧，骗子之所以那么多，是因为当下社会人渣多，将来人们的道德水平普遍提高了，骗子就不会那么多了。

其二，骗子之所以那么多，从社会层面看，是社会的管理、治理能力还不够。除了必要的有效的道德教育和防骗宣传外，还没有必要的规章制度(如建立个人诚信档案等)加以规范，还没有织好严密的防止骗子得逞的天罗地网，还没有有效的打击和惩罚手段。这是社会管理部门的事，自有管理部门去努力。

其三，再一个层面，可能就深了一点，即哲学上所讨论的存在的奥秘。从这个层面看，骗子之所以存在，是因为世界本身，或曰存在本身就包含有骗子，存在本身“需要”它。

此话怎讲？请听我细说端详。人们都希望世界上光有好人没有坏人，希望人人都诚信而没有骗子，希望天空永远阳光普照，地上永远祥和如仙境一般。可是请问，这样美好纯净的世界，有吗？可能吗？

理想很丰满，现实很骨感；希望归希望，现实归现实。从事实、现实角度看，没有，从来没有；从理论或哲学角度看，也没有，而且永远没有。不因为别的，就因为它不符合事实，不符合辩证法。

辩证法告诉我们，世界上的事物都是由相互矛盾的两个方面构成的，两个方面对立又统一，各以对方的存在为自己存在的前提，没有了这一方，另一方也就不存在。如，为什么说他是骗子，因为有你的诚信做对比啊；为什么说现在是白天，因为黑夜已经过去了；为什么世界上有快乐，因为有痛苦在；诸如此类，试想，没有了其中一面，另一面还存在吗？

作家史铁生对此道理悟得透彻。他说：世上的很多事是不堪说的。假如世界上没有了苦难，世界还能够存在吗？要是没有愚钝，机智还有什么光荣呢？要是没了丑陋，漂亮又怎么维系自己的幸运？要是没有了恶劣和卑下，善良与高尚又将如何界定自己又如何成为美德呢？总之，一个失去差别的世界将是一潭死水。换句话说，有差别是存在的奥秘，差别永远是要有的。看来就只好接受苦难——人类的全部剧目需要它，存在的本身需要它。（见《我与地坛》）这里，我们把史铁生的"苦难"置换为"骗子"，整个道理是完全一样的。

世界（存在）是一个整体，其中有苦难有幸运，同理，当然也是有骗子有诚信，你不能想象一个光有幸运、诚信而没有苦难和骗子的世界。

道理深入到这一步，我们也就无话可说。看来，世界上有骗子是没有办法的事，是不依人的意志为转移的客观存在。想到这儿，理性上想透彻了，或许愤怒的心就会稍稍平静一点。

理论归理论，现实归现实。哲学上的理解并不意味着现实中应该放任骗子的存在，不意味着承认骗子存在的合理性——它合自然、存在之理而不合社会道德之理。现实中，人类将会永远想办法与骗子做斗争，想办法防范他们，打击他们。我们绝对相信，通过道德教育和法制建设两方面不懈的努力，将来的社会，骗子肯定不会像现在这么多，将来的社会肯定比现在更美好。

2. 人生的意义是什么？怎样快乐地生活？

问：人生就是努力活下去吧。其实我也不知道人生的意义是什么，为人类做贡献之类的话我觉得很遥远，跟自己不怎么有关。以前甚至认为人生没意思，生下来之后，几十年后就离去，后来慢慢想开了，确实是来了最后又走这个事实，但人生的精彩灿烂之处在于快乐地生活，怎样快乐地生活呢？

答：你这段话里包含两个问题，一是人生意义是什么，二是怎样快乐地生活。两个问题都很大，很重要；二者有内在联系，明白了第一个，第二个基本就迎刃而解了。人生意义问题是每届同学提得最多，而且反复提的问题，可见在同学们这里具有普遍性和共同性。

关于人生意义的含义，我们在"人生意义"一讲中已经做过比较详细的辨析，具体的内容是，为他人、为社会释放正能量，他人受益，自己快乐。你如果有兴趣加以回忆或阅读教材，此处不赘。

接下来主要讨论一下你的第二个问题：怎样快乐地生活？

对人生意义的含义做了归纳之后，一个问题凸现出来：为他人、为社会释放正能量，他人固然受益，但自己就一定幸福和快乐吗？

要回答这一问题，就要看这里所说的幸福和快乐的含义是什么。

如果是世俗意义上的物质享受和名誉地位，那么答案是：不一定！因为革命战士、革命先驱为祖国、为人民的利益上战场、坐监牢、受酷刑，乃至于牺牲生命，你很难说这样的生活是幸福和快乐；司马迁、曹雪芹、鲁迅在那么艰难的条件下写作，你也很难说这种生活就是幸福和快乐。

但如果从超越世俗的精神需求层面看，也可以说他们是幸福的、快乐的。因为，他们完全可以放弃目前的选择过另外一种生活。但他们没有，他们宁愿过当时那样的生活，让他们放弃当时的选择对他们来说是一种痛苦。所以从超世俗的层面看，革命者和司马迁、曹雪芹、鲁迅的生活仍然是一种幸福、快乐——精神的、灵魂的幸福、快乐，只有那样他们才能心安，否则心不安。他们创作过程中的每一分钟都是幸福和快乐的，同时也是有意义的。

也就是说，从世俗的意义上讲，有意义的生活不一定幸福快乐，幸福快乐的生活不一定有意义。有意义、有价值和幸福快乐不是一回事，意义具有精神性、价值性、社会性，意义与灵魂和信仰相关。当然，如果能将“有意义”和“幸福快乐”融为一体，那再好不过。有充分理由相信，“有意义”和“幸福快乐”是完全可以融为一体的。司马迁、曹雪芹、鲁迅的事业不就是明证么！

不说伟大的他们，就说平凡的我们。仔细想一想，我们做的事，对他人、社会有益，对自己也有益，他人高兴，自己也高兴，难道不是很真实的体验吗？！

3. 看影视可以取代读原著吗？

问：中国文学四大名著，我老是读不进去，但看电视剧却津津有味，四大名著就是通过电影或电视剧看完的。这样不读原著不也可以吗？

答：以愚一己之见，不可以。当然也不可一概而论。我认为，非文学专业的同学，对文学只是兴趣和爱好，如没有足够的时间足够的兴趣，不读文字原著而借助于电影、电视剧做一个大致了解未尝不可；但如果是文学专业的学生却不行。因为影视图像和语言文字是不同的媒介，其表现力的差别是很大的。

影视图像生动直观，给视觉以冲击力，好看好玩，不用动脑子，轻松愉快，但是其对文学作品的深度的表现是有限的。如心理活动的深度，人际关系的深度，历史的哲理的深度等，都是直观图像不容易表现的。而且，文字的字里行间中那些可意会不可言传，可神通不可语达的东西，即审美场中的那些微妙因素，如心灵信息、情感信息、生命信息等，影视图像也不好传达。而这些微妙的艺术信息和人生哲理深度等，是艺术的生命，艺术的精髓，是不能丢失的，丢失了就不是原来的东西，而是另一种东西了。所以你要了解四大名著的精髓，非看原著不可。文字看起来可能有点累，但这样的接受是全身心的接受，是脑与心，感觉和理智，情感和思想，形象思维和抽象思维并用的综合接受，这样对你的刺激一定是深刻的，立体的，全方位的，所以收获一定是丰富的，深入的。仅仅迷恋图像接受的人，不太容易深刻，在思想上、精神上是长不大的。

不但对于文学作品的接受是这样，对于其他涉及文字与图像区别的东西的接受都应作如是观。

与上述问题若即若离，突然我想到了网上流传的比尔·盖茨的一句话，说给大家供参考议论。这句话是他告诫职场人员的，但对于学生，我认为也有价值。这句话是：人们都喜欢看电视剧，但你不要看，那并不是你的生活。只要在公司工作，你是无暇看电视剧的。（奉劝你不要看，否则你走上看电视连续剧之路，而且看得津津有味，那你将失去成功的资格。）

4. 怎样培养文学欣赏能力？

问：怎样培养文学欣赏能力？

答：这是我的另一门课、另一本书（《文学欣赏》）上的一个现成问题。我把那上面的意思简要讲给你听，仅供参考。

欣赏能力的培养需要从多方面努力，诸如生活经验的积累，思想水平的提高，艺术知识的丰富等。如果缩小范围，仅从方法论角度谈，需要注意以下几个方面。

(1) 多欣赏最好的作品

歌德是世界文学史上少有的天才之一，他既有第一流的创作力又有第一流的鉴赏力。当他和秘书爱克曼在一起的日子里，常常挑选一些著名艺术家的代表作让爱克曼欣赏，耐心地讲解艺术品的妙处，目的在于培养他的鉴赏力。歌德说："这样才能培养出我们所说的鉴赏力。鉴赏力不是靠观赏中等作品而是要靠观赏最好的作品才能培养成的。所以我只让你看最好的作品，等你在最好的作品中打下牢固的基础，你就有了用来衡量其他作品的标准。"

歌德的做法是有道理的。因为第一流的作品里蕴含着艺术的奥秘，理解了它，就取得了衡量艺术的标准和尺度，有了打开艺术奥秘的钥匙，有了相应的视界和眼力。

(2) 博览

即尽可能多地接触涉猎各家各派各种体裁各种样式的作品，从博览中培养自己的欣赏力。欣赏能力不是一个通过理论思辨所能解决的问题，而是一个现实的实践问题。能力都是从实践中培养出来的，离开了实践，主体的任何能力都无从谈起。对于欣赏能力的培养来说，实践就是多欣赏文艺作品。博览是提高艺术欣赏力的一条有效途径，不可能设想，一个从来不接触文艺作品或接触很少的人能有很高的艺术欣赏能力。

(3) 比较

朱光潜先生提出，要提高欣赏能力，"比较"的方法也是不可忽视的。他说："一切价值都由比较得来"，"要把山估计得准确，你必须把世界名山都游历过，测量过。研究文学也是如此，你玩索的作品愈多，种类愈复杂，风格愈多变，你的比较资料愈丰富，透视愈正确，你的鉴别力（这就是趣味）也就愈可靠。"博览必须与比较相结合，博览是比较的基础和前提，比较是博览的升华和提高。

(4) 读点好的评论

有的作品，尤其是优秀作品，欣赏者未必能一下子认识它的价值，看出它的"门道"。这时候不要轻易宣布作品"没意思"，并从而弃之不看。最好的办法是找一些态度严肃、鉴赏力也高的评论家关于这一作品的评论，看他们是如何分析、评价作品的。由于评论家的职业特点，一般来说眼力是高于普通读者的。评论家的职责之一就是分析作品，指导欣赏。事实上，凡是好的文艺评论都是能帮助欣赏者提高艺术欣赏力的。

(5) 多读书多穷理

宋人严羽论诗有这样一段名言："诗有别材，非关书也；诗有别趣，非关理也。然非多读书，多穷理，则不能极其至。"意思是说，诗自有独特的审美特征，不是一般的知识、事理所能解释清楚的，因而必须靠妙悟。但是这并不是说要懂诗就不需要读书穷理，积累知识，而是要达到妙悟之境还必须多读书多穷理。严羽的认识很全面很辩证。虽然谈的是创作，但其精神完全适用于欣赏。文艺欣赏要靠感受和领悟，但这个感受和领悟的主体不是抽象的空洞的主体，没有广博的知识储备是"悟"不出什么东西来的。

第十九讲 心安是家

心安，即特别重视心灵生活，是中国古人，尤其是儒家很早就特别重视、特别在乎的精神追求和做人境界，是中国文化的一种特色。儒家这种精神追求对中国人的为人处世影响深远，直至成为民族的集体无意识。常有人说中华民族缺少宗教感，其实是把宗教感狭隘化，一把尺子量万物了。追求心安，对我们中华民族来说，其实就起着类宗教的作用。

一、追求心安是中国文化的优秀传统

1. 思想家论心安

孔子：君子坦荡荡，小人长戚戚（君子光明磊落、心胸坦荡，小人则斤斤计较、患得患失）。君子胸怀开朗，精神坦白洁净，气定神闲；小人私心杂念太多，心理上畏畏缩缩，负担很重。

《论语》中曾子提出："吾日三省吾身。为人谋而不忠乎？与朋友交而不信乎？传不习乎？"为什么要"三省"？为"心安"！曾子主张，每天都要反省自己的修为，如果在"为人"等以上三个方面做好了，心就安了，没做好，心就不安。

《礼记·大学》中提出"慎独"："此谓诚於中，形於外，故君子必慎其独也。"为什么要慎独？为心安也！

孟子的话更直接："仰不愧于天，俯不怍于人"；"我善养吾浩然之气"。

王阳明："破山中贼易，破心中贼难"；"夫万事万物之理不外于吾心"。

2. 文人士大夫论心安

"心安"不仅是思想家提出的做人要求，也是文人追求的人生境界。如唐代诗人白居易在诗文中不止一次谈到这一命题：

> 身心安处为吾土，岂限长安与洛阳。（《吾土》）
>
> 我生本无乡，心安是归处。（《初出城留别》）
>
> 心泰身宁是归处，故乡何独在长安。（《重题》）
>
> 无论海角与天涯，大抵心安即是家。（《种桃杏》）

白居易的诗传达出文人士大夫阶层的普遍心声，因而得到了广泛的共鸣和流传。据记载，宋代王巩（字定国）的侍儿柔奴随王贬居岭南，北归后苏东坡问她："广南风土，应是不好？"柔奴随口答曰："此心安处，便是吾乡。"苏甚为感动，特作《定风波》词赠她，其下阕云："万里归来颜愈少，微笑，笑时犹带岭梅香。试问岭南应不好，却道：'此心安处是吾乡。'"在中国文化、文学史上，"心安是家"的命题由此而来。

3. 普通老百姓论心安

曾子、孟子是著名的古代思想家，白居易和苏东坡是著名的文化名人，他们的人生态度和思想观念对中国人的精神生活影响既深且远，直至普通老百姓。老百姓中广为流传的"为人不做亏心事，不怕半夜鬼敲门""人在做，天在看""抬头三尺有神明""问心无愧""心安是福"之类的口头禅就是明证。

4. 心安是中国人的灵魂归宿和精神家园

由此可见，心安，不但是圣哲贤人及文人士大夫的追求，也是普通老百姓的追求。换句话说，心安不仅是圣哲贤人及文人士大夫的精神家园，也是普通老百姓的精神家园。老百姓可能不像读书人那样清醒明白，有自觉意识，但社会文化的耳濡目染，潜移默化，在每个人的心灵深处形成一种文化共识。这就是处世要有良知，做人要有良心，做事要凭良心，而不能没良心、坏良心。良知、良心已经成为中国人公认的精神信仰和道德底线。换句话说，良知、良心，是中国人为人处世坚守的价值标准，是中国人的灵魂归宿和精神家园，是心安与不安的标尺和准绳。

二、心安于理得

在中国，差不多人人都会用一个成语——心安理得，可见中国人是多么重视对心安的追求，也明白心安的来源——理得。“理”是心安的理由、源泉、根据、支撑，得理、占理、有理，心就安，否则心就不安。心安是结果，得理是原因。简言之，心安于理得。

由此说来，“理”就是心的家园，心的故乡，心的依托，心的支撑，那么“理”的内涵又是什么呢？

这里不想旁征博引，只想从古今中外人们都熟知的人中，看一看支撑他们“心安”的“理”包含哪些内容。

1. 对于群体而言，“理”的内涵是丰富的，多元的

（1）信仰

信仰是人的精神结构中至高至纯的东西，由于它的至高至纯因而可以产生巨大的精神能量，可以像天上北斗一样为人指引前行的方向，可以成为人的灵魂归宿和精神家园。

信仰又有不同类型。从社会文化角度看，首先是政治和社会方面的信仰，即坚定明确的政治理想、强烈的社会责任感和历史使命感。人类历史上历次伟大的社会变动，都是由无数仁人志士推动的，有的甚至为此献出了宝贵的生命。如中国近代以来那么多的革命先烈为了中华民族摆脱屈辱历史，走上独立、富强之路，不惜抛头颅洒热血，前赴后继，就因为他们心中有崇高的政治信仰。如谭嗣同，戊戌政变失败后形势险恶，友人劝他暂避日本躲难，但他考虑后坚定地拒绝了。他表示，“各国变法，无不从流血而成，今日中国未闻有因变法而流血者，此国之所以不昌也。有之，请自嗣同始！”最后英勇捐躯。也就是说，死，是他主动选择的；国家和民族利益至上，国家和民族才是他的精神家园，为此死了，心安；相反，如果逃避了，命保住了，但心不安了。对于精神强大的人，心安高于身安。

这样的例子不胜枚举，再说一个古希腊先哲苏格拉底的故事吧！苏格拉底被当时的雅典政府冤判死刑，关进监狱等待执行。这期间，有朋友提出愿意帮他逃出去，可是他坚决拒绝了。苏格拉底一本正经地说：“雅典政府以‘妖言惑众’判我死刑，固然不合理，但是我如果逃狱而破坏了雅典的法制，那就等于以其人之‘恶’还治其人，使我自己也错了。你要知道，两恶不能成一善。当我对一个制度不满的时候，我有两条路：或者离开这个国家，或者循合法的途径去改变这种制度；但是我没有权利以反抗的方式去破坏它。让雅典人杀我吧！我愿意做一个受难者而死，不愿做一个叛逆者而生。”说完仰头吞了毒药而死。苏格拉底的表

现让一般人大惑不解。一,自己本来不该判死刑,被判死刑是冤案;二,有机会逃脱这一冤案,逃了合情合理,心理上不应该有任何负担。但是,苏格拉底信仰的是法制,在他心里,法制的权威高于一切,包括自己的性命,即使法判错了也应该执行。这一信仰是他做人行事的精神依据,所以,作为受难者死了,心反而是安宁的,否则,作为叛逆者活下来了,心却不安了。——如此与常情常理相悖,但在苏格拉底那里却很自然,由此可以看出他信仰的坚定。

宗教信仰为宗教徒带来了心安。如中国大众熟知的李叔同,三十九岁名扬天下时毅然出家当了和尚。对于他出家的动机,正如他自己所说,非谋衣食,纯粹为了生死大事。也就是说,他的心,既不在荣华富贵的物质层面,甚至于也不在艺术文化的精神层面,而在于"灵魂的来源,宇宙的根本"的灵魂层面,这就进入了宗教。只有在宗教这里,他的心才能得以安放。

宗教的某些思想和理念,不仅是宗教徒的精神家园,也可以成为非宗教徒的精神家园。如基督教倡导的爱和佛教倡导的"我不下地狱谁下地狱"、破执、慈悲、行善等,对所有人都有借鉴意义。如果嫌宗教境界太高深太玄远,一般人达不到,那么"虽不能至,心向往之",只要你"心向往之",心就有所系,眼就有所望,就不至于迷乱乃至于迷失了。

(2) 人生观、价值观

人生观、价值观是对人生意义、人生价值、人为什么而活着之类终极问题的根本看法,是人立身处世之根本依据,是一个人一切思想、行为的出发点或者说是立足点,当然也就是这个人的灵魂归宿和精神家园。

司马迁作为有地位、有尊严的封建时代文人士大夫,受到非常人所能忍的奇耻大辱,但他咬牙活了下来,为什么?因为他感到自己的人生使命尚未完成。他父亲遗言嘱他写通史,为此他走遍天下采访资料,遍阅古籍构思纲目,他要留下一部前所未有的大著,从而"究天人之际,通古今之变,成一家之言",传之后世。他认为他的生命的价值就是要写出这样的著作,他把这一使命看得高于自己的生命,他愿意为此而生为此而死。因此,崇高的文化使命感成了他的心灵家园。

再如杜甫,人微言轻,一生困顿,但始终忧国忧民,以天下为己任。虽自知个人能量有限,聪明人嘲笑他迂腐,他也知道自己或许是迂腐,但性格如此,心魂如此,所以他终其一生不改其心。

本书第五讲(三、智者派)中提到冯友兰先生八十多岁立志著书,到九十五岁写出七卷本大著作《中国哲学史新编》,于别人学术生命结束时开拓出一片新天地。类似的例子不胜枚举。同样是北大哲学系,张世英先生在改革开放之初也已是六十岁的老人,按说也该退休了。但此时他和冯先生一样,为了找回和补偿已丢失的盛年,仍以"人一能之己十能,人十能之己百能"的精神,投入学术研究。三十年的研究成果是之前三十年的五六倍,至今(2017年九十七岁高龄)还在笔耕。还有众所周知的汉语拼音之父周有光先生、杨绛先生,两位在百岁之后还在写作。

如果说这几位先生距我们太远,那么我们身边这样的人也有很多。如我们河南大学历史文化学教授朱绍侯先生，九十多岁了还在坚持读书写作，每年都在重要学术刊物上发表论文。新闻传播学院资深教授宋应离先生，八十多岁了还每天坚持进图书馆、资料室，浏览学术动态，积累学术资料，自己给自己定任务，写一本又一本的书，他说自己有研究不完的项目，有写不完的书。

(3) 人类创造的各种文化观念

孟子说过："仁，人之安宅也；义，人之正路也。"(《孟子·离娄》)这里，孟子明确提出"仁"是人的心灵家园。其他呢？依此思路，儒家提出的义、礼、智、信、孝等文化观念，都可以视为儒家的精神家园。以此类推，道家、佛家等古今中外历史上各家各派提出过的理论主张、文化观念，都曾经是提出者的精神家园，都曾广泛影响过一代又一代的人，成为历代人心灵生活的理论支撑。如今，时移世易，时过境迁，历史上人类创造的各种文化观念显然不能原封不动地照搬使用了，但其中的精华依然是现代人构筑精神家园不可或缺的宝贵资源。

(4) 道德律令

道德律令即人们在长期的社会生活中经过耳濡目染和道德教化，积淀于心灵结构中的道德意识、道德责任感。这种道德意识因为已经内化为人的心灵结构，所以虽然无形但却强有力地支配和影响着人们的思想行为。道德律令是西哲康德的术语，用中国语言表述即良心。有道德有良心的人如果做了错的或即如是自己觉得不合适的事，不等别人发现、批评、谴责，首先自己心灵上就受不了，就被压得喘不过气来，非等道歉、忏悔、纠正、补偿，才能有所缓解。雨果在《悲惨世界》中说，良心即上帝。事实确实如此，良心就像上帝一样监督着自己的一言一行，像把门将军一样守护着自己的心灵家园。有它镇守，心就安然。

2. 对于个体而言，"理"的内涵也是丰富的，多元的

人生在世，从小到大，从少至老，要经历多少变化啊——外在(时代和社会)的变化和内在(思想性格)的变化；要遇上多少情境——顺境与逆境、坦途和歧途。所以人的心理结构、精神世界也在不断发生变化，不可能一辈子只受一种精神元素支配，而会受多种元素支配，换句话说，人的精神家园构成也是丰富的、多元的。

如白居易、苏东坡，年轻时都意气风发，激昂慷慨，胸怀匡扶天下、报国为民之雄心，在朝堂上直言政事，献计献策，与邪恶势力做不屈不挠的斗争。这时候，支配他们的精神支柱是儒家的信条"达则兼济天下"。及至邪恶势力铺天盖地而来，他们遭受残酷迫害，坐监受侮辱，被贬遭流放，他们意识到天下事的复杂，不是自己想象得那么简单。既然支配不了这个世界，既然无法施展自己的抱负，那就退而求其次，"穷则独善其身"。这时候，佛、道就成了他们安身养心的精神滋养、心灵家园。由此可见，白居易、苏东坡出入于儒、道、佛之间，在出世与入世之间游移。白居易、苏东坡的人生选择来自于他们的精神结构，他们的选择在封建时代具有普遍性和代表性。

美学家朱光潜先生和近代以来的"人间佛教"都提倡一种人生态度：以出世的精神，做入世的事业。这种态度既体现了儒家精神也包含了道家和佛教的基本思想，被许多知识分子奉为处世信条。

当代人的精神资源更多元、更丰富了,凡人类历史上出现过的、对人类进步有过贡献的思想观念,都有可能转化成现代人的精神资源。各家的思想都可能在某一方面有其合理之处,现代人不应拒绝这些合理之处而应该兼收并蓄,取其精华,去其糟粕。换句话说,我们应该“穿行在思想的密林里”,采花酿蜜,构筑自己丰富而适意的精神家园。

3.“理”属心,属灵,具有崇高性和超越性

为什么精神家园属心属灵具有崇高性和超越性?这一问题可以倒过来说。为什么追求心安、寻找精神家园?因为心乱了,精神迷失了,找不到回家的路,因而惶恐不安了。为什么心乱?为什么精神迷失?迷失在哪儿了?乱是因为本来宁静的心灵受到名、利、物、权、钱、性的诱惑,于是忍不住投入到激烈的你抢我夺的竞争中,在这过程中欲火中烧,攀高厌低,患得患失,心无宁日,再不能静了。更有甚者,为名、利、物、权、钱、性而投机钻营乃至于出卖灵魂,干违法乱纪、贪赃纳贿、坑蒙拐骗之类的缺德事了,但还没变成“我是流氓我怕谁”的无赖,于是暗夜静思,灵魂不安了,失魂落魄了,惶惶不可终日了。这时候,心安,灵魂归宿,精神家园的问题就出现了。

由此可见,心安、灵魂归宿、精神家园的对面,是名、利、物、权、钱、性的诱惑,而这些能够诱惑人的东西均属于形而下的功利层面,即“物”和“欲”的层面。物、欲固然也是人的正常需求,但它一定要在心、灵的照耀和规范之下,在一定分寸和范围之中,才是合“理”的。物、欲与心、灵,是人的精神生活的两极,二者形成一个张力场,双方平衡,才是理性、健康的人生。如果二者产生搏斗,甚至前者压倒后者、战胜后者,而后者又始终存在,心就出现迷乱,就会导致荒诞的人生。

由于心、灵处于物、欲的对立面,后者是规范和约束前者的力量,所以具有崇高性、超越性。正因为它的崇高性、超越性,才具有规范和约束的力量。试想,人类最早是没有心、灵之类精神因素的,它为什么出现了?因为人类有这个需要,那就是物、欲没有控制,肆无忌惮,泛滥成灾,这时候人类才明白必须创造出另一种力量来制约它,这才需要创造心、灵之类的精神范畴对之加以规范。所以,心、灵从产生之初就带有崇高性和超越性,崇高性和超越性是它的天然属性。正因为它的这些属性,它才具备灵魂归宿、精神家园的功能,才能安妥人的心灵(“得理心安”)。

三、坚守理,心就安

为什么坚守理,心就安?是因为人是有思想、有理性、有意识的社会动物,人身上既有自然性又有社会性,既有物质需求又有精神需求。换句话说,身在此岸,心在彼岸,既追求物、欲的满足,又要求心、灵的安放。人不能仅仅停留于物、欲的追求和满足上(如果仅仅这样,那就和猪没有区别),而是还要追求心、灵的安宁。

人能不安,是好现象,说明良心未泯,“心”“灵”尚在,还没有变成衣冠禽兽。如果真到了像现在一些人那样无耻不脸红,作恶心不颤的地步,事情就更麻烦了。

坚守“理”，从主动方面说，就是坚守人类创造出来并且业已证明是积极正面的价值观(如仁、爱、善、孝、公平、正义、廉洁、诚信、包容、担当等)，严格按照这些理念指导自己的思想和行为。做到了这些，就进入心安之境。此谓之站得直，立得正，身正不怕影子斜，半夜鬼叫心不惊。

坚守“理”，从被动方面说，就是万一做错了事，意识到后能勇敢承认，真诚忏悔，积极主动改正。常言说，人非圣贤，孰能无过！问题是有了过错要能及时知过而且改过。而最高的境界是能于他人不觉得是“过”中觉察到自己的“过”。如巴金老人，一个文弱的读书人，“文化大革命”中没有造过反没有整过人，也是受害者，他对“文化大革命”的错误能有多大责任？！“文化大革命”中作恶者、有重大责任者一个个都在默不作声装糊涂呢，谁会想到受迫害者巴金的责任？！但，别人想不到他自己会想到，他扪心自问，自己也有责任，于是以五集《随想录》反省自己，真诚忏悔。史铁生，为自己“文化大革命”中内心一瞬间的软弱而内疚不安，直到十几年后公开于文字，做了深刻的反思、忏悔，而后心安。(见小说《文革记愧》)

再如，托尔斯泰笔下的贵族聂赫留朵夫，年轻时一时糊涂让一个女孩儿怀了孕，结果毁了女孩儿的一生。后来，在法庭上聂氏发现女孩儿“堕落”的初始原因竟是自己，这让他极为震惊。事情已经过去了十几年，他不说没人知道，连女孩儿自己也不知道，也就是说他完全可以默不作声装聋作哑。但他的良心不允许。于是他开始向女孩儿真诚忏悔，发誓要娶她为妻来挽回自己的罪过。从此他放下贵族的架子，四处奔走试图为女孩儿的冤案昭雪；事情不成，他把家产送给农民，陪同女孩儿走上了艰苦的西伯利亚流放之路。聂赫留朵夫所做的一切是真诚的，他在忏悔和赎罪中得到了心安。聂氏坚守良心的行为感动了千万读者，让人敬佩。

四、只要寻找，家就在你心中

通过以上分析可以知道，对于现实生活中具体的每个人，所谓精神家园，即让人“心安”的“理”，是一个内涵丰富的精神领地，具有崇高性和超越性，能给世俗名利场中心灵迷乱、精神荒芜的人以心灵归宿和精神支撑。

那么这一精神领地在哪儿呢？很遥远吗？当然不是，它不是一个抽象的空间，也不是某一个狭隘单一的目的地，它不需要你去哪里苦思冥想地寻找，它就在你心里。

怎么讲？当你(泛化为每个人)在名利场中感到无奈，感到烦心，感到疲惫不堪，认为这样的竞争这样的比拼这样的恶斗好没意思，你发现你所拼命追逐的东西其实并不是你真正想要的，因而想要过另一种自己想要的而不是被裹胁被绑架的生活，那时，你的灵魂就开始复活，精神就开始从迷途上回归了。也就是说，当你感到此“非”的时候，就意味着你心里有一个“是”的东西在做参照，而这个东西其实就潜伏在你心里，只是因为世相的浮华迷住了你的眼，遮蔽了你的心，现在，你只需把它呼唤出来，亲近它、珍惜它、坚守它就行了。

生活中有大量默默坚守良心的好人，这些人的作为，我相信你肯定真心赞赏，真心钦佩吧！而社会上目前大量存在的贪污腐败、坑蒙拐骗、作弊造假等世情恶相你肯定也极端反感吧！好了，只要你真心赞赏好人，痛恨坏人，说明你心里还有正确的价值标准和是非观念，而这，其实就是所谓的灵魂归宿和精神家园。借用佛家的话说，你的善根尚在，你只要认真发掘，努力培植，使之发扬光大就是了。所以，家园无须它求，就在你自己心里。只不过是在物欲横流的世界里，你的心灵可能不知不觉被污染了，雾霾移到心里去了，这时候需要你清醒起来，行动起来，拿出摆脱世俗的勇气清除心中的雾霾，让你本来的“善根”发扬光大，重新成为你的主宰，过一种心灵平和、纯净、安宁的人生。

五、心安其实很简单

心安问题，即灵魂归宿、精神家园问题，作为学术研究对象在学者那里可能很复杂，但回归生活、回到普通老百姓这里其实很简单。即只要坚守那些最基本的价值观念和道德标准就可以了；或者说坚持那些最为基本的“理”就可以了。

例如，人生在世，一定要做好人而不做坏人，要做善事而不做恶事，要与人为善而不与人为恶，要诚信而不欺瞒，要认真踏实而不弄虚作假，对社会对家庭对他人要负责任，要敢于担当而不是相反。如果是为官，要廉洁而不是贪腐，要遵纪守法而不是贪赃枉法，要做君子而不是做小人，要尽职而不渎职。这些难道不是人类共同认知的最基本的道德底线吗？

人生，常常被看得很复杂；处世，常常被认为必须有技巧。然而事实并非如此。我们完全可以突破复杂的迷雾，化复杂为简单，坚守上述人类共同认知的道德底线，就可以进入心安之境。老百姓有句俗语，你有千条计，我有老主意。这里我把“老主意”理解为单纯朴实，返璞归真。这是人类智慧的原点或元点，是以不变应万变的处世经典，是永恒的颠扑不破的真理。然而，正是这些简单素朴的真理被现代人视为“陈腐过时”而抛弃了，人们按照自以为聪明的处世“术”生活，结果聪明反被聪明误，最后走上歧途，活得乱七八糟。与“老主意”比，一个叫“大愚若智”，一个叫“大智若愚”，境界高下，不言自明。所以奉劝那些自以为聪明的利己主义者，收起你的花活儿吧，谁也不是傻子，聪明过头就走向了反面。

以单纯朴实、返璞归真、坚守底线的智者包括普通老百姓的活法为标本，为参照，我们说“心安其实很简单”，难道是假的、空的、虚的吗?!

综上所述，做所当做，想所当想，敬畏所当敬畏，为社会为他人尽其所能释放正能量，而不是相反；在明知不该的诱惑面前，头脑要清醒，多想后果，把可能出现的恶果像达摩克利斯之剑一样悬在头顶，心坚决点，不存侥幸之想，杜绝“一念之差”；万一有错了，失足了，赶紧反省，诚心忏悔，坚决改正。这样就能永远立于心安之地，所以我们说——心安其实很简单。

对话人生实录

1. 人为什么会这么复杂呢？

问：最近看了反腐电视剧《人民的名义》，其中的腐败分子一个个身居高位，原本都是很不错的人，要么是缉毒英雄，要么是大学教授，嘴里口口声声都是人民，听起来也不像是假的，结果后来一个个腐化堕落，成为腐败分子。这让人感叹，人啊，怎么这么复杂！我想问的是，人，为什么会这么复杂呢？

答：你的问题看似普通、简单，实际上很难回答。因为这涉及人性，人性是个复杂的哲学问题。我的哲学素养不够，只能根据我的理解说一些粗浅看法，仅供参考，不当之处，还请同学们批评指正。

我的回答先不讨论电视剧中的具体人物，而只从人性的角度，说一些笼统的想法。

我感到，人的复杂，以及由此而来的人生的复杂，生活的复杂，历史的复杂，千复杂万复杂，归根结底源于人性的复杂。人性复杂是一切复杂的总根源。

人性，原本是善还是恶，或不善亦不恶，或亦善亦恶，我在这里也不讨论，这是一个理论陷阱，跳进去就出不来。这里我只想说一个最一般的，可以说是大家公认的一个共识，即，人性中既有兽性又有神性。通俗的表达是，人，一半是天使，一半是魔鬼。

人性中的兽性从何而来呢？不用说，来自生物进化，来自遗传。达尔文的生物进化史告诉我们，人是从动物进化过来的，人原本就是动物的一个支系。正因为如此，所以恩格斯在《反杜林论》中说："人来源于动物界这一事实已经决定人永远不能完全摆脱兽性，所以问题永远只能在于摆脱得多些或少些，在于兽性或人性的程度上的差异。"

人性中的神性从何而来呢？来自人的社会需求，社会进化。众所周知，人类的前身是类人猿，然后进化为类猿人，此时的生存法则仍是动物界的丛林法则，即弱肉强食。人，作为个体的生存技能极为有限，为了生存必须结成群体。群体生活必然产生矛盾，有矛盾就必须进行协调，于是人类就发明创造了一系列社会契约、社会规范，发明创造了各种各样的思想、意识、观念，用于调整人际关系，制约人的行为，使社会由无序变为有序。规矩、规范、思想、意识、观念内化为人的精神结构，就是"神性"。换句话说，人类的群体生活必须有"神性"来约束"兽性"，是社会的需要才出现了"神性"。

由此可见，兽性是先天的，原始的，遗传的，与生俱来的，而神性则是后天的，由教育的灌输而来的。神性表现于个人身上即理性、理智、道德、修养等。

完整的人性既不是单纯的这一面，也不是单纯的另一面，而是既有这一面又有另一面，是你中有我我中有你，即两种元素的浑融统一。正如 17 世纪法国思想家帕斯卡尔所说，人是一个灵魂与肉体的不可思议的结合体。帕斯卡尔对人进行执着思考后在《思想录》中说："人对于自己，就是自然界中最奇妙的对象；因为他不能思议什么是肉体，更不能思议什么是精神，而最为不能思议的则莫过于一个肉体居然能和一个精神结合在一起。这就是他那困难的极峰，然而这正是他自身的生存。"

生活中我们常常说人很复杂，社会很复杂，生活很复杂，如今连中学生都会说这样的话。那么人、社会、生活为什么复杂？复杂的根源是什么？现在可以笼统作答，人、社会、生活，千复杂万复杂，总根源就在人性的秘密上。人，既有这一面，又有另一面——此时是一面，彼时是另一面；在这一问题上是一面，在另一问题上是另一面；白天是一面，晚上是另一面；大庭广众下是一面，私下里是另一面；没有遇到诱惑时是一面，遇到诱惑时是另一面……如此等等，变幻莫测，犹如川剧中的变脸，于是让人生出"复杂"的感叹。事实上，化复杂为简单就可以看出，复杂的是表象，简单的是本质——所有复杂背后都是人性，都与人性的构成有关，都是人性的显现。

回到你看的电视剧《人民的名义》，身居高位的那些腐败分子，原本都是好人，可是后来一个个变坏了，原因多多。首先是自身的"三观"(世界观、人生观、价值观)扭曲了，忘了入党的初心，经不住金钱美女的诱惑，因而变坏了。这自不待言。其次的原因是客观环境，即他们手中的权力太大了，而且没人敢监督，权力不受约束，这就为腐败分子放纵兽性提供了条件。正如流行甚广的一句名言所说：绝对的权力绝对导致腐败。这也可以从人性的构成得到解释。这些人身上的兽性平时被社会规范(法律法规伦理道德)所约束，因而处于被压抑的状态，没有释放的机会，但是一旦失去约束或约束无力，他们当然要释放被压抑的兽性。

由电视剧可以看出从严治党、法制建设的重要性和必要性。为什么必要？因为人性中有最原始最顽固的兽性，而且恩格斯说，这种兽性永远不能完全摆脱，所以必须从严治党，必须永远用设计严密、科学的法律法规制度来加以约束。"十八大"至今，党和政府大力反腐的努力已经显现出明显效果，可以想象，以后我们的国家和社会会更美好。

2. 在我们触不到的地方是否有一股神秘力量在支配着现实的一切？

问：在我们触不到的地方是否有一股神秘力量在支配着现实的一切？

答：这是一个有意思的问题，我对这类问题感兴趣。我赞赏这位同学对生活的敏感。但我想稍稍纠正你的一点是，不仅"在我们触不到的地方"，而且就在我们身边，我们身上，随时随地，万事万物上都可以看到"有一股神秘力量"。这股力量之所以"神秘"，不是因为有一个高居天堂主宰人间吉凶祸福的人格神在故弄玄虚吓唬你，而是客观的、不以人的意志为转移的超人力量。这种力量独立自在，神秘莫测，不受人的掌控。你看不见摸不着，你不知道它由哪些因素构成，不知道这些因素如何相互作用，不知其变化万千，所以我们感到"神秘"。

因为其神秘，所以我们也常把这种力量叫作“上帝”“造物主”“造化”“神”“道”“老天爷”“无限”“绝对”，哲学语言又叫“存在”。这里的上帝、造化主云云，不是西方教堂里供着的那位可以随时“击杀”异教徒的上帝，而是借用，所以应该加引号。现在日常生活中人们口头禅中的上帝即此位上帝——超人力量的代名词。因为加引号很麻烦，所以不加说明直接就说上帝。

超人力量意义上的上帝，首先即宇宙本身，隐身于宇宙之中。20 世纪最伟大的科学家爱因斯坦通过自己的研究发现了这位上帝。他说：“我相信斯宾诺莎的那个在存在事物的有秩序的和谐中显示出来的上帝，而不信仰那个同人类的命运和行为有牵累的上帝。”在爱因斯坦心目中，超人力量意义上的上帝即世界秩序本身，大自然规律本身。他还说：“在我们之外有一个巨大的世界，它离开我们人类而独立存在，它在我们面前就像一个伟大而永恒的谜。……从思想上掌握这个在个人以外的世界，总是作为一个最高目标而有意无意地浮现在我的心目中。”这段话说明，爱因斯坦一生科学研究的目的就是要发现、揭示宇宙秩序本身之美，之神秘。

爱因斯坦通过科学研究发现的宇宙秩序，我们中国人在两千多年前就通过直觉发现了。如《易传》中说：“神也者，妙万物而为言者也！”(所谓神，是就万物存在的不可言传之妙而言的)这句话什么意思？意思是，神即万物之别名，神即万物，万物皆神。《易传》中还说：“阴阳不测之谓神。”——宇宙万物变化万千，神秘莫测，这就是神。在这里，哪有人格神的位置啊！

宇宙(世界)秩序本身，独立自在，永远在按自己的规律自然运行。这一点，老子感受到了。他说：“人法地，地法天，天法道，道法自然。”孔老夫子也感受到了，他感慨地说：“天何言哉?! 四时行焉，百物生焉，天何言哉?!”

神秘的超人力量，不仅体现于宇宙规律、自然秩序上，而且体现于我们日常生活中，体现在日常生活的方方面面。当然，日常生活、日常生活的方方面面并不脱离于宇宙规律之外，而是宇宙规律无所不在的渗透。打个比方说，日常生活、日常生活的方方面面乃至于一株树、一朵花、一棵草，都是宇宙本身的细胞，在每一细胞里，都蕴含着宇宙规律的基因(DNA)。换句话说，在万事万物中都蕴藏着世界的秘密，都体现着宇宙的规律。因此，“一花一世界，一沙一菩提”，是绝对有道理的，是对万物一体的绝妙表述。

如果你觉得有点抽象，那么我举一些琐碎的例子，我们一同体会。

2008 年 5 月 12 日下午四川汶川发生大地震，2017 年 8 月 8 日 21 时 19 分 46 秒四川省九寨沟县发生 7.0 级地震。对于地震的发生，你能做得最多是提前预测，但你能阻止吗？你知道导致它发生的万千因素吗？

春夏秋冬四季流转，阴晴雨雪交替变幻，谁在主宰，超人力量！一个人，一天天长大，一天天变老，来了，又走了，你不想走，你还没有活够，但这由得了你吗？你正年轻，正在寻找你的另一半，理论上说，世界上可作你另一半的人有多少亿，但那个人是谁，他或她现在在哪儿，他或她什么时候以什么方式来到你面前，你怎么知道？那还不是需要“上帝的安排”？其中有多少偶然，谁能预测？今天你我在这个教室里相见，难道是多少年前人格神定好的吗？

你不会信吧！你我相见，其实是一次绝对的偶然，你我背后各自有千千万万无以计数的链条环环相扣导致我们相见，而这些链条随便哪一个中断我们就无法相见。所以我们的相见绝对偶然绝对惊险，能使我们相见的力量不是别的，正是超人力量。还有，你身上穿的衣服，假定是棉布做的，但你不知道是哪个、哪里的农民种的棉花一路走来一直走到你身上，把棉花从土地里送到你身上的只能是超人力量，是上帝。诸如此类，数不胜数，只要你稍加细想，超人力量无处不在，正如庄子所说，道在屎溺之中。

我们讨论神秘力量——超人力量——上帝、神……干吗呢？有什么意义呢？有啊！首先是让我们对它保持一种敬畏，而不至于不知天高地厚，性情浮躁，肆意妄为。天底下万事万物都是宇宙的一分子，每一细胞，都渗透着宇宙规律（“道”），每个人立身处世，所作所为，符合规律，则一切安好，否则必受惩罚，毫厘不爽。

其次，理解了万物一体之理，就会明白我们所看到的任何事物、任何现象，都只是有限的“出场”，而在其背后，牵系着无限的“未出场”。如，一个小孩子出生了，背后牵系的是他的父母、爷爷奶奶、姥爷姥姥，一直推下去，就是一个巨大的人际网络，直至牵系到整个世界，牵系到生物进化。有这样的世界观做理论背景，你看任何问题都不再简单片面，而会联系到其背后无限复杂的前世现世因缘。

再次，心中有一个上帝在，就看到了万事万物存在之奥妙，仰望星空，沉思默想，就会让我们的精神生活富有深度，就能找到灵魂归宿、精神家园。正如爱因斯坦所说：“对这个世界的凝视深思，就像得到解放一样吸引着我们，而且我不久就注意到，许多我所尊敬和钦佩的人，在专心从事的这项事业中，找到了内心的自由和安宁。”

最后，我还想告诉各位一个小意思，就我们今天所讨论的神秘力量——超人力量——上帝、神……是世界上所有学科，包括自然科学和社会科学、人文学科，最后的交集之地。在浅层面上，物理是物理，文学是文学……它们互不相连，井水不犯河水，铁路巡警各管一段；但是，在深层，最深层，各种学科大会合，九九归一，百川归海，都拜倒在宇宙规律、世界秩序、“上帝”“神”的门下，全体不约而同地惊叹它的神秘！它的深！它的美！卑微如我一直在想，人这一生，如果始终看不见今天讨论的“上帝”和“神”的真面目，感悟不到它的存在，体会不到它的深和美，真是有点遗憾，说枉活一世，大约也过分不到哪儿去。

3. 您怎样看待深山隐居这件事？

问：经常从网上看到报道，说某某人或某某夫妻二人离开大城市，离开收入不菲的职业，隐居深山多少年，而且还附有他们生活的场景照片，房子啊，菜地啊，猪羊鸡呀，看得人心痒痒的好羡慕。我也想隐居，可就是下不了这个决心。我想听听您的看法。

答：我也在网上看到过这样的报道，见过这样的照片，但我半信半疑，这难道是真的吗？我没有做过调查，不敢肯定也不敢否定，姑且认为是真的吧。

我不了解究竟什么原因促使他们下决心隐居，所以没办法就他们的行为做出评论。现在我离开他们，就这种现象做一般推测，或者说根据想当然的想象，说一些我的看法。

首先，我钦佩他们的勇气。想这样做的人多了，但真正去做的却少之又少，我不得不钦佩他们的勇气。其次，如果是我，我不去，不效仿他们。作为老师，我也不怂恿不鼓励不支持你去。当然，你一定非去不可，那我也不反对——毕竟你有你的自由。

为什么我不去呢？因为我走不了啊！身上有多重责任牵着我。就家庭来说，上有父母，中有老婆，下有孩子；就公职来说，作为老师，我有我的教学工作，放不下我的学生，我还想做好多事。我一走了之，自己倒是清净了，可是父母老了，丧失生活能力了，谁来赡养？孩子谁来抚养？都推给别人，于心何忍？基于此，我不去隐居，我劝你也别去，就是这个意思。

就一般情理推测，年纪轻轻离开城市隐居了，多数是厌倦了世俗的纷扰。如，看不惯对功名利禄的追逐，勾心斗角的竞争，虚名浮利的攀比，对此忍无可忍，所以下决心斩断尘缘，不入寺庙（寺庙里说不定也有这一套）而入了深山。这显然是心灵高洁的表现，值得赞赏。但过于高洁是不是就是洁癖呢？请问，凡有人的地方，哪里没有追逐、竞争、攀比这一套呢？区别或许在于，有的地方严重一些，有的地方淡薄一些，但总也不会太纯净。因为太纯净不符合实际，不符合辩证法。人世间，历来都是有黑有白，有高洁有龌龊，就像太极图中的阴阳鱼。真正成熟的人是头顶蓝天，脚踏大地，肩负重担，毅然前行，身处俗世而不被俗世击败，"出淤泥而不染"，而不是逃避俗世图清净。那样或许心灵脆弱了点。

不过，不管怎么说，隐居行为中追求心灵安宁这一点是值得肯定的。但追求安宁清净也不一定非去深山不可呀！古人还有"大隐隐于朝，中隐隐于市，小隐隐于野"的说法呢！我欣赏一句古话叫"闭门便是深山，读书随处净土"。是呀，你想清净吗，闭门便是，这个门是心灵之门。只要你心灵上不羡慕不追逐不攀比虚名浮利那一套，清醒自觉地与之保持心理距离，保持心灵的独立，不为世俗所绑架所裹胁，这就是相当于进了"深山"或是入了寺庙了。心自净是关键，否则，即使逃到深山，进了寺庙，还是会免不了心乱。传言佛门的污浊现象多着呢！真正的高人，在市、朝中照样可以隐，有道是真人不露相，露相非真人。

我曾想把"闭门"两句找人写成条幅悬挂于书房，后来想，何必要写出来挂出来呢！这是"心"的功夫，只要时刻守着这颗心就够了，只要自己心里知道就行了，挂出来就有点向人显摆，有点作秀。于是作罢。

好了，就说这些，供你参考！

4."明知"是罪错，人们为什么还会"故犯"？

问：最近看完反腐电视连续剧《人民的名义》，热血沸腾，感慨多多。最让我不解的是里面的腐败分子，公安厅长祁同伟出身农家，政法大学毕业，曾经的缉毒英雄；省委副书记兼政法委书记高育良，原本是政法大学教授，从政后又管政法，没有人比他们更清楚党纪国法是什么，但偏偏又是他们公然腐败犯法。我想问的是，明明知道是罪错，为什么还会明知故犯？

答：是啊！这两个人学法、管法、犯法，要说明知故犯，没有比这两人更典型、更有代表性了，他们是“明知故犯”的经典案例、精彩注脚。以后课堂上给学生们讲“明知故犯”，讲讲这两个人的故事就够了。

这里我想补充一点的是，明知故犯，不仅仅是祁同伟、高育良两个人，而是人类普遍存在的一个毛病，不妨把它说成是一个普遍的人性弱点。当然，人们所“犯”的过错不一样，性质不一样，但“故犯”的倾向、事实却一样。

想过没有，“明知故犯”四个字揭示了人类内心的秘密，即暗含着人类心灵结构的两种基本因素、基本力量。一是理智、理性，一是原欲、本能。两种力量相互矛盾、相互冲突、相互博弈，结果是理智、理性战胜不了原欲、本能。用俗语说即“眼里看得破，肚里忍不过”。

明白了人类心灵的秘密，也就明白了明知故犯的原因。从主观上说，一是原欲、本能力量强，理智、理性力量弱；二是存有侥幸心理，心想也许不会得到惩罚。从客观原因说，监管力度太小，或者形同虚设，有等于无。由于种种原因，我们的制度设计中存在问题，让某些官员权力太大，又没人管，没人敢管。这种情况下，就可以肆无忌惮，为所欲为。他们会想，既然无人管，那么即使是罪错也无所谓，不犯白不犯，犯了也白犯，白犯谁不犯。

明白了明知故犯的原因，也就知道了扼制、杜绝明知故犯的措施。一是所有人当然也包括官员要提高文明道德修养，无论在什么情况下都要坚守做人的底线，从思想上做到“不想犯”。二是制定科学严谨的制度，从制度层面防止明知故犯，让他们想犯也没法犯，争取做到让人“不能犯”。三是严格坚持依法治国，法律面前人人平等，有法必依，有罪必惩，让谁也不敢存侥幸之心，做到让人“不敢犯”。主观、客观，个人、社会，两方面加强努力，明知故犯的情况就会大大减少。十八大至今中央已经从多方面采取措施，电视剧《人民的名义》就是努力之一，如今官员明知故犯的情况已经大为改观。

最后，我还想说几句也许同学们不愿听的话。这就是，现在我们义愤填膺地痛骂、痛斥贪官，表现出我们的道德义愤，这很好，这是正气压倒邪气的舆论基础。但是，骂后我们要冷静想一想，那些贪官哪个没有上过大学？哪个不是大学毕业？不但曾经是大学生，而且还是优秀大学生，否则他们怎么能一步步走上高位？当他们没有面对金钱、美色、权力诱惑的时候，一个个都很优秀，一旦面临诱惑，如果意志不坚定，就可能明知故犯走向反面。可见，未经诱惑考验的道德优越感是靠不住的。这也提醒同学们，加强道德修养，提高自律意识，不仅是他人的事，也是我们自己的事。我们已经见到一些刚刚掌点小权就犯错误的年轻人，实在令人遗憾，让人感到可惜。

第二十讲 讨论人生的两种基本视角

前面结合文学作品，以人人共同面对的现实人生问题为线索，分若干专题进行了讨论。现在回过头来做一个反思，发现我们讨论问题的基本视角是两个：终极视角与社会视角。社会视角好理解，那么什么是终极视角呢？

一、什么是终极视角

终极，就是最终、最后、最远、最基本、最原始。如果嫌它不好理解，也可以置换成其他词汇表示，如宇宙，世界，“天”（天人合一之“天”），天地，造化，造物主，“上帝”，超人力量，神，存在，道，等等。

这里的宇宙、世界，不是天文学、物理学、地理学意义上的，而是哲学本体意义上的，指的是天地神人综合体，是客观存在本身。

如果嫌这些名词不好理解，那么我举例子来解释。

在“生命为什么是宝贵的”一讲里，我们讨论过张三的出生，从现实角度看没什么可说的——张三出生了，他父母就有儿子了，爷爷奶奶就有孙子了。但是，如果换个角度看就不一样。换个角度看，张三的出生就是天地间的一个奇迹，张三是天地间的唯一。张三出生是“出场”，而导致张三出生的“未出场”的原因则是无限复杂、无法言说的“无底深渊”，是看不见的“上帝”“造物主”“造化”“神”“道”……而这个东西就是宇宙（世界）本体，就是终极。

请各位再回想一下，在前面不止一讲里我讲过今天我和你在这个特定的时空点相见，我讲课你听课，这件事是怎么促成的。这件事，从现实角度说平淡无奇，没什么可说的，但换个角度看就非常神秘，令人感叹。换句话说，促使我们走到一起的那个力量，神秘无比，无以言说，我们就把它说成宇宙，世界，天地，造化，造物主，“上帝”，超人力量，神，存在，道，等等，也就是我们所说的“终极”。

这种意义上的终极，中国古人是早有认识的。《易经》中说，什么是神？“神也者，妙万物而为言者也”——所谓神，指的是万物之妙，是万物之妙的代名词。还有，“阴阳不测谓之神”——神指的是变幻莫测的世界本身。老子说：“人法地，地法天，天法道，道法自然。”老子还说过，世界万物源于道，道为天下之母，“道生一，一生二，二生三，三生万物”。孔子说：“天何言哉？四时行焉，百物生焉，天何言哉？”这里的神、自然、道、天等，不是西方基督教里的人格神上帝，而是指客观世界本身、宇宙规律本身。

类似的例子俯拾即是啊！如你身上穿的衣服是棉布做的，那么是哪个农民种的呢？棉花怎么从农民地里走到你身上？今天晚上为什么不多不少恰恰是这些人在这里而不是另一些人；你身边坐着的为什么是张三而不是李四；你怎么和这几个姐妹或兄弟在一个宿舍、在一个班而不是另一些人；你怎么恰恰是这家的孩子而不是另一家的孩子？将来你和谁组成一个家庭？你怎样一路走来和他相遇？火车或汽车上那么多人，他们怎么在此时此刻坐到了一辆车上？这一切的一切，都很神秘，这里没有一个人格神在主宰，一切都是自然发生的。这种自然而然的力量就是造化，造物主，上帝，神，终极，宇宙本身的力量。

所谓终极视角，就是从造化，造物主，上帝，神，道，世界，宇宙本身的角度看问题。

对于终极视角，中国古人是懂得的，是观察讨论问题的常用视角。如，古人论说问题，常常一开口就是“人生天地间”，视野何其高远，胸襟何其阔大，格调何其大气。但是现代人反而把终极视角忘记了,因为现代社会生活的森林太茂密、稠密、严密了,纷繁复杂的现象遮天蔽日,郁郁葱葱,你抬头看不见“天”,低头也看不见“地”了——地面被水泥沥青硬化了。你被说不完道不尽的现实事务所纠缠,被铺天盖地的信息所窒息,被炫目耀眼的灯光所吸引,你压根儿忘了头上还有一个神秘玄远的天,忘了天上还有永远在闪烁的星星。现代人科技知识丰富了,但精神视野狭窄了;头脑复杂了,却也空虚了;这边看聪明了,那边看愚昧了。

二、为什么要用终极视角看人生

简单说,这是由人的生存处境、生存背景决定的。我们看问题的角度,与我们的生存处境、背景分不开,我们的生存处境、背景是我们看问题的出发点和立足点。

那么我们的生存处境或背景是什么呢?简单说,有两个层面:一是深远无限的宇宙,二是浑茫纷繁的社会;一个是天地,一个是人间。

1. 人在宇宙——终极视角

人在何处?首先在茫茫无垠的宇宙空间里。在茫茫无垠的宇宙空间里,有无数天体组成的银河系和河外星系,在银河系里有一个太阳系,在太阳系里有一个小小的天体叫地球。地球诞生于45亿~60亿年前,诞生之初是一团灼热的大火球,没有任何生命。后来在某种至今也说不清楚的条件下无机物转化为有机物,于是产生了生命(单细胞)。有了这个生命,就开始了长长的生命进化序列,于是有了腔肠动物,脊椎动物,灵长类动物,有了猴子,有了人。自有人类以来,一年又一年,一代又一代,有了不可计数(按道理其实也有数,只是没有人知道,只有造物主知道)的人。在这不可计数的人中,可以确切地知道,有一个人是你、我、他。总之,人类只是宇宙空间中一个小小星球上的一个物种,而个人只是这物种中的一员。与无限广阔无限深远无限神秘的宇宙相比,人类是多么渺小,而人类中的某个人更是多么的微不足道,以至于可以忽略不计,几近于虚无。——这,就是人类生存的真相;宇宙,是人类生存的大背景。

宇宙是人类生存的大背景,换句话说,地球、人类、个人,都是宇宙自身的一分子,是大自然自身的一个细胞,宇宙、天地、造化、造物主自身的运行规律,也就是人、人生的运行规律,天地之间没有什么事物能逃出这一规律。这也就是庄子所说的“道”无处不在,甚至就在屎溺之中。

既然人在宇宙中,宇宙运行的规律即人、人生,即天地间一切事物的运行规律,那么观察人生、讨论人生,就必须运用宇宙视角,即终极视角。这就是所谓的“天人合一”。背离或无视这一视角,就是忘本,就会无根,就必然眼光短浅,仅仅停留于事物的表面而看不到根本。

2. 人在社会——现实视角

把眼光从遥远神秘的宇宙天国收回来再来观察“人在何处”,我们当然立即得出另一种结论:人在眼前的现实社会中。对于个人来说,社会是一张层层叠叠交织而成的网络。就纵向(时间维度)来看,这张网上积淀着历史、传统和文化;就横向(空间维度)来看,这张网上密布着各种各样的人际关系。这些关系包括阶级关系、民族关系、党派关系、社会关系、集体关系、政治关系、经济关系、上下级关系、同事关系、同学关系、师生关系、亲属之中的夫妻关系、父母子女关系、兄弟姐妹关系……这种关系详列下去几乎可以说是说不完道不尽的,而人就生存于这诸多关系之网中,关系组成了人生存的环境或背景。从某种意义上说,人其实和蜘蛛一样,也是在网上寄生与活动。马克思看到了人的生存的这一本质,曾精辟地概括说:人的本质并不是单个人所固有的抽象物,在其现实性上它是一切社会关系的总和。

既然人是社会的一员,而这一员又是社会关系的总和,是社会网络上的一个结,那么,任何人的思想、行为就自然而然地要受社会关系的制约,这样,“社会”就成了个人思想、行为的某种依据、出发点和归宿,“社会”就成了衡量个人思想、行为的某种价值标准。

人既在“宇宙”中又在“社会”中,这就是人的处境和背景的两重性。人的生存处境的双重性决定了看问题视角的两重性——即终极视角和社会视角。终极视角也可以叫宇宙视角、造化、造物主、上帝、神……的视角;社会视角又可以叫作现实视角、世俗视角、日常视角。

因为社会视角是我们日常最熟悉,以至于熟悉到没有意识没有感觉的程度,因此不用特意强调;但终极视角却应该特意强调一下,因为人们虽然身在宇宙,是宇宙间一个微小的存在,随时受着大自然规律的支配,但却往往意识不到,意识不到我们头上的星空和每时每刻呼吸的空气,所以我们要特意强调一下我们所处的宇宙背景,强调一下终极视角的意义。

三、怎样用终极和社会两种视角看人生

终极视角和社会视角是什么关系呢?应该是互补的关系。观察、思考同一事物、同一问题,既可以用终极视角,也可以用社会视角。我们知道,对任何事物的研究结论都受特定视角的制约,特定的视角导致特定的认识,对人生的讨论当然也是如此。一般来说,现实社会生活中每个人在观察社会和人生时,习惯性地使用的总是社会视角、现实视角、世俗视角、日常视角,因而就形成了我们惯常所有的一系列传统的思想和观念。但如果转换一下视角,例如用终极视角去观察(或者两种视角对比观察),同样的问题就可以发展出另一套全新的思想和观念。为了更好地理解两种视角的关系,我们举一系列例子加以讨论。

例一,怎样看待坏蛋?

从社会的法律和道德角度看,好人和坏蛋、君子和罪犯,哪个该赞美哪个该诅咒泾渭分明,毫不含糊。社会生活就建立在这些稳定的价值观念之上。但从终极视角来看事情则不一样。真善美与假恶丑是相对立而存在的,没有了后者还有前者吗?没有了反面角色,还有人类戏剧的存在吗?没有千万歧途怎么会有人间正道呢?世上本来有很多条路,哪些是正

路却不知道。人类正是靠着有人走入歧途才找出了正路，如果看到有人堕入了深渊，便证明这是一条不能再走的路。这就是说，人类正是借助假恶丑这样的反面教员，才逐渐认识、发现了真善美，确认了真善美的价值。这样看来，证明歧途与寻找正道即使不可等同，至少是一样重要的了。在人间舞台上，凡人伟人罪人共同为我们走出了一条崎岖但却是通向光明的路，共同为我们提供了一个对称而分明的价值坐标，共同为人类戏剧贡献了魅力。

基于以上原因，史铁生建议说，在俗界的法场上把那些罪恶的坏蛋处决的同时，也应当设一个神坛为他们举行祭祀；当正义的胜利给我们带来光荣和喜悦时，我们有必要以全人类的名义，对那些最不幸的罪人表示真心的同情，给那些以死为我们标明了歧途的人以痛心的纪念。史铁生不止一次说，希特勒作为战犯理当绞死，但作为一个人也是不幸的，因为他的灵魂踏上了迷途。终极眼光让史铁生同时也让我们每个读者对人类怀有博大的爱心和深重的悲悯。

例二，怎样看待不幸和苦难？

现实生活中的每个人一生中都可能遭遇到各种各样的不幸和苦难。从世俗层面看，谁都不愿遇到，对不幸和苦难避之唯恐不及，假如遇到了就会烦恼和痛苦，所以生活中不知有多少人在苦难面前唉声叹气，乃至沉沦颓废，一蹶不振。

但终极眼光可以让人理解苦难，坦然接受苦难，产生一种超迈豁达的心态。史铁生解释说，世上的很多事是不堪说的，你可以抱怨上帝何以要降诸多苦难给人间，你也可以为消灭种种苦难而奋斗，并为此享有崇高与骄傲，但只要你再多想一步就会坠入深深的迷茫：假如世界上没有了苦难，世界还能够存在吗？要是没有愚钝，机智还有什么光荣呢？要是没了丑陋，漂亮又怎么维系自己的命运？……总之，世界上任何事物都是由对立因素构成的，消灭一极（事实上也永远消灭不了）另一极也就不存在了。“看来差别永远是要有的。看来只好接受苦难——人类的全部剧目需要它，存在的本身需要它。”

这就是说，从世俗的个体生存角度讲，苦难的降临不可思议，难以接受；但从宇宙本然存在的角度讲，世界本来就是由幸运和苦难组成的，苦难的存在和幸运的存在一样具有本原性，即“存在”本来如此。既然如此，“上帝”选定谁来承担苦难，谁就别无选择，只有接受它。而“上帝”选谁全凭偶然，没什么道理可讲。正如老子所说的“天地不仁，以万物为刍狗”。终极视角让我们对个人的苦难有了一个超然的、理性的看法，有了一种超越个人情感的理解和宽容，因而心态变得豁达和平静，行为显得淡定和从容。

例三，怎样看待死亡？

关于死亡，从日常、世俗角度看，是一种绝对的恐怖，人人避之唯恐不及。但从终极视角看，死亡的恐怖就会有所淡化。因为人是天地万物中之一物，万物生生不息，有生就有灭，只有生没有灭不成世界。若干年前我们从虚无中来，若干年后我们回到虚无中去，这是自然的轮回，就像春夏秋冬四季轮回一样，无所谓喜也无所谓悲，你既然是宇宙中的一分子一细胞，当然要服从宇宙自身生生不息运行的规律。想到这一层，理性中自然就会生起顺其自然的态度，死亡的威胁自然就化解至少是淡化了。

庄子的妻子死了，惠子去吊丧，看到庄子正蹲坐着，敲着盆子唱歌。惠子说："和妻子相住一起，为你生儿育女，现在老而身死，不哭也够了，还要敲着盆子唱歌，这岂不太过分了吗？"庄子解释说："不是这样啊！当她刚死的时候，我怎能不哀伤呢？可是观察她起初本来是没有生命的，不仅没有生命而且还没有形体，不仅没有形体而且还没有气息。在若有若无之间，变而成气，气变而成形，形变而成生命，现在又变而为死，这样生来死往的变化就好像春夏秋冬四季的运行一样。人家静静地安息在天地之间，而我还在啼啼哭哭，我以为这样是不通达生命的道理，所以才不哭。"

这是庄子著作中最为大众所熟知的"故事"。它生动地揭示了庄子看问题的视角——道，或者说宇宙，大自然。"以道观之"，生死不过是个变化的过程，就像天气有春夏秋冬一样，对于这种变化——当然也包括死亡，我们应该站在宇宙的、自然的、终极的视角去理解，去接受，所以应该高高兴兴，而不应该悲凄哀伤。从世俗角度看，庄子没心没肺，不近人情；从终极视角看，庄子大智大慧，超越常人。

庄子的死亡观是终极视角的典型范例，绝对是人类高智商所绽放的花朵，鲜艳夺目，开人心窍，对后世影响深远。随便翻阅中国古代诗词(且不说其他文体)，到处可以听到庄子的声音。庄子的死亡观甚至影响到了毛泽东。毛泽东也认为人的生老病死乃自然规律，人的生生死死符合辩证法的新陈代谢，所以他要求护士长等他死后要上台讲话庆祝辩证法的胜利。

通过以上诸例可以看出，终极视角的运用，根本意义在于打破了人们的常规思路，解放了被其他特定视点所拘禁的传统思想，获得了一种勘破事物真相、回归心灵家园的温馨感。终极视角极大地开拓和提升了人类的精神空间，使人类的思想在终极视域里得到了最大限度的自由和解放，畅游于本真存在的境界中。终极视角的使用，对眼下沉沦于物质和功利的世俗精神是一种警醒和救赎；对一向只知偏执于眼前有限客观实在的所谓"唯物主义"，是一种超拔和提升；对一切狭隘的、短视的、传统的思想观念和思想方法是一种冲击和解放；对放逐意义、彼岸、家园，否定终极性、精神性、永恒性存在的后现代思潮，是一种批判和反驳。无论从共时性角度(当前的社会精神需求)，还是历时性角度(人类长远的精神需求)看，人类精神文明的建构都应当有终极视角的参与。在一个健全的精神生态结构中，终极视域是绝对不应缺少的一元。

本讲通过对人在宇宙、人在社会的双重定位，引出了观察和思考人生问题的两种视角。这两种视角是本书采用的基本视角。两种视角的交叉使用，对孤立的、固执的社会(现实、政治、世俗、功利)视角所暴露出来的片面性、简单性、功利性、短视性，是一种必要的纠正。反过来，社会视角也有效地补充了终极视角无法解决社会现实问题的不足。两种视角的互补，可以使我们对人生有一个比较全面的立体认识，"使我们获得一种不同于以往的与世界的关系和对待生命的态度"。

对话人生实录

1. 人生多变,还要规划自己的人生吗?

问:说到人生,总感觉是虚无缥缈的,猜不出,摸不透,你总也不知道下一秒会发生什么,会遇见什么人,前方都是未知的,那我们还要计划好自己的人生吗?

答:人生多变是事实,前方未知也是事实,可是人生并不虚无缥缈,而是实实在在的。不管怎么说,你,我,每个人,不知就里,已经降临到这个世界,有了真实的生命了。这个生命头顶蓝天,脚踏大地,被镶嵌在错综复杂、盘根错节的社会关系网络之中,每一天都有必须干的事情,怎么会虚无缥缈呢?!

"上帝"既然不由分说给了你生命,你就有责任呵护它,让它活好,活出精彩,至少,不负此生。既然如此,你就要计划自己的人生,做好人生规划。

人生在世,命运走向受两个因素影响,一为主观,二为客观。客观指的是社会、时代、地域、家庭等你一出生就必须接受的东西,这个东西你改变不了,只能顺其自然地坦然接受。主观指的是自己的努力,自己的规划,自己的安排。现在大学专设职业规划课,就是强调了人生规划的重要性。

人生规划有大有小,有远有近,有笼统模糊的,有具体明确的。你现在还是在校学生,还没有具体的职业、职务、任务,所以你尚不能做具体的有针对性的规划,只能做相对比较笼统模糊的规划,长远的,大的规划。举个例子,你学的是中文专业,将来毕业去向未明,方向比较广阔。可以预见的有教师、文秘、记者、编辑、作家、自由撰稿人、公务员等。每种职业的具体要求不一样,所以你目前还不能针对具体职业做规划。但是,无论哪个职业,都要求你有扎实的语言、文学功底,有良好的人际沟通能力、逻辑思维能力、语言表达能力、写作能力。这是各个职业共通的、共同的要求,也是中文专业学生应具备的基本能力。既然这样,你就要为达到这个要求做规划,为此而努力。这是一个目标宽泛的规划,但却是你必须完成的规划。围绕这个规划再制定具体的小规划,一个个小规划完成了,大规划也就完成了。

这个宽泛的笼统的规划其实就是培养人的基本素质。基本素质提高了,干什么具体工作都行。过去有句话说,秀才学医生,只用一五更。为什么?因为秀才有了良好的文化基础,有了理解医书医理的能力,转而学医,就不是很困难的事情了。好好努力,把自己培养成"秀才"吧,那时,无论机遇向你打开哪扇门,你都能很快登堂入室,成为内行。

2. 为什么有人喊着平等，但心理上却又分出三六九等，总想当高等呢？

问：为什么有人喊着平等，但心理上却又分出三六九等，总想当高等呢？

答：这位同学观察很细致，感觉很敏锐，发现了日常生活中人们心理上的一种矛盾：口头上"喊着平等"，即要求平等，渴望平等，呼唤平等，可心理上自己首先就做不到平等——把人分等，而且总想占据高端。这不但是某个人的自身矛盾，而且也是社会现实的缩影——人们追求平等，呼唤平等，可事实上没有平等，做不到平等。换句话说，平等是理想，而不平等是现实。

口头上"喊着平等"而又把人分为三六九等，剖析这种人的心理，很可能是这样一种状况：因自身处于社会阶层的低端或底端，所以要求平等，呼唤平等，但实际上心里承认不平等，渴望居于社会阶层的高端，居于高端之后，很可能反过来反对平等，竭力维护不平等。这种状况太普遍了，这种心理太普遍了，这大概是人性的一种普遍倾向。很荒谬，但很现实。就像一大群人在等公交车，车来了乱哄哄拼命往上挤，没挤上时声嘶力竭要求别关门，刚挤上去就催着快关门。某些人对事物的立场和态度，不是出于公心，不是维护社会正义和公平，而是出于自身利益。

史铁生的长篇小说《务虚笔记》中就有一个这样的人物——画家Z。Z出身卑微，小时候受尽歧视。很显然，在不平等的格局中Z曾处于弱端，曾被居于强端的人蔑视过，心灵受过创伤，因此，他发誓一定要做强人，一定要"雪耻"。所以他顽强奋斗，终于自以为成了艺术家，自以为已经高贵，已经居于等级的强端，因此他居高临下，蔑视这个瞧不上那个，他永远忘不了的是向蔑视过自己的人实行报复，永远忘不了的是"征服"。他曾经极为强烈地要求消除人类的不平等，那是因为他居于不平等的弱端；而一旦自以为居于高端，他就要竭力维护这种不平等，就要充分享用不平等所带来的优越感。他的表现，从外表看是强悍的、自负的、"高贵"的，然而透过现象看本质，从内心看，他其实是脆弱的、自卑的、自私的、狭隘的。Z是不平等的"既得利益者"，而任何"既得利益者"的行为规律，按鲁迅的判断就是——要维持现状。

关于Z对待差别的态度（亦即对待平等的态度），我在《务虚笔记》评点本中做过如下评点：

> 有差别的世界伤害了Z，Z又最大限度利用差别报复了这个世界！"冤冤相报何时了！"Z让差别扩大而不是缩小，让仇恨积聚而不是消弭。有差别才有世界，这是事物的辩证法。面对差别的永在，正确态度应该是承认它而又千方百计为消灭它而努力，而不是看到差别又尽量利用和扩大差别——然而不管怎样努力它都永远存在——这是人的永恒困境。人类永远走在努力消灭差别而差别永在的路途上。人的价值就体现在消灭差别的努力上，而不是占据价值高端傲视世界，或维护既得利益反对改革上。

这段话借评论Z，表明了我对待平等困境的态度，有没有道理，请同学们批评指正。

3. 人终有一死，为什么还要那么辛苦活着呢？

问：人终有一死，为什么还要那么辛苦活着呢？学到再多的东西最终都会化为尘土，有用吗？

答：这问题看起来很幼稚，很悲观，很颓废，很小儿科，不值一谈，但实际上很原始，很本真，很哲学，很值得一说。越是接近儿童的幼稚问题似乎越有哲学意味。

怎么回答呢？这里不打算旁征博引，滔滔雄辩，而打算返回问题本身，反问一句，人确实终有一死，活着也确实很辛苦，那么怎么办？那不活了吧，现在就上吊、喝药、跳楼、沉水，自杀了吧！怎么样？不可以吧！没有人想这样吧！人出生时“上帝”就在他身上安置了求生恶死的基因，或者说求生恶死的本能，让他即使很辛苦很艰难也千方百计想活下去。这才有了现在我们熟知的世界。试想，如果没有这个本能，人都不怕死，感觉死就像喝王老吉一样爽快，遇到一点辛苦和不幸，一挥手就与尘世说拜拜，那世界上还有人吗？还有，那样一来，亡命之徒定会横冲直撞，社会就不成社会了。给你说吧，给人安置这个基因，让人怕死，就是为保护人这个物种，就是利用怕死的本能扼制犯罪。“上帝”想得周到着呢！

既然怕死，即使再辛苦不幸也想活，那么接下来的问题就是——怎么活？

怎么活呢？因为人都怕辛苦——怕辛苦也是人的本能，那咱们就按怎样不辛苦来设计。怎样才能不辛苦呢？咱们可以设想，那就必须生在一个超级富豪家里。马云家可以吧——据说他是中国第一富豪。马云家不行，肯定不行，因为他们家不养闲人，无论谁都得拼命干活，辛苦是在所难免的。那就假定，假定生在一个超级富豪家，你（泛化的人）是这家十世单传，特别受溺爱。你一出生，就被一大群各司其职的保姆保护起来，你有着人间顶级的物质享受。因为怕你“辛苦”，怕累着你，所以你不用上学做作业，在家也不用背唐诗，甚至连一个字都不用学。就这样一天天长大，二十岁，三十岁，你还在家里待着，还被保姆喂着。你当然不用找工作，有工作你也不会做，因为你连一个字都不认识，连一加一等于几都不知道。怎么样？这样的生活够享受吧，没一点辛苦吧？可是，这叫生活吗？这是人的生活吗？这不是圈养的动物吗？请问，谁愿意被这样养着，愿意过这种生活，愿意有这样的人生？

我估计你肯定也不愿意。那么上面的假想说明了什么呢？说明学习、工作是人之为人之必须，人之为人之标志。既然必须学习、工作，那就肯定会遇到困难，肯定有辛苦，辛苦是人生题中应有之义。换句话说，没有辛苦不叫人生。人生就是由辛苦加快乐，幸福加苦难，顺境加逆境，坦途加坎坷……构成，谁要是光想要快乐幸福顺境坦途而不要辛苦苦难逆境坎坷，那是异想天开，没门儿！你违反了世界的辩证法。

既然辛苦、苦难等等是人生内在构成因素，那你还怕什么辛苦?!

事实上，辛苦（包括苦难、逆境、坎坷等一切人们所不喜欢又摆脱不了的东西）对于人生，有着巨大的价值。价值就是让人生不无聊，不让人活成猪。人的价值就是在同辛苦、苦难斗争中体现出来的，人生的意义就是在这个过程中获得的。所以，从某种意义上说，为了活出价值和意义，人类应该感谢辛苦、苦难之类。关于辛苦、苦难的意义，说得最透彻的是史铁生的哲理散文《好运设计》。作品中设计了一个幸运得不得了不得了的人，设计者把世界上所能想到的好运都倾泻给了这个人，结果让我们大跌眼镜——这个人活得毫无趣味，无聊透顶，简直生不如死。为什么？因为快乐、幸福是以痛苦、不幸为底衬的，没有了痛苦不幸为参照，好运也就不成为好运，就转化成了痛苦。就像给一个人一天到晚、一生一世喝糖水，他就感觉不到甜了，他味觉麻痹、变异了，感觉发腻、痛苦了。怎么办？为了使他体会到快乐和幸福，那就要在他的生活中加一些苦难和痛苦；而且，为了让他不断地体会到快乐和幸福，就要给他不断地增加苦难和痛苦。——史铁生算是把生活的真谛看透了，把快乐和痛苦的辩证法看透了。

看透了又怎么样？看透了就让你理智上明白了辛苦、苦难等对人生的意义，就让你从理智上愉快地接受了生活中必有的辛苦、苦难，对生活中任何苦难和不幸你都有了思想准备，有了应对的决心和勇气。用史铁生饱含哲理的话表述，即看破了人生而后爱它，这才是明智之举。

接下来再顺便回答你第二个问题：学到再多的东西最终都会化为尘土，有用吗？我的简洁回答是：有用。其“用”就表现在，学那么多东西会使你的人生过得精彩，有一个精彩的过程，否则，你什么都没学什么都不会，那样的人生多么无趣多么暗淡啊！以上我们说过学习、工作乃人生之必须，人获得快乐、获得价值和意义之必须，离开这个一切免谈。关于这一道理，中国古代贤人圣人早就明白啊！孔夫子说过自己老了之后还“废寝忘食，乐而忘忧，不知老之将至”，“朝闻道，夕死可矣！”孔夫子活到老，学到老，工作到老，奋斗到老，多么让人感动啊！在他面前，我们还好意思说“因为有死，学了没用”吗？!

4. 我还要继续按照父母的安排生活吗？

问：到目前为止，从学习到生活各方面都是父母喜欢的模样，选择了他们相中的大学，考上了他们喜欢的专业，可是他们从来没有问过我的感受，从来都不知道我真正喜欢的是什么，他们认为给我最好的就是我最喜欢的。可我还要继续这样下去吗？

答：我以为这一问题相对来说比较简单。我感觉你在问这一问题的时候其实心里已经有答案，只不过想借老师之口再确认一下，印证一下。这个答案就是，当然不能继续完全按照父母的安排生活了。退一步，即使父母过去的安排全都正确，如今也该把选择的自主权让渡给你了。因为你已经是大学生了，是成人了，他们该尊重你的选择权，你也该逐渐学着独立，自我做主了。否则你什么时候能够成熟？你能跟父母一辈子吗？当然，自我做主并不意味着完全置父母的意见于不顾，而是在充分听取他们意见的基础上，汲取其合理因素，然后再结合自己的情况自己做出选择。

虽然，由于年轻人缺乏经验和阅历，所以自主选择的人生方案未必全正确，但是，即使如此，从人情、人性、人权、人的愿望来看，年轻人还是愿意为自己做主，哪怕为此付出必要的代价也在所不惜。这样的代价是成长必须付出的。

传统观念认为，年轻人阅历浅，没经验，不懂事，所以关乎年轻人的一切事无不由父母包办，父母做主。父母认为这是对子女负责，不这样不能充分体现自己的爱心。当然，这种想法确有合理的一面，但是，这合理的一面仅仅只是在某种"度"的范围里才称得上合理，过了这个"度"就失去其合理性而成为干涉了。中国的历史传统和现在的国情是，父母对子女的事情关心往往过度，大小事父母都要替子女做主。这种亲情往往成为子女生活、成长的坚硬障碍和沉重负担。你的情况就属于典型的中国式家庭，中国式亲情，你的遭遇既幸福又苦恼，是相当多同学都曾经遇到过的。

这种情况与西方大为不同。在西方人看来，父母与子女的关系是平等的，子女也是独立的个体，也有自己的人权，人权至高无上，他们的选择权是需要充分尊重而不能随意剥夺的。而中国父母则视子女为自己的私产，长幼有别，父母有权安排子女的生活。这一观念在新中国成立后不同程度受到过冲击，但集体无意识源远流长，对国人的影响、渗透还相当顽固。

为了对上述现状做些冲击，2009 年我国出了一部比较火的电视剧《我的青春谁做主》，题目暗示了答案——我的青春当然应该由我做主。剧中讲了三个表姐妹，无论恋爱还是事业，都遭遇父母尤其是母亲的包办干涉，三姐妹顽强抗争，终于获得了自我选择的自主权，并在这一过程中各自得到了成长，走向成熟。

"我的青春我做主"目前已成为年轻人挂在嘴上的响亮口号，成为年轻一代的人生宣言。作为口号，或许多少有所偏激，但其偏激情有可原。因为从理论上讲，这一口号正好形成了对传统观念的纠偏，也算是一种文化策略：矫枉过正。

比较健全理性的做法是子女与父母之间要学会沟通，以子女意愿为主，同时参考父母的建议。作为父母，应该学会尊重子女的意见，尊重他们的自主选择权，不要居高临下，完全不顾子女的意愿，强硬、蛮横地把自己的意见强加给子女。作为子女，应该尽快学会独立，尽快成熟，能够理性地把握自己的人生，这样才能让父母放心。独立、自主不是随心所欲，更不是意气任性，而是能对自己的命运负责。

参考文献

[1] 吴宓．文学与人生[M]．北京:清华大学出版社,1993.

[2] 冯友兰．觉解人生[M]．杭州:浙江人民出版社,1996.

[3] 徐葆耕．西方文学:心灵的历史[M]．清华大学出版社,1990.

[4] 史铁生．史铁生作品集(三卷)[M]．北京:中国社会科学出版社,1995.

[5] 史铁生．病隙碎笔[M]．北京:人民文学出版社,2011.

[6] 史铁生．务虚笔记[M]．上海:上海文艺出版社,1996.

[7] 史铁生．好运设计[M]．沈阳:春风文艺出版社,1995.

[8] 周国平．守望的距离[M]．太原:北岳文艺出版社,2003.

[9] 周国平．各自的朝圣路[M]．北京:东方出版社,1999.

[10] 傅佩荣．哲学与人生[M]．北京:东方出版社,2005.

[11] 邬昆如．人生哲学[M]．北京:中国人民大学出版社,2005.

[12] 岳建一．生命——民间记忆史铁生[M]．北京:中国对外翻译出版公司,2012.

[13] 葛兆光．中国宗教与文学论集[M]．北京:清华大学出版社,1998.

[14] 卢风．人类的家园——现代文化矛盾的哲学反思[M]．长沙:湖南大学出版社,1996.

[15] 鲁枢元．生态批评的空间[M]．上海:华东师范大学出版社,2006.

[16] 赵鑫珊．科学艺术哲学断想[M]．北京:生活·读书·新知三联书店,1985.

[17] [美]威尔·杜兰特．论生命的意义[M]．褚东伟,译．南昌:江西人民出版社,2009.

[18] [美]古斯塔夫·缪勒．文学的哲学[M]．孙宜学,等译．桂林:广西师范大学出版社,2001.

后 记

开设“文学与人生”课程，基于我对文学性质的理解，基于我的职业愿景——让文学从大学中文系（文学院）课堂上解放出来，走向大众，走进人生，走进每个人的灵魂。因为在我看来，世界上所有学科中，没有哪一门学科比文学离人生更近，所以文学被称为人学。为了这一愿景，多年来我把此课从文学院开到全校，成为大学生人文素质教育课，又开向社会各单位（各种培训班）。这一愿景在我这里，当然不能说已经实现了，但可以说我的所有努力都走在这条道路上。为此我感到高兴和自豪。因为我毕竟为文学走向社会走进人生，为文学的大众化，尽了自己的绵薄之力。

这条路相当广阔，有无限宏大的发挥空间。因为汲取文学的精神滋养，借助文学寻找精神家园和灵魂归宿，是读者的需要，社会的需要，人类的需要。这是一个前途无量的事业，需要无数人一代代努力下去。目前我所做的只是微不足道的一点点，只是刚起步，我相信未来会有更多人沿着这条路继续走下去。

本课程不是象牙之塔里的纯学术，而是紧密结合生活、结合学生精神需求的实验课，因而深受学生欢迎，同学们在课堂内外向我提了与文学和人生相关的诸多问题。对这些问题，现场回答之后，我选择其中具有普遍意义的又做了书面回答。问题很杂，我没有归类（复杂的人生很难归类），无奈的办法是按照出现的顺序附在了每讲后，因而和每讲主旨没有必然联系。这些回答，在和同学们现场交流时，我反复声明只是我的一孔之见，肤浅、片面、偏激，甚至错误在所难免，仅供同学们参考。欢迎同学们和读者批评指正。

感谢在人生道路上关心、支持我的所有人，感谢听过我的课的所有学生、学员们，感谢清华大学出版社，感谢策划编辑孙小成——他的专业、敬业让我钦佩，感谢范文芳老师的精心编辑，感谢本书的读者。

胡山林

2017 年冬

于信阳学院文学院